U0127800

本书得到了"中欧亚洲投资计划——西部11省清洁生产能力建设项目"〔CN/ASIA INVEST/041(137-265)〕的资助,不得视为反映欧盟或奥地利发展署的观点。本书同时也得到了"十一五"国家科技支撑计划节能减排技术信息系统和评估辅助系统研发课题(2009BAC65B13)的支持。

This publication has been produced with the assistance of ASIA INVEST/CPSUC-Capacity Building and Establishment of Cleaner Production Service Units & Campaigns for the Industry in the Less Developed Regions of China〔CN/ASIA INVEST/041(137-265)〕. The contents can in no way be taken to reflect the official opinion of the European Commission or the Austrian Development Agency. And this publication also received support from 11th-five-year National S&T Supporting Program - Information and Assistant Assessment System on Energy Conservation & Emission Reduction Technology Project（2009BAC65B13）.

清洁生产审核

案例与工具

Cleaner Production Audit
Cases and Tools

郭日生 彭斯震 Gerhard WEIHS 主　编

科学出版社

北京

内 容 简 介

本书是在"中欧亚洲投资计划——西部 11 省清洁生产能力建设项目"支持下,进行研究并结合实践实例而编写完成的。本书详细介绍了在西部 11 个省(自治区)制药、建材、冶金、有色金属、食品和饮料、电力、化工、机械等行业开展的 17 个企业清洁生产审核的过程、所取得的清洁生产效益、典型清洁生产方案,以及相关清洁生产审核工具的应用等内容。

本书可供环保决策、环境咨询、企业环境管理相关领域的政府部门、工程技术人员和企业参阅。

图书在版编目(CIP)数据

清洁生产审核案例与工具 / 郭日生等主编. —北京:科学出版社,2011

ISBN 978-7-03-030058-4

Ⅰ. 清… Ⅱ. 郭… Ⅲ. 无污染工艺 Ⅳ. X383

中国版本图书馆 CIP 数据核字(2011)第 010263 号

责任编辑:李 敏 张 菊 李娅婷 / 责任校对:桂伟利
责任印制:钱玉芬 / 封面设计:鑫联必升

科学出版社 出版

北京东黄城根北街 16 号
邮政编码:100717
http://www.sciencep.com

中国科学院印刷厂 印刷

科学出版社发行 各地新华书店经销

*

2011 年 2 月第 一 版 开本:787×1092 1/16
2011 年 2 月第一次印刷 印张:19 1/2 插页:2
印数:1—3 000 字数:445 000

定价:68.00 元

(如有印装质量问题,我社负责调换)

编写委员会

前　言 FOREWORD

随着全球环境问题的不断发生，保护人类共同的家园，已成为全人类的共识，并逐渐汇成了当今世界可持续发展的潮流。正是在可持续发展思想、理念及其实践的逐步形成与不断发展的历史大背景下，基于对传统"末端治理"的环境污染控制实践的反思，清洁生产应运而生，并成为支持可持续发展的有力战略措施。

20 世纪 90 年代前后，发达国家相继尝试运用如"废物最小化"、"污染预防"、"无废技术"、"源削减"、"零排放技术"和"环境友好技术"等方法与措施，来提高生产过程中的资源利用效率、削减污染物，以减轻对环境和公众的危害。这些实践取得的良好环境效益和经济效益，使人们认识到将环境保护渗透到生产全过程中、从污染产生的源头进行预防的重要性及其深远意义。它不仅意味着对传统环境末端控制方式的调整，更为深刻的是蕴涵着一场转变传统工业生产方式，乃至经济发展模式的革命。

在总结工业污染防治理论和实践的基础上，联合国环境规划署（UNEP）于 1989年提出了名为"清洁生产"的战略和推广计划。清洁生产作为 20 世纪 90 年代国际环境保护战略的重大转变，是对传统生产方式与近 20 年环境污染防治实践的经验总结，它将资源与环境的考虑有机融入产品及其生产的全过程中，着眼于生产发展全过程中污染物产生的最小化，不仅注意生产过程自身，而且对产品（包括服务）从原材料的获取直至产品报废后的处理处置整个生命周期过程中的环境影响统筹考虑，因而清洁生产对深化环境污染防治、转变大量消耗能源资源粗放经营的传统线性生产发展模式具有重要意义。

在联合国工业发展组织（UNIDO）、联合国开发计划署（UNDP）的共同努力下，清洁生产正式走上了国际化的推行道路。全面推行清洁生产的实践始于美国，美国国会于 1984 年通过了《资源保护与回收法——固体及有害废物修正案》。该法案明确规定：废物最小化即"在可行的部位将有害废物尽可能地削减和消除"，是美国的一项国策。与此同时，瑞典、荷兰、丹麦等国相继学习借鉴美国废物最小化或污染预防实践经验，纷纷投入了推行清洁生产的活动。

中国从 20 世纪 90 年代初开始了清洁生产的相关工作。1993 年 10 月在上海召开的第二次全国工业污染防治会议上，国务院、国家经济贸易委员会及国家环境保护总局的领导提出清洁生产的重要意义和作用，明确了清洁生产在我国工业污染防治中的地位。1994 年 3 月，国务院常务会议讨论通过了《中国 21 世纪议程——中国 21 世纪人口、环境与发展白皮书》，专门设立了"开展清洁生产和生产绿色产品"这一领域。1997 年 4 月，国家环境保护总局制定并发布了《关于推行清洁生产的若干意见》。2003 年 1 月 1 日《中华人民共和国清洁生产促进法》的正式实施确定了清洁生产的法律地位，标志着中国推行清洁生产纳入了法制化和规范化管理的轨道，这也是中国清洁生产近 20 年来最重要和最具有深远历史意义的成果。

清洁生产对推动中国可持续发展及环境保护发挥了很大的作用，我国在推广清洁生产的过程中也取得了一定的成果，但中国西部欠发达地区的政府、企业对清洁生产的认识了解和发达地区相比还有较大的差距，对清洁生产能力建设的需求较大。在这个背景下，中国 21 世纪议程管理中心和奥地利环境培训与国际咨询中心、爱尔兰库克理工学院清洁技术中心合作实施了"中欧亚洲投资计划——西部 11 省清洁生产能力建设项目"（ASIA INVEST/CPSUC-Capacity Building and Establishment of Cleaner Production Service Units & Campaigns for the Industry in the Less Developed Regions of China）[CN/ASIA INVEST/041（137-265）]。项目在中国西部 11 个省（自治区）（四川省、贵州省、云南省、陕西省、甘肃省、青海省、西藏自治区、宁夏回族自治区、广西壮族自治区、内蒙古自治区以及安徽省）开展了清洁生产能力建设，并建立了相关清洁生产服务机构。项目旨在将欧盟在清洁生产、提高能源与资源生产利用率等方面的实践经验引入中国西部地区，开发出适合中国西部的可持续生产模式，对整个西部地区的企业节能减排、可持续发展起到示范作用和促进作用。

在欧盟专家和中方专家的指导下，项目参与省份均在本省（自治区）开展了相应的试点企业清洁生产审核工作，并取得了一定的成果。为了让更多的省份和企业分享这些实践经验，中国 21 世纪议程管理中心将部分试点企业的清洁生产审核案例进行了总结，希望从实践层面上，对企业的清洁生产审核的开展起到一定借鉴作用。

本书共分为两篇。第一篇共八章，主要总结了项目在试点省（自治区）开展的 17 个清洁生产审核案例，涉及制药、建材、冶金、有色金属、食品和饮料、电力、化工及机械等行业，特别是介绍了部分典型的清洁生产方案。第二篇是清洁生产审核工具相关读物，涉及水资源管理、能源管理、废弃物管理、环境管理、环境会计、职业健康安全六个章节。这些工具是欧盟专家基于欧洲的清洁生产工具最佳实践整理和开发的，为了与中国最佳实践接轨，还采用了企业绩效审核、改进与融资规划（PMIF）方法。

参与本书编写的主要人员还有冯娟霞、王艳增、孙丽、任婷婷、申琳、黄绍洁、黄贤峰、阮付贤、喻泽斌、马晓群等，在此一并感谢。

书中不足和疏漏之处在所难免，欢迎读者批评指正。

编　者

2010 年 12 月

目 录 CONTENTS

第一篇　行业清洁生产案例

第1章

制药行业案例

1.1　昆明市宇斯药业有限公司

1.1.1　企业概况

昆明市宇斯药业有限责任公司位于昆明市东川区东部尼拉姑村旁，距昆明市东川区中心1.6km，交通十分便利，地理位置好。昆明市宇斯药业有限责任公司（原昆明市东川制药厂）始建于1971年，于2007年2月被云南燃二化工有限公司收购，现为国有控股企业，注册资本为2 130万元，现有员工448人，拥有资产7 971万元，厂区占地面积为69 000m²，其中生产用地约为47 700m²。公司于2001～2004年先后三次共投资3 300万元，对大容量注射剂生产车间、小容量注射剂生产车间及固体制剂生产车间（片剂、散剂）、液体制剂生产车间（搽剂）、植物提取物等生产车间进行GMP技术改造，并全部通过了国家GMP认证，取得了药品GMP证书。通过GMP技术改造，使公司成为了以大容量注射剂为主、中成药为辅、拥有110个国药准字药品批准文号、集化学药和中成药为一体的制药企业（图1-1）。

图1-1　昆明市宇斯药业有限责任公司

1.1.2　企业的主要产品和生产工艺

公司主产品的年设计生产能力为：大容量注射剂 2 亿瓶（包括 100ml、250ml、500ml 的葡萄糖注射液、葡萄糖氯化钠注射液、甘露醇注射液、右旋糖酐注射液等）、小容量注射剂 1 亿支（以规格 10ml 计，包括碳酸氢钠注射剂、氯化钾注射剂等）。公司 2005～2007 年的产品情况见表 1-1。

表 1-1　公司 2005～2007 年主要产品情况汇总

序号	产品名称	单位	产量		
			2005 年	2006 年	2007 年
1	大容量注射剂	万瓶	7 958	12 393	11 870
			合格率94.5%	合格率95%	合格率95.3%
2	小容量注射剂	万支	8 988	6 399	6 298

序号	产品名称	主要产品产值及其占总产值比重					
		2005 年		2006 年		2007 年	
		产值/万元	占总值比重/%	产值/万元	占总值比重/%	产值/万元	占总值比重/%
1	大容量注射剂	80 080	98.3	113 959	99.1	111 546	99.5
2	小容量注射剂						

昆明市宇斯药业有限责任公司有两个主要生产车间：即大容量车间和小容量车间，分别生产大输液注射剂和小容量注射剂。两个车间的工艺流程简述如下，工艺流程分别见图 1-2 和图 1-3。

1.1.2.1　大容量车间主要生产工艺

大输液注射剂的各种产品生产过程基本相同，仅配料不同，操作条件不完全相同。其过程包括原、辅料调配，胶塞和输液瓶处理，注射用水制备及灌装四部分。

原辅料调配：包括浓配、过滤及稀配。浓配：将原辅料按处方称量并复核后送至浓配罐（夹套通入蒸汽加热），将其溶解于新鲜的注射用水中配成浓溶液，加入酸或碱（盐酸或氢氧化钾）调节溶液 pH 至所需的数值（如：葡萄糖注射液 pH 为 3.8～4.0、复方低分子右旋糖酐氨基酸注射液则将 pH 调至 6±0.5），然后按浓溶液的一定比例加入活性炭，混匀、加热至一定温度（按药液的不同，控制不同的温度，维持一定时间，这样可由活性炭吸附原料带入的霉菌体、热原、色素、蛋白质类及其他杂质）。然后经钛过滤器过滤脱炭，滤液加注射用水稀释至所需浓度（稀配），测定 pH 及含量，合格后，经折叠过滤器初滤、终点过滤器精滤后送灌装。全过程均

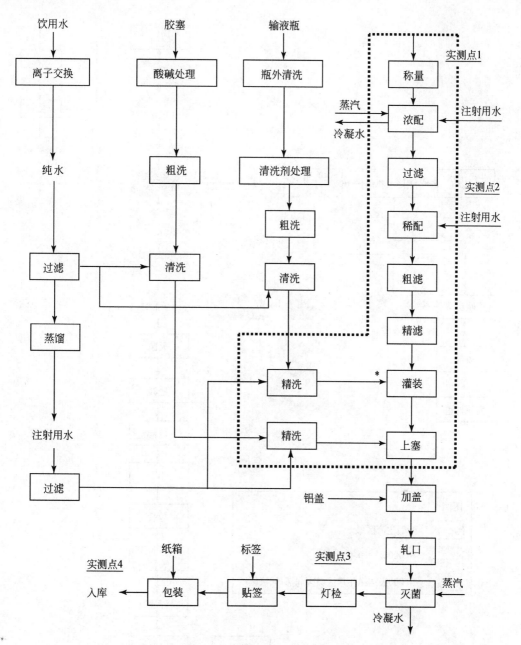

图 1-2　大容量车间工艺流程图

注：▢▢▢ 为 10 000 级洁净区　＊为局部 100 级

在洁净区进行。

　　胶塞、输液瓶处理：包括瓶子、瓶塞处理。瓶子通过理瓶机理瓶、超声波洗瓶机进行粗洗、精洗，再用注射用水在洁净区进行二次清洗后送灌装；胶塞经胶塞漂洗机用水粗洗、去离子水清洗，再送至灌装。

　　注射用水制备：将来自深井中的水用去离子装置进行离子交换，再用二级反渗透后得纯水，用于输液瓶及瓶塞的清洗，一部分再经蒸馏水机蒸馏得注射用水，注射用

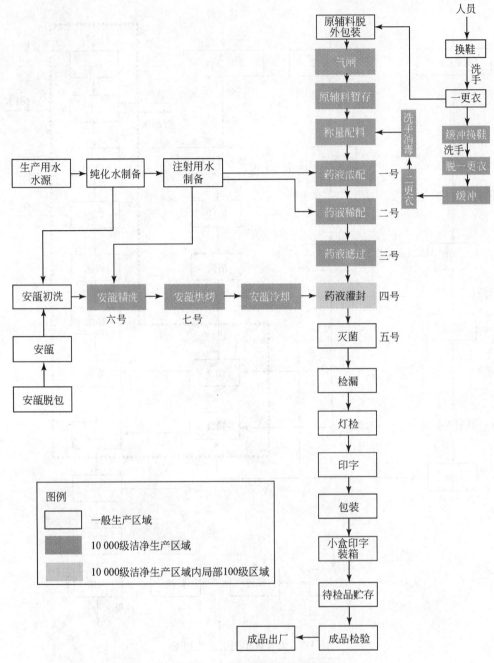

图1-3 小容量车间工艺流程图

水再经过滤可用于输洗瓶、瓶塞的精洗，输液的配制等。

灌装：经精滤的液体在灌装机灌装至清洗后的输液瓶中，然后在上塞机上上塞，这些操作在洁净区进行。然后在轧盖机上加铝盖、轧口，灌封后的输液瓶被送到快速冷却灭菌柜，通入蒸汽，按不同输液流体要求的温度及时间进行热压灭菌，然后排汽，通入循环冷却水快速冷却经过严格的灭菌要求得合格产品，再经过灯检台，检查液体的澄明度、有无异物等，合格后贴上标签，经包装的产品入库，再检验待售。

工艺流程图见图1-2。

1.1.2.2 小容量车间主要生产工艺

小容量注射剂的各种产品生产过程基本和大容量车间的相同，仅注射剂的容量不同，操作条件不完全相同。其过程包括原辅料的调配、安瓿瓶的清洗、工艺用水的制备和灌封。

原辅料的调配：包括浓配、稀配和过滤。浓配：将原辅料按处方称量并复核后送至浓配罐（夹套通入蒸汽加热），将其溶解于新鲜的注射用水中配成浓溶液，加入酸或碱（盐酸或氢氧化钾）调节溶液pH至所需的数值，然后按浓溶液的一定比例加入活性炭，混匀、加热至一定温度（按药液的不同控制不同的温度，维持一定时间，这样可由活性炭吸附原料带入的霉菌体、热原、色素、蛋白质类及其他杂质。然后经钛过滤器过滤脱炭，滤液加注用水稀释至所需浓度（稀配），测定pH及含量，合格后，经折叠过滤器初滤、终点过滤器精滤后送灌封。

安瓿瓶的清洗：安瓿瓶从瓶库领取后运到理瓶区域，经拆包→挑选（剔除破瓶及歪瓶）→气闸室→ACQ-Ⅱ超声波洗瓶机→烘干冷却→灌封。安瓿瓶按《安瓿粗洗操作规程》和《安瓿精洗操作规程》进行清洗。安瓿瓶的清洗应注意检查冲洗水的水质、可见异物和净化压缩空气的压力。

工艺用水的制备：包括纯化水的制备和注射用水的制备。纯化水的制备是通过二级反渗透水处理机组制得，二级反渗透是一种施加压力于与半透膜相接触的浓缩溶液所产生的，和自然渗透现象相反的过程。如施加压力超过溶液的天然渗透压，则溶液便会流过半透膜，在相反一侧形成稀溶液，而在加压的一侧形成浓度更高的溶液；如施加的压力等于溶液的天然渗透压，则溶液的流动不会发生；如施加的压力小于天然渗透压，溶液流向浓溶液侧。注射用水是用纯化水通过列管式多效蒸馏水机制得。打开纯化水阀、开启料水泵、纯化水进入多效蒸馏水机，通入蒸汽，经过多效蒸馏水机反复加热，进行热交换，并在运转中逐效传递，使热能充分利用，再被蒸馏制得注射用水。

灌封：经精滤的液体在灌封机上灌封，灌封好的安瓿瓶装在灭菌小车上的灭菌柜中，通入蒸汽，按不同输液流体要求的温度及时间进行热压灭菌，再经过灯检台，检查液体的澄明度、有无异物等，合格后进行印字包装的产品入库待售。

工艺流程图见图1-3。

1.1.3 企业的审核过程概述

昆明市宇斯药业有限责任公司的清洁生产审核工作于2008年8月开始，历经9个月的时间于2009年5月结束。整个审核过程按照清洁生产审核方法学要求共开展了七个阶段的工作，即筹划和组织、预评估、评估、方案产生和筛选、可行性分析、方案实施和持续清洁生产。

2008 年 8 月，公司成立了清洁生产审核（领导）小组，审核（领导）小组组长由公司副总经理担任，副组长由公司生产部副部长担任，审核（领导）小组成员由公司的管理及技术负责人员组成。通过清洁生产培训后，审核小组结合公司具体情况制定了公司清洁生产审核工作计划，并开展了广泛的宣传，消除了公司内部存在的有关清洁生产的各种认识障碍，使广大干部、员工都认识到开展清洁生产的必要性及意义，积极参与，将清洁生产思想自觉转化为指导生产操作的行动。

为了摸清企业污染现状和产污重点，审核小组从生产全过程出发，对企业现状进行了调研和考察，并通过定性比较及定量分析，把"大容量车间"确定为本轮清洁生产审核的重点。根据审核重点的实际情况及清洁生产目标的设置原则和依据，设置了本轮清洁生产审核目标，见表1-2。

表1-2　清洁生产审核目标

序号	项目	现状	近期目标（2009 年 5 月）		远期目标（2010 年底）	
			绝对量	相对量	绝对量	相对量
1	大输液注射剂合格率/%	95.3	95.8	—	97	—
2	每万瓶大输液注射剂的耗电量/（kW·h/万瓶）	325.2	320	−1.6%	309	−5%

审核小组对审核重点的输入输出物质流动开展了实测，并建立了审核重点的物料平衡、水平衡和电平衡。通过物料平衡分析，发现了物料流失的环节，并找出了废弃物产生的原因，为清洁生产方案的产生提供了依据。在此基础上，审核小组除通过广泛收集国内外同行业先进技术、组织行业专家进行技术咨询等方式产生方案外，还广泛发动员工积极提出清洁生产方案，共提出清洁生产方案 23 项，其中无/低费方案 20 项，中/高费方案 3 项。

按照"边审核、边实施、边见效"的"三边"原则，20 项无/低费方案已在本轮审核过程中逐项实施，截至 2009 年 4 月，3 个中/高费方案均已实施。同时，所设定的清洁生产近期目标均已实现，详见表1-3。

表1-3　清洁生产近期目标与审核后指标对比

序号	指标	审核前	审核后（绝对量）	近期审核目标
1	大输液产品合格率/%	95.3	95.8	95.8
2	每万瓶大输液注射剂的耗电量/（kW·h/万瓶）	325.2	320	320

为了做好公司的持续清洁生产，公司决定在现有清洁生产审核小组的基础上，优化人员组合，把清洁生产办公室作为公司推行清洁生产的常设机构，并设于公司生产部内，总体负责公司的清洁生产工作。同时，公司还进一步完善了清洁生产管理制度和清洁生产激励机制，并制定了持续清洁生产计划。

1.1.4 清洁生产审核的方案及效益

本轮清洁生产审核共产生并实施完成清洁生产方案23项，其中无/低费方案20项，中/高费方案3项。已实施的无/低费方案和中/高费方案的实施效果分别见表1-4和表1-5。（注：投资在2万元以下的方案是无/低费方案，2万元以上的是中/高费方案。）

表1-4 已实施的无/低费清洁生产方案施效果汇总

序号	方案名称	投资/万元	经济效益	环境效果
1	优化煤质燃烧条件	0	提高燃烧效率，节约燃煤	减少烟气中 SO_2 和烟尘排放量
2	增加药业过滤系统清洁处理的频率	0	—	提高产品合格率
3	检修引风机	0.23	—	—
4	检修注射用水多级泵	0.16	—	—
5	检修锅炉给水泵	0.12	—	—
6	检修15t/h反渗透系统	0.11	—	—
7	检修卡箍式球阀	0.03	—	—
8	更换#1线洗灌一体机直齿轮	0.04	—	—
9	更换浮子开关	0.01	—	—
10	严格控制灭菌柜的消毒温度	0	—	—
11	收集破损输液瓶	0	节约固废处置费用约3万元/a	减少废玻璃瓶产生量
12	收集不合格产品的胶塞和铝盖	0	节约固废处置费用约2.8万元/a	减少固体废物的产生量
13	增加生产运行批次规模	0	节约废弃物处理处置费用	减少一批次生产过程产生的废弃物
14	使生产的批量最大化以减少清洗频率	0	—	减少清洗废水产生量
15	节约办公用电	0	节约电费	
16	加强岗位技能培训	0	减少因为操作不当造成的损失	
17	打印复印耗材管理	0	—	减少耗材废料量
18	锅炉房场地打扫	0	每天可节约用水0.5t	
19	建立清洁生产管理制度	0	—	
20	鼓励员工在职学习	0	—	

方案总投资：7 000 元

节约固废处置费用约5.8万元/a

节约用水150t/a

表 1-5　已实施的中/高费清洁生产方案实施效果汇总

序号	方案名称	投资/万元	经济效益	环境效果
1	改造大容量车间空气净化调节系统	13	提高产品合格率0.5%，使企业获利62.5万元/a	确保大容量车间空气洁净度
2	更换白炽灯为节能灯	2	每年可节约电61 200kW·h，节约电费30 600元	—
3	循环利用大容量车间冷凝水	2.1	每年可节约燃煤280t，节约生产成本151 200元	每年减少废水排放32 400t，提高废水循环利用率

方案总投资：17.1万元

提高产品合格率0.5%，获得经济效益62.5万元/a

每年节约电量61 200kW·h、节约电费30 600元

每年可节约燃煤280t，节约燃煤费151 200元

每年减少废水排放32 400t

　　总体来说，本轮清洁生产方案总投资17.8万元，方案实施后减少废水排放32 400t/a、节约电量61 200kW·h/a、节约燃煤280t/a、节约用水150t/a，总经济效益为86.48万元/a。

1.1.5　典型的清洁生产方案

（1）改造空气净化调节系统

审核前大容量车间的空气净化调节系统的过滤器会出现一定问题，设备运行效率低。改造空气净化调节系统主要是更换初效、中效、高效过滤器，而空气洁净度是保证产品合格率必要的环境条件，尤其是灌装间、浓配间的空气洁净度，直接影响产品合格率。

方案实施后，进入生产车间的空气可达到10 000级及局部达到100级，不但可以确保生产车间的空气洁净度，还能确保大输液注射剂的产品质量。方案实施后，产品合格率提高0.5%，按2008年生产1亿瓶计算，即可多获得50万瓶合格产品，按1.25元/瓶计算，即可获得62.5万元的经济效益。

方案总投资为13万元，投资偿还期为0.29年。

（2）更换白炽灯为节能灯

由于缺乏节能意识，公司成品库、瓶库等用的都是照明度低的150W白炽灯，电耗较大。改造方案是把公司成品库、瓶库等约60%以上的原能耗较高、照明度低的150W白炽灯更换成65W的节能灯，总共更换200支。

方案实施后，每年可节约电61 200kW·h，按0.5元/kW·h计算，每年可节约电费30 600元。

方案总的投资为2万元，投资偿还期为0.91年。

（3）循环利用大容量车间冷凝水

大容量车间灭菌柜冷凝水温度较高，且水质未受太大污染，但由于公司缺乏节水

意识，大部分高温冷凝水均排到厂外，不仅影响外部环境，而且还浪费水资源。该方案是利用大容量车间灭菌柜冷凝水的高温特性，将大容量车间灭菌柜排出的冷却水（通常60~70℃）全部用直径108mm管道排放到锅炉给水池内作为锅炉预热水。

方案实施后不仅能减少废水的排放量、降低锅炉煤耗，而且还能提高公司的废水循环利用率。据统计，方案实施后，每年可节约燃煤280t，按1t煤540元计算，每年节约生产成本为151 200元。

方案总投资为2.1万元，投资偿还期为0.20年。

1.2 西藏雄巴拉曲神水藏药厂

1.2.1 企业概况

西藏雄巴拉曲神水藏药厂始建于1996年9月20日，位于西藏拉萨市堆龙德庆县乃琼镇雄巴拉曲。企业生产工艺是传统藏药生产工艺，主要产品是珊瑚七十味丸、十一味金色丸和石榴日轮丸等丸剂，以及二十六味通经散、常松八味沉香散和八味小檗皮散等散剂，主产品产量为15t/a。企业于2004年、2009年先后通过了国家GMP认证专家组的现场检查，取得了药品GMP认证证书。企业现有职工76人。雄巴拉曲神水藏药厂先后获得"拉萨市农业产业化龙头企业"、"拉萨市发展工业经济工作八强企业"、"纳税先进单位"、"优秀企业"、"先进企业"、"全区优秀乡镇企业"、"重合同守信用单位"、"积极扶持社会公益事业先进单位"等荣誉称号。目前，雄巴拉曲神水藏药厂已发展成为一家有自主知识产权的特色产品，集科研、生产、销售、医疗服务为一体的特色藏药生产企业（图1-4）。

图1-4 西藏雄巴拉曲神水藏药厂

1.2.2 企业的主要产品和生产工艺

西藏雄巴拉曲神水藏药厂的主要产品包括珊瑚七十味丸、十一味金色丸、石榴日轮丸、十八味降香丸、十五味龙胆花丸、二十八味槟榔丸、二十味沉香丸、十五味乳鹏丸、二十五味驴血丸、加味白药丸、二十五味肺病丸、二十六味通经散、常松八味沉香散、八味小檗皮散、七味血病丸、秘诀清凉散、帕朱丸、九味獐牙菜丸、石榴健胃丸、六味能消丸、十八味诃子丸、十八味欧曲丸和十三味红花丸。企业近年产品情况见表1-6。

表1-6 企业历年产品情况

产品名称	近三年年产量/t			近三年年产值/万元			占年总产值比例/%		
	2006	2007	2008	2006	2007	2008	2006	2007	2008
珊瑚七十味丸	1.06	1.72	1.12	800.8	916.9	1 078.6	61.4	46.6	77
其他药品	17.46	21.46	21.48	502.2	1 050.1	322.4	38.6	53.4	23
产品总量	18.52	23.18	22.6	1 303	1 967	1 401	—	—	—

注：企业生产的产品多达数十种，其中最主要的是"珊瑚七十味丸"，故在此只列出该产品产量

企业的生产工艺简述如下。

（1）丸剂的生产工艺

丸剂的生产主要包括前处理、配料、粉碎过筛、混合、灭菌、制剂和包装几个步骤。

前处理：按生产指令从车间到药材库领取合格的药材，按品种不同通过挑选、簸选、风选、泡洗等方法，清除杂质、异物及非药用部分，使药材达到质量标准要求。拣选后的药材应注明品名、批号、规格、数量、拣选加工日期等，盛装在洁净容器中，由生产技术主管和QA确认拣选结果是否符合质量标准要求，并做好详细记录，签字确认，密闭，移交至净药材库。

配料：按生产指令从中间站净药材暂存间——领取配料所用的药材，分别按生产指令配方量进行称量，并在配料操作台上进行配料操作，由复核人对称量后的净药材进行一一核对。同时将前一批各工序生产过程中所产生的尾料掺入该批中，掺入量不能超过20%。将配好的药材装在规定的洁净容器中，封好口，标名品名、批号、数量、件数、日期和操作人等内容。

粉碎过筛：根据生产指令，严格与上一工序或车间办理物料交接，并将称量配好的药材通过共研法利用粉碎机组进行粉碎处理。经粉碎所得的药粉，用筛粉机进行过筛。经过筛合格的药粉将在规定的洁净容器中贴好标签。

混合：称取已经过粉碎、过筛后的药材细粉，由质量管理员（QA）、组长与操作员进行核对后加入高效混合机中，使其达到色泽一致、混合均匀的要求。均匀混合并检查合格的药粉，称重，装在规定的洁净容器中。

灭菌：将经混合所得的药材细粉过灭菌柜进行灭菌，并将灭菌后的药粉装在洁净容器中。

制剂：①制丸。启动糖衣机，用喷雾器将纯化水喷洒于滚筒内润湿锅壁，取适量药粉均匀撒在滚筒内，借机器的转动及人工的搅拌和搓揉动作使粉末分散，均匀地润湿。至药物粉末润湿逐步相互黏着成细粒状，再取少量粉末撒于已经润湿的细粉粒上，搅和均匀，使粉末均匀地黏附于润湿的粉粒上。如此反复操作，使粉粒逐步增大并呈球形，在增大过程中应随时取出药丸进行筛选，经筛选，偏小的小丸继续反复加入药粉和制剂用水使其不断增大。将筛选合格的丸模放置于糖衣锅内，按起模操作方法反复加入药粉和制剂用水使其不断增大，在增大过程中应随时取出湿丸检测其规格、丸重、丸粒圆整度，并进行筛选。经筛选偏小的小丸继续反复加入药粉和制剂用水使其不断增大，如此反复操作直至达到要求。②干燥。将所得的合格湿丸铺于干燥盘内，并将干燥盘放入干燥箱内进行干燥。在干燥过程中温度不宜急骤升降，以防止药丸出现开裂、颜色不均等现象。③一次选丸。在干燥过程中应随时检查干燥程度，并将干燥合格的药丸用选丸机进行选丸操作，通过规定筛孔的药丸为标准素丸。④打光。将筛选合格的药丸按糖衣机容量分次进行打光操作。首先开启糖衣机加入药丸，糖衣机运转的同时向内按比例均匀喷洒纯化水，使药丸均匀湿润，然后均匀撒入原料本药粉和白蜡，使药丸达到圆整均匀、光滑、色泽一致的要求。⑤晾干。将需晾干的药丸铺于干燥盘内，并将干燥盘放入干燥箱内，用风干方式进行风干至标准要求，在风干过程中应随时翻丸调格。⑥二次选丸。将晾干后的药丸，用选丸机进行选丸操作，通过规格筛孔的药丸作为标准药丸。将筛选出的药丸称重盛装于规定的洁净干燥容器内。

包装：用包装材料按照包装规模对合格药品进行包装入库，在包装过程中要随时检查装量，包装过程中出现药丸被设备挤压破损现象的，如未被污染按尾料管理，已被污染按不合格品处理。

丸剂生产工艺流程见图1-5。

（2）散剂的生产工艺

散剂的生产主要包括前处理、配料、粉碎过筛、研磨、混合、灭菌和包装几个步骤。

前处理：按生产指令从车间到药材库领取合格的药材，按品种不同通过挑选、簸选、风选、泡洗等方法，清除杂质、异物及非药用部分，使药材达到质量标准要求。拣选后的药材应注明品名、批号、规格、数量、拣选加工日期等，盛装在洁净容器中，由生产技术主管和质量管理员确认拣选结果是否符合质量标准要求，并做好详细记录，签字确认，密闭，移交至净药材库。

配料：按生产指令从中间站净药材暂存间一一领取配料所用的药材，分别按配方量进行称量，并在配料操作台上进行配料操作，由复核人对称量后的净药材进行一一核对。同时将前一批各工序生产过程中所产生的尾料掺入该批中，掺入量不能超过20%。将配好的药材装在规定的洁净容器中，封好口，标名品名、批号、数量、件数、日期和操作人等内容。

粉碎过筛：根据生产指令，严格与上一工序或车间办理物料交接，并将称量配好的药材通过共研法利用粉碎机组进行粉碎处理。经粉碎所得的药粉，用筛粉机进行过筛。经过筛合格的药粉将装在规定的洁净容器中并贴好标签。

研磨：称取经粉碎过筛所得的药材细粉铺于研磨机底，用研磨法进行研磨。研磨后的药材细粉用筛网进行过筛，并将研磨合格的药粉称重装在规定的洁净容器中。

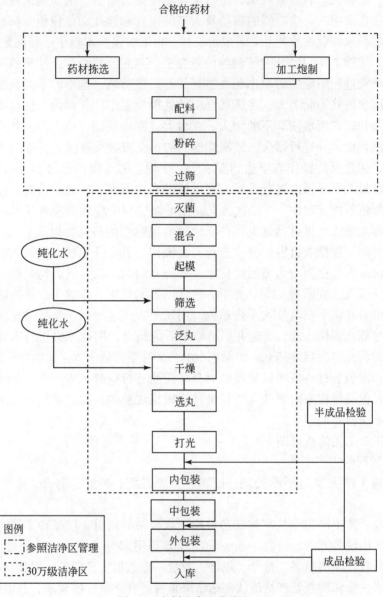

图 1-5　丸剂生产工艺流程

　　混合：称取已经过粉碎、过筛后的药材细粉，加入高效混合机中，使其达到色泽一致、混合均匀的要求。均匀混合并检查合格的药粉，称重，装在规定的洁净容器中。

　　灭菌：将经混合所得的药材细粉过灭菌柜进行灭菌，并将灭菌后的药粉装在洁净容器中。

　　包装：用包装材料按照包装规模对合格药品进行包装入库，在包装过程中要随时检查装量，包装过程中出现袋子破损药粉挤出的现象，均将药粉集中清理后按不合格品处理。

　　散剂生产工艺流程见图 1-6。

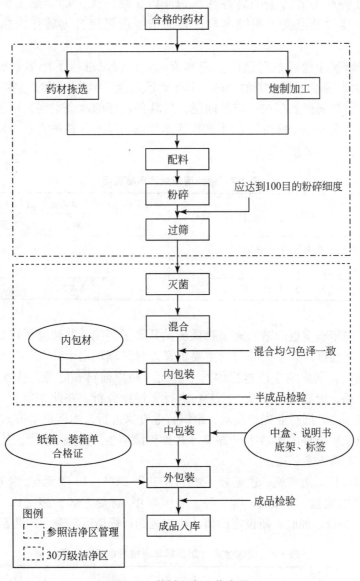

图1-6　散剂生产工艺流程

1.2.3　企业的审核过程概述

西藏雄巴拉曲神水藏药厂的清洁生产审核工作于2009年8月开始，历经10个月的时间于2010年2月结束。整个审核过程按照清洁生产审核方法学要求共开展了七个阶段的工作，即筹划和组织、预评估、评估、方案产生和筛选、可行性分析、方案实施和持续清洁生产。

2009年5月，企业成立了清洁生产审核小组，审核小组组长由厂长担任，审核小组成员由企业的管理及技术负责人员组成。通过清洁生产培训后，审核小组结合企业具体情况制定了企业清洁生产审核工作计划，并开展了广泛的宣传，消除了企业内部存在的有关清洁生产的各种认识障碍，使广大干部、员工都认识到开展清洁生产的必要性及意义，积极参与，将清洁生产思想自觉转化为指导生产操作的行动。

清洁生产审核小组经过对药厂生产和资源消耗情况进行了详细分析后，考虑到"珊瑚七十味丸"是企业最重要的产品，其年产值占全厂年总产值的一半以上，同时该产品在制备工艺和剂型上存在一定的问题，但具备很好的改进空间，审核小组最终确定将主要产品"珊瑚七十味丸"的生产作为本轮清洁生产审核的重点，同时还设置了本轮清洁生产目标，见表1-7。

表1-7　企业清洁生产审核目标

序号	项目	现状	近期目标（2010年2月）		远期目标（2011年底）	
			绝对量	相对量	绝对量	相对量
1	"珊瑚七十味丸"成本单价/（元/kg）	1 116.7	800	−28%	700	−37%
2	吨产品耗电量/(kW·h/t)	9 230	8 800	−4.7%	8 500	−7.9

审核小组对审核重点的输入输出物质流动开展了实测，并建立了审核重点的物料平衡。同时各职能部门和生产部门的主要负责人对"珊瑚七十味丸"生产过程中存在的各种物料损耗，从影响生产过程的八个方面（即原辅料和能源、技术工艺、设备、过程控制、产品、废弃物、管理、员工）进行了详细分析。在此基础上，审核小组除通过广泛收集国内外同行业先进技术、组织行业专家进行技术咨询等方式产生方案外，还广泛发动员工积极提出清洁生产方案，共提出清洁生产方案15项，其中无/低费方案13项，中/高费方案2项。

按照"边审核、边实施、边见效"的"三边"原则，13项无/低费方案已在本轮审核过程中逐项实施，至2010年2月，有1项中/高费方案实施完成，另1项预计2010年底实施完成。同时，所设定的清洁生产近期目标均已实现，详见表1-8。

表1-8　清洁生产近期目标与审核后指标对比表

序号	项目	审核前	近期目标		审核后	
			绝对量	相对量	绝对量	相对量
1	"珊瑚七十味丸"成本单价/（元/kg）	1 116.7	800	−28%	760	−32%
2	吨产品耗电量/(kW·h/t)	9 230	8 800	−4.7%	8 641	−6.4%

为了搞好持续清洁生产，企业决定在现有清洁生产审核小组的基础上，优化人员组合，把清洁生产办公室作为企业推行清洁生产的常设机构，并设于生产部内，总体负责全厂的清洁生产工作。同时企业还进一步完善了清洁生产管理制度和清洁生产激励机制，并制定了持续清洁生产计划。

1.2.4 清洁生产审核的方案及效益

本轮清洁生产审核共产生并实施完成清洁生产方案 15 项，其中无/低费方案 13 项，中/高费方案 2 项（有 1 项中/高费方案已实施完成，另 1 项预计 2010 年底实施完成）。已实施的无/低费方案、已实施的中/高费方案和正在实施的中/高费方案效益汇总分别见表 1-9、表 1-10 和表 1-11。（注：投资在 5 万元以下的方案为无/低费方案，5 万元以上的方案为中/高费方案。）

15 个清洁生产方案共投入资金 310.5 万元，实现节电 22 981kW·h/a（折合标煤 2.8t/a）、节水 720t/a，共实现经济效益 138 万元/年。

表 1-9　已实施的无/低费清洁生产方案效益汇总

序　号	方案名称	经济效益	环境效果
1	严格控制原料药材的质量	保证产品质量	减少废弃物产生
2	毒性药材房设置通风设施	—	避免毒性药材对环境和人员造成的危害
3	严格控制灭菌柜的消毒温度	保证产品质量	避免不合格品产生导致废弃物排放
4	严格控制生产过程各工艺参数	保证产品质量	避免不合格品产生导致废弃物排放
5	充分重复利用可利用的尾料	节约生产成本	减少废弃物排放
6	废水循环利用	节约新水用量	减少废水排放
7	节约办公用电	节约电费	—
8	加强岗位技能培训	减少因为操作不当造成的损失	—
9	打印复印耗材管理	节约用纸、用墨	减少耗材废料量
10	建立清洁生产管理制度		
11	增加生产运行批次规模	节约废弃物处理处置费用	减少一批次生产过程产生的废弃物
12	使生产的批量最大化以减少清洗频率	—	减少清洗废水产生量
13	组织员工学习清洁生产相关知识、GMP 管理文件		

方案总投资 8 000 元，节水 720t/a，减少废水排放 720t/a

表 1-10　已实施的中/高费清洁生产方案效果汇总

方案名称	方案简介	投资/万元	经济效益/万元	环境效果
"珊瑚七十味丸"制备工艺及剂型改造	引用微粉化生产技术，在工艺方面将由原来的半人工操作全面实现自动化生产，并使产品剂型转变为现代化微囊	261	改造后的"珊瑚七十味丸"的生产成本由目前的 1 116.7 元/kg 下降为 760 元/kg，改造后共节约生产成本 10 896 元。由于生产成本降低，同时产品产量和销售量增加，为企业带来净利润 138 万元/a	方案实施过程中，不会产生新的污染物，而且由于药物干燥时间的缩短，从而使得单位产品的耗电量从审核之前的 9 230kW·h/t 下降为 8 641kW·h/t，共节电 22 981kW·h

表 1-11　正在实施的中/高费清洁生产方案实施效果汇总

方案名称	方案内容	投资/万元	经济效益/万元	环境效果
污水处理站建设	修建一个规模为 $80m^3/d$ 的污水处理站	48.7	—	主要污染物 COD_{cr} 的去除率为93.3%，BOD_5 的去除率为97.5%。方案实施后，能有效解决药厂生产废水排放污染环境问题，使外排废水达到《污水综合排放标准》一级标准

1.2.5　典型的清洁生产方案

（1）"珊瑚七十味丸"制备工艺及剂型改造

"珊瑚七十味丸"生产工艺采用的是半人工的水泛丸制剂工艺，剂型为传统的水丸。藏药传统的丸、散制备及制剂技术，工艺上不仅存在无法进行规范化生产和质量管理，而且由于工艺技术相对落后质量可控性不强，存在产品质量不稳定、丸重差异、溶散时限长、药效发挥不迅速、服用不便等问题，难以满足现代人快速紧张的生活节奏，这不仅是该产品存在的问题，也已成为目前传统藏药生产共同面临的一大技术难题，更是藏药产品不能被更多人接受、制约藏药产品的市场开发和流通渠道的扩大的一大因素，因此也产生了对药物剂型和用药剂量的新要求。

改造方案是针对"珊瑚七十味丸"在生产工艺和产品剂型上存在的不足，在遵从藏药生产和用药实际理论要求的基础上，根据项目产品组方药材品种多、种类复杂，无法进行浸提、煎煮等制备工艺来提取成分，难以提高药物利用度、吸收度的实际问题，首先在粉碎工艺上采用微粉化的制备工艺，并增购水冷式分粒超微粉碎机组用于生产。在制剂工艺上采用离心法制备微丸工艺，增购离心微丸成套设备用于产品的制剂，在微丸干燥工艺上，为了提高干燥工作效率，缩短药丸的溶散时限，避免高温干燥对药丸性状和产品疗效的影响，增购微波真空干燥成套设备用于干燥工艺（图1-7）。

图 1-7　新增的微波干燥炉

本方案采用的微丸化制备工艺将产品原每丸重1g的大丸，改造成每50丸1g的微丸，具有如下好处：一是有利于缩小药丸的重量差异；二是缩短干燥时间，这不仅有利于节能减排，而且还能减少干燥时间过长对药品疗效产生的影响，避免了干燥过程中药丸容易产生的裂纹；三是可以大大缩短溶解时限，服用时可以直接将药丸吞服，减少了传统药丸服用前需先碾碎或用水泡开的环节，方便服用；四是可实现制剂的自动化，减少中间环节人员对药品的直接接触，提高产品的卫生合格率。生产工艺技术是应具有可靠、稳定和良好的重现性，这样才能够保证所生产产品的质量稳定性。达到生产工艺和剂型改进以及规模化生产的目的后，产品的生产成本会有大幅下降，同时产品的产量和产值也会相应增加。

改造后的"珊瑚七十味丸"的生产成本由目前的1 116.7元/kg下降为760元/kg，改造后共节约生产成本10 896元。由于生产成本降低，同时产品产量和销售量增加，为企业带来净利润138万元。方案实施过程中，不会产生新的污染物，而且由于药物干燥时间的缩短，从而使得单位产品的耗电量从审核之前的9 230kW·h/t下降为8 641kW·h/t，共节电22 981kW·h。

该方案投资为261万元，投资偿还期为1.88年。

（2）污水处理站建设

审核前药厂从生产车间排出的废水量较大，且仅仅是经过简单处理后就排到厂外。制药废水的有机物质浓度极高，如果不经过处理而直接排放会造成环境污染，必须对其进行全面的综合处理，达到排放标准后才能对外排放。同时随着企业销售市场的变化，生产量也随之加大，废水的产生量也随之加大，这就要求废水处理站有一定的适应能力。

药厂所排废水中有机物含量较高，可生化性较好，本方案拟采用"格栅＋调节池＋一体化设备（二级生物接触氧化）＋沉淀池"的处理工艺，废水首先通过格栅井拦污后进入调节池，调节池处理后的污水经泵提升至一体化设备，一体化设备包含二级生物接触氧化，经一体化设备处理后的污水经过沉淀池后达标排放。方案的设计污水处理规模为80m³/d，方案总投资为48.7万元。

方案正在实施过程中，预计2010年年底完成。方案实施后，经处理后的制药废水达到《污水综合排放标准》（GB8978-1996）一级标准，主要污染物COD_{cr}的去除率为93.3%，BOD_5的去除率为97.5%，能有效解决药厂废水排放污染环境问题。处理后的废水主要回用于厂区绿化。

第 2 章

建材行业案例

2.1 西安某水泥有限公司

2.1.1 企业概况

西安某水泥有限公司成立于 2005 年 12 月，是陕西省某特种水泥有限公司下属的全资子公司，属省、市"十一五"重点建设项目。公司位于西安市蓝田县小寨乡，注册资本 1 亿元。公司拥有两条 2 500t/d 新型干法水泥熟料生产线，年生产各种水泥 200 万 t，并配套建设了两条 4.5MW 纯低温余热发电系统，年发电量可达 5 472 × 10^4kW·h。公司年产值超过 6 亿元，可实现利税 1.5 亿元。公司采用了大量具有国际先进水平和我国自主知识产权的先进工艺和装备，是目前陕西省内区位优势最好、资源综合利用程度最高的节能环保型水泥生产企业。

2007 年公司通过了 ISO9001 产品质量和质量体系双认证，2008 年又顺利通过了 ISO14001 环境管理体系和 OHSAS18001 职业健康安全管理体系认证，被中国质量管理中心授予"国家 AAA 级重质量守信用企业"称号，被省、市政府命名为"重合同、守信用"单位。

2.1.2 企业的主要产品和生产工艺

公司主要产品分为两大类，即普通硅酸盐水泥和复合硅酸盐水泥。公司两条生产线分别于 2007 年 5 月和 9 月投入试运行，2008 年、2009 年公司的生产、能耗数据见表 2-1。

表 2-1 生产、能耗信息

年份	水泥产量/t	年平均利用时间/h	原煤消耗/t	电耗/万 kW·h
2008	1 989 219	7 200	188 797.36	17 793.06
2009	2 154 869	7 200	194 443.53	18 513.99

公司采用新型干法预热窑外分解的回转窑生产水泥熟料，是当前国内外水泥熟料先进生产工艺。工艺流程为：

1）原料制备：原材料由石灰石、黏土、铁粉、粉煤灰、砂岩组成。合格的石灰石、砂岩经破碎机破碎后入库，黏土、铁粉及粉煤灰进厂后分别入储库。以上原材料应严格控制水分并保证一定的粒度，确保磨机台时产量磨机总产量除以磨机实际运转时间。

2）生料粉磨：原材料从储库按一定的比例输送进入磨机，经研磨后，出来的合格生料经选粉机（不合格的生料经选粉机后重新输送进入磨机粉磨）后输送进入储库，进行均化，保证熟料煅烧系统质量的稳定。

3）煤粉制备：合格原煤进厂后经煤破碎机破碎后进入原煤堆场进行预均化，再输送进入煤磨机粉磨，出磨煤粉经分离器后进入煤粉仓，通过转子秤计量、罗茨风机输送喷入分解炉和回转窑内煅烧熟料。

4）熟料煅烧：制备好的生料从储库内输出并提升输送进入窑尾预热器内，生料经预热后进入回转窑内，在窑头喷入的煤粉高温煅烧下，温度达到 1 300～1 450℃，生料在从窑尾翻滚至窑头时被煅烧成熟料。熟料从窑头进入冷却机，逐渐冷却后经破碎机破碎后输送提升进入熟料储库。

5）水泥制成：合格石膏经破碎后与储库内熟料、粉煤灰、石灰石按一定比例输送进入辊压机，初步破碎的物料进入水泥磨机内粉磨，经粉磨后合格的产品输送提升进入水泥库内均化并储存。

6）水泥散、包装：水泥库侧设有散装机，通过散装车销售出厂。储库内水泥经多库搭配下料输送并提升进入中间仓，经包装机包装成袋装水泥出厂。

公司生产工艺流程见图 2-1，主要设备情况见表 2-2。

表 2-2　公司主要设备

序号	设备名称	规格、型号	台数	制造厂家	完好率/%
1	原料磨	TRM36.4 辊式磨	2	中天仕名科技集团有限公司	100
2	回转窑	Φ4×60m	2	中天仕名科技集团有限公司	100
3	煤磨	Φ3×6.5+2.5m	2	中天仕名科技集团有限公司	100
4	辊压机	TRP140-110	2	中天仕名科技集团有限公司	100
5	破碎机	LPC-10\700R-LT	1	常州仕名重型机械有限公司	100
6	圆形堆取料机	YG400/80	1	中材国际工程股份有限公司	100
7	旋风预热器带分解炉	Φ5 100×28 000mm	2	中材国际南京水泥工业设计研究院	100
8	斗式提升机	N-GTD630-86630mm 等	15	芜湖爱德运输机械有限公司等	100
9	篦式冷却机	3.3×21.7m	2	中材国际南京水泥工业设计研究院	100
10	水泥磨	Φ4.2×13m	2	中天仕名科技集团有限公司	100
11	水泥包装机	BX—C 八嘴	3	唐山任氏包装设备有限公司	100

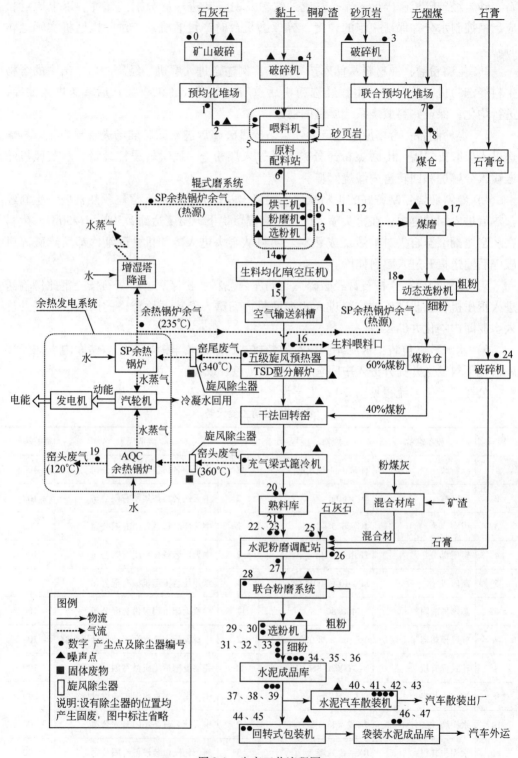

图 2-1 生产工艺流程图

2.1.3 企业的审核过程概述

为了贯彻落实《中华人民共和国清洁生产促进法》，确保完成省、市政府下达的"十一五"期间主要污染物排放总量削减任务，进一步发掘企业清洁生产的潜力与机会，2009年公司作为"中欧亚洲投资计划——西部11省清洁生产能力建设项目"确定的陕西省试点企业，积极遵循项目方法学的指导及《清洁生产促进法》等法律法规的要求开展清洁生产审核工作。

公司领导高度重视，根据审核要求，公司成立了以总经理为组长、副总经理为副组长，运行保障部、工艺技术部、综合管理部、财务部、余热发电站以及矿运、原料、烧成、制成、包装等部门（车间）技术骨干组成的清洁生产审核工作小组，并明确各自的工作职责、制定清洁生产审核工作计划，聘请陕西省循环经济发展促进中心和陕西省生产力促进中心的专家参与审核工作。

清洁生产审核对污染或浪费的原因分析包括八个方面，审核小组运用清洁生产系统的分析思路，从这八个方面对公司现状作出评价，找到了企业目前存在的问题，主要反映在以下几个方面：

1）由于石灰石品位下降，导致其消耗量占比高且呈上升趋势；

2）生料电耗、熟料煤耗和水泥电耗与对应设备的产品产量线性相关度很低；

3）部分设备磨损老化较快，实际效能发挥不够充分，或还不能达到相应性能指标，有些还在规格上存在偏差；

4）管理方面员工队伍整体素质有待提高，主要体现在：①部分专业技术人员和管理人员的责任心不强，工作积极性、主动性不高；发现问题、分析问题、解决问题的能力有待提高；②个别员工勤俭节约的意识和艰苦奋斗的作风淡薄，节水、节电意识有待加强，尤其是在设备维护、修理上，成本意识有待进一步提高。

另据国家发展和改革委员会《水泥行业清洁生产评价指标体系（试行）》评价企业的清洁生产水平，企业的污染物排放、综合利用、产品品质和清洁生产管理均达到先进指标，但能源消耗指标稍高。

根据预审核发现的问题，公司将"在石灰石品位下降的情况下，提高熟料强度，从而提高混合材掺量"的工艺难题确定为审核重点，确定了本轮清洁生产审核的目标，并在审核重点区域，开展了深入的审核工作。

具体的清洁生产目标确定为混合材掺量增加后带来的"煤耗、电耗的降低"和"混合材掺量的提高"，见表2-3。

截至2009年12月底，通过28项清洁生产方案的实施，公司标准煤耗由2008年的120.0kgce/t下降到107.13kgce/t；电耗由88.12kW·h/t下降到86.45kW·h/t；混合材掺量为582 901.5t，比2008年多利用21 179.6t，均实现了本轮清洁生产目标（表2-3）。

表2-3 清洁生产目标及完成情况

序号	项目	现状 (2008年)	清洁生产目标（2009年12月）		目标完成情况（2009年12月）	
			绝对值	相对值/%	绝对值	相对值/%
1	标准煤耗/(kgce/t)	120.0	119.0	−0.83	107.13	−10.73
2	电耗/(kW·h/t)	88.12	88.10	−0.02	86.45	−1.90
3	混合材掺量/t	561 721.9	570 000	+1.47	582 901.5	+3.77

注：2009年原料石灰石品位发生很大变化，直接影响到熟料强度，进而影响到混合材的掺加量。审核小组对石灰石品位继续下行的预测还较强，另考虑到2009年生产52.5高标号水泥的量比2008年有很大增长，高标号水泥基本不掺加混合材，综合分析后将"混合材掺量"的目标确定为570 000t

2.1.4 清洁生产审核的方案及效益

本轮清洁生产审核共分类汇总出清洁生产方案28项，其中无/低费方案23项，中/高费方案5项。23项无低费方案因投资少、见效快、技术成熟，均可以直接实施。5项中/高费方案，通过技术、环境和经济评估均可行。公司统筹规划，制定了中/高费方案的实施计划。截至2009年12月，5项方案均已实施完成，并通过验收。

清洁生产方案从提出到实施的时间比较短，根据实施后几个月的效益表现，审核小组对方案的年度实施效果进行预测、汇总，并将持续观察方案的实施效果，核准更新数据，见表2-4和表2-5。

根据方案实施的实际效果，将无/低费和中高费方案实施的效果进行汇总，得到的成效是：

无/低费方案共实施23项，总投资24.6万元，共可节电100.144kW·h/a，节煤7 200吨/a，总节约量折合5 266.1吨标煤/a，共可节水72 000t/a，可减排CO_2 12 819t/a、减排SO_2 386t/a、减排NO_x 193.5t/a，其他效益还体现在减少油品浪费、提高粉煤灰利用率、减少粉尘排放、提高煤的燃烧效率、提高资源利用率、提高设备台时产量等方面，折合经济效益861.4万元/a。

中高费方案共实施5项，总投资486万元，原材料可实现节约混合粉1 000t/a；可实现节煤1 400t/a（折合标准煤1 000tce/a），实现减排CO_2 2 492t/a、SO_2 75t/a、NO_x 37.5t/a。总经济效益可达1 280.855万元/a。

综合无/低费方案和中/高费方案的实施效果，企业总投资510.6万元，年总经济效益2 142.4万元，投资回收期不到3个月。

2.1.5 典型的清洁生产方案

（1）设备润滑管理

以前各车间存在用油过量的问题，导致漏油、发热或缺油、润滑不良、设备事故等现象，还存在润滑油（脂）未及时更换、过期的仍在使用，造成设备不能正常运转的问题，大、小型设备润滑油站更换过的润滑油也没有重复利用，浪费较大。经分析，造成以上不合理现象的原因是车间没有详细的设备润滑管理制度，没有具体量化的考量指标。

表 2-4 提出并实施的无/低费方案

方案类别	方案编号	方案名称	方案内容	投资/万元	效益 环境效益	效益 经济效益
员工	F1	加强对岗位员工的技术培训	针对全公司各个岗位，由各相应的专职负责人对本岗位员工进行理论培训和现场实际培训考试，提高全体员工的技术水平	0	节能降耗	提高操作水平和运行效率，保障生产安全稳定
	F2	提高员工思想意识教育	提高员工的主人翁责任感和环保意识，使广大职工积极参与清洁生产工作	0	节能降耗	提高操作水平和运行效率
	F3	向同行业企业学习、交流	组织员工去兄弟企业参观和实践学习	1	—	提高员工业务能力和综合素质
管理	F4	加强环保监控	加强与环境监测部门的联系，准确及时地监控污染物的排放情况	0	减少环境污染	—
	F5	加强巡视检查	加强巡回检查，及时发现问题，杜绝"跑、冒、滴、漏"，事故的发生	0	减少污染	使资源能源得到充分利用
	F6	加强设备管理	改善改进设备的维修维护管理，加强现场管理，减少各种"跑、冒、滴、漏"	0	节能降耗	提高设备利用率
	F7	加强大修期间废油管理	机组大修期间，禁止废油和油扔入下水，采取统一回收、处理	0	减少污染物的排放	—
	F8	进厂原燃材料质量管理	加强对原燃材料取样化验工作，对不合格的拒收，杜绝进入厂内	0	节能降耗	减少原燃材料使用成本
	F9	设备润滑管理	对大型油站按质换油，小型的按周期进行换油，确保设备高效运转，提高设备运转率	4	减少油品浪费，从而减少其对土壤的污染等	提高设备运转率（基本可达 90% 以上）
	F10	设备润滑精细化管理	加强润滑管理工作，及时引进新技术油品，保证设备润滑良好	2	减少停机，减少废物产出	保证安全运转
	F11	避峰生产	白天电费高，晚上电费低，采取避峰生产降低电力成本	0	—	节约电费 500 万/a
	F12	厂区车辆运输管理	加强运输道路清洁、绿化，减速带，及时修复道路，控制车辆行驶速度	0	减少二次扬尘	—

清洁生产审核案例与实施

方案类别	方案编号	方案名称	方案内容	投资/万元	效益	
					环境效益	经济效益
管理	F14	计量设备校验准确	定期对皮带秤、流量计、汽车衡等计量设备校验，确保计量准确	2	—	确保物料配比合理，减少物料损失
	F15	化验室取样量走上限	取样过程中，取样量走上限（最少的取样量）	0	减少固废排放	节约原材料，减少过程能费
	F16	粉煤灰计量装置的改造	安装星型给料机，采用变频控制	2	解决粉煤灰下料时满料和螺绞刀卡死现象，提高粉煤灰利用率	保证水泥质量稳定
废弃物综合利用	F17	化验室成型废料试块回收	将化验室成型废料试块回收入熟料库	0	减少固废的产生	—
	F18	2#窑尾收尘器，加筛网	在下料锥斗与拉链机连接处加筛网	1	避免掉袋拉链机卡死，影响除尘器正常工作，减少粉尘排放	避免滤袋卡死拉链机造成的停机损失，可节约20万元/a
	F20	煤粉仓收尘管道改造	将原来一线两套煤粉共用一根除尘管道改为两根收尘管道分别进入一袋除尘	0.6	减少煤灰的排放	提高除尘效率
	F21	余热发电站主厂房疏水回收	将余热电站疏水排水收集到水池内，用增压泵打入循环水池使用	1	减少了废水排放量，节约新鲜水10t/h，全年可节约7.2万t	节约水费14.4万元/a
过程控制	F24	减少事故停窑次数	加强回转窑的运行工作，及时查看窑况，发现问题及时处理，减少事故停窑次数，提高窑运转率	0	提高环保意识，减少物料废气的产生	提高煅烧熟料的品质，从而提高窑时产量，节约电费31万元/a
	F25	硫酸钙渣、脱硫石膏下料斗改造	更改下料斗角度，镶砌耐磨板，加装空气炮	8	提高硫酸钙渣，脱硫石膏利用率	—
	F26	1、2#分解炉燃烧优化调整	根据1、2#分解炉运行情况，进行不同风量、风压下的燃烧试验调整，保证分解炉的正常高效燃烧，降低煤耗	3	调整后，观察计量3个月的煤耗，进行不同期煤耗进行比较，同2008年同期煤耗水平下，全年可节煤7200t，同期产量提高煤，并提高燃烧效率，减少CO₂、SO₂、NOₓ的排放	节约的燃煤合297万元/a
资源利用	F28	原料配比调整	矿山上土渣与石灰石、高品位与低品位灰石合理搭配，杜绝尾矿固废的产生，同时保证熟料强度	0	提高煅烧熟料的品质，提高窑时产量量降低电耗，节电1440kW·h/a	提高生料的易磨性，可节约电费446元/a

表 2-5 提出并实施的中/高费方案

方案类别	方案编号	方案名称	方案内容	投资/万元	效益 环境效益	效益 经济效益
工艺技术	F13	定期更换选粉机转子	定期检查选粉机，及时更换磨损的选粉机转子，确保煤粉细度合格	16	可节约燃煤 1 400t/a 并减少 CO_2、SO_2、NO_x 排放	节约的燃煤合 57.855 万元/a
	F19	水泥调配站增加一台收尘器	水泥调配站扬尘大，增加一台收尘器，解决冒灰	10	减少粉尘排放，每小时可回收混合料粉 0.2t，全年可回收 1 000t	回收的混合料粉合 14 万元/a
	F22	新增过滤润滑油装置	购买一台滤油机对大型油站进行在线过滤	10	减少废油排放对土壤的污染	使用滤油机每年可节约 30 桶左右润滑油，即可节约成本 3~9 万元
设备	F23	回转窑定期检修	定期对回转窑进行检查，及时更换损坏的耐火砖、窑尾下料舌头、窑口护铁、五级旋风筒等设备	150	减少窑故障时的烟尘排放	减少回转窑故障造成经济损失 200 万元/a
产品	F27	增设水泥散装设备	在水泥库侧，增设散装设备，加大散装水泥的销售	300	减少了包装工序，节约大量的资源能源，减少扬尘	降低成本，每吨散装水泥可以减少包装成本 10 元，年节约资金 1 000 万元

针对以上问题，制定的方案为完善车间设备润滑管理制度，对大型油站按质换油，小型油站按周期进行换油，确保设备高效运转。具体为：①制定设备润滑量化指标；②制定润滑油审批领用程序；③重复利用已使用的润滑油；④在车间内设置专门的油品管理区；⑤制定润滑油管理方案（图2-2）。

图2-2　过滤已使用润滑油的滤油机

此方案共投资4万元，实施后有效地减少了油品浪费，从而减少了其对环境的影响；同时设备的运转率可达到90%以上，提高了设备运转率。

（2）硫酸渣、脱硫石膏下料斗改造

方案实施前，硫酸渣、脱硫石膏下料不畅、易堵料，硫酸渣、脱硫石膏利用率低。工人劳动量大，主机设备空负荷运转时间长。经分析造成上述现象的原因是下料斗设计不合理。

针对以上问题，制定的方案为更改下料斗角度，镶砌耐磨板，加装空气炮。具体内容为：控制原材料入库水分，在辊压机、混合料提升机下料斗，镶砌 300mm × 500mm × 20mm 的耐磨衬板，采用 T 型螺栓固定下料斗。采用 δ = 10mm 钢板，按照实际尺寸放大 150mm 制作外壳，改衬板为浇注料，Y120 的扒钉，1.74m 长的直筒部分采用内插式分段连接，并加装 TGK 型号空气炮（图2-3）。

方案投资8万元，改造后硫酸渣、脱硫石膏的利用率提高了18%。

（3）增设水泥散装设备

公司 2008 年散装水泥出厂量占年产量的 40%。水泥散装技术已在水泥行业广泛应用，安装水泥散装设备可以带来以下几方面改善，包括：①有效对出磨、出厂散装水泥进行监控、检验，确保散装水泥各项性能指标100%合格；②周期季节性控制和增加散装水泥发运量，在旺季时日放散装量 7 000t 以上，达到100%发放散装；③散装水泥减少了包装工序，节约了大量的包装用纸，保护了森林资源，每年可减少包装成本 1 000万元；④可以得到地方政府相关扶持资金的支持；⑤减少了扬尘，提高了劳动生产率，减轻了劳动强度，保护了员工的身体健康。

为此，公司决定在水泥库侧安装水泥散装设备（图2-4），使散装水泥出厂量达到年产量的80%。

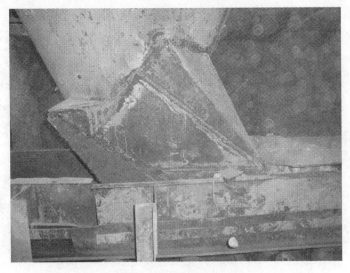

图 2-3　改造后的下料斗

图 2-4　水泥库侧的水泥散装设施

此方案总投资 300 万元，年节约成本 1 000 万元，投资回收期 0.4 年。

（4）原料配比调整

公司在石灰石矿山开采过程中，面临着矿山土渣含量较多的现实情况，尤其是在900～920 开采平台上土渣量较大，给开采工作和石灰石质量的稳定性带来很大影响。在这些土渣中，由于开采面的不同含有不等数量的石灰石，如果将这些石灰石与优质石灰石伴生的土渣一起丢弃掉，对目前有限石灰石资源是一种浪费，因此需要建设专门的土渣坝来堆放。而建一座土渣排放坝又面临几个问题：一是建设投资费用较大，至少需要几百万元；二是申请报批手续比较复杂；三是土渣坝本身存在很大的安全隐患。

为杜绝尾矿固废的产生，同时保证熟料强度，公司决定矿山上土渣与石灰石、高品位与低品位石灰石合理搭配利用（图2-5）。此方案不需要投资，通过原料的合理搭

(a) 矿山土渣剥离前

(b) 剥离后进行搭配

(c) 搭配好的石灰石和土渣

图2-5　原料合理搭配利用过程

配，可提高资源利用率，提高生料的易磨性，从而提高设备台时产量，年可节电 1 440kW·h，年可节约电费 446 元。

2.2 四川德阳某水泥有限公司

2.2.1 企业概况

该水泥公司是由母公司独立投资、专门从事电石渣制水泥的专业厂家。公司创建于 2006 年，位于四川省德阳市，距离成都 70 余 km，距离绵阳 25km，公司占地 223 亩①，职工 300 余人，拥有总资产 2.4 亿元，设计生产规模 80 万 t/a。每年可实现处理各类工业废渣 50 余万 t、减排二氧化碳 22 余万 t 的环保效益。公司运用合肥水泥研究设计院最新研制的窑外预分解电石废渣制水泥新型干法工艺，多项设备属于国家专利技术，技术处于国内领先水平（图 2-6）。

图 2-6　四川德阳某水泥有限公司生产厂区全景

母公司创建于 1970 年，地处德阳市旌阳区八角井镇。公司现有三条水泥生产线，主要产品有普通、复合、砌筑等品种规格，产品均以"井牌"商标注册。公司主导产品——32.5R 普通水泥产品于 1996 年通过 ISO9002 标准国家质量认证，2001 年通过 ISO9001：2000 标准产品质量认证。"井牌"水泥被评为德阳市名牌产品，荣获四川市场畅销商品品牌，"井牌"商标被认定为德阳市知名商标。"井牌"水泥出厂质量、富裕强度合格率连续二十余年达 100%，产品多次被用于国家、省、市（区）的重点工程建设项目，如射洪金华电航桥、南部红岩子电站、沙牌电站、嘉陵江阆中金银台航电、

---

① 1 亩≈666.7m²

嘉陵江仪陇新政航电、成绵高速公路等重点工程。

2.2.2　企业的主要产品和生产工艺

公司以电石法生产 PVC 所产生的废渣—电石渣为原料，采用新型干法工艺，建设了一条 1 600t/d 熟料电石渣水泥生产线。公司年产水泥熟料 49.60 万 t、水泥 62 万 t、42.5 P.O 普通硅酸盐水泥 24.80 万 t、42.5R P.O 普通硅酸盐水泥 37.20 万 t。水泥散装与袋装比例为 7:3。

公司近两年产品情况见表 2-6。

表 2-6　公司产品情况

产品名称	近两年年产量/t		近两年年产值/万元	
	2008 年（4~12 月）	2009 年（1~10 月）	2008 年（4~12 月）	2009 年（1~10 月）
生料	250 000	500 254	—	—
熟料	158 000	321 450	—	—
水泥	70 997	353 150	3 301	14 126

注：该生产线于 2008 年 4 月投产，汶川 5·12 地震后生产受到一定的影响

公司生产工艺流程见图 2-7。

2.2.3　企业的审核过程概述

在企业"环保节能　利国利民　发展共赢　实现价值"的理念指导下，该公司在企业取得可观的经济和社会效益的基础上，作为"中欧亚洲投资计划——西部 11 省清洁生产能力建设项目"的试点企业，自愿在公司推行清洁生产审核。公司领导非常重视清洁生产审核工作，为保证审核工作的顺利开展，专门成立了清洁生产审核领导小组和审核小组。清洁生产审核领导小组由公司副总经理担任组长、厂长担任副组长、其他部门经理担任成员，领导小组全面负责整个工厂的清洁生产审核工作。清洁生产审核小组则具体负责审核工作的开展，审核小组负责提供生产、设备、污染等方面的资料，在车间内部加强关于清洁生产的宣传，配合审核提出并实施方案等。此外，公司领导还组织公司所有部门的主管人员和有关车间的人员于 2008 年 12 月 9 日接受了清洁生产审核培训，随后制定了相应的清洁生产计划，全面启动了工厂的清洁生产审核工作。

根据外部的环境管理要求，结合企业的发展战略、环境管理目标和公司的实际情况，审核小组把电石渣传输系统确定为本轮清洁生产审核的重点，并提出了具有激励作用的清洁生产目标（表 2-7），以期通过加强管理过程控制、工艺改进、设备改造、员工培训等措施，达到设定的近、中、远期清洁生产目标。

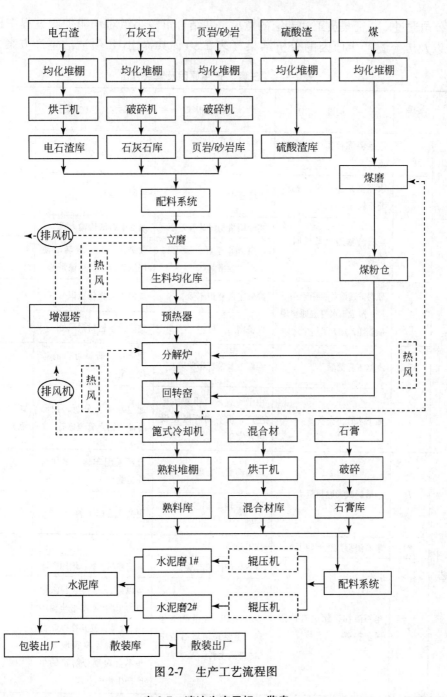

图 2-7 生产工艺流程图

表 2-7 清洁生产目标一览表

序号	项目	现状	近期目标 （2009 年 12 月）	中期目标 （2010 年 12 月）	远期目标 （2012 年 12 月）
1	水泥综合电耗/（kW·h/t 水泥）	130	120	110	95
2	熟料烧成热耗/（kcal①/kg 熟料）	810	790	750	720
3	无组织粉尘排放量/（mg/Nm³）	50 ~ 56.5	48 ~ 50	40 ~ 48	≤30

① 1cal =4.186J

公司通过广泛征集员工和专家的意见，并结合审核小组对水泥生产过程中的物料损失以及废弃物产生原因的分析结果（表2-8），共提出18项清洁生产方案，其中

表2-8 "三废"产生原因及解决方法

方案类别	序号	问题	原因分析	解决办法（方案）	备注
过程控制	1	原燃料堆存损失，物料流失	不密封	盖密闭式库房	—
	2	水泥富余强度高，熟料配比保守	市场要求	暂维持现状	—
设备	3	电石渣输送设备长时间空转	实际用量与设计有差距	改变电石渣传输方式	—
			如果停止运转，烘干口会将传输带烤坏	改进烘干口，停转时使用隔热板保护传输带	—
	4	原料输送设备雨棚遮挡不严，造成雨水打湿原料增加能耗，加大了粉尘污染	维修工人意识不强	加强工人责任意识	—
			设备密封不好	整修设备密封漏风处	—
	5	维修工具简陋	维修工具情况不明确	列清单，研制可行的替代方案	—
	6	地下水管不完善	由于地震恢复重建主抓生产，没有对厂区建设进行完善	通过水平衡分析，找出可能的漏点管道修补	2009年4月已新建
工艺	7	运输耗汽油燃料量大	运输调配不合理	合理调配车辆，增加合并运输	—
			场内运输车辆多为报废车辆	更换或维修车辆	—
	8	电石渣掺杂比例较低	技术障碍	暂无	—
	9	电石渣掺杂比例有待进一步提高	设备生产能力有潜力	调整控制参数，增加产量	
			生料中 Cl^- 含量严重超标，主要是由电石渣中 Cl^- 带入生料	可以通过降低电石渣中 Cl^- 的措施来降低生料中 Cl^- 含量，使其在控制范围内，确保有害成分含量不会对预分解窑的生产产生影响	
废弃物利用	10	废旧钢材利用差、贮存损失（下雨锈蚀）	无管理制度	制定管理制度，并遵照执行	—
原料替代	11	可用脱硫石膏代替天然石膏，替代天然石膏的比例为100%	目前国内企业已有成功使用脱硫石膏代替天然石膏生产熟料的案例，可减少消耗资源及达到废弃物综合利用	用脱硫石膏代替天然石膏	由于该厂周边没有相关处理脱硫石膏的生产企业，所以待条件成熟后实施

方案类别	序号	问题	原因分析	解决办法（方案）	备注
员工	12	长明灯、空调常开	员工节能意识差	进行培训，提高人员意识制定管理制度，并遵照执行	—
	13	粉尘污染大的区域，员工缺乏自我保护	员工自我保护意识薄弱	进行培训，提高人员保护意识	—
	14	环境维护（如草坪）不到位	员工环保意识薄弱	进行培训，提高人员环保意识	—
			缺少相应管理制度	制定环境管理制度，并遵照执行	—
管理	15	搬运遗撒	搬运方式	改变搬运方式	—
			搬运管理	制定搬运管理办法	—
			人员意识	培训，提高人员意识	—
	16	不必要的倒运	生产安排不合理	合理安排生产	—
			信息沟通不好	现场调度的信息及时沟通	—
	17	生产物料分类不合理	人员意识	加强培训，提高员工意识	—
			无管理制度	制定管理制度，并遵照执行	—
	18	零备件质量差（性价比低）	采购管理有问题	重新制订零备件采购标准并遵照执行	—
	19	设备转运管理（半/小负荷、空转）	无设备运行管理	制定管理制度，并遵照执行	—
	20	工厂厕所少	原始设计有缺陷	新建厕所	2009 年 5 月已新建
	21	工人无休息室	新厂建设不完善	新建休息室	2009 年 5 月已新建
	22	劳动效率低（如维修过程）	无管理制度	制定管理制度，并遵照执行	—
			人员意识差	进行培训，提高人员意识	—
			无维修规程	制定管理制度，并遵照执行	—
	23	新建项目遗留问题多	设计与运行情况有差距	及时整改	—

包括 13 项无/低费方案和 5 项中/高费方案。截至 2009 年年底，18 项方案中有 17 项已实施完成，还有 1 项无/低费方案（用脱硫石膏代替天然石膏）因原料无法获取的原因尚待实施。17 项方案的实施，可帮助企业节电 210 000kW·h/a，同时还帮助企业减少

物料损失、提高设备利用率、减少粉尘排放、降低噪音、提高资源利用率等，折合经济效益约335万元/a。同时，也达到了本轮清洁生产审核的近期目标。

2.2.4 清洁生产审核的方案及效益

公司清洁生产审核小组成员根据清洁生产审核程序，在全公司范围内宣传动员，鼓励全体员工提出清洁生产方案和合理化建议。同时结合类比和专家的技术咨询，以及公司的年度工作目标，从原材料替代、工艺技术、设备、过程控制、废弃物利用、企业管理、员工等方面广泛征集了清洁生产方案。本轮清洁生产审核共产生清洁生产方案18项，包括13项无/低费方案和5项中/高费方案。对于投入小且易于实施的无/低费方案，在审核过程中进行分步实施。

截至2009年年底，18项清洁生产方案除1项（脱硫石膏使用方案）目前因实施条件不成熟外，其他17项方案均已实施，清洁生产方案和效益见表2-9。

根据方案实施的实际效果，将无/低费和中/高费方案实施的效果进行汇总，得到的成效是：

无/低费方案共实施13项，总投资8.1万元，共可节电10 000kW·h/a，废旧钢材回收利用节约2万元，其他效益还体现在减少物料损失、提高设备利用率、减少粉尘排放、提高资源利用率等方面，折合经济效益约235万元/a。

中/高费方案共实施5项，总投资75万元，共可节电200 000kW·h/a，折合标准煤70 000tce/a，其他效益还体现在减少粉尘污染、降低噪声、改善员工工作环境等方面，总经济效益可达100万元/a。

综合无/低费方案和中/高费方案的实施效果，企业总投资83.1万元，年总经济效益335万元，投资回收期3个月。

2.2.5 典型的清洁生产方案

（1）堆棚改造（电石渣、煤）

在露天原料堆积区域建造堆棚可减少电石渣、煤等粉状的粉尘污染，并能避免因露天堆放造成的雨水对原料水分的增加，从而降低烘干电石渣等原料的能耗。堆棚的改造可减弱因粉尘对周围环境的影响及降低粉尘对环境的污染，降低烘干能耗。此方案投资10万元，回收期为18个月（图2-8）。

（2）改造电石渣输送设备

本轮清洁生产审核之前，公司电石渣堆场距离厂区很近，皮带输送空转较高，造成能源的浪费。改造方案是采用汽车运输替代皮带输送，在原有运输距离的基础上增加约100m，直接将电石渣运输到电石渣堆棚。方案实施后可降低因设备空转造成的能源浪费，减少设备维修成本。此方案投资12万元，回收期为1年（图2-9）。

表2-9 清洁生产方案汇总

方案类型	方案编号	方案名称	方案简介	方案投资/万元	方案类型	环境效益	经济效益
原辅材料和能源的替代	F1	使用脱硫石膏	用脱硫石膏代替天然石膏，替代天然石膏的比例为100%	3	无/低费	"三废"利用	降低成本65元/t，年节省230万元 注：由于附近无脱硫石膏原料，所以此方案作为中远期方案实施
	F2	堆棚改造（电石渣、煤）	存在现有堆棚不够用，原料存在露天堆放，二次扬尘大，物料受天气变化大等问题。对策：新建堆棚；现有堆棚扩大	10	中/高费	降低能耗，减少粉尘二次扬尘	10万元/a
	F3	改进烘干口	改进烘干口，停转时使用隔热板保护传输带	0.2	无/低费	—	预计折合节电200 000kW·h/a
	F4	改造电石渣输送设备	改变输送方式：改为汽车运输	12	中/高费	—	—
设备维修更新	F5	完善厂区生活设施	工人厕所较少及无休息室	8	中/高费	改善员工工作环境	—
	F6	购置卫生清扫车	生产过程中存在遗撒和跑冒滴漏，厂区道路需要及时清理，避免造成二次扬尘。为达到此目的，购置卫生清扫车	3	无/低费	及时清理环境卫生，减轻环境污染，减少二次扬尘	—
员工素质提高	F7	制定用电管理制度并执行	人员意识差，存在长明灯、空调常开现象，制定管理制度并组织贯彻培训和执行，在节电委员会每月总结时纳入执行效果评定项目	0	无/低费	节电减排	预计折合节电10 000kW·h/a

方案类型	方案编号	方案名称	方案简介	方案投资/万元	方案类型	环境效益	经济效益
废弃物回收和综合利用	F8	废旧钢材回收利用	废旧钢材可以进行挑选回收利用；将确实不能用的废钢材单独存放；旧钢材合适情况下不能领用新钢材	0.1	无/低费	节约能源资源	降低成本，预计每年能节约2万元
	F9	熟料上料皮带尾轮、头轮漏料处理	熟料上料尾轮、头轮由于设备的原因导致经常发生漏料，加强设备维护，杜绝漏料上料皮带尾轮南侧皮带进行定期更换；头轮处清扫器重新定位，及时修复	0.1	无/低费	降低粉尘污染	减少物料损失，降低工人劳动量
	F10	筒冷机下拉链机头尾轮	加强密封	0.1	无/低费	减少环境污染	减少物料损失，降低工人劳动量
	F11	窑系统、篦冷机熟料破碎机漏料处理	加强密封	0.1	无/低费	减少环境污染	减少物料损失，降低工人劳动量
	F12	尾煤输送泵及下料器隔料处理	检修时重新修理密封	0.1	无/低费	减少环境污染	减少物料损失，降低工人劳动量，防止煤粉自燃
	F13	石膏转运点储气罐、空气管道（空气炮）等处漏气	维修部门及时处理，密封，更换阀门	0.2	无/低费	减低噪声	节约能源，节约压缩空气量
	F14	水泥库顶斜槽料结块	密闭，漏料后及时清理回收，防止潮湿，雨淋结块	0.1	无/低费	减低噪声	减少物料损失
	F15	窑尾密封治理	及时调整密封压板的松紧，避免冒灰	0.1	无/低费	减少环境污染，消除安全隐患	减少物料损失
	F16	厂区噪声治理及厂区绿化美化	在车间周围、道路两旁尤其在磨房附近以及厂区周围，均应种植树木或花草，以减弱噪声对周围环境的影响	45	中高费	减少噪声，美化环境，减少扬尘	—
管理	F17	节电委员会运行	每月回顾一次节电工作成效	0	无/低费	—	巩固节电成效
	F18	提高对员工的培训力度	对员工的培训，提高员工操作技能，提高工作效率及员工意识，建立和完善清洁生产组织，实施持续清洁生产	1	无/低费	—	—

(a) 堆棚改造前 　　　　　　　　　　　　　　　(b) 堆棚改造后

图 2-8　电石渣和煤堆棚改造前后对比

(a) 改造前使用皮带输送 　　　　　　　　　　(b) 现改用汽车运输

图 2-9　电石渣输送设备改造前后对比

（3）厂区噪声治理及厂区绿化美化

在车间周围、道路两旁尤其在磨房附近以及厂区周围，凡能绿化的空地，均种植树木或花草。对厂区的绿化不仅减弱了噪声、粉尘对周围环境的影响，而且还改善了员工的工作环境。此方案投资 45 万元，方案的实施具有很好的环境效益（图 2-10）。

(a) 厂区绿化前 　　　　　　　　　　　　　　(b) 厂区绿化后

图 2-10　厂区噪声治理及厂区绿化前后对比

冶金行业案例

3.1 西宁某特殊钢公司

3.1.1 企业概况

该特殊钢公司的前身是西宁市某钢厂,于 1969 年陆续建成投产,原设计能力年产优质钢 13 万 t、优质钢材 8.5 万 t。1994 年该钢厂被列为全国 100 家和青海省 14 家现代企业制度试点企业,于 1996 年 2 月整体改制为现在的西宁某特殊钢集团有限责任公司。经过近 40 年的建设和发展,目前该公司已形成年产铁 100 万 t、优质钢 120 万 t、优质钢材 110 万 t 的生产能力,年总产值达到 604 315 万元。

公司现有在岗职工 8 700 余人,占地面积 3km²。下设炼钢分厂、铁钢轧分厂、加工分厂、工程制造部、原材料分厂等,可生产碳结、碳工、合结、合工、高工、轴承、弹簧、不锈钢八大类特殊钢产品,创出并保持了 16 个国、部、省级优质产品,产品销往全国各地,部分产品出口。

钢铁行业是资源、能源密集型产业,其特点是产业规模庞大,生产工艺流程长,资源能源消耗高,各类废气、废水、噪声、固体废物等产生量大,对环境污染和影响较大。因此在钢铁行业中推选清洁生产,改变单一的末端污染治理,合理利用自然资源、实行工业污染的全过程控制,走可持续发展道路,是钢铁行业促进经济与环境协调发展、开创钢铁企业污染防治新局面的一项重要战略措施。

3.1.2 企业的主要产品和生产工艺

3.1.2.1 主要产品及生产工艺

(1) 炼钢分厂

炼钢分厂下设一炼、二炼、三炼三个主体生产作业区,是一个集冶炼、炉外精炼、电渣炉重熔为一体的特钢主体生产单位。冶炼品种有钢锭、合结钢、合工钢、滚珠钢、不锈钢、碳结钢、模具钢、钢锭八大钢类,主要用于机械、军工、汽车、铁道、航空、石油、煤炭等行业。具有年产 50 万 ~60 万 t 优质钢的生产能力,现有职工 1 160 人。

①电炉

氧化法冶炼是由60%的废钢和40%的生铁及造渣材料为主要原料，进行熔化、氧化和粗还原冶炼，给精炼炉提供合格的初炼钢水。

返回法冶炼是由40%的本钢种返回料和60%的其他钢铁料及造渣材料为主要原料，进行熔化、氧化和粗还原冶炼，给精炼炉提供合格的初炼钢水。

②LF-VOD 和 LF-VD 精炼炉

LF-VOD 将电炉提供的初炼钢水经 VOD 真空吹氧去碳、极真空脱氧，再还原调渣、微调成分、均匀温度等操作，给铸锭提供合格的不锈钢钢水。

LF-VD 将电炉提供的粗炼钢水经调渣等还原操作，对钢液进行脱氧、去气、去夹杂，并微调成分、均匀温度。根据冶炼品种的技术要求在 VD 炉进行脱气处理使钢液进一步达到去气、去夹杂的效果，给铸锭提供合格的钢水。

③模铸

根据技术要求和生产工艺要求，将精炼炉提供的钢水浇铸成不同锭型的钢锭。

④钢锭精整

按照技术和生产工艺要求，将模铸后保温或退火的钢锭进行检查、清理、标识，为下一步加工创造有利条件。

炼钢分厂各作业区生产工艺流程见图 3-1、图 3-2、图 3-3。

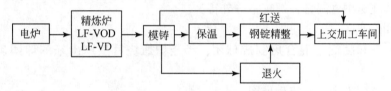

图 3-1　一炼作业区生产工艺流程图

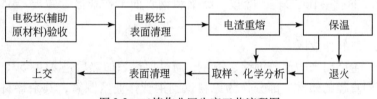

图 3-2　二炼作业区生产工艺流程图

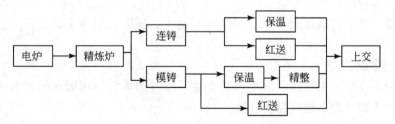

图 3-3　三炼作业区生产工艺流程图

（2）铁钢轧分厂

铁钢轧分厂下设烧结、高炉、炼钢、轧钢四大作业区，现已形成混匀、烧结、高炉、转炉、连铸、连轧一条龙生产线。主要产品为：棒材、生铁、钢水、烧结矿等。

①原料作业区

公司生产使用的铁精粉、膨润土、铁矿石、焦炭等原材料购进后堆放在原料作业区，由原料作业区送往公司各使用单位。

②烧结作业区

利用一台 $132m^2$ 烧结机生产优质冷烧结矿供高炉炼铁使用。

③石灰窑作业区

利用石灰窑煅烧石灰矿，生产活性熟石灰送至烧结作业区、炼钢作业区、三炼作业区和一炼作业区作为炼钢辅料。

④高炉作业区

现有两座 $450m^3$ 高炉，利用球团矿、烧结矿、焦炭等原料冶炼生铁，送转炉和三炼炼钢使用。高炉炼铁时产生的副产品煤气，经重力布袋净化后送至储气柜，供部分单位作为燃料。

⑤炼钢作业区

现有一台 65t 转炉、两台 70t 精炼炉和一台五机五流连铸机，高炉铁水经冶炼后生产的合格钢水送至精炼炉精炼，由连铸机生产铸成小方坯送轧钢作业区。

⑥轧钢作业区

炼钢作业区生产的合格小方坯经加热炉加热后进入连轧机组轧制成圆坯或螺纹钢等钢材，圆坯送钢管制管，螺纹钢等外售。

⑦球团作业区

将铁精粉和膨润土混合后制成球团，经竖炉煅烧后生产出来的球团矿送至高炉炼铁。

铁钢轧分厂生产工艺流程见图3-4。

（3）加工分厂

加工分厂下设一轧/二轧、冷拔、锻钢和钢管四个作业区，主要产品为轧材、拔材、管材等。

①一轧、二轧作业区

炼钢分厂生产出来的部分钢锭、钢坯，通过加热炉加热后进入 Φ650、Φ750 轧机，轧制成为不同直径的棒材，部分作为原料供到钢管作业区制管，其余棒材经表面处理后送成品库外运。

②冷拔作业区

二轧作业区生产的部分棒材，经压尖、退火、表面处理等工艺生产成成品，送成品库外运。

③锻钢作业区

炼钢分厂一炼、三炼作业区生产的钢锭，经过加热后利用锻锤锻造成为不同直径的锻材，经表面处理后送成品库外运。

④钢管作业区

一轧作业区和新线圆坯中的部分坯材进入钢管作业区进行再加工，经加热炉加热后钻成不同直径的管材，经矫直处理后送成品库外运。

（4）工程制造部

工程制造部下设铸造工段、加工工段、铆焊工段，主要负责生产公司其他单位设

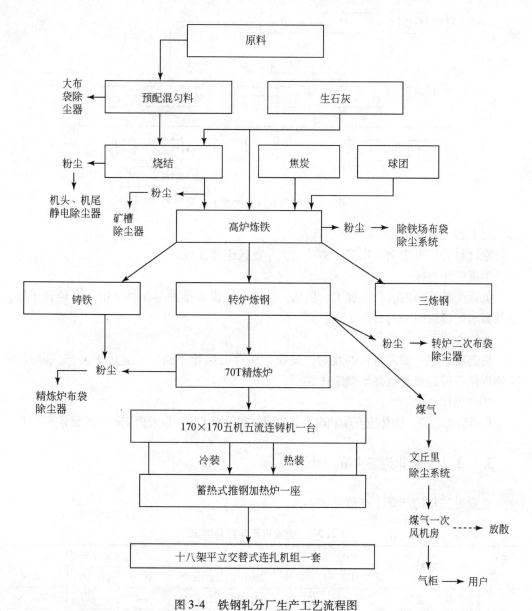

图 3-4 铁钢轧分厂生产工艺流程图

备备件、铸锭模等,是生产辅助性单位。

①铸造工段

有一台 3T 电弧炉和 3 台中频炉,主要冶炼钢水、铁水和铜水,利用模铸将铁水、钢水、铜水浇铸成型,为各生产单位提供合格的备品备件。

②加工工段

利用车床等设备,为各生产单位加工合格的备品备件。

③铆焊工段

主要有一台数控切割机、一台等离子切割机、双辊卷板机、四辊卷板机等设备,为生产单位提供炉壳、钢包以及全厂所有钢结构支架等。

工程制造部铸造生产工艺流程见图 3-5。

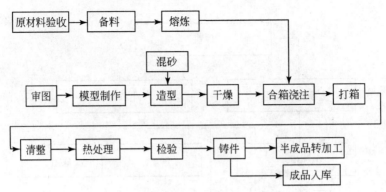

图 3-5　工程制造部铸造生产工艺流程图

（5）原材料分厂

原材料分厂由废钢、物资、多经三大作业区组建而成。

①废钢作业区

负责废钢铁料的验收、加工、挑选、装卸车、设备维护等保供炼钢生产经营工作，以及高附加值返回钢的分选工作。

②物资作业区

负责原、燃、辅助材料的装卸、验收、储存、保管、加工、运送等工作，以及各类物资使用后的质量信息反馈工作。

③多经作业区

负责废旧物资、固体废弃物和副产品的回收和销售工作，以及西钢社区的服务等工作。

3.1.2.2　企业近三年的产量

企业近三年的产量、产值见表 3-1。

表 3-1　企业近三年产品情况

分厂名称	作业区及产品名称		产品单位	近三年年产量			近三年年产值/万元		
				2006 年	2007 年	2008 年	2006 年	2007 年	2008 年
炼钢分厂	一炼	钢锭	t	171 372	173 438	186 755	—	—	—
	二炼	合结钢		—	3 960.0	5 965.8	—	4 048.6	4 569.1
		合工钢			162.2	774.4		130.7	592.9
		滚珠钢		—	30 905.1	27 901.3		1 944.0	2 105.0
		不锈钢			2 491.3	531.3		3 162.6	567.8
		碳结钢			99.7	—		403 523	—
		模具钢				46.3		—	702 901.3
	三炼	钢锭、坯		329 389	363 822	415 520	87 158.26	10 485.88	137 589.60
铁钢轧分厂	轧钢	棒材	t	—	230 000	496 000		75 487	152 100
	高炉	生铁		60 257.7	500 000	870 000	12 654	105 000	182 700
	炼钢	钢水			266 805	538 596		86 190	147 600
	烧结	烧结矿		112 700	817 300	1 300 000	9 016	65 384	104 000

分厂 名称	作业区及产品名称	产品 单位	近三年年产量			近三年年产值/万元		
			2006 年	2007 年	2008 年	2006 年	2007 年	2008 年
加工 分厂	一轧	轧材		106 777.8	143 279.3	173 524.0	64 299.2	79 052.3	108 282.2
	二轧	轧材		77 320.3	96 429.3	124 252.7	45 284.8	44 882.8	65 392.1
	冷拔	拔材	t	12 381.7	9 210.7	8 251.8	9 377.6	7 354.3	6 945.4
	114 机组	管材		82 616.6	77 447.6	83 904.3	38 832.0	34 012.4	34 986.6
	锻钢	棒材		67 207	44 714	50 005	45 019.0	32 051.5	38 979.1
工程 制造 部	机加	备件	t	1 868.5	1 875.7	2 271.9	1 840	1 881	2 471
	电修	电机	台	1 981	2 241	2 906	3 891 723	4 168 164	5 170 132
	铆焊	备件	t	750	980	1 200	704	920	1 126
	铸造	铸件	t	2 652	4 399	5 782	1 220	2 079	2 775
设备 能源 部	乙炔站	乙炔	万瓶	2.4	2.3	2.2	134	128.8	123.2
	空压站	空气	$10^3 m^3$	9 000.0	9 000.0	9 000.0	31.5	31.5	31.5
	氧气站	氧气	亿 m^3	1.05	1.05	1.05	3 800	3 800	3 800

3.1.3　企业的审核过程概述

在公司领导的大力支持下，该公司于 2009 年 4 月 26 日召开了清洁生产启动会议，提高了企业职工认识和主动参与清洁生产审核的积极性。启动会后清洁生产专家对企业人员进行了系统的清洁生产知识培训，经过培训，159 名企业员工获得清洁生产审核内审员证书。同时，公司成立了以主要领导为审核小组组长，各分厂领导为小组成员的公司清洁生产审核小组，还成立了公司清洁生产办公室，负责日常组织协调工作，制定了清洁生产审核工作计划。

审核小组通过对各分厂各生产作业区进行现场调查，收集了描述本厂各作业区反映生产运营状况的原辅材料消耗数据及产出数据、技术工艺资料、过程控制记录、设备台账及维护维修记录、排污数据等资料。在收集企业历史资料的基础上，审核小组结合有关环保要求和钢铁行业生产特点，以及企业生产实际情况，对企业产排污原因进行分析，各分厂分别确定了一个审核重点，其中工程制造部、原材料分厂因工艺简单、单一，故直接选定铸造作业区和废钢作业区为本轮清洁生产审核重点。而其他分厂通过权重计分总和排序，筛选出炼钢分厂三炼作业区、铁钢轧分厂烧结作业区、加工分厂一轧作业区为审核重点。

根据《青海省人民政府办公厅转发省环保局关于青海省 2008 年主要污染物总量减排计划的通知》及公司现有生产水平和技术能力，从先进性、可达性、国家产业政策和环保要求、经济效益、生态效率等因素出发，制定了清洁生产目标，详见表3-2。

第 3 章　冶金行业案例

表3-2 清洁生产目标一览表

序号	项目	现状	近期目标（2009年底）		远期目标（2011年底）	
		（2008年）	目标值	削减量	目标值	削减量
1	工业总电耗/万 kW·h	88 677.23	88 277.23	400	88 177.23	500
2	工业用新水量/万 t	897	747	150	647	250
3	SO_2/(t/a)	1 650	1 630	20	1 550	100
4	COD/(t/a)	390	375	15	370	20
5	烟（粉）尘/(t/a)	2 826	2 626	200	2 326	500

通过对各审核重点部位物料平衡分析，在摸清现状及存在问题的基础上，审核小组向全厂职工征集了清洁生产合理化建议，并深入各分厂，与分厂领导、技术人员及合理化建议提出者召开了合理化建议讨论会，对全厂提出的95条合理化建议进行逐条讨论，经筛选后汇总出本轮清洁生产审核的清洁生产方案。同时对推荐实施的中/高费方案分别从技术、环境，经济三个方面进行了可行性分析。根据分析结果确定了最佳方案和方案实施次序。同时审核人员研制了准备实施方案的实施计划，总结汇总了已实施方案的实施效果，同时在公司内建立了清洁生产机构，制定了持续清洁生产计划。

该公司首轮清洁生产审核共产生清洁生产方案89项，其中无/低费方案60项，中/高费方案29项，本轮共实施清洁生产方案71项，其中无/低费方案52项，中/高费方案19项，方案涉及节能降耗、设备改造、工艺改进、废弃物的循环利用、员工工作环境改善等各个方面。审核后清洁生产目标实现情况见表3-3。

表3-3 审核后清洁生产目标实现情况

序号	项目	现状	近期目标（2009年年底）		完成情况（2008年年底）	
		（2008年）	目标值	削减量	实现值	削减量
1	电耗/万 kW·h	88 677.23	88 277.23	400	88 272.23	405
2	水/万 t	897	747	150	709.8	187.2
3	SO_2/(t/a)	1 650	1 630	20	1 583.67	66.33
4	COD/(t/a)	390	375	15	370.25	19.75
5	粉尘/(t/a)	2 826	2 626	200	2 616	2 10

3.1.4 清洁生产审核的方案及效益

本轮清洁生产审核共产生无/低费方案62个，其中4项正在积极筹备，4项不可行，其他54项无/低费方案均已实施。已实施的无/低费方案总投资147.03万元，节电349.68kW·h/a，节水19.2万 t/a，取得经济效益4 509.54万元。（注：投资30万元以下的清洁生产方案是无/低费方案，投资30万元以上的是中/高费方案。）

本轮清洁生产审核共产生中/高费方案26个，其中已实施19项，3项不可行，4项待实施。已实施的中/高费方案总投资17 010万元，取得经济效益694.64万元，节电55.32万 kW·h/a，节水168万 t/a，到2009年底减排 SO_2 66.33t，减排 COD 19.75t，减排粉尘210t。

已实施的无/低费清洁生产方案汇总见表3-4，正在筹备的无/低费清洁生产方案汇总见表3-5，已实施的中/高费清洁生产方案汇总见表3-6，未实施的中/高费清洁生产方案汇总见表3-7。

表 3-4 已实施的无/低费清洁生产方案汇总

序号	方案名称及简介	方案属性	方案投资	方案产生效益
1	燃气节能在合金烘烤的应用：采用煤气热风装置取代目前焦炉煤气直接加热合金方式	技术工艺	30万元	每年降低煤气消耗约20%，节约成本约29万元；降低烧嘴消耗，节约备件费用约2万元；
2	LF钢包使用高档尖晶石砖降低成本：LF钢包渣线部位使用高档尖晶石砖砌筑，熔池部位使用原砖型降低成本	设备	11 400元	原砖型用量8.2t（单价2 600元），平均使用19.5t，单炉产量25t，吨钢费用：8.2×2 600÷19.5÷25=43.73元；渣线部位使用高档尖晶石砖3t（单价3 800元），熔池部位使用原砖型5.2t（单价2 600元），吨钢费用：（3×3 800+5.2×2 600）÷24÷25≈41.53元；渣线部位使用高档尖晶石砖吨钢费用：41.53元，每月LF钢包产钢按12 000t计算，吨降低成本（43.73-41.53）×12 000=26 400元，预计全年降低成本：26 400×12=31.68万元，同时可以减轻工人劳动轻度，每月少砌5个钢包
3	对VOD钢包渣线进行喷补提高使用寿命	技术工艺	3 440元	按每月生产3 000t不锈钢，每月少用1.7个钢包计算，预计每年降低成本17.52万元。
4	提高冶炼Cr13钢种Cr的回收率：从电炉配电和吹氧制度——电炉原渣——还原煤炉吹氧，还原煤炉吹氧，进一步完善生产组织和工艺方面的管理制度和操作工艺，使Cr的回收率稳定在85.5%以上	技术工艺	—	按每月生产2 600t不锈钢计算，回收率达到85.5%，可节省高铬费用3.42万元，预计每年节约成本41.04万元。
5	浴池淋浴开关的改造：将浴池淋浴开关改造成红外线或脚踏式	设备	900元	每人一次洗浴可节约用水1/2。可节约资金18万元
6	2#电炉电极喷淋系统改造：在三相电极中增加喷淋系统，对三相电极实施雾化冷却，降低电极损耗，延长电极使用寿命	设备	5万元	降低电极消耗0.05kg/t，按公司计划年产41万t，电极22 100元/t计算，每年可节约45万元
7	2#电炉炉壁氧枪系统改造：根据电炉冶炼工艺，对氧枪进行改造，确保枪芯、水套安全的情况下将天然气阀门关闭一个，另两个完全可以满足冶炼要求	设备	2万	降低天然气消耗，按单支氧枪消耗天然气1m³/t，年产量41万t计算，每年可节约成本41万元

清洁生产审核 员工与例案

序号	方案名称及简介	方案属性	方案投资	方案产生效益
8	60t LFV 精炼钢包改造：调整钢包工作层砖型尺寸，提高砖的质量档次，优化砌砖工艺，达到钢包炉衬耐和提高其使用寿命	设备	一	每月可节约费用 4.186 万元，年节约 50.2 万元
9	康斯特电炉输料板的设计制作	技术工艺	9.5 万元	①三联每年每套输料板外购费 25.5 万元，工程制造部承制费用 9.5 万；②每套效益值为 16 万元；设备件可长期使用，按每年三套进行计算可节约成本（25.5－9.5）×3＝48 万
10	优化砌筑及冶炼操作工艺降低 CONSTEEL 炉衬耐材费用	技术工艺	一	2008 年按计划产钢量 41 万 t 计，每月平均需用 3 个炉衬，每个炉衬少用 7t 炉底捣打料，捣打料单价为 1 880 元/t，则年节约耐材费用：1 880×7×3×12 元＝47.38 万元
11	优化 60t LF（V）精炼钢包操作与砌筑工艺，提高包衬使用寿命	技术工艺	一	①每炉出钢量按 60t 计，则每月生产约 580t 炉钢；②钢包砖的单价为 2 600 元/t，每个包制砖量为 23t；则每月节省的生产费用：（580÷60－580÷65）×23×2 600 元＝4.4 万元，年节费用：4.4×12＝52.8 万元
12	安装打散机，提高混匀料粒级	设备	1 万元	混匀料粒级提高 10%，烧结矿产量增加 1%，按全年产量 130 万 t 计算，增产效益按 52 元/t 计算，增产效益 130×1%×52 万元＝67.6 万元
13	原料储运工段将现有的小四轮拖拉机车厢进行改造，安装磁辊皮带，有效地收集了料场散落的铁精粉	技术工艺	1 万元	每天回收铁精粉近 2t，即每天节省 2 000 余元，则年节省 40 万元
14	原料作业区中心料场喷淋水管改造	技术工艺	一	使料场有足够的水源浇地，有效地降低了物料的粉尘，减少原料风损，减少环境污染
15	预配料室 2#、5#圆盘给料机加装除尘管网	设备	1 万元	抑制了物料进入圆盘后落料时产生的粉尘，改善了预配料室工作环境
16	烧结作业区在现有的三个除尘设备卸灰口安装除尘罩	设备	1 万元	有效地抑制了除尘设备卸灰时产生的二次扬灰现象，减少了对环境的污染和再浪费

序号	方案名称及简介	方案属性	方案投资	方案产生效益
17	轧钢作业区粗轧无孔型轧制	技术工艺	—	①年用有孔型轧辊610轧辊约20套，成本为138.32万元； ②年用无孔型新辊555轧辊8套，成本为48.61万元； ③则用无孔型轧制年节约辊138.32－48.61＝89.71万元
18	高炉无烟煤、烟煤混喷工艺夹关	技术工艺	—	①无烟煤价格700元/t，烟煤价格350元/t，煤比：130kg/t，产量按10个月84 t计； ②混喷比例%：无烟煤：烟煤＝90：10 ③效益测算：$[0.13×700－（0.13×90\%×700＋0.13×10\%×350）]×84＝382.2$万元
19	供水系统节能减排创效方案： ①二泵站2#、5#两台循环水泵技术改造； ②四泵站2#、3#两台循环水泵技术改造； ③满足用户条件下，合理调整水泵运行压力； ④控制铁钢轧系统外排水，减少新水补充	技术工艺	—	①通过对二、四水泵站四台循环水泵技术改造，节约电耗24.4万kW·h/月，节约成本8.51万元，按8个月创效时间计算节约电195.2万kW·h/a，节约成本68.08万元/a；②合理调整水泵压力，流量做到经济运行，降低电耗4%；③控制铁钢轧系统外排水100t/a，节约新水19.2 t/a，降低成本14.4万元/a；合计节约成本82.48万元
20	挖潜降耗，修旧利废，节支创效： ①通过联系专业厂家对下线备件进行修复减少备件购买资金； ②将库房内闲置备件通过改型等方式进行重新利用	设备	—	①各规格液压制动器计划修复120台，原采购价格47万元，修复价格约15万元，通过修复创效约32万元； ②各单位油泵计划修复18台，原采购价格约60万元，修复价格约18万元，通过修复创效约42.7万元； ③各规格电磁铁计划修复10块，原采购价约90万元，修复价格约37万元，通过修复创效约53万元； ④电磁阀计划修复4台，原采购约19.7万元，修复价格约占采购价格的45%，可创效43.3万元； ⑤盘活、替改闲置备件200万元，共计可创效371万元

序号	方案名称及简介	方案属性	方案投资	方案产生效益
21	管理创效降低公司润滑油品消耗：合理规范指导各单位用油工作，严格考核油品现场使用过程中的浪费，降低油品消耗，节约采购资金	设备	—	全公司液压润滑油脂总消耗量由120万元/月降低到95万元/月以下，年可节约采购资金300万元以上
22	制氧系统经济运行创效方案：通过对万立制氧机的变工况操作，及对空压机、氮气透平压缩机、氧气透平压缩机的产量，以增加加液氮的变压操作，停运液氮泵，运行液氨泵	设备	—	实现每月节电14.45万kW·h，月节约费用5万元，则年节电115.6万kW·h，年节约费用40万元
23	提高转炉焦气回收率替代焦炉煤气：通过合理调整转炉煤气加收，多加收的转炉煤气输送到三炼替代焦炉煤气	设备	—	每小时多回收2 000m³转炉煤气，可替代焦炉煤气用量，预计减少天然气用量10万m³/月，年累计节约费用176.4万元
24	钢管分厂穿孔顶头的内制开发：每月按10万t钢管计算每年需12 500只，每8t钢管需顶头1只，通过联合攻关，替代外部采购	设备	23.5万元	外部采购顶头12 500只，平均单价183元/只，合计228.75万元；内制H13材质每吨2.7万元，顶头每只重量3.2kg，按材料的利用率85%计算47.05t，需要原材料3 000元/t，机加工费2 000元/t，可创效78.19万元
25	采用扩散析磨器技术深度处理工业废酸项目	技术工艺	48.42万元	①装10台渗析膜处理设备后，按80%回收率，全年可生产再生酸1.58万t，减少新酸近1 400t，每吨酸平均350元，可节省硫酸采购费用49万元；②减少处理费用506.8万元/a；合计共节555.8万元/a
26	采用新的保温材料，加强锻后钢材缓冷以保温代替部分钢材的退火：采用蛭石粉放入保温坑，将锻后的红钢放入其中，蛭石粉像棉被一样覆盖在钢上，它是一种耐热材料，可使钢材的冷却速度减缓和变得均匀	技术工艺	—	每月可减少退火量500t，每吨的退火费用按200元计算，每月可节约200（元）×500＝100 000（元），年可创效100 000元×12＝120万元

序号	方案名称及简介	方案属性	方案投资	方案产生效益
27	淘汰窄燕尾砧子改造：将原有宽度为 180mm×220mm 的窄燕尾砧子通过加垫堆焊改造成 380mm×420mm 的通用燕尾砧子	设备	1.4 万元	按每个砧子 24 000 元计算，节约备件费用 336 000 元，利用砧子原组距规格，由厂内其他厂加工减少加工费 70 000 元，方案实施后可增效 406 000 元
28	锻钢电液锤下封堵改造：对密封圈组在铜套内的位置进行重新安排布置	设备	—	铜套加工费用更改前平均每月使用 10 套，更改后平均每月使用 5 套，则节约 950 元/套×5 套＝4 750 元/月，节约水－乙二醇约 10 桶，29 000 元/月，则每月节约费用 4 750 元×12＋29 000 元×12＝405 000 元
29	Φ75 轧机的均热炉蓄热室改造及混合煤气热质通报调整制度：在两个端墙设置两个空气喷口，一个煤气喷口，在两个端墙内置空气、煤气蓄热通道，将空气、煤气蓄热箱分开，同时蓄热小球箱整体下降。每端设两个空气蓄热室和一个煤气蓄热室。预热后的空气、煤气从喷口喷入炉内，进行混合燃烧。在每台均热炉的单侧墙上，设置 2 个 DN50 低压涡流烘流炉烧嘴	设备	30 万元	① 节能 20% 以上，每年节约混合煤气 2 800km³，混合煤气单价 160 元/km³，节约费用 45 万元； ② 年节约检修、维护费 20 万元； ③ 每月少配天然气按 2 万 m³，全年 24 万 m³，单价 1.47 元/m³，全年节约 35.28 万元； 总节约费用 70.28 万元。
30	优化工艺提高成材率：原有二轧连铸坯产 Φ55～85 规格，重 7.7kg，经 φ650 轧制后，经 250t 1 号剪切除头尾，切除长度 50mm，出 83 万元后过优化后，φ650 轧机轧制后先不切头，切除长度 80mm，重 4.32kg，在 250t 2 号剪切除头尾部，切除长度 80mm，重 4.32kg	技术工艺	—	① 根据数据统计，平均每月连铸坯产 φ55－85 规格约 5 500t，CrMo、CrMnTi、SiMn、碳结、Cr 钢的单位售价得出平均售价 4 257 元/t，产值 2 500 元/t； ② 提高成材率 0.5%； ③ 月创效：（5 500×0.5%）×（4 257－2 500）＝48 317.5 元； 年效益：12×48 317.5 元＝579 810 元
31	矫直辊重复使用：将使用报废的矫直辊经分厂堆焊机焊堆后，利用分厂数控车床车削加工后重复使用	设备	5 万元	年节约备件费用： 一轧矫直机：传动辊 110 000 元×2＝220 000 元，被动辊 31 500 元×5＝157 500 元； 二轧大矫直机：传动辊 32 000 元×7＝224 000 元； 二轧小矫直机：传动辊 10 500 元×6＝63 000 元，尾辊 4 000 元，年节约成本 668 500 元

序号	方案名称及简介	方案属性	方案投资	方案产生效益
32	φ114机组穿孔顶杆小车冷却水管系统改造:改造小车主轴以及水管接头结构,使水管与小车主轴同步旋转	设备	1万元	改造后,每班效可节约热停换水管时间20min,每月可节约800min,则可多产1040t,约200t,每吨利润300元,则可创效6.2万元;改造后每月可节省228个顶头,每只φ97顶头价格180元,则每月节省41040元,每年创效120 000元;合计每月可创效100 000元,每年创效120 000元
33	φ114机组轧管芯棒冷却系统改造:①将水冷套由封闭式改为开启式;②将原来的带开关控制的高压泵直供水方式改为加电磁阀自动运行方式	设备	1万元	①将水冷套由封闭式改为开启式,每月可降低芯棒消耗20支,年可创效352 800元;②将原来的带开关控制的高压泵直供水方式改为电磁水阀自动运行方式,吨钢可降低水耗$1m^3$,年可创效6.5万元;共计可创效417 800元
34	φ114机组使用轴承优化选型:钢管分厂φ114机组微张减机架从动轴所使用9118c轴承替换为8118轴承	设备	—	①原9118轴承每套约1 000元,每月需用50套左右,所需采购费用50 000元;②现用8118轴承每套约70元,仅需3 500元,则全年可创效益558 000元
35	部分钢种理化性能验程序的优化:在新线和老线同时开展部分钢种机械性能免检、超声波探伤法替代酸浸低倍检验、等离子光谱代替化学湿法分析等联合改进内容	技术工艺	—	①免检部分钢种机械性能 年效益值(万元)=年钢产量(万吨)×免检率×(每吨钢材节约的试料成本(元)+每吨钢检验的费用(元))=$100×40\%×[0.05×0.025×(5 000~2 500)]+100×40\%×(62×0.05)$=249万元; ②超声波探伤法替代酸浸低倍检验 年效益值(万元)=年钢产量(万吨)×替代率×每吨钢约检验费用(元)=$100×50\%×0.8$=40万元; ③等离子光谱代替化学湿法分析 年效益值=月均节约化学化验费用(万元)×12=$2×12$=24万元; ④每年总效益值249+40+24=313万元

序号	方案名称及简介	方案属性	方案投资	方案产生效益
36	冷加工用及 750 大棒材轴承钢生产工艺开发:研究确定冶炼、轧钢、正火 750 大棒材轴承钢生产工艺要点		—	按年产冷加工轴承钢 3 000t、750 大棒材较 2007 年增加 3 000t 计算 (2007 年生产 769t),冷加工轴承钢平均毛利在 1 500 元/t,750 大棒材平均毛利在 933 元/t(2008 年 2 月) 每年可新增效益 3 000t×1 500 元+3 000×933 元=729.9 万元
37	离心复合低合金贝氏体球墨铸铁轧辊开发研制	技术工艺	25 452 元	①φ360 轧辊效益 每年增效:市场不含税总价 1 162 000 元-内制总成本 686 211 元=47.6 万元; ②φ380 轧辊效益 年增效:市场不含税总价 1 328 000 元-内制总成本 923 192 元=40.5 万元; ③φ430 轧辊效益 年增效:外购不含税总价 1 792 800 元-内制总成本 1 263 217.95 元=52.9 万元; 每年三种轧辊效益预算: 外购不含税总价 4 282 800 元-内制总成本 2 872 620 元=141 万元
38	对一炼 3 套除尘的 8 192 条布袋,进行清洗回收利用	废弃物	5 万元	清洗回收率按 50%计,将节约资金 57 万元
39	淋浴管道改造	设备	—	节水
40	引锭头保护	设备	—	提高设备使用寿命,节约原辅材料,每年约节约引锭头 30 个,价值 30 万元
41	冷床及跨设备区域氧化铁皮回收	废弃物	—	①节约成本,每年可回收氧化铁皮 480t 左右; ②减少员工工作量
42	润滑站废油回收利用:有乱丢乱弃现象,加强管理,提高回收利用	管理	—	提高废油回收利用率
43	竖炉齿辊漏出的废黄干油的回收再利用:可用于链板等部位的润滑	废弃物	—	废弃物回收利用,可产生经济效益约 5 万元

序号	方案名称及简介	方案属性	方案投资	方案产生效益
44	软水站软水质提高方案：加装除盐系统	过程控制	1万元	①提高软水水质；②延长设备使用寿命；③水质达标，Cl^-离子降低，盐类结晶堵塞管路的清理费用和设备的维修费用60万元
45	设备包装回收再利用	废弃物	—	废弃物再利用，可产生经济效益1～2万元/a
46	粘刀工操作台增加排烟气设备	设备	10万元	①提高除尘效率；②改善工作环境，保护员工身心健康
47	电机分解加装轴流风机	设备	5 000元	①提高除尘效率；②改善工作环境，保护员工身心健康
48	加强有毒有害物质标识的宣传工作	管理	—	有利于安全生产，避免发生人身事故
49	连续炉风冷装置更换为雾化装置	设备	—	①提高一次性正火的合格率，提高产品质量；②有利于安全生产
50	切管噪音控制：加强劳保，选择适合高温作业环境的劳保用品	管理	—	减少噪音对员工身心健康的影响
51	废机油油的回收利用	废弃物	—	节约成本，节省资金6万元/a
52	环形炉水梁回水改造：用硅酸铝耐热纤维替代原水冷梁，提高循环利用率	设备	30万元	①月减少排水量100 m³；②节能：年节电388 800 kW·h，节约成本15.6万元；③保障设备正常运行
53	胶木瓦的回收利用	原辅材料	—	节约成本
54	安装主抽风机隔声墙	设备	25万元	①进一步降低主抽噪声；②减小对周边环境的影响
合计			236.44万元	节电349.68 kW·h/a，节水19.2万t/a，取得经济效益4 509.54万元

表 3-5 未实施的无/低费清洁生产方案汇总

序号	方案名称及简介	方案属性	方案投资	方案产生效益
1	成品车间除尘设施的风门开关改造:改为电动阀,除灰时除尘器自动开,不放灰时关闭。电动阀更换现有的点位 5~6 个	设备能源	3 万元	①提高除尘效率; ②节能:目前风门开关是常开状态,改为电动阀门后,除灰时除尘器自动开,不放灰时关闭,可节约用电
2	矿场安装石灰石清洗设备,建设在矿山	设备	2 万元	①节能:节省燃气,每年可节能折标约 5t; ②节约成本:节约石灰石用量; ③提高煅烧质量,延长设备使用寿命; ④提高炼镁铁质量
3	原料成品库下卸灰处除尘改造:与原料库除尘设施相接	废弃物	—	①降低粉尘排放,改善员工工作环境; ②提高除尘效率
4	酸处理结晶间增设自动装料机	员工	10 万元	减少对职工的危害

表 3-6 已实施的中/高费清洁生产方案汇总

序号	方案名称及简介	方案属性	方案投资	方案产生效益
1	天车制动器改造:将天车使用的电力液压制动器发行为液压脚踏制动器	设备	50 万元	①节能:每台天车每年约节电能 2.776 万 kW·h,节约资金约 75 160 元,20 台天车共节省 150 多万元; ②节约推动器、刹车带、变压器油等费用,降低成本; ③改善因电力液压推动器漏油而造成的油污染现象; ④可避免因电力掉电引发的事故;
2	60t Consteel 电炉除尘系统改造工程	废弃物	2 300 万元	提高冶炼粉尘的捕集效率,改善职工工作环境,改善周边环境质量
3	竖窑除尘设施改造:利用现有引风机改造成除尘设施	设备	60 万~70 万元	提高除尘效率,改善周边环境的影响
4	冶炼带冷机,配气站等四处噪声源	设备	150 万元	①降低噪声污染; ②减少对周边环境的影响

序号	方案名称及简介	方案属性	方案投资	方案产生效益
5	主抽风机消声器改造	设备	60万元	①降低噪声污染； ②减少对周边环境的影响
6	烧结作业区在配料室生石灰消化器处安装水除尘系统：①有利于生石灰消化的充分性，不堵塞螺旋，保证生石灰下料量的稳定；②增加混合料的成球形及小球强度，提高烧结料层的透气性；③降低粉尘对环境的污染，很好地保护了职工身心健康，全系统除尘效果可达到95%以上，从而实现循环经济	设备	80万元	①可提高混合料粒级（+3mm）10%； ②增加混合料的成球形及小球强度，提高烧结料层的透气性，稳定提高产矿量130万t计算，增产效益按52元/t计算＝130×0.1%×52元/t=6.75万元/a； ③全系统产生的废水经泥浆泵送给生石灰消化器用水，全系统没有废水外排，并且在废气净化过程中，用生石灰消化，提高了生石灰的消化速度； ④生石灰消化产生的蒸汽及粉尘经此设备的二次除尘，然后经过处理后排放到大气中； ⑤经济效益：a.有效地利用了废水、废气，降低了能源消耗；b.粉尘排放得到了有效控制，全系统除尘效果可达到95%以上，很好地保证了职工的身心健康，从而实现循环经济
7	高炉风机房空气过滤器噪声治理	设备	85万元	①降低噪声污染； ②减少对周边环境的影响
8	东厂界安装隔声屏障	设备	300万元	减少噪声对公司外环境的影响，公司厂界噪声可降低10dB（A）以上
9	高炉出铁场除尘系统改造	废弃物	1800万元	①提高高炉出铁场出铁口和罐位系统粉尘的捕集效率； ②降低高炉冶炼粉尘对周边环境的影响； ③改善现场操作工人的工作环境； ④每年减排粉尘210t

序号	方案名称及简介	方案属性	方案投资	方案产生效益
10	高炉调压阀组噪声治理	设备	165万元	①降低生产噪声; ②减小调压阀组噪声对周边环境的影响; ③调压阀组噪声可降低1010dB（A）以上
11	西区水处理方案：污水通过平流池自然沉淀后经稀土磁盘处理器处理，除油过滤后循环利用；污泥送烧结二次利用	废弃物	1800万元	①提高轧钢系统和二炼钢炉用水水质，降低水温，提高钢材质量，延长炼钢炉使用寿命; ②月节约新水14万t，月节约成本11.6万元; ③减少污水外排量，改善渣水水质; ④不发生热停工，对全厂稳定生产有利
12	淘汰25台高损耗变压器：用新型变压器替代	设备	200万元	节电2%，年节约电费121.44万元
13	煤气柜增加3#加压机	过程控制	40万元	①提高转炉煤气回收率（由原来的80%提高到90%以上）; ②转炉煤气放散时间由原来的60min将至40min，增加煤气回收量120万m³/月，产生经济效益约216万元/a; ③高炉煤气中配入转炉煤气，高炉煤气压力波动降低，热值由此及彼800kJ升至4000kJ左右，增加高焦混合煤气用户单位用气的热效率
14	锅炉烟气脱硫改造工程	废弃物	167万元	到2008年年底减排SO_2 66.331，新建一座中和沉淀池，将钢炉冲渣水中和沉淀处理后用于除尘脱硫使用，至2008年年底可减少COD 19.75t
15	一炼装料间检斤秤改为电子秤	设备	35万元	提高称量精确度
16	20MN快速锻压机组	设备	6727万元	①提高产品质量，投资回收期3.13年; ②经济效益好，抗风险能力较强; ③降低职工人劳动强度
17	安装磨圆机、人工磨钢收粉器	废弃物	56万元	①改善职工工作环境; ②减少钢粉尘污染

第 3 章 冶金行业例案

序号	方案名称及简介	方案属性	方案投资	方案产生效益
18	辊底式热处理炉	设备	2 300 万元	①提高工作效率，经济效益较好，投资偿还期 1.42 年；②可解决冷拔退火材质的质量问题；③降低工生产成本，为企业带来丰厚的利润；④经济效益好，抗风险力强
19	114 机组 12 米环形炉改造	技术	600 万元	①降低吨钢耗能 10% 以上，年节约混合煤气 300 万 m³，节约成本 48 万元以上；②节约环境形维修费用 20 万元以上
合计			16 985 万元	经济效益 694.64 万元/a，节电 55.32 万 kW·h/a，节水 168 万 t/a，减排 SO$_2$ 66.33t/a，减排 COD 19.75t/a，减排粉尘 210t/a

表 3-7 未实施的中/高费清洁生产方案汇总

序号	方案名称及简介	方案属性	方案投资	方案预期效益
1	大剪出口处增设一台振动筛	设备	100 万元	①减少钢铁料中的渣土量，提高炼钢质量；②回收渣土中的铁精粉，每年可回收约 600t，产生经济效益 16.2 万元
2	物资西库，大五金库天车改造为遥控天车	员工	40 万元	①减少人员工劳动强度，节省人力资源；②有利于安全生产
3	废旧库房天车改造为遥控天车	员工	40 万元	①减少人员工劳动强度，节省人力资源；②有利于安全生产
4	用扒皮代替酸洗工序，增设 1 台磨圆机和 1 台磨方坯机	工艺技术	500 万元	①消除酸污染，改善作业区环境；②减少用硫酸、水等物料消耗；③废料回收，节约成本；④提高钢材表面质量，扩大锻材市场占有率；⑤可节约用硫酸 160~220t，节约成本 42 400 元/月~58 300 元/月；⑥可节约用碱 3t/月，节约成本 75 000 元/月

3.1.5　典型的清洁生产方案

（1）供水系统节能减排创效方案

审核前，泵机组型号 12SH-6A，由于高压力、大流量运行方式已不适合目前低压力、小流量的运行方式，现运行参数压力 0.26MPa、流量 800m³/h，一不经济，二对设备不利，所谓"大马拉小车"。

控制铁钢轧系统外排水 100t/h，通过关小阀门合理利用补充水，严格控制溢流水外排，控制渣粒化、火渣用水等措施减少外排水 100t/h。改进方案如下：

a. 能源部供水作业区第二水泵站拟改造泵组参数：型号 300SH－32，扬程 32m、流量 790m³/h、功率 132kW、电流 238A、转速 1 450r/min。两台每月节省用电 12.9 万 kW·h，月降低成本 4.51 万元；

b. 第四水泵站拟改造泵组参数：扬程 37m、流量 835m³/h、功率 160kW、电流 290A、转速 1 450r/min。两台每月节省用电 11.5 万 kW·h，月降低成本 4 万元；

c. 控制铁钢轧系统外排水 100t/h 后，则月降低成本 1.44 万元；

以上三项合计降低成本（在创效时间内）：36.08 + 32 + 14.4 = 82.48 万元。

改进方案实施后实现了低压力、小流量的运行方式（图 3-6），因而月节电 24.4 万 kW·h，月降低成本 82.48 万元；同时控制了铁钢轧系统处排水 100t/h。方案投资 20 万元，创效时间内即可回收投资额。

(a) 改造后机组　　　　　　　　　　　(b) 改造后

图 3-6　供水系统改造前后对比

（2）采用扩散渗析器技术深度处理工业废酸项目

公司每年酸洗钢材产生 2 万 t 左右废酸，原采用生产硫酸亚铁工艺进行处理，此工艺需加入废钢和蒸气，成本较高，且一部分处理后的废酸仍超标排放。

该方案拟采用扩散渗析膜技术处理废酸，酸的再生回收率可达 80% 以上，回收的酸可重新运回酸洗车间，再次利用，既降低了成本又实现了能源的循环利用。

安装 10 台渗析膜处理设备后（图 3-7），按每台每天处理 6t 计，全天可处理 60t 废酸，一年按 330 天工作日计算，回收率按 80% 计，再生浓度按 8% 计，全年可生产再生酸 1.58 万 t，减少新酸近 1 400t，公司每年购置新酸量 3 000 余 t，含酸浓度 92.5%，每吨酸平均 350 元，可节省硫酸采购费用 49 万元。另外，原处理工艺耗费废钢 3.4t/天，按照现在 3 200 元/t 计，每月节约废钢费用 32.64 万元，蒸汽费用 10 万元/月。按照废酸全部处理核定，处理费用 511 万元/a，渗析膜处理费用 4.2 万元/a，合计减少处理费用506.8万/a。

改进方案实施后全年减少新酸近1 400t，可节省硫酸采购费49万元。节约废钢费用32.64万元，蒸汽费用10万元/月。全年减少处理费用506.8万元/a。方案投资315万元，投资回收期是0.62a。

图3-7 新安装的渗析器

（3）天车制动器改造

审核前由于天车的原电力液压推动器漏油而造成油污染现象，其改进方案是将天车使用的电力液压制动器改为液压脚踏制动器（图3-8）。方案的实施能降低成本，每台天车每年节约电2.776kW·h，节约资金75 160元/台，20台天车共节省150多万元，每年可节电55.52kW·h，同时改善了因电力液压失去器漏油而造成的油污染现象，避免因掉电引发的事故。方案投资50万元，投资回收期是0.33年。

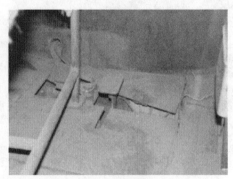

(a) 改造前的制动器   (b) 安装的踏板

图3-8 天车制动器改造

3.2 四川省德阳市某钢铁公司

3.2.1 企业概况

该公司位于德阳经济技术开发区，主要产品有：铁路提速用A、B型连接板；矿工钢系列（包括 25U 型钢）；轻轨系列；无缝钢管系列；高速公路伸缩缝专用型钢系列。
该公司始建于 1978 年，2004 年 5 月 18 日实现了股份制改造。公司集异型材生产、机械制造、路桥房屋建设、物质流通、物资配送、铸造、耐火材料、餐饮娱乐等多业竞争于一体，年创收入 6 亿余元。1999 年通过 ISO9002 国际质量体系认证，2002 年通过 ISO9001：2000 版换证审核。公司占地 46 万 m^2，拥有自有资产 3 亿元，注册资金 1.26 亿元，员工 1 700 余人。所生产的 30 多大类 100 余种规格产品畅销全国 20 多个省市自治区，部分产品转销东南亚、欧洲和南美等 10 多个国家和地区。省"名牌产品"轻轨系列在全国市场占有率达到了 23.8%。

3.2.2 企业的主要产品和生产工艺

3.2.2.1 主要产品及产能

中大型机械设备铸锻件（坯件）：3 万 t/年；中大型机械设备零部件：1.5 万 t/年。

3.2.2.2 主要工艺流程

生产工艺简述如下：

1）电炉工序：废钢整理进入电炉，根据铸锻件要求进行配料融化初炼，然后进行钢包精炼，整个冶炼时间大概为 4.5 个小时；

2）铸模：根据铸锻件铸造型砂配制，造型后吹扫处理，最后烘干合箱；

3）铸件成型后保温落砂，对铸件进行清砂处理，进行相关检验，精整热处理后再进行入库前的检验。

生产工艺流程见图 3-9。

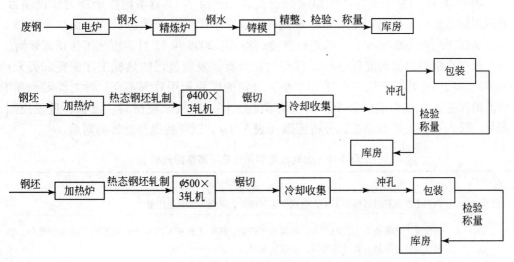

图 3-9 工艺流程简图

3.2.2.3 主要工序的装备、工艺及产量情况（2007 年）

（1）电炉工序（表3-8）

炉型特征			投产年份	生产能力/10^4t	产品产量/10^4t	单位产品能耗		年运行情况
吨位	变压器容量/kVA	供电方式				工序能耗/(kgce/t)	电耗/(kW·h/t)	日历作业率
20	5 500	交流	1994	1.87	2.150 5	327.2	810	0.641

（2）热轧工序（表3-9）

表3-9 热轧工序能耗基本要素

轧机类型	轧机特征	投产年份/年	生产能力/10^4t	产品产量/10^4t	单位产品能耗				年运行情况	
	机架尺寸/mm				工序能耗/(kgce/t)	电耗/(kW·h/t)	油（气）类/(m³/t)	耗煤/(kg/t)	成材率/%	轧机作业率/%
Φ400	Φ400×3	1988	8	4.5	97.4	57	76	—	95	46
Φ500	Φ500×3	1994	15	6.15	115	78	12	90	94	42
合计	2	—	23	10.65	212.4	135	88	90	—	—

3.2.3 企业的审核过程概述

2008 年 11 月公司成为"中欧亚洲投资计划—西部 11 省清洁生产能力建设项目"的四川试点企业，公司领导对此非常重视，成立了以董事长为组长的清洁生产审核小组，多次对厂内各级工人、干部进行宣传、动员。2008 年 12 月，审核工作正式开始。

审核小组在对公司能耗进行了详细对比分析，发现公司的热轧工序能耗和万元产值能耗两项指标均高于四川省平均水平，公司的能源利用效率不高。针对能源利用效率低的问题，审核小组对各个主要能源消耗工序，即从原辅材料、设备、过程控制、产品、管理和员工等方面认真分析原因（表3-10），以寻找提高能效的对策。

表3-10 公司能源利用效率不高原因分析

项目	原因分析
原辅材料	热轧工序原料时常供应不足，造成频繁开停车，降低了能源使用效率
设备	钢铁业工艺装备为上世纪设备，装备水平较差，横列式轧机为国家产业政策规定淘汰的设备；物料有腐蚀性容易导致设备泄漏，造成物料消耗增加； 设备缺乏有效的维护和保养导致"跑、冒、滴、漏"现象的发生； 产量提高后，部分设备产能与要求不匹配；设备老化，性能整体下降；运转中设备故障造成停机； 部分位置没有实现自动化

项目	原因分析
过程控制	天然气、电的计量不准确；工质类能源压缩空气、水等没有计量
产品	机械制造目前以加工铸铁件为主，附加值很低
管理	天然气、电的计量与供应部门有误差，对误差直接进行了内部分摊； 在生产管理用能的优化配置上，企业利用夜晚低谷优惠电价生产，但白天电价高时用热的设备停产保温，保温用能效率不高； 车间存在用压缩空气吹扫地面、用水冲洗地面和长流水、长明灯等浪费现象； 清洁生产激励措施不够完善造成清洁生产措施不能及时彻底落实； 部分位置操作规程不够完善
员工	员工清洁生产意识不到位，生产操作过程中存在资源浪费现象； 对员工参与清洁生产激励措施不够，导致员工参与清洁生产的积极性不够高

同时，审核小组审核小组经过分析研究，把能耗大、节能潜力也大的电炉确定为本轮清洁生产审核的重点，并制定了清洁生产目标，见表 3-11。

表 3-11　公司清洁生产审核目标表

序号	清洁生产 目标项目	单位	现状	近期目标 （2009 年底）	远期目标 （2012 年）	审核后目标实现情况
1	单位产品能耗	kW·h/t	675	585	475	505
2	单位产品天然气消耗量	m³/t	11.4	5	0	0

针对公司存在的问题，审核小组广泛征集清洁生产方案，并对提出的清洁生产方案进行技术、经济和环境可行性分析后，共获得 11 项可行的清洁生产方案，其中包括 9 项无/低费方案和 2 项中/高费方案。截至 2009 年年底，除 1 项中/高费方案还在实施中，其余 10 项方案均已实施完成，方案的实施为公司带来了较好的经济效益和环境效益，且实现了清洁生产审核的近期目标（表 3-11）。

3.2.4　清洁生产审核的方案及效益

通过审核小组的宣传动员、组织座谈，在全厂广大职工的参与下，结合项目专家组的建议，从原辅材料和能源、技术工艺、设备、过程控制、产品、废弃物、管理、员工等八个方面出发，共提出了 11 项可行的清洁生产方案（包括 9 项无/低费方案和 2 项中/高费方案）。截至 2009 年年底，本轮清洁生产审核提出的 11 项可行清洁生产方案有 10 项已实施完成，还有 1 项中/高费方案正在实施中。清洁生产方案汇总见表 3-12，效益统计见表 3-13。

总的来说，清洁生产方案的实施帮助公司节电 1 965.5 万 kW·h/a、节水 650m³/a、节气 192 万 m³/a，减少粉尘排放 156.3t/a，共获得经济效益 8 975.76 万元/a。

表 3-12　清洁生产方案汇总

序号	方案名称和内容	方案类型
1	使用高效节能灯等照明器件	无/低费方案
2	针对天然气和电计量分摊不合理的情况，更改原有统一的分摊方式，改由部门和产量综合分摊法	无/低费方案
3	对于煤进销存的损耗，由用煤部门分摊，加强采购、入库、领用管理，降低损耗	无/低费方案
4	加强对设备、管道及阀门的维修保养工作，堵塞"跑、冒、滴、漏"	无/低费方案
5	提高工人的劳动保护现状，按时发放劳动保护用品	无/低费方案
6	加强对员工的岗位培训、技能培训和素质教育，提高员工的素质修养，技能水平和操作控制水平	无/低费方案
7	完善三级计量器具的配置，加强计量管理	无/低费方案
8	完善节能管理制度	无/低费方案
9	建立长效节能机制	无/低费方案
10	淘汰原有能耗太高的电炉，改用高效节能的精炼炉和真空炉，同时进行砂铸工艺改进	中/高费方案
11	用 PLC 对配料、冶炼、混砂、制芯进行全过程自动控制，提高产品质量，降低能源消耗	中/高费方案

表 3-13　清洁生产方案效益统计

序号	方案的名称和内容	投资费用/(万元/a)	节电量/(kW·h/a)	节天然气/(m³/a)	节约水资源量/(t/a)	减少固体废弃物产生量/(t/a)	总效益/(万元/a)	投资回收期/a
1	无/低费方案	5	5 000	10 000	50	1	3	1.67
2	电炉更新：淘汰原有能耗太高的电炉，改用高效节能的精炼炉和真空炉，同时进行砂铸工艺改进	12 000	7 650 000	510 000	—	155.3	1 375.76	3.22
3	PLC 过程控制：用 PLC 对配料、冶炼、混砂、制芯进行全过程自动控制	17 000	12 000 000	1 400 000	600	—	7 600	1.48
	合计	29 005	19 655 000	1 920 000	650	156.3	8 975.76	—

3.2.5　典型的清洁生产方案

（1）电炉更新，砂铸工艺改进

公司原有电炉为我国 70 年代设备，工艺落后，能耗很高（图 3-10）。本方案拟采用中国第二重型集团公司先进成熟的树脂砂铸造工艺和节能技术对原工艺进行技改，新选用节电控制设备，自动控制系统，改造配电设施和除尘系统，新增 LF 钢包精炼炉、VD 真空炉、铸造工模具、保温、退火、精整、喷丸等设备 16 台（套），该技术为国内成熟技术，已在二重等公司成功运用多年，技术是安全可行的。

图 3-10　即将淘汰的冶金电炉

方案的实施能缩短冶炼时间，提高设备的安全运行效率，将原普通电炉冶炼时间由原 4.5h 缩短为 3h 10min（电炉熔化初炼期 2.5h，钢包精炼 40min），单位产品能耗由原 675kW·h/t 下降至 505kW·h/t，达到国内同行业先进水平；由于技改后全部采用铸（锻）造工艺，取消原冶炼普钢连铸拉坯中间包烘烤，钢坯切割等对天然气的消耗量 11.4m³/t。

方案目前已实施完成，方案实施后公司每年可新增销售收入 26 900 万元、利润 1 375.76 万元、税金 1 048.66 万元，并可新增就业人员 150 人。按年生产 4.5 万 t 计算，全年可节约电 765 万 kW·h，年节约天然气 51 万 m³。同时，公司的粉尘排放浓度由 134.5mg/m³ 下降至 100mg/m³，年减排量 155.3t。

方案总投资为 12 000 万元，投资回收期为 3.22 年。

（2）PLC 过程控制

本方案拟采用国内先进的 PLC 全自动化控制系统，实现生产过程中的配料、冶炼、混砂（树脂砂）、制芯等全过程自动控制，提高铸件产品表面质量和外观尺寸精确度，解决铸件夹渣、气孔等质量缺陷。该技术为国内成熟技术，技术是安全可行的（图 3-11）。

方案正在实施过程中，预计方案实施完成后，公司将新增销售收入 195 000 万元、新增利润 7 600 万元、新增税金 8 000 万元；年节电 1 200 万 kW·h，节气 140 万 m³，节水 600 万 m³。

方案总投资 17 000 万元，投资回收期为 1.48 年。

(a)改造前的生产车间

(b)改造后的生产车间

图 3-11　PLC 全自动化控制系统实施前后生产车间对比

有色金属行业案例

4.1 青海某铜业有限公司

4.1.1 企业概况

青海某铜业有限责任公司是集有色金属勘探、采矿、选矿、冶炼、加工、贸易、技术咨询及转让为一体的综合性企业,是青海省重要的铜矿生产基地。公司总部位于海南藏族自治州首府共和县恰卜恰镇,距青海省会西宁140km。公司下辖一铜矿,拥有一个铜矿和一个多金属矿厂的探矿权。注册资本7 965.35万元。该铜矿经国家计委批准,是青海省"九五"规划和2000年十大重点建设项目。2001年6月6日矿山建设全面展开,2003年8月26日投入生产,总投资2.466亿元。

该公司矿山位于兴海县赛什塘村境内,属鄂拉山成矿带。矿区面积69.58hm²,海拔3 350~4 150m。矿山设计采选规模50万t/a。铜金属地质储量39.4万t,平均品位1.18%。矿山最终产品为铜精矿。公司2005年被评定为青海省非煤矿山安全生产A级企业,并被青海省政府授予"安全生产先进企业"称号。2006年度又被青海省人民政府和青海省安全生产管理委员会授予"安全生产先进企业"称号。同时,于2006年5月赛什塘铜业有限责任公司顺利通过了省环保局组织的环境保护竣工验收工作。

4.1.2 企业的主要产品和生产工艺

(1)企业主要产品

企业主要产品为铜精矿,品位20%,主要原料为铜矿石,由赛什塘铜矿矿山供应。

(2)企业近三年原辅材料、能源消耗及产量(表4-1)

表4-1 企业近三年原辅材料和能源消耗

主要原辅料和能源	单位	使用部位	近三年消耗量			近三年单位矿石消耗量			
						实耗			定额
			2006年	2007年	2008年	2006年	2007年	2008年	
铜矿石	万t	选矿	48	50	53	—	—	—	50
石灰	t	浮选	3 456	3 565	3 710	0.072	0.071 3	0.07	0.65
药剂	t	浮选	110.4	115.01	137.8	0.002 3	0.002 3	0.002 6	0.002 3

主要原辅料和能源	单位	使用部位	近三年消耗量			近三年单位矿石消耗量			
			2006 年	2007 年	2008 年	实耗			定额
						2006 年	2007 年	2008 年	
电	万 kW·h	各车间	1 680	1 900	1 908.53	35	37	36	—
水	万 t	各车间	172.8	175	185.5	3.6	3.5	3.5	—

由表4-1显示，企业近三年铜矿石处理量逐年上升，但原辅料单耗基本趋于稳定，基本达到设计值，表明企业生产状况良好。

由表4-2可以看出，企业近三年产量逐年上升，产值也随之上升。

表4-2　企业历年产品情况

产品名称	生产车间	近三年年产量/t			近三年年产值/万元		
		2006 年	2007 年	2008 年	2006 年	2007 年	2008 年
铜精粉	选矿车间	21 602	23 000	24 891	10 719.6	20 103.73	24 744.7

由表4-3可以看出，企业近三年选矿成本逐年上升，其主要原因是近几年市场波动较大，原材料价格上涨。

表4-3　企业历年产品生产成本

主要产品	2006 年	2007 年	2008 年	备注
铜精矿/（元/t）	981.60	1 000.00	1 162.19	选矿成本

由表4-4可见，企业采矿指标贫化率、损失率、出矿量等均优于设计指标，但企业2007年总体上回收率较低，尾矿品位高，造成资源流失严重，生产成本过高。为此，企业应寻找更为有效的生产制度、技术工艺，提高回收率，增加企业经济效益。

表4-4　企业生产指标

指标	2007 年	2008 年	设计指标
贫化率/%	12	9.02	14
损失率/%	11	11.26	17
回采率/%	89	88.74	83
出矿量/万 t	51.2	53.26	50
原矿品位/%	0.99	1.00	1.44
精矿品位/%	19.59	19.12	20
尾矿品位/%	0.17	0.14	0.15
回收率/%	83.75	86.78	91

（3）企业工艺路线

主要生产过程由破碎、磨矿、浮选脱水和尾矿处理等工序组成：

①破碎

采用三段路破碎流程，给矿化度≤500mm，碎矿最终产品粒度 -15mm，主要设备有一台 GBZ120 - 6 重型板式给矿机和一台 PEF600×900 颚式破碎机、一台 PYY1000/9000 圆锥破碎机；

②磨矿

采用2台QSG2.8×3.6球磨机，使70%的矿石粒度达到-0.074mm；

③浮选

以黄药为捕收剂，石灰为调整剂，对磨矿后的矿石进行浮选，采用一次粗选、二次扫选、三次精选流程，选出的铜精矿送脱水工段，尾矿送尾矿库；

④精矿脱水

精矿采用浓密、压滤两段脱水，溢流水返回生产，铜精矿（含水8%～10%）人工装袋后外运；

⑤尾矿处理

选矿厂每天排出尾矿，用泥浆泵送往雪青沟东岸台地尾矿库堆存。随尾矿排入库中的废水，经自然沉淀后，澄清水（约占总水量的70%）经吸水池、输水泵及输水管送回选厂回水高位水池，重复利用。

主要生产工艺及污染物产生流程见图4-1、选矿厂工艺设备流程见图4-2。

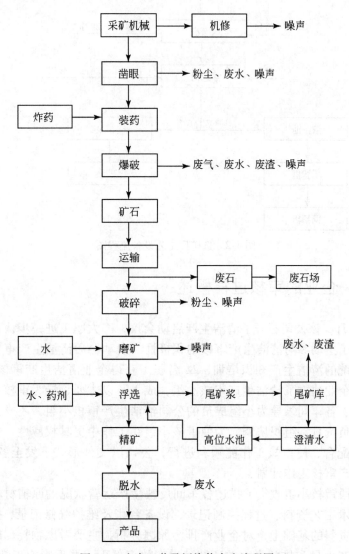

图4-1 生产工艺及污染物产生流程图

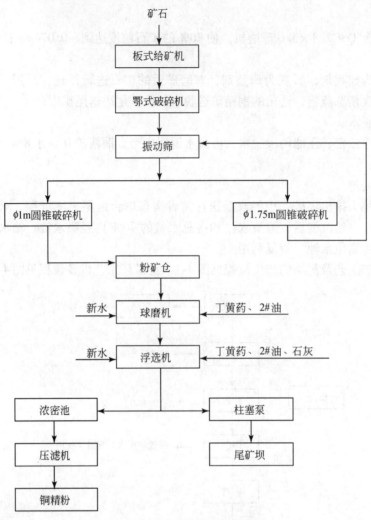

图 4-2　选矿厂工艺设备流程图

4.1.3　企业的审核过程概述

2009 年 6 月，该公司召开了清洁生产启动会议，广大职工进一步认识了清洁生产的意义，提高了主动参与清洁生产审核的积极性。启动会后清洁生产审核专家对企业人员进行了系统的清洁生产知识培训，24 名职工获得企业清洁生产审核内审员证书。审核准备阶段企业建立了清洁生产审核小组，成立了以主要领导为审核小组组长，厂内各职能部门、各车间领导为小组成员的公司清洁生产审核小组，还成立了公司清洁生产办公室，负责日常组织协调。为使审核小组在工作中更具权威性，便于协调企业各部门之间的配合，使审核工作能顺利进行，公司以文件形式下发至各部门。同时，制定了清洁生产审核工作计划。

预审核阶段审核小组收集了描述各车间反映生产运营状况的原辅材料消耗数据及产品数据、技术工艺资料、过程控制记录、设备台账及维护维修记录、排污数据，在收集企业历史资料的基础上，对企业产排污原因分析，主要考虑物耗、能耗大的生产单元；污染物产生量和排放量大的环节；生产效率低下，严重影响正常生产的环节，容易出废品的环节；对操作工身体健康影响大的环节；生产工艺较落后部位；易出事故和维修量大的部位；难操作、易使生产波动的部位等因素来确定企业清洁生产审核对象。针对企业的生产实际，采用权重加和排序法把选矿车间确定为本轮清洁生产审核的重点，见表4-5。同时根据国家环境保护部清洁生产技术要求和该公司2007年节能指标，以及环境保护的法规标准、环境治理要求，结合企业实际情况，审核小组设定以下清洁生产目标见表4-6。

表4-5　权重加和排序法确定清洁生产审核重点结果

权重因素	权重值（W）	采矿车间		选矿车间	
		评分（R）	得分（W·R）	评分（R）	得分（W·R）
废物量	10	10	100	8	80
环境影响	8	8	64	9	72
废物毒性	7	3	21	4	28
清洁生产潜力	6	6	36	10	60
车间积极性	3	7	21	9	27
发展前景	2	4	8	8	16
总分∑（R·W）	—	250		283	
顺序	—	2		1	

表4-6　清洁生产目标一览表

序号	项目	现状	近期目标（2009年底）		远期目标（2011年）	
			绝对量	相对量/%	绝对量	相对量/%
1	电耗/（kW·h/t矿石）	36	34	−5.5	30	−16.67
2	水耗/（m³/t矿石）	3.5	3.4	−2.8	3.2	−5.7
3	水重复利用率/%	75	85	—	90	—
4	药剂M2/（t/a）	48	36	−25	24	−50

审核阶段通过对审核重点进行物料平衡、水平衡、物料流失环节、废弃物产生原因分析，审核小组初步制定了解决方案。同时从原辅材料和能源、技术工艺、设备、过程控制、产品、废弃物、管理、员工等八个方面考虑，在摸清现状及存在问题的基础上，审核小组通过宣传动员、组织座谈会征集了清洁生产方案，经筛选后汇总出清洁生产方案17项。

通过方案实施，企业获得了很好的经济效益和环境效益，且实现了清洁生产近期目标，见表4-7。

表4-7　清洁生产近期目标实施情况

序号	项目	实施前	近期目标（2009年底）		实施后	
			绝对量	相对量/%	绝对量	相对量/%
1	电耗/（kW·h/t矿石）	36	34	−5.5	32.12	−10.78
2	水耗/（m³/t矿石）	3.5	3.4	−2.8	3.28	−6.2
3	水重复利用率/%	75	85	—	85	—
4	药剂M2/（t/a）	48	36	−25	24	−50

4.1.4 清洁生产审核的方案及效益

本轮清洁生产审核共实施清洁生产方案16项，1项清洁生产方案正在积极筹备阶段，其中实施无/低费方案14项，中/高费方案2项，投入资金1 194万元，取得经济效益102万元；方案实施后，节电206万kW·h/a，节约新水11.25万t/a，提高水循环利用率10%，减少M2药剂使用量12t/a。方案汇总见表4-8、表4-9和表4-10。（注：投资50万元以下的清洁生产方案是无/低费方案，投资50万元以上的是中/高费方案）。

表4-8 已实施的无/低费清洁生产方案汇总

方案编号	方案名称	方案投资/万元	方案效益	
			环境效益	经济效益
F2	滤液系统改造	8	每年节电47万kW·h	节省电费支出19万元/a
F3	尾矿坝新增2台100kW变频调制器	16	每年节电43万kW·h	节省电费支出17万元/a
F6	磨浮车间C300—1.35离心鼓风机电机改造	20	每年节电94万kW·h	节省电费支出33万元/a
F7	检修设备	0	减少车间"跑、冒、滴、漏"现象，减少浪费，节约资源	
F8	强化岗位责任制	0	对员工进行定期培训，增强员工责任心；强化车间管理制度，从车间管理及员工职业素质方面减少企业存在的浪费现象	
F9	提高员工素质	0		
F11	运输皮带的密封	20	回收无组织排放的金属粉尘	
F12	碎矿圆锥破碎工段冷却水循环利用	5	每年节省冷却除尘用水500t	节省水费支出1 000元/a
F13	润滑油回收	0.1	减少废油排放	—
F14	加强设备管理	0	建立和完善设备管理制度，从设备管理方面减少企业浪费	
F15	建立合理化建议奖励制度	0	提高员工节能、降耗的积极性	
F16	选矿药剂削减和替代	0	方案实施后减少有毒有害药剂使用量10%，从而减少了对环境的污染	18万元/a
合计		69.1	节电：184万kW·h/a；节水：500t/a；减少毒有害药剂使用量12t/a	87万元/a

表 4-9 已实施的中/高费清洁生产方案汇总

方案编号	方案名称	方案说明	方案投资/万元	方案效益	
				环境效益	经济效益
F1	尾矿处理系统改造	尾矿处理系统由湿排改为干排	1 000	提高了尾矿库的安全性和稳定性,减少环境风险	提高回水率10%,节约新水375t/d,但因增加运行费用,经济效益不明显
F4	油隔离泵车间设备更换	油隔离泵车间以前采用的油隔离泥浆泵,因其流量及压力偏低经常造成堵管,影响尾矿浆的正常输送,选用 2 台喷水式柱塞渣浆泵,并配置 2 台变频调解器取代油隔离泥浆泵	95	每年节电 22 万 kW·h	节省电费支出15 万元/a
合计			1 095	节电 22 万 kW·h/a	15 万元/a

表 4-10 拟实施的中/高费清洁生产方案效益预测

方案编号	F10	方案名称	尾矿的回收利用
部门	安环部	方案建议人	左文韶

现状问题:尾矿中丰富的硫元素都未回收利用,直接作为废弃物排放

改造方案:回收尾矿中的硫元素

技术评价简述:
尾矿选硫工艺流程为:浓缩、一段闭路磨矿、浮选、脱水。产品为硫精矿。35% 的硫精矿年产含量为 12.375×10^4 t

环境评价简述:
选厂建成后会产生少量的有害气体,通过机械通风排出,产生的固体废弃物经尾矿输送系统送至尾矿库堆存,无生产废水排放,生活污水处理达标后排放,因此,选厂建成投产后不会对环境选成明显危害

经济效益简述:
投资 2 915.29 万元,每年可回收尾矿中硫元素 12 万 t,经济效益约 653.44 万元

4.1.5 典型的清洁生产方案

(1)尾矿处理系统改造

尾矿原处理系统采用封闭式管线输送、堆坝储存,工业废水经排洪隧道、集水井、水泵、高位水池、输水管线等设施循环利用,尾矿回水率只达到 70% ~ 75%,且因输送管线较长存在能耗高、易腐蚀、泄漏等问题。

改造方案是通过增加真空陶瓷过滤机设备,使固液分离,矿山固体尾砂储存在尾矿库,滤液直接输送到高位水池循环使用,原尾矿输送管线不再承担尾矿输送任务。

与传统过滤机相比,真空陶瓷过滤机设备节能、高产、生产成本低、自动化水平高、运行平稳、动力消耗低、滤饼水分低、滤液悬浮物低、符合排放标准,可作循环水使用,实现零排放。同时,在车间脱离的尾矿水经过过滤后可直接用于生产用水,

减轻了库存压力，提高了尾矿库的安全性和稳定性，与原来的湿排相比更有利于对环境的保护（图4-3）。

(a)改造前尾矿输送管线

(b)尾矿库

(c)新增的陶瓷过滤器

图4-3　尾矿处理系统改造情况

方案实施后水重复利用率提高了10%，节约新水375t/d。方案投资1 000万元，但因增加的运行费用较高，因而经济效益不明显。

（2）油隔离泵车间设备更换

油隔离泵车间原采用油隔离泥浆泵，因其流量及压力偏低经常造成堵管，影响尾矿浆的正常输送。

该方案是选用2台喷水式柱塞渣浆泵，并配置2台变频调解器。方案实施后由于设备流量及压力正常，因而能正常输送尾矿浆，并在原耗电量的基础上节电40%；实施后还解决了堵管问题，减少了对水环境的影响。方案实施后每年节电22万kW·h，节省电费支出15万元（图4-4）。

方案投资95万元，方案的投资回收期是6.33年。

（3）磨浮车间C300－1.35离心鼓风机电机改造

审核前，磨浮车间C300－1.35离心鼓风机主要供联合浮选机用风，配套电机为315kW。但在实际生产中，风机在保证出口压力不变，流量为150 m³/min时，就能满足生产的需要，故目前所选用的风机功率过大，耗电高，为此该方案选择185KM的风机（图4-5）。

方案实施后在原耗电量的基础上节电40%，每年节电94万kW·h，每年节约电费支出33万元。方案投资20万元，方案的投资回收期是0.6年。

（4）选矿药剂的削减与替代

选矿厂原使用药剂是黄药、2号油、水玻璃、CMC、石灰，从经济角度分析成本较

(a)改造前使用的油隔离泥浆泵

(b)改造后新装的柱塞渣浆泵

图4-4　油隔离泵车间设备更换情况

图4-5　改造后的离心鼓风机

高，从生产指标分析，指标偏低，经济效益低，工人操作不方便，于2006年下半年改用黄药、M-2和石灰后，药剂用量明显减少，生产指标提高了3个百分点，经济效益明显提高。但随着矿石性质的不断变化，审核小组又探索了一种更经济、更安全、更环保的新型药剂A-6和调整剂替代了原有的M-2（图4-6）。

该方案是选用新型药剂A-6和调整剂来替代M-2，无论是选矿成本还是安全环保上都得到了最大最好的效果。

该方案无须投入，实施后可节约成本15 000元/月，即每年18万元，减少M2使用量1t/月，即12t/a。方案实施后减少有毒有害药剂使用量10%，由于有毒有害药剂使用量减少从而减少了对环境的污染。

(a)改造前配药设施　　　　　　　　(b)改造后药剂添加设施

图4-6　选矿药剂的削减与替代改造措施

4.2　贵州紫金矿业股份有限公司

4.2.1　企业概况

贵州紫金矿业股份有限公司位于贵州省黔西南州贞丰县，公司成立于2001年12月，是一家专业的黄金生产企业，其核心资产——水银洞金矿是中国目前第三大单体黄金生产矿山。公司自成立以来，累计产金14.16t，实现销售收入21.62亿元，提供就业岗位1 000多个，上交税费2亿多元，支持地方经济和社会事业发展近7 000万元，为促进当地社会经济发展作出了应有的贡献。

公司自行研制的加温常压化学预氧化技术在国内国际均属首创，它成功解决了"卡琳型"金矿选冶这一国际难题，填补了我国原生矿开采技术上的空白。

公司现有1 000余名员工中，拥有各级职称的有200余人；大中专以上学历人员占员工总数的60%，其中本科学历120余人。

4.2.2　企业的主要产品和生产工艺

（1）企业的主要产品

紫金矿业公司主要生产纯度≥99.99%的成品金，主要执行SGEB1－2002《金锭》标准。标准值如表4-11所示。公司2003年8～12月生产黄金562kg，产值5300多万元；2004年生产黄金1 450 kg，产值1.5余亿元；2005年生产黄金2 500kg，产值近3亿元。2006年生产黄金3 131kg，产值4.9亿元。

（2）生产工艺

矿石经开采并运输至地面后，经粗碎、中碎和细碎及球磨后，磨矿细度325目占96%，调浆，经高压矿浆泵压进入预氧化系统。该系统为密闭的反应釜，矿浆在反应釜反应时需要通入锅炉蒸汽和大量的空气，反应3h后，矿浆进入炭浸系统，通过加入的氰化物及活性炭将金粒析出，经提炭工序将载金炭经高温高压无氰解吸电解设备进行解吸、电积。电积获得的金泥用盐酸浸泡后送冶炼，经冶炼提纯到#2金。解吸炭经再生炉处理后再生回用，电积贫液返回球磨工序。

表 4-11 SGEB1-2002《金锭》标准

牌号	品级	化学成分/%							
		Au 不小于	杂质含量，不大于						
			Ag	Cu	Fe	Pb	Bi	Sb	总和
Au-99.99	一级	99.99	0.005	0.002	0.002	0.001	0.001	0.001	0.01
Au-99.95	二级	99.95	0.020	0.015	0.003	0.003	0.002	0.002	0.05

炭浸尾矿渣通过 200m 管道输入尾矿车间经板框式压滤机压滤，干炭浸尾矿渣经选出矿后回收金精矿，最后经压滤后通过皮带送入炭浸尾矿库干堆。炭浸废水用泵抽回炭浸车间回用，废水不外排。选矿废水循环使用。

全厂生产工艺流程如图 4-7 所示。

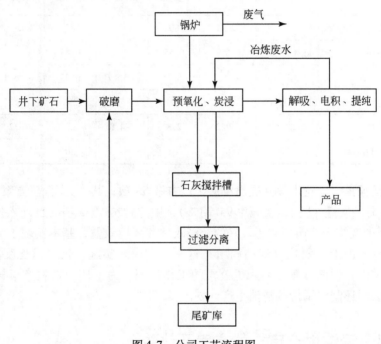

图 4-7 公司工艺流程图

4.2.3 企业的审核过程概述

2008 年 9 月，紫金矿业股份有限公司依据自身组织机构特点，组建了清洁生产审核小组，负责全厂的具体审核工作。清洁生产审核小组的建立，为审核工作的顺利开展奠定了组织基础。审核小组成立后在咨询小组的协同下编制了清洁生产审核工作计划。根据计划整个审核时间为 120 个工作日，实施时间为 2008 年 11 月至 2009 年 5 月底。

2008 年 11 月，清洁生产专家对公司领导层、审核小组成员以及业务骨干进行了清洁生产宣传和培训，重点讲解了《清洁生产促进法》和清洁生产审核的原理、程序和方法学，并通过案例解析，克服了员工的思想障碍。同时，公司清洁生产审核小组还通过例会、培训、宣传横幅、宣传手册和座谈会等各种方式在公司内部开展了广泛的清洁生产宣传和教育活动，鼓励员工积极投入清洁生产审核工作中。

在对公司生产过程、管理状况和环保现状进行综合分析和现场考察的基础上，审核小组共提出五个备选审核重点，即破磨车间、选矿车间、电解车间、提纯车间和采矿厂，通过应用权重总和计分排序法筛选后最终确定本轮清洁生产审核的重点为选矿车间和电解车间。

结合公司的生产、管理的具体情况，审核小组设置了清洁生产审核目标，见表4-12。

表 4-12　清洁生产目标与实现情况一览表

序号	项目	单位	现状	近期目标（2009 年底）		远期目标（2014 年）		实现情况
				绝对量	相对量/%	绝对量	相对量/%	2009 年 6 月
1	选矿金属理论回收率	%	72.41	80	—	85	—	81.72
2	氰化钠单耗	kg/t 矿	0.659	0.55	−16.5	0.45	−31.7	0.511
3	煤耗	t/ t 矿	0.12	0.1	−16.7	0.05	−58.3	0.1
4	全厂电耗	kW·h/ t 矿	297.61	280	−5.9	250	−16	276.27
5	工业水消耗	t/ t 矿	2.942	2.8	−4.8	2	−32	2.745
6	氰化废渣利用率	%	0	10	—	50	—	0

通过广泛征集，本轮审核共提出清洁生产方案 55 项，其中无/低费方案 52 项（截至 2009 年 6 月共实施 49 项，实施率 94.23%），中/高费方案 3 项（已列入公司的工作计划）。方案的实施为公司带来了较好的经济效益和环境效益，基本实现了清洁生产审核的近期目标，由于"氰化废渣的利用"这一工作尚未实施，仅"氰化废渣利用率"一项目标未实现，但该方案已列入了公司的工作计划。为了使清洁生产审核工作持续开展下去，公司还制定了持续清洁生产计划。

4.2.4　清洁生产审核的方案及效益

贵州紫金矿业股份有限公司相关领导、技术人员和现场操作工人，都积极参与到清洁生产方案的提出中来。同时厂内外工艺技术专家共同根据技术可行、环境效果、经费投资与效益等条件，对提出的清洁生产方案进行择优排序。本轮清洁生产审核共征集清洁生产方案 55 项，其中投资 5 万元以下的无/低费方案 52 项，投资 5 万元以上的中/高费方案 3 项。截至 2009 年 6 月共实施无/低费方案 49 项，3 项中/高费方案已列入工作计划，已实施的无/低费方案的效益汇总见表 4-13，计划实施的中/高费方案汇总见表 4-14。

表 4-13 已实施的无/低费清洁生产方案效益一览表

分类	序号	方案名称	类型	效益
加强管理	1	建立清洁生产奖励制度	无/低费	清洁生产意识得到了提高
	2	对厂内物料消耗大的岗位的工人开展技术培训，开展岗位练兵、比武活动	无/低费	工人的操作水平得到了提高
	3	加强培训工作	无/低费	工人的操作水平得到了提高
	4	加强设备管理	无/低费	设备的工作状态得到了提高
	5	完善 6S 管理制度的建立和实施	无/低费	有利于促进车间基础管理工作
	6	防止预氧化槽搅拌浆空转	无费	按额定功率计算 280kW·h，每天可节省 6 720kW·h，电按 0.686 元电费单价计算，有望节支 4 600 元/天，统一体现在全厂电耗的降低上
	7	减少球磨机运转过程中漏浆	无/低费	每天可减少废浆 5t。提高了金属回收率，降低了水处理成本，每吨工业水处理的成本 28 元/t，年节污水处理成本约 4.62 万元
	8	加强对尾矿库的综合管理	无/低费	降低了尾矿库的环境风险
	9	加强对井下支护材料的管理	无/低费	节省支护成本 50 元/t 矿，按 650t 矿/天，年生产 330 天，则年产 1 072.5 万元
	10	防止回收车间放浆池满槽和进料泵漏浆	无/低费	每月可减少废浆 50。减少重复处理成本，降低回收时的电耗，统一体现在全厂电耗的降低上
	11	改善尾矿车间皮带下的劳动环境	无/低费	减少了粉尘，操作环境得到改善，同时提高了金属回收率
工艺设备改造	12	修复球磨一段、二段大齿轮喷油装置	无/低费	节油 350kg/a，单价 15 元/kg 计，年节约 0.525 万元
	13	预氧化加碱方式改造	无/低费	降低了氢氧化钠的消耗，一、二期共计节省电费 5kW/h，每年 330 天，节电统一体现在清洁生产指标的降低上，维护费 7 万元/a
	14	提高炭浸精检修的效率	无/低费	可降低清槽人工成本及系统的维护费检修及材料费用，共计 14 000 元/次，每年检修 1 次，则年节约 1.4 万元
	15	降低预氧化槽体内的蒸汽盘管的泄漏	无/低费	减少了蒸汽的消耗，节约了煤耗，可以节约冷凝水 200T/d，软水处理成本是 1.5 元/t，则年节约 9.9 万元
	16	提高回收车间水玻璃的使用效率	无/低费	降低了环境风险，缓解员工劳动强度，提高了水玻璃的使用率，节约铁桶 300 个/a，单价 100 元/个，年约节省 3 万元

续表

分类	序号	方案名称	类型	效益
工艺设备改造	17	降低设备跑、冒、滴、漏	无/低费	提高了金属回收率
	18	冶炼车间节电	无/低费	降低了电耗
	19	提高压滤机设备完好率	无/低费	提高了劳动效率，改善了工作环境
	20	降低蒸汽消耗	无/低费	蒸汽消耗得到降低，从而煤耗降低
	21	防止润滑油变质	无/低费	可节约700kg/a，价格是15元/kg，年节约1.05万元
原材料改进	22	降低二乙二醇二丁醚的用量	无/低费	降低了二乙二醇二丁醚的消耗，年节约600kg，价格46.5元/kg，则年节约费用2.79万元
	23	提高洗炼用的盐酸的使用效率	无/低费	降低盐酸的消耗，盐酸消耗2007年为1.274 L/t矿，2009年4月下降为0.883 L/t矿，则吨矿节约0.364 L/t矿，按650t/天处理规模，年生产330天计算，盐酸价格350元/t，则年节约费用2.37万元
	24	提高测量人员使用的电质量	无/低费	降低了电瓶的消耗量，年节约约1万元
	25	降低片碱消耗	无/低费	降低了片碱消耗，体现在清洁生产指标的实现上
	26	降低锅炉用煤含硫量	无/低费	降低二氧化硫的产生及排放，统一体现在煤耗降低及硫含量降低后的减污上
节能	27	节电	无/低费	—
	28	节水	无/低费	降低水耗量
过程控制	29	加强破磨车间圆锥破碎机的生产过程控制	无/低费	设备的故障率下降，生产连续性提高，各项指标得到优化
	30	改善回收车间加酸工序的劳动环境	无/低费	避免了环保事故发生，优化岗位人员结构，减少两人操作，节约工资3 000元/人，年节约费用7.2万元
	31	提高回收车间选矿时对pH值的控制	无/低费	在线pH仪投入比使用pH试纸每月节省120元。硫酸用量减少30kg/t矿，年节省258.8万元
	32	防止事故池及环保池里的泥浆沉积	无/低费	可减少人工成本，2 000元/次的清理费，每年清理3次，年节约0.6万元
	33	改善预氧化效果	无/低费	—
	34	加强对预氧化过程的控制精确度	无/低费	—
	35	降低氰化尾渣含金量	无/低费	—

分类	序号	方案名称	类型	效益
废物回收	36	废旧钢材回收	无/低费	废旧材料料得到了回收，年回收钢材废旧料37t，价格2 200元/t，年节省8.14万元
	37	空压机冷却水回收	无/低费	节省每月110m³/次的水更换以及换出废水的处理费用，水处理成本是28元/t，节水1 210 m³/a，减少污水1 210 m³/a，年节省费用3.689万元
	38	废润滑油回收	无/低费	节约润滑油200kg/月，年约为0.44万元
	39	炭末回收	无/低费	1.0kg/a的炭末回收金及水处理费，水处理的成本是28元/t，年节约约为12.13万元
	40	回收圆锥破碎机的冷却用水	无/低费	每天节约水3m³，降低水处理成本3.02万元
	41	冶炼厂废水循环使用	无/低费	每月可以节约用水量1 000t，年减少污水处理成本30.8万元
	42	质计处化验室烧制蒸馏水过程中冷却水及真空泵冷却水回用	无/低费	节约冷却水，降低水处理成本节约蒸馏水冷却水6t/d，新水2.5元/t，年节约0.5万元
环境污染治理	43	冶炼厂酸雾污染环境的治理	无/低费	劳动环境得到了改善
	44	增大炭浸槽底的载金炭的回收利用效率	无/低费	涉及3套炭浸系统槽人工费共计10 800元/a，节炭2t，炭1万元/t，年共节约3.08万元
	45	质计处化验室制样操作室粉尘污染治理	无/低费	减少了粉尘，劳动环境得到了改善
	46	加强对王水提金产生的一氧化氮和高酸气体的治理	无/低费	劳动环境得到了改善
	47	降低炭末火法再生过程中产生一氧化氮氮气体	无/低费	劳动环境得到了改善
	48	选矿车间空压机设备噪声治理	无/低费	设备噪声得到了降低
	49	提高井下通风效率，降低粉尘	无/低费	操作环境得到了提高

第 4 章 有色金属行业案例

表 4-14 拟实施的中/高费清洁生产方案汇总

方案编号	责任部门	方案名称	投资/万元	方案内容及预期效益
1	选矿车间	锅炉烟气脱硫	120	采用石灰—石膏脱硫法代替原有的水膜脱硫，主要为环境效益，公司的二氧化硫的排放量从原有的 1 105t/a 降至 99.58t/a
2	采矿厂	尾矿渣井下填充	1 300	采用尾矿充填至井下采空区，可提高回采率，减少损失率和贫化率；既确保井下安全又降低支护成本，减少废渣排放量 8.58 万t/a。节约处理渣成本 2 元/t 渣，节约支护费用 80 元/t 矿，则年经济效益 450.71 万元
3	选矿厂	高密度工业废水的处理	1 500	对循环达到一定程度后的高密度工业废水进行治理后循环使用，减少平均每月排放一次的工业废水，年减少外排废水量 1.98 万 t。降低水处理成本约 40%，即每吨水节约处理成本 11.2 元，目前日处理水 1 068.5t 左右，故年节约 394.92 万元
合计			2 920	二氧化硫排放量减少 1 005.42t/a；废渣排放量 5.58 万t/a；减少外排废水量 1.98 万 t/a；年经济效益 845.63 万元

4.2.5 典型的清洁生产方案

（1）采用石灰—石膏脱硫法代替原有的水膜脱硫

企业原有脱硫措施为水膜除尘脱硫，由于设计处理能力不足、设备老化等原因，造成烟气脱硫不能稳定达标，因此，从环境保护的角度出发，企业提出改造其锅炉烟气脱硫措施。

石灰—石膏脱硫法工艺主要采用廉价易得的石灰作为脱硫吸收剂，在吸收塔内，吸收浆液与烟气接触混合，烟气中的二氧化硫与浆液中的碳酸钙以及鼓入的空气进行化学反应被吸收脱除，最终产物为石膏，脱硫后的烟气依次经过除雾器去除雾滴，加热器加热升温后，由增压风机经烟囱排出，脱硫石膏可以综合利用。该方案具有脱硫效率高、受煤质影响小、技术成熟等优点。

方案投资 120 万元，预计 1 年可实施完成。方案实施后，烟气脱硫率可由原来的 50% 提高到 91%，煤含硫量由原来的 5% 现降至 2.5%。通过该措施，公司的二氧化硫的排放量可从原有的 1 105t/a 降至 99.58t/a，减排二氧化硫 1 005.42t/a。

（2）尾矿渣井下填充

企业在尾渣选矿方面采酸化法即 H_2SO_4 预处理氰化尾渣，使其生成 HCN，通过碱液吸收生成 NaCN 循环使用，同时达到净化氰化尾渣的双重目的，但尾渣中仍然含有一定量的氰化物及重金属，属一般工业固体废物二类渣，目前企业采用渣场进行堆存，为减少渣的环境风险，本方案拟对矿山采空区用尾渣进行回填。

黄金矿山在井下采矿过程中的氰化渣回填工艺一般采用尾砂水力充填，传统的尾砂水力充填受采矿工艺、充填技术和设备的限制，其中多数矿山仅能利用脱除 $-20\mu m$ 或者 $-37\mu m$ 细泥后的粗粒尾砂，而且砂浆输送浓度较低，造成井下生产环境污染严重、充填体强度不均、充填成本较高等。为克服或减少分级尾砂充填的不利因素，中国自 20 世纪 80 年代以来，对全尾充填进行了多方面的研究，现已形成了全尾砂高浓度（膏体）泵送充填和全尾砂胶结充填自流输送两种充填工艺。全尾砂胶结充填工艺包括：高浓度尾矿制备的脱水系统、充填浆料搅拌系统、泵压输送或重力自流输送系统、检测系统等，其中脱水系统和搅拌系统是影响充填效果的关键。参照同类企业确定满足可采性和采矿工程要求的几种混合料配比。采用全尾砂＋水泥＋粉煤灰为充填料，其浓度为74%～76%，灰砂比为1：4，水泥：粉煤灰为1：05，水泥单耗240～250kg/m³，单轴抗压强度大于4MPa。经测算，采用全尾砂泵送充填工艺的成本为29.47元/T渣。技术上可行（图4-8）。

本方案预计投资1 300万元，投资偿还期是3.11年。方案实施后，每日井下采空区充填量达260t干渣，年处理渣量8.58万t，节约处理渣成本2元/t渣，节约支护费用80元/t矿，则年经济效益450.71万元。方案目前正在实施中，预计3年可实施完成。

(a)尾矿充填系统侧面　　　　　　　(b)尾矿充填系统正面

图4-8　尾矿充填系统

（3）高密度工业废水的处理

工业废水经过加入石灰除砷并沉淀降低水密度后，在系统中循环使用，可以循环使用水中的OH^-、CN^-，减少原材料的损失，同时，降低企业废水外排压力，减少环境污染。但由于矿石成分含大量硫酸盐且矿石粒度极细，循环水在不断循环中，水密度不断提高，而仅靠沉淀无法降低其密度，因此，企业工业水循环到一定程度后不得不处理外排，不能够实现工业水的完全闭路循环。

实现黄金冶炼工业废水全循环工艺需要两个必要条件：一是废水循环后氰化工艺水量平衡；二是废水循环不至于使浸出液中各种杂质浓度积累到影响氰化指标的程度。既然废水中杂质（Cu、Pb、Zn、Fe、有机物等）积累后会影响金的回收率，对这些杂质进行综合回收有价元素，从而提高氰化指标，可实现经济、环保双重效益。

本方案的环境效益是减少由于目前企业不能合格处理废水所造成的不能完全回用的部分，按平均每月外排一次，年减少外排量约1.98万t。经济收益为可降低水处理成本约40%，即每吨水节约处理成本11.2元，目前日处理水1 068.5吨左右，故年节约394.92万元。本方案的投资1 500万元，投资回收期是4.05年。方案目前正在实施过程中，预计3年可实施完成（图4-9）。

本方案是对循环达到一定程度后的高密度工业废水进行治理后循环使用或达标排放，技术上可行。

图4-9　在建的高浓度工业废水处理系统

4.3 包头市 XJ 稀土有限责任公司

4.3.1 企业概况

清洁生产审核案例与工具

包头市 XJ 稀土有限责任公司始建于 1979 年，是内蒙古自治区专门从事高纯稀土金属及合金的生产与开发以及其他稀土材料开发与应用的科研单位。公司位于包头市九原区钢铁稀土工业园区，是一家以稀土开发、应用、生产为一体的科技开发型股份制企业。2001 年取得自营进出口资格。企业职工总人数为 237 人，占地面积 35 090m²，建筑面积 18 000m²。

公司在 2009 年被评为国家高新技术企业，通过了 GB/T19001-2008 质量管理体系认证、GB/T24001-2004 环境管理体系认证和 GB/T28001-2001 职业健康安全管理体系认证。

4.3.2 企业的主要产品和生产工艺

公司建有 50t/a 中重稀土金属热还原生产线、1 000t/a 稀土合金电解生产线、700t/a 单一稀土金属电解生产线、400t/a 镝铁合金电解生产线和 400t/a 电池级混合稀土金属氧化物电解生产线，公司拥有 4 440KVA 供变电设施。

主要产品有金属钕、金属镨、电池级混合稀土金属、镧铈镨金属、镧铈合金、镨钕合金、钆铁合金、镝铁合金，金属钇、铽、镝、铒，稀土铜合金等，其中镝铁合金、高纯稀土金属铽、高性能稀土铜合金和高纯稀土金属 4 项获得国家重点新产品称号。所采用的制备技术均为公司的自有技术，生产工艺达到国际水平。

生产工艺流程见图 4-10。

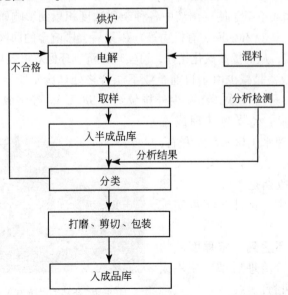

图 4-10　包头市 XJ 稀土有限责任公司生产工艺流程图

公司的主要生产设备如下：①交流打弧机；②可控硅整流器、TGBT 高频电源；③除尘设备。生产设备一览表见表 4-15。

表 4-15　主要设备一览表

设备名称	规格型号	台数	安装时间
真空感应炉	ZG-0.2L	1	2000 年
真空感应炉	ZG-0.25L	4	2000 年
高真空碳管炉	GZR-50B	2	2000 年
单柱校正压装液压机	Y41-100A	1	2000 年
硅整流器	0～15V, 0～4 000A	64	2000 年
高频风冷电源	0～15V, 0～4 000A	2	2007 年
高频风冷电源	0～15V, 0～6 000A	2	2008 年
高频水冷电源	0～15V, 0～6 000A	2	2008 年
交流打弧机	0～40kW	17	2000 年
滚筒式抛丸清理机	Q3110I	1	2007 年
双螺旋锥形混合机	SLH-4	1	2000 年

4.3.3　企业的审核过程概述

2008 年该公司被选为"中欧亚洲投资计划——西部 11 省清洁生产能力建设项目"在内蒙古的试点企业。公司于 2009 年 3 月正式在全厂开展清洁生产审核。公司领导非常重视此次审核，组织了由高层领导、中层管理干部、车间技术人员参加的清洁生产审核座谈会，并请专家们宣传了清洁生产的理念、开展清洁生产审核的目的和步骤，以及清洁生产审核会给企业带来的诸多好处。公司专门组建了由总经理担任组长、其他主要领导担任组员的清洁生产审核小组，并成立了清洁生产审核办公室、制定了清洁生产审核工作计划。同时公司还在全厂范围内利用板报、宣传栏、班前班后会等多种方式，不断地宣传"清洁生产"和"清洁生产审核"的概念、内容和意义，调动了大家对实施清洁生产审核的积极性。此外，公司还广泛吸收现场操作工人的合理化建议，并根据公司的具体现状及可能遇到的情况，提出了清洁生产障碍的解决办法。

在审核过程中，审核小组针对公司主要废弃物的产生源，从原辅材料和能源、技术工艺、设备、过程控制、产品、废弃物、管理、员工八个方面认真分析了公司废弃物的产生原因。同时结合公司生产实际状况，审核小组将物料、电耗大的火法车间确定为本轮清洁生产审核的重点。并根据环境保护的法规标准，以及本地区的环境治理要求，结合公司的实际情况，设定了清洁生产目标，见表 4-16。

表 4-16　XJ 公司清洁生产目标一览表

序号	项目	指标	现状	近期目标（2009 年底）		中期目标（2010 年）		远期目标		审核后目标实现情况
				绝对量	相对量/%	绝对量	相对量/%	绝对量	相对量/%	
1	改变氧化镧储存方式	含水量/%	6	5	—	4	—	2	—	5

序号	项目	指标	现状	近期目标(2009年底)		中期目标(2010年)		远期目标		审核后目标实现情况
				绝对量	相对量/%	绝对量	相对量/%	绝对量	相对量/%	
2	调整可控硅整流器，减少年维修次数	月维护次数/(次/月)	10	8	-20	6	40	4	-60	8
3		电耗/(kW·h/kg金属)	10.2	9.8	-10.9	9	-18	8	-27	9.8
4	增加打弧机功率	起炉时间/h	12	10	-16.7	8	-33.3	6	-50	10
5		电解质损失量/kg	250	230	-8	200	-20	180	-28	230

为了准确判断审核重点物料损失和废弃物的产生情况，审核小组建立了审核重点的物料平衡图和水平衡图，定量确定了审核重点的物料损失和废弃物的数量和去向，并分析了审核重点浪费产生原因（表4-17），为制定预防污染削减方案奠定了科学基础。

表 4-17　审核重点浪费产生原因分析

序号	发现的问题	现状	产生原因
1	氧化镧料比较高	灼减5%	电解氧化镧原料中水分高，灼减达2%左右
2	整流器维修费用大、维修次数多、生产效率低	年维修次数达96次	设备陈旧、设备过保护装置不健全、过流现象严重、超负荷使用
3	镝铁生产过程中阳极消耗过大	192套/月	阳极上部空气氧化严重，造成下部阳极不能充分使用
4	员工在生产过程中不按操作规程操作	—	素质水平不高
5	管理体系文件不完善	导致操作不规范	同样的作业文件和指导书有多个版本，有些工段的文件不健全
6	金属起炉时打弧用电浪费严重	起炉时间长达12h，生产每吨金属耗电1.2万kW·h	打弧机性能差，只能在表面进行加热，导致工作时间长、物料浪费严重，耗时耗能

通过征集并结和审核重点废弃物产生原因分析，本轮清洁生产审核共产生清洁生产方案7项，包括3项无/低费方案和4项中/高费方案。方案的实施为公司带来了较好的经济效益和环境效益，且实现了清洁生产审核的近期目标。为了使清洁生产审核工作持续开展下去，公司还制定了持续清洁生产计划。

4.3.4　清洁生产审核的方案及效益

通过审核小组的宣传动员，组织座谈，在全厂广大职工的参与下，结合项目专家组的建议，从原辅材料到能源、技术工艺、设备、过程控制、产品、废弃物、管理、员工八个方面出发，共提出了10余项方案。审核小组对这些方案进行了整理汇总，最后确定了7项可以实施的清洁生产方案，包括3项无/低费方案，4项中/高费方案。截至2009年12月，3项无/低费方案均已实施完成，其余4项中/高费方案预计两年内完成。

已实施的无/低费方案效益见表4-18，正在实施的中/高费方案效益见表4-19（注：投资在5万元及以上的清洁生产方案为中/高费方案，5万元以下的为无/低费方案）。

表 4-18　已实施的无/低费方案效益一览表

方案类型	方案编号	方案名称	方案简介	投资/万元	方案效益	
					环境效益	经济效益
员工素质提高	1	加强培训，加强考核	制定培训计划，加强员工在质量、环境和安全等方面的培训	0	减少粉尘	—
废弃物回收综合利用	2	进口原料桶回收	制定废旧物回收制度	0	减少废旧物品	—
强化管理	3	完善管理体系文件	结合质量管理体系重新规划，完善修改管理体系文件，并实施	0	—	—
合计				0	减少废旧物品、减少粉尘	—

表 4-19　正在实施的中/高费方案效益一览表

方案类型	方案编号	方案名称	方案简介	投资/万元	方案效益	
					环境效益	经济效益
原辅材料和能源的替代	4	浸渍阳极，增加阳极抗氧化性	碳阳极经过浸渍和高温处理，提高石墨阳极的抗氧化能力，延长使用寿命	76.56	减少废旧石墨的堆积	年节约阳极 1 000 套，节约成本 45 万元
设备维修更新	5	整流器控制系统改造	改模拟信号控制为数字信号控制，同时增加过流保护装置，消除逆相烧弧现象	28	—	每年减少整流器维修，维护费用约 40 万元，提高设备使用效率
	6	打弧机改造	增加打弧机的功率，缩短起炉时间	170	节电 432 000 kW·h/a；减少废气排放量 14.25 t/a；减少固体废弃物 5.6 t/a	每年减少稀土损失 70 万元
过程控制	7	降低金属镧料比	延长碳酸镧焙烧时的保温时间，氧化镧在库房中暂存存放方案改变	5	减少粉尘	每年减少稀土损失约 1t，折合稀土金属约 850 kg，折合人民币 15 万元
合计				279.56	节电 432 000 kW·h/a；减少废气排放量 14.25 t/a；减少固体废弃物 5.6 t/a	170 万元/a

7 项方案总投资 279.56 万元，方案实施后，每年可帮助公司节约原材料 5.5t、节电 432 000kW·h、减少固体废弃物 5.6t、减少废气排放量 14.25t，获得经济效益 170 万元。

4.3.5　典型的清洁生产方案

（1）浸渍阳极，增强石墨阳极抗氧化性能

在中、重稀土金属电解生产中，石墨阳极有 5~10 ㎝是露置在空气中的，由于长时间受熔盐的冲刷、侵蚀及高温灼烧，氧化速度非常快，通常露置在空气中的那部分氧化完时，浸入熔盐的那部分还没有来得及完全消耗，就要更换阳极。

本方案是将石墨阳极在高温高压条件下，用浸泡剂浸渍石墨阳极顶端，使得石墨阳极顶端的抗氧化性能增强。使用抗氧化石墨阳极电解生产中、重稀土金属及合金，每年可节约阳极 1 000 套，按每套 450 元计算，年节约成本 45 万元。同时由于延长了阳极使用寿命，每年可减少阳极更换次数 148 次/年·台，增加了有效电解时间。

方案总投资 76.56 万元，投资回收期为 2 年。方案预计 2 年可实施完成。

（2）整流系统的改进

方案实施前稀土熔盐电解生产工艺为开环控制，各个工艺参数分别由不同的独立调节系统控制。各独立调节系统控制不能很好地与炉况相结合，直接影响到产品质量及产量。在稀土金属生产过程中，判断电解过程是否处于正常电解状态以及电解过程中发生阳极效应是否恢复到正常电解状态，主要依赖于操作人员的经验。如发生阳极效应时，通常操作人员需要 1 小时左右时间才能把炉况调整到正常工作状态。在电解过程中的能耗、效率、成本很大程度上取决于操作者的技术水平和巡视频率。这种开环式的人工调节方式，存在响应时间长、劳动强度大、生产效率低等问题。现在我国稀土熔盐电解所用的电源多采用晶闸管整流调压方式，且多数设备采用模拟调节，存在模拟控制精度低，温度漂移大，故障率高，造成烧硅、烧模块等故障。

本方案为改进整流系统，通过对数字智能调节系统的研究，系统根据电解槽的电流电压等参数的变化，自动判别电解过程中是否处于阳极效应状态。若产生阳极效应状态时，系统通过自动连接加料机进行自动补料和自动调整电流电压的方式，可以快速消除阳极效应，使电解恢复正常状态，提高了设备作业率和生产效率，降低了生产成本，减轻了操作员工的劳动强度，改善了现场工作环境。通过对整流系统的改进，可提高设备作业率 3%，产量增加 4%，能耗降低 3%，劳动强度减少 30%，每年可节约维修维护费、设备零件费等 40 万元。

该方案总投资 28 万元，投资回收期为 0.5 年。方案预计 2 年可实施完成。

（3）打弧机的改造

原用打弧机由于电压高、电流低，加热电极不能插入熔盐内部对熔盐进行有效加热，只是对熔盐表面进行加热，热效率极低，大约有 1/3~1/2 的热量被浪费掉。由于熔盐表面温度很高，极易造成熔盐挥发损失，初步估计熔盐挥发造成的损失，每次大约是 0.2 万~0.5 万元，每台炉每年打弧 3~5 次，公司原有电解炉 70 台套，每年打弧造成的稀土损失约 60 万元。

改造方案是对部分打弧机进行改进，将加热电极插入熔盐内部，直接对熔盐加热，预计可减少打弧时间 50% 以上，可大幅度降低挥发损失。若研制成功，全面推广，将为公司每年节约成本 70 万元以上。使用改进后的打弧机，可为公司每年节电约3 600 kW·h/台·次起炉，年节电 43.2 万 kW·h，折合减少二氧化碳排放 14.25t，减少粉尘排放 20 ~ 50kg/台·次起炉，年减少粉尘排放 5 600 ~ 14 000kg。

该方案总投资 170 万元，投资回收期为 2 年。方案预计 2 年可实施完成。

（4）降低金属镧料比

原电解用氧化镧易吸湿，灼减高，在电解生产过程中，物料极易挥发，损失大，料比高，产量较其他轻稀土金属较低，虽然在炉口增加了集尘回收装置，但是却增加了物料的循环流程，提高了生产成本。

本方案是适当地提高碳酸镧或草酸镧的焙烧温度，延长保温时间，针对氧化镧的吸湿性，改变氧化镧的储存方案。方案的实施可有限控制氧化镧的技术经济指标，稀土总量提高到 96%，灼减降低到 2%，有效地降低电解时物料的挥发损失，降低氧化镧料比 0.05。通过改进方案，生产 1kg 的金属镧可节约氧化镧 0.1kg，年产 100t 金属镧可节约用料 1 000kg，折合金属镧约 850kg，约合人民币 15 万元。

该方案投资 5 万元，回收期为 0.3 年。方案预计 1 年可实施完成。

通过在公司实施四项中/高费方案，从技术、环境、财务等方面评估分析，方案均为可行。从目前已经开始实施的中/高费方案过程中，企业无论在经济效益还是环境效益方面，均显现了预期的效果，社会效益显著。

4.4　包头市 JM 稀土有限责任公司

4.4.1　企业概况

包头市 JM 稀土有限责任公司成立于 2000 年 5 月，地处素有"稀土之乡"美称的包头市九原区哈业脑包镇，位于包头市钢铁稀土园规划区内，紧邻 110 国道，毗邻全国最大的稀土企业"稀土高科"，地理位置优越、交通便利、资源丰富，为公司的生存与发展创造了良好的条件。公司占地面积 17 316m²，厂区内规划合理，环境优美。

公司共有员工 221 人，其中生产管理人员 10 人，专业技术人员 38 人。公司设有 7 个生产管理部门，4 个生产车间，试验车间和分析室各一个。公司的生产系统分为一车间、二车间、三车间和机修动力车间四个车间。一车间包括精矿焙烧、水浸、碳沉工段；二车间包括整体转型、萃取分离、碳沉和浓缩工段，以及对萃取和碳沉产生的氯化氨废水进行蒸氨处理；三车间包括氧化稀土和氟化稀土的灼烧；机修动力车间主要是负责全厂的燃料、蒸汽供给和设备检修。

公司自成立以来，始终坚持以顾客为中心的经营思想，自觉依照 ISO9001、ISO2000 质量管理体系要求开展质量管理和质量保证工作。产品渠道畅通，市场占有率逐年稳步提高。2001 年度被评为"包头市绿特色产品名优企业"及"包头市重合同、守信用"单位。

4.4.2　企业的主要产品和生产工艺

清洁生产审核案例与工具

公司产品覆盖面广，包括稀土焙烧矿、混合碳酸稀土、氯化稀土、稀土氧化物、稀土金属等各类产品十余种。单一稀土产品纯度可满足 99.9% 及 99.99% 不同规格的需求，质量稳定，性能优异，深受国内外用户欢迎。

公司总投资 1 150 万元，有稀土精矿焙烧回转窑、混合碳酸稀土生产线、稀土萃取分离线、稀土灼烧八孔板窑、涉及稀土的粗加工和深加工等不同层次。各条生产线布局合理，衔接流畅，工艺先进。生产规模为年处理稀土精矿 3 300t，萃取分离混合碳酸稀土 3 000t，生产稀土氧化物 3 000t。年总产值 1 亿元。

该公司的生产工艺是从稀土精矿开始。一车间包括精矿焙烧工序、水浸工序、碳沉工序。精矿焙烧工序以稀土精矿、铁粉和浓硫酸为原料，使用回转窑进行焙烧。水浸工序是将调浆液打入水浸灌，加氧化镁进行中和，使铁、钍等杂质沉淀，再将 pH 值调至 4.5，搅拌 2~4h 后打入板框压滤机压滤分离，分离后产生硫酸稀土水浸液。碳沉工序是将从贮槽送来的水浸液打至沉淀灌中，加碳酸氢铵，充分反应静置沉淀，上清液达到沉淀反应要求（硫酸稀土含量小于 0.5g/L）后，沉淀浆抽出进行板框压滤分离。

二车间工艺包括整体转型工序、萃取分离工序、浓缩和碳沉工序。其主要点是根据形成氯化稀土的工艺不同，对硫酸稀土料液进行 P_{204} 整体转型。萃取工序是将混合氯化稀土萃取分离为单一氯化稀土和几种元素混合的氯化稀土。碳沉工序用碳酸氢氨溶液沉淀，将氯化少钕溶液、氯化钕溶液、氯化镨钕溶液、氯化镧铈溶液和氯化镧溶液形成相应的碳酸盐。

三车间分为氧化稀土灼烧和氟化稀土灼烧。

公司整体工艺路线是通过焙烧、水浸、整体转型、萃取分离、灼烧等工艺，生产氯化稀土（混合和单一）、碳酸稀土（混合和单一）、氟化稀土（混合和单一）和氧化稀土（混合和单一）。全公司生产工艺流程见图 4-11。

该公司各车间的主要生产设备情况：一车间是以稀土精矿焙烧设备、水浸设备、压滤分离设备、碳沉设备和离心甩干设备为主，配套有焙烧尾气净化设备和废水中和处理设备；二车间是以稀土整体转型设备、萃取分离设备、浓缩和碳沉设备为主，配套有水净化设备、配酸设备和蒸铵设备；三车间是以氟转化设备、稀土烘干设备、灼烧设备、混料和筛分设备为主，配套有粉尘回收设备；机修动力车间主要设备有蒸汽锅炉、导热油锅炉和煤气发生炉。各生产车间主要设备的名称、规格型号和数量见表 4-20。

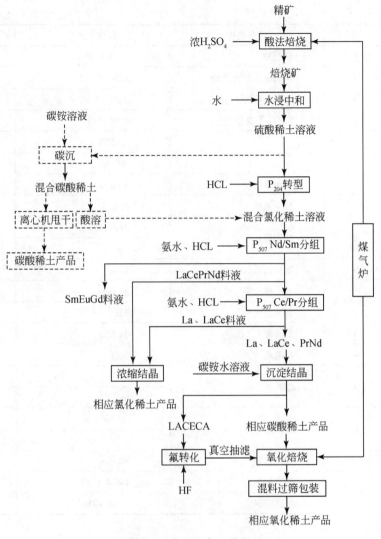

图 4-11 公司生产工艺流程

表 4-20 各车间主要生产设备

车间	序号	设备名称	规格、型号	数量
	1	回转窑	$\phi 1.8\text{m} \times 28\text{m}$	2
	2	水浸板框	40m^2	3
	3	调浆罐	16m^2	6
			10m^2	8
	4	中和板框	60m^2	2
	5	洗渣板框	40m^2	3
一车间	6	料液储池	40m^3	8
	7	离心机	$\phi 1\,250$	3
			$\phi 1\,000$	2
	8	尾气喷淋塔	$1.8\text{m} \times 6\text{m}$	6
	9	喷淋池	$2.6\text{m} \times 5.5\text{m}$	2
	10	中和池	20m^3	1

车间	序号	设备名称	规格、型号	数量
二车间	1	转型槽	2 000L/35 级	1
	2	Nd/Sm 萃取分离槽	120L/40 级	1
	3	Pr/Nd 萃取分离槽	220L/80 级	1
	4	Ce/Pr 萃取分离	300L/117 级	1
	5	离心机	ϕ1 250	7
			ϕ1 000	2
	6	制水系统	18m³/h	1
	7	配酸系统	1.8t/h	1
	8	浓缩罐	3m³	4
			5m³	4
	9	氯化铵蒸发罐	18m³	8
三车间	1	八孔推板窑	长 18m	2
	2	静态反射窑	72m³	4
	3	烘干窑	长 12m	2
	4	调浆罐	20m³	4
	5	混料机	8m³	1
			6m³	3
	6	振动筛	ϕ1 500mm	1
			ϕ1 000mm	4
机修动力车间	1	煤气锅炉	ϕ2.6m	1
	2	蒸汽锅炉	DZL4-1.25-AⅡ	2
	3	导热油锅炉	YLM-4200	1

4.4.3 企业的审核过程概述

2008 年，该公司被选为"中欧亚洲投资计划——西部 11 省清洁生产能力建设项目"在内蒙古的试点企业。公司于 2009 年 3 月正式在全厂开展清洁生产审核。公司领导非常重视此次审核，组织了由高层领导、中层管理干部、车间技术人员参加的清洁生产审核座谈会，并请专家宣传了清洁生产的理念、开展清洁生产审核的目的和步骤，以及清洁生产审核给企业带来的诸多好处。

公司为了确保清洁生产审核工作的顺利开展和按时完成，于 2009 年 3 月 28 日下发了《关于成立清洁生产审核小组的决定》的文件，确定了清洁生产审核小组成员名单及主要职责。同时根据清洁生产审核工作程序，制定了审核工作计划。同时，审核小组通过开展多层次、多形式宣传培训，在全厂营造了清洁生产审核的氛围，帮助员工克服了对清洁生产的思想和认识障碍，以此调动全体员工参与清洁生产审核的积极性，鼓励员工提供清洁生产的合理化建议，同时，公司还下发了《清洁生产审核方案征集活动的通知》，动员各部门员工为清洁生产方案献计献策。

审核小组根据公司运行状况及工艺条件，通过归纳总结、整理、分析发现公司主要存在以下问题：

（1）机修动力系统中蒸汽锅炉和导热油锅炉的煤耗较高，SO_2 年排放总量超过金蒙稀土 SO_2 总量控制指标，烟尘浓度超过《锅炉大气污染物排放标准》（GB13271 - 2001）中三类区 Ⅱ 时段最高允许排放浓度限值；

（2）锅炉、蒸铵系统的蒸汽排放量较大，并且没有回收利用；

（3）生产氟化稀土使用了氢氟酸，使氟转化系统氟的问题引起了关注。

根据上述问题分析，审核小组把机修动力系统、锅炉和蒸铵系统及氟转化系统确定为本轮清洁生产审核的重点，并制定了相应的清洁生产审核目标，见表4-21。

表 4-21　清洁生产审核目标

项目	指标	现状	近期目标（2009 年 12 月底）		远期目标（2010 年 12 月底）		审核后目标实现情况
			绝对值	相对值/%	绝对值	相对值/%	
减少物质、能源消耗	二车间生产用蒸汽煤耗/（t/t）	0.4	0.3	−25	0.2t/t	−50	0.3
	浓缩煤耗/（t/t）	0.43	0.33	−23	0.2	−53	0.33
	蒸铵煤耗/（t/t）	0.72	0.53	−26	0.35	−51	0.53
	新水消耗/（t/t）	56.1	50	−10.8	39.5	−29.6	50
减少原辅材料消耗	三车间氢氟酸消耗/（t/t）	0.8	0.5	−37.5	0.50	37.5	0.5
	三车间匣钵消耗/（t/t）	0.02	0.02	−100	0	−100	0.02
生产技术指标	氧化稀土实收率/%	99	99.5	—	99.5	—	99.5
减少污染物排放	SO_2 排放量/（kg/t）	7	3.9	−44.3	3.9	−44.3	3.9
	烟尘排放量/（kg/t）	4.5	3.5	−22.2	2	−55.6	3.5
	废水中氟化物排放量/（kg/t）	0.39	0.2	−48.7	0.2	−48.7	0.2
资源综合利用	废水综合利用率/%	60	63	—	70	—	63
	蒸汽回收率/%	0	34.8	—	100	—	34.8

审核小组通过对审核重点开展物料平衡分析，发现了物料流失的环节和部位，并找出了审核重点废弃物产生的原因（表4-22）。

表 4-22　审核重点废物产生原因分析表

废物产生位置	主要废物	原因分类							
		原辅材料和能源	技术工艺	设备	过程控制	产品	废物	管理	员工
蒸铵浓缩罐	水蒸气	—	—	浓缩罐的结构及未使用回收设备	—	—	—	—	—
导热油锅炉	SO_2	煤的含硫量较高，直接作为燃料产生了较多的 SO_2	—	未安装除硫设备	—	—	—	—	—

废物产生位置	主要废物	原因分类							
		原辅材料和能源	技术工艺	设备	过程控制	产品	废物	管理	员工
导热油锅炉	烟尘	煤的含硫量较高，直接作为燃料产生	—	未安装旋风除尘器	—	—	—	—	—
	炉渣	煤直接作为燃料，燃烧不充分产生大量炉渣	—	—	—	—	固体废弃物	—	—
蒸汽锅炉	水蒸气	—	—	未使用回收设备	—	—	—	—	—
	废水	—	—	设备需要定期排污	—	—	—	—	—
	SO₂	煤直接作为燃料产生了较多的SO₂	—	未经过除硫设备	—	—	—	—	—
	烟尘	用煤直接作为燃料产生	—	经过旋风除尘器	—	—	—	—	—
	炉渣	煤直接作为燃料，燃烧不充分后产生大量炉渣	—	—	—	—	固体废弃物	—	—
氟转化废水	氟化物	氢氟酸的使用	—	—	—	氟化稀土产品的需求	含氟废水未回收利用	—	—

通过征集并结合审核重点废弃物产生原因分析，本轮清洁生产审核共产生清洁生产方案10项，其中无/低费方案6项，中/高费方案4项。方案的实施为公司带来了较好的经济效益和环境效益，且实现了清洁生产审核的近期目标。为了使清洁生产审核工作持续开展下去，公司还制定了持续清洁生产计划。

4.4.4　清洁生产审核的方案及效益

由于审核期间企业受市场因素的影响，经济效益下滑，生产资金不足，企业生产不能连续进行，停车次数较为频繁，通过审核小组的宣传动员、组织座谈，发动全厂广大职工参与，同时结合项目专家组的建议，从原辅材料和能源、技术工艺、设备、过程控制、产品、废弃物、管理、员工八个方面出发，包括预评估阶段提出的无/低费方案，共提出了30多条方案。审核小组对这些方案进行了整理汇总，共确定了10项可行的清洁生产方案，其中无/低费方案6项，中/高费方案4项（注：投资在15万元以上的方案是中/高费方案，15万元以下的是无/低费方案）。

截至2009年12月，已实施完成6项无/低费方案和2项中/高费方案，另2项中/高费方案（即"燃煤锅炉改为燃气锅炉"和"蒸铵系统冷凝水回收"）正在实施过程中。这10项方案的总投资是495.25万元，通过方案的实施，每年可帮助公司节煤4396.88t、节水40400t，减少废气排放40.62t、废水4586t、固体废弃物548.15t，获得经济效益300.87万元。已实施的无/低费方案效益见表4-23，已实施的中/高费方案效益见表4-24，正在实施的中/高费方案效益见表4-25。

清洁生产审核案例与工具

表 4-23 已实施的无/低费方案效益一览表

方案类型	方案编号	方案名称	方案简介	投资/万元	方案效益	
					环境效益	经济效益
技术工艺改造	1	用控干方法回收氯化铵	采用架板式氯化铵控干，取消了原使用的离心机	0.05	减少噪声排放量	减少用电量15 840kW·h/a，节约电费0.64万元/a
	2	推板窑粉料回收系统改造	将一号推板窑的出料口，安装集气罩和管道，使出料口的粉尘得到回收	2	—	节约稀土氧化物7.5 t/a，经济效益11.25万元/a
废弃物回收利用和循环使用	3	板框滤布重复使用	将废水浸板框滤布用除铁酸泡后重新利用	0	减少废滤布排放3 500块/a	节约滤布3 500块/a，价值14.7万元/a
	4	废轴承降级使用	将电极换下的轴承用酸清洗注油后换用到推板窑推进器上	0	减少废旧轴承堆放	每年节约购买新轴承，价值...
	5	阀门修旧利废	各种废旧阀门经拆卸有的部分，重新组装配出可使用的阀门	0	减少废旧阀门堆放	1.26万元/a
环境使用	6	冷凝水回收	将车间采暖用的蒸汽，通过回收和处理后供给锅炉使用	2.4	减少废水排放4 400t/a	0.44万元/a
合计				4.45	减少废滤布排放3 500块/a 减少废水排放4 400t/a	27.85万元/a

表 4-24 已实施的中/高费方案效益一览表

方案类型	方案编号	方案名称	方案简介	投资/万元	方案效益	
					环境效益	经济效益
原辅材料和能源替代	7	氟转化系统改造	稀土碳酸盐用原反应的含氟废水进行调浆，再用HF酸进行转化，可节约纯水2t/罐，HF 350kg/罐，同时不再放含氟废水	78.3	减少含F废水排放186t/a 回收HF 90t/a	产量增加3 600t/a，收入增加86.4万元
设备维护更新	8	不锈钢滚筒窑烧氧化稀土的改造	由原来的推板窑和静态反射窑窑改为不锈钢滚筒窑	210	减少废匣钵排放21t/a	减少匣钵使用4200个/a，节约资金2.94万元；收入增加84.52万元
合计				288.3	减少含F废水排放186t/a 减少废匣钵排放21t/a	170.92万元/a

表 4-25 正在实施的中/高费方案效益一览表

方案类型	方案编号	方案名称	方案简介	投资 /万元	方案效益	
					环境效益	经济效益
原辅材料和能源替代	9	燃煤锅炉改为燃气锅炉	现有两台 4t 燃煤蒸汽锅炉，将这两台燃煤蒸汽锅炉改造为燃烧煤气的蒸汽锅炉	185	节煤 4 252 t/a 减少 SO_2 25.06t/a 减少烟尘 14.76t/a 减少炉渣 526.2t/a	由兰碳代替精煤，节约资金 92.26 万元
废弃物回收利用和循环使用	10	蒸氨系统冷凝水回收	蒸氨蒸汽通过冷凝器回收，利用到生产中	17.5	节约新水 3 6000t/a 节约煤（标煤）144.88t/a 减少 SO_2 0.44t/a 减少烟尘 0.36t/a 减少炉渣 11.45t/a	9.4 万元/a
	合计			202.5	节煤 4 396.88t/a 减少 SO_2 25.5t/a 减少烟尘 15.12t/a 减少炉渣 537.65t/a 节约新水 36 000t/a	101.66 万元/a

4.4.5 典型的清洁生产方案

（1）氟转化系统的改造

氟化稀土在灼烧前需要对稀土碳酸盐进行氟转化，该方案是将原来用纯水对稀土碳酸盐调浆改为用上一罐反应后的含氟废水进行调浆，使废水重复循环利用，提高了水资源的利用效率。方案技术工艺较为简单，设备操作安全、可靠，适用性好。

该方案的环境效益主要是节约新鲜水用量和减少含氟废水排放量，同时该方案能提高产品的质量，提高生产效率。方案实施后可节约新水 2 571t/a，减少废水排放 1 800t/a，减少 HF 用量 90t/a，增加产量 3 600t/a，年经济效益为 86.4 万元。

方案总投资 78.3 万元，投资回收期为 1 年。

（2）燃煤锅炉改造为燃气锅炉

公司原有两台 4t 燃煤蒸汽锅炉，该方案是引进 RDTD 型单段式煤气发生炉，将这两台燃煤蒸汽锅炉改造为燃烧煤气的蒸汽锅炉，将蒸汽锅炉和导热油锅炉的燃料由原来的煤炭改为煤气，实现能源替代。煤气发生炉在稀土行业已被广泛引用，在实践中工艺技术得到不断的改进，安全操作制度也逐步完善。同时，方案的自动化水平较高，降低了工人的劳动强度。

方案预计 2 年可实施完成。实施后与原来将煤直接作为燃料相比，每年节约用煤（标煤）4 252t，减排 SO_2 25.06t、烟尘 14.76t、炉渣 526.2t，每年节约资金 92.26 万元。

方案总投资 185 万元，投资回收期为 2 年。

（3）不锈钢滚筒窑灼烧氧化稀土改造

该方案是参考其他同行业的技术，把原来的推板窑和静态反射窑改为不锈钢滚筒窑。目前经过一条不锈钢滚筒窑的试运行，试验结果证明该方案可行。该方案采用全自动化技术，技术安全可靠，同时能提高产品的质量和收率。

方案实施后减少匣钵使用 4 200 个/a、减少废匣钵排放 21t/a，年节约资金 2.94 万元，增加经济收入 84.52 万元。

方案总投资 210 万元，投资回收期为 10 个月。

（4）蒸铵系统冷凝水回收

该方案是使用冷凝水回收器回收蒸铵蒸汽，该设备是根据流体力学原理和动态汽水两相流的特点研制而成，蒸汽回收率可以达到 97% 以上。技术工艺较为简单，设备操作安全、可靠，适用性好。

该方案的效益主要是减少热量的损失和水资源的浪费。方案预计 2 年可实施完成。实施后每年可回收冷凝水 36 000t、节煤（标煤）144.88t，减少 SO_2 排放 0.44t、烟尘排放 0.36t 和炉渣 11.45t，年经济效益为 9.4 万元。

方案总投资 17.5 万元，投资回收期为 1 年。

第 5 章

食品和饮料行业案例

5.1 甘肃通达果汁有限公司

5.1.1 企业概况

甘肃通达果汁有限公司是陕西通达果汁集团下属的一个浓缩苹果汁生产企业，位于甘肃省庆阳市西峰区长庆南路。陕西通达果汁集团有限公司是深圳东部开发（集团）有限公司和深圳市投资发展股份有限公司共同投资兴建的一个集原料采集、加工、销售、运输、苹果基地建设为一体的工业实业集团，下设 14 个企业，分布 4 省 9 市（县），注册资本 1 亿元，总资产 10 亿元。

甘肃通达果汁有限公司始建于 2000 年 3 月，总资产为 20 192 万元，固定资产为 8 548 万元，占地面积为 40 000m²。公司现有员工 135 人，下设生产技术部、质量管理部、销售公司、采购供应部、办公室 5 个部门。公司生产设备引进目前国际上最为先进的瑞典利乐工程有限公司全自动生产线，生产管理引入 ISO9001：2000 标准质量管理体系、良好操作规范（GMP）、危害分析和关键控制点（HACCP）等现代管理体系，产品远销欧美等 17 个国家和地区。

甘肃通达果汁有限公司是庆阳地区重点保护企业，连续多年被甘肃省商务厅评为"甘肃省出口创汇先进企业"，2004 年 9 月被农业部评为"农业产业化国家重点龙头企业"（图 5-1）。

图 5-1 甘肃通达果汁有限公司

5.1.2 企业的主要产品和生产工艺

甘肃通达果汁有限公司主要生产原料为苹果，主要产品为苹果汁。公司现有生产线每小时处理苹果40t，年产浓缩苹果汁约20 000t，公司2006～2008年产品产量详见表5-1。

表5-1 甘肃通达果汁有限公司2006～2008年果汁产量统计表

年份	2006 年	2007 年	2008 年
苹果汁产量/t	15 609	7 350	15 320

甘肃通达果汁有限公司浓缩苹果汁生产设备引进瑞典利乐工程有限公司（Tetra Pak Engineering AB）的全套自动化生产设备，其工艺流程示意图详见图5-2。

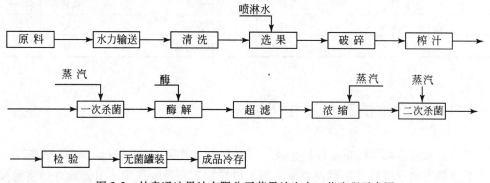

图5-2 甘肃通达果汁有限公司苹果汁生产工艺流程示意图

工艺流程简述如下：

（1）原料清洗、筛选工段

收购来的苹果卸入水力输送道两边的苹果贮存池、贮存池底靠水力输送，输送道有一定坡度，苹果靠自重滚入水力输送道苹果槽内。水力输送苹果到螺旋提升机口，然后苹果被提升到循环水洗槽内，苹果经循环水洗再被螺旋提升机提到拣果台，拣选残次果，再次水喷淋冲洗后送到破碎工段破碎。

（2）取汁工段

经清洗、检选后的苹果（合格率≥99.5%）送入破碎机，经破碎挤压剥皮取核；约产生25%废渣，经破碎机的螺旋输送机送到堆渣场装车外运，破碎后的原料送入挤压榨汁机提取果汁。

（3）杀菌、霉解工段

提取的果汁用蒸汽杀菌（温度95℃左右），保温30～40min后，加入酶制剂，酶解约40min，以便果胶转化成果糖。

（4）超滤、浓缩工段

经杀菌、酶解后的果汁进行超滤，以彻底分离果汁中的杂质，超滤净置后采用降膜蒸发器进行蒸发浓缩，同时用真空泵抽为负压、以降低沸点增加挥发度，蒸发水分约8t/h，经蒸发浓缩后汁中的固形物含量为12%～15%。

（5）二次杀菌、检验、灌装

经浓缩后的果汁进行第二次蒸汽（95℃）杀菌、保湿 30～40min，进行质量检验、合格进行无菌灌装、每桶重量 275kg，灌装后的产品进入冷库待销售（出口）。

甘肃通达果汁有限公司的设备清单见表 5-2。

表 5-2 甘肃通达果汁有限公司主要生产设备一览表

序号	设备名称	台数	功能	运行状况	技术水平
1	破碎机	2 台	将苹果破碎	良好	20t
2	贝尔玛榨机	3 台	榨汁	良好	20t
3	吸附	2 组	吸附色素及棒曲霉	良好	20t
4	超滤	2 台	截流大分子物质	良好	20t
5	卧螺分离机	1 台	固液分离	良好	10t
6	前巴三效	2 台	巴氏杀菌，浓缩清汁	良好	20t
7	后巴	1 台	巴氏杀菌	良好	40t
8	包装机	2 台	无菌灌装	良好	20t
9	制冷机	1 台	降低果汁温度	良好	40t

5.1.3 企业的审核过程概述

作为甘肃省庆阳地区重点保护企业，同时作为"中欧亚洲投资计划——西部 11 省清洁生产能力建设项目"的试点企业，为了更好地起到带头作用，引领地方经济发展，甘肃通达果汁有限公司自愿开展清洁生产审核工作。

2008 年 10 月，甘肃通达果汁有限公司成立了清洁生产审核领导小组，制定了清洁生产工作计划，并下发了《关于开展清洁生产审核的通知》，要求公司各单位部门积极配合，结合实际，建立清洁生产审核工作的意识，推动公司清洁生产工作的深入开展。同年 11 月，审核师深入企业现场进行了"清洁生产"和"清洁生产审核"的概念、内容和意义的教育、培训，以及省内成功案例的介绍。培训结束后，甘肃通达果汁有限公司充分利用公司内互联网、广播、黑板报、宣传栏、班前、班后会等多种方式，不断地宣传"清洁生产"的有关内容，调动大家对实行清洁生产审核的积极性，并通过座谈等形式让广大职工对清洁生产及清洁生产审核内容进行广泛的接触和心得交流，争取公司内各部门和广大职工的支持，鼓励技术骨干、现场操作工积极参与审核，并根据公司的具体现状及可能遇到的情况，提出了克服的办法。

审核小组和审核师对甘肃通达果汁有限公司进行现状调研和考察，分析并发现公司清洁生产的潜力和机会。根据公司生产特征和现有废气、废水排放超标的问题，将榨汁车间、污水处理站和锅炉房确定为本次清洁生产审核重点，并设置了相应的清洁生产目标，详见表 5-3。审核小组在全公司范围内组织了清洁生产研讨会，分发清洁生产合理化建议表，针对公司存在的实际问题，广泛吸收现场操作工人的建议。根据专家组和本公司员工的建议，针对审核重点和本阶段问题形成了一批备选方案，本着边审核边实施的原则，开始着手实施其中简单易行的无费、低费清洁生产方案。

表 5-3 甘肃通达果汁有限公司清洁生产目标一览表

序号	项目	指标	现状	近期目标 (2009~2010年)		远期目标 (2011年)		审核后目标 实现情况	
				绝对量	相对量/%	绝对量	相对量/%	绝对量	相对量/%
1	废气量	烟尘 /(mg/m³)	2 418.2	200	−91.73	80	−96.69	89.38	−96.30
2		SO₂ /(mg/m³)	711	400	−43.74	385	−45.85	440	−38.12
3	废水量	产生量 /(m³/d)	2 000	1 800	−10	1 600	−20	1 800	−10
4		CODcr /(mg/l)	1 184	100	−91.55	80	−93.24	474	−59.97
5		SS /(mg/l)	330.67	70	−78.83	50	−85	70	−78.83
6	新鲜 水量	吨产品耗 量/(t/t)	15	13.5	−10	12	−20	13.5	−10
7	耗煤	吨产品耗 量/(t/t)	0.5	0.49	−2	0.48	−4	0.49	−2
8	原料果	吨产品耗 量/(t/t)	7	6.8	−2.86	6.6	−5.7	6.8	−2.86

　　审核小组采用公司 2007~2008 渣季生产实测数据，通过 E-P 分析法，对主要输入物质原料果、水、煤和主要产出物质果汁进行数据分析。结合 E-P 分析的推断，审核小组对审核重点废弃物的产生原因从八个方面作了分析，共形成了清洁生产方案 36 项。根据公司实际，确定 5 万元以下为无/低费方案，5~10 万元为中费方案，10 万元以上为高费方案。公司清洁生产工作小组与清洁生产专家和行业专家对所提出的清洁生产方案共同进行了多次讨论，从实际情况出发，根据清洁生产方案技术可行性、环境效益、经济效益、实施难易程度等几方面进行了反复论证，经过方案筛选最终确定了 30 项可行性方案，其中无/低费方案 23 项，中/高费方案 7 项。

　　本着边审核边实施的原则，自确立了清洁生产的目标后，公司就即时实施了部分清洁生产方案。本轮清洁生产审核结束时，公司共实施完成 30 项清洁生产方案，基本完成了清洁生产目标（表 5-3），取得了较好的环境、社会和经济效益。审核前后主要污染物变化情况见表 5-4。

表 5-4 甘肃通达果汁有限公司审核前后主要污染物变化情况

污染源	主要污染物	单位	审核前	审核后
废气（8t/h 锅炉）	烟尘	mg/Nm³	2 418.2	89.38
	SO₂	mg/Nm³	711	440
废水	COD	mg/L	1 184	474

为进一步巩固清洁生产成果,公司还成立了清洁生产工作委员会,该委员会下设清洁生产办公室,开展日常的节能降耗、资源综合利用和污染防治等清洁生产工作。同时,公司还于 2009 年对全公司管理制度进行了全面修订完善,建立了清洁生产激励制度,并制定出持续清洁生产计划,继续推行清洁生产。

5.1.4 清洁生产审核的方案及效益

本轮清洁生产共提出 30 项可行的清洁生产方案,其中无/低费方案 23 项,中/高费方案 7 项。本轮审核结束时,共实施完成 29 项清洁生产方案,包括 23 项无/低费方案和 6 项中/高费方案,还有 1 项高费方案由于资金和发展规划等原因,暂未实施完成。已实施的无/低费和中/高费方案汇总见表 5-5、表 5-6,本轮清洁生产审核已实施方案的成果详见表 5-7,拟实施方案实施后每年可减少废水污染物 $CODcr$ 排放量约 130.2t、SS 排放量约 40.74t。

表 5-5 已实施的无/低费方案效益一览

方案编号	方案名称	方案投资/万元	预期环境效益	预期经济效益
F3	改善清洁工具间设施	1.5	达到卫生要求	保证产品质量
F5	锅炉房隔火墙改造	0.04	降低煤耗,减少烟尘 SO_2 排放	节煤
F6	锅炉房钠离子水回用	0.05	节约水资源 1 429t/a	年节约水费 1 万元
F8	吸附设备清洗改造	2	提高生产效率和产品品质	回兑季每天多生产 3~5t 产品,每年产生效益 21 万元
F9	车间#2 水箱改造	0.5	减少车间蒸汽改善工作环境	保障电器正常运行和环境卫生
F10	#2 回收水箱管道改造	0.9	提高自来水回收利用率,节约水 6 000t/a	年节约水费 4.2 万元
F11	三效和后巴制冷系统改造	0.2	保证产品降温需要,减低制冷机工作负荷	节约电费 13.3 万元/a
F13	#1、#2 榨机带洗电动往复泵改造	2.5	—	产生经济效益 5 万元/a,保障稳定生产
F14	#1、#2 前巴三效加热板片疏水器改造	0.5	杜绝疏水阀水汽混排,防止浪费蒸汽	节水、电、煤
F15	暖气改造	—		降低生产成本
F16	成品罐侧搅拌系统改造	0.5	提高设备运行稳定性,防止泄漏果汁	降低生产损耗
F17	加强管理	0	规范工作程序,提高监督检查力度,使之程序化	提高工作效率,完善工作流程
F18	清洗材料使用方法改进	0	提高清洗材料的使用效果,减少清洗材料的用量,减少废水 COD	降低生产成本

方案编号	方案名称	方案投资/万元	预期环境效益	预期经济效益
F22	反渗透车间反冲水回收利用	0.2	提高水资源利用率节约水2 000t/a	年节约水费1.4万元
F23	加装生活用水水表	0.3	减少浪费，节约用水2 800t/a	年节约水费2万元
F24	吸附树脂罐人孔改造	0.1	防止树脂和果汁泄漏，减少由此造成的废水COD	防止造成浪费，节约16.466万元
F25	CIP设备检修	0.5	增加清洗设备，修复损坏的设备，减少COD	保证清洗条件，保证清洗规范的执行
F26	冷却塔挡水板	0.6	冷却塔水损失降低50%，节约水资源5 000t/a	年节约水费3.5万元
F27	回收巴氏杀菌蒸汽冷凝水	0.6	节约用水，节约离子交换剂，减少废水COD	年节约10.7万元
F28	水冲洗车间改为人工擦洗	0	节约用水3 000t	年节约2.1万元
F29	锅炉房分汽缸蒸汽冷凝水回收利用	0.1	节约用水140t	年节约1万元
F30	回收冲洗吸附工段低钠离子水	0.6	节约用水10 000t/a，节约钠离子交换剂，减少废水COD	年节约21万元
F32	新增不锈钢转鼓过滤系统	3.5	减少SS排放	年节约9.02万元
合计		15.19	节约水资源2.75万t，减少废水中COD，减少烟尘、SO_2排放	每年产生经济效益111.686万元

表5-6　已实施的中/高费方案效益一览

方案编号	方案名称	方案投资/万元	预期环境效益	预期经济效益
F1	设备清洗碱液收集利用	10	减少废水中碱液，减少COD	年节约8.83万元
F2	污水处理系统改造	5	正确使用污水处理药剂，减少环境污染，节约水资源	节约药剂费
F7	增加水资源利用	5	减少跑冒滴漏，节约水资源等	年节约40万元
F31	新购卧式螺旋分离机	150	降低整个废水COD总量的50%，降低电耗	年节约30万元
F34	8t锅炉烟气除尘改造	12	降低烟气中烟尘和SO_2排放浓度	无
F35	压榨机系统改造	300	降低电耗，减少废水COD	年节约1 600万元
合计		482	减少废气烟尘、SO_2保障了废气污染物达标排放；减少废水中COD，确保进一步落实污水处理工艺的参数设计。	每年产生经济效益1 678.83万元

表 5-7 清洁生产方案成果汇总

环境效益					经济效益/ (万元/a)
资源节约量			废物削减量/ (t/a)		
节煤/ (t/a)	节水/ (t/a)	节电/ (万 kW·h/a)	废水	废气	
889.63	59 200	42.13	排水量: 42 000 CODcr: 29.82 BOD: 19.677	SO$_2$: 9.756 烟尘: 83.83	1 792.974

5.1.5 典型的清洁生产方案

（1）设备清洗碱液回收利用

公司原来清洗设备时排放碱液量大，浓度大。改造方案是定制 20m³ 不锈钢罐一个，将吸附再生时的碱液回收，用于清洗车间的罐。每天可回收 20t 吸附再生时的含碱水，相当于节约 100kg 碱，每年可以节约碱 5t。碱液回收后，减少了废水 CODcr 排放量，每年节约用水 2 000t，具有一定的环境效益。

方案实施后，将吸附再生的碱液循环回收，用于清洗车间的罐，可以提高碱一倍的利用率，直接经济效益约 30 000 元/a（经济效益：每年可以节约碱 5t，每吨 3 200元，共 16 000 元；每年节约用水 2 000t，当地供水 7 元/t，共 14 000 元。共计 30 000元/a）。

方案投资 10 万元，投资偿还期为 3.3 年，该方案已经实施完成。

（2）污水处理系统工艺改造

公司原有废水全部排入当地生活污水处理厂，由于废水浓度高，造成了当地废水处理厂的处理压力，相对排污费比较高，对公司和当地环境均有很大压力。改造方案是拟通过厌氧—耗氧技术降解废水中的 CODcr 和 BOD，其工艺流程详见图 5-3。

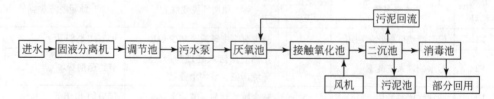

图 5-3 污水处理流程示意图

方案实施后有明显的环境效益，可使公司废水达标排放。预计每年减少 CODcr 排放量 115.2t，减少 BOD 排放量 80.64t，减少固体悬浮物排放量 37.44t。相当于减少排污费约 40 万元。方案实施后可不仅可实现废水达标排放，还能减少排污费支出。

（3）8t 锅炉烟气除尘改造

公司原来锅炉烟气超标，对环境空气产生影响。改造方案是对锅炉烟气进行除尘。除尘器选择 GCSII－10 型，订购价格 12 万元。其除尘工艺是高架冲击水浴除尘器，设计处理烟汽量 3 000m³/h，除尘阻力 800~1 100Pa，除尘效率≥95%，脱硫率 40%~60%。采用市场订购的成套设备。更换除尘器的同时计划改建烟囱，使烟囱高度符合

《锅炉大气污染物排放标准》（GB13271-2001）标准要求。

方案投资为 300 万元（图 5-4）。方案实施后可使 8t 锅炉废气污染物排放烟尘排放浓度 ≤200mg/Nm³，SO₂ 排放浓度 ≤900mg/Nm³，达到《锅炉大气污染物排放标准》（GB13271 – 2001）Ⅱ 时段要求，每年可减少烟尘排放量 79.855t，排污费约 8 000 元。

图 5-4　审核后废气排放改善

5.2　青岛啤酒西安汉斯集团有限公司

5.2.1　企业概况

青岛啤酒西安汉斯集团有限公司，是青岛啤酒股份公司控股的大型现代化啤酒生产企业。公司成立于 1996 年，占地面积为 14.69 万 m²，位于西安市北郊，公司总资产为 12.65 亿元，员工约有 785 人，其中技术人员 124 人，主营业务为青岛啤酒和汉斯系列啤酒的生产销售，年啤酒产销规模达 3 亿 L。

从 1997 年开始，公司逐步推广 ISO 国际管理体系标准，建立并不断完善质量、计量、环境、食品安全、职业健康安全五大管理体系。通过采用这些国际标准的规范化管理，公司产品质量有了可靠的保证。公司生产的汉斯啤酒 2005 年荣获"中国名牌"产品称号，2006 年又被国家工商总局认定为"中国驰名商标"，2007 年获商务部"中国畅销名酒"荣誉称号，同年被陕西省环境保护局评为陕西省首家"省级环境友好企业"，2008 年荣获青啤总部"EHS（环保、安全）模范管理工厂"和"青岛啤酒质量优胜杯"荣誉称号（图5-5）。

(a)青岛啤酒西安汉斯集团有限公司

(b)汉斯系列啤酒

图5-5　青岛啤酒西安汉斯集团有限公司厂貌及产品

5.2.2　企业的主要产品和生产工艺

1996年底青岛啤酒股份公司入股汉斯集团，集团全面引入青岛啤酒的生产工艺和技术标准，投入2 000万元资金进行技术改造，实现了软件和硬件的并行突破。公司现拥有德国、美国等国的糖化、高浓稀释、啤酒过滤及包装生产线，2006～2008年啤酒产量数据见表5-8。

表5-8　青岛啤酒西安汉斯集团有限公司2006～2008年啤酒产量表

指标	单位	2006年	2007年	2008年
啤酒产量	1000L	313 500.996	315 095.010	298 905.004

啤酒是以麦芽、大米为主要原料，添加啤酒酵母，经发酵而成的富含CO_2的饮料酒。生产工艺包括酿造、包装两大部分，工艺流程见图5-6，工艺流程说明见表5-9。

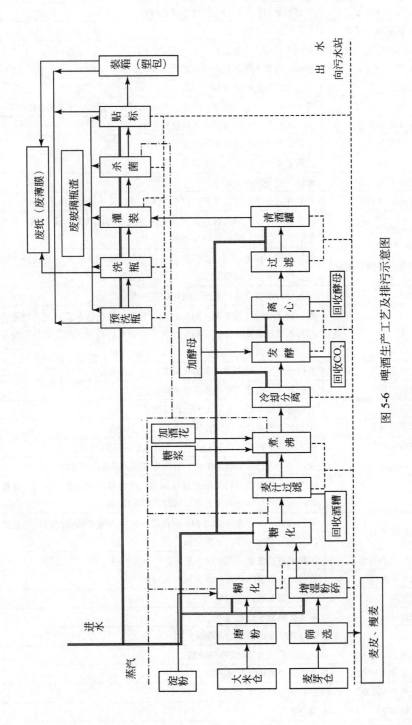

图 5-6 啤酒生产工艺及排污示意图

表5-9 工艺流程说明

序号	流程内容	说明	备注
1	大米平筛	去除大米中混有的石块、麻绳等杂物	
2	大米入钢板仓	经过平筛后的大米进入糖化钢板仓暂存	
3	大米除铁	去除铁屑等杂物	
4	大米定量、淀粉定量	根据工艺要求称量记数 根据工艺要求数量将淀粉直接投入糊化锅	
5	粉碎	用辊式粉碎机粉碎大米	
6	糊化	将大米或淀粉进行糊化、液化，并添加石膏、乳酸、酶制剂等添加剂	
7	麦芽入钢板仓	人工将麦芽拆包通过提斗机输送料仓中	
8	麦芽平筛	去除麦芽中混有的石块、麻绳等杂物	
9	麦芽除铁	去除麦芽中混有的铁屑等杂物	
10	麦芽定量	根据工艺要求称量记数	
11	麦芽增湿粉碎	将麦芽通过喷水浸渍并充以空气使其水分达到一定程度然后将其粉碎	
12	蛋白质休止	麦芽粉和水投入糖化锅后提供一定的温度和时间将蛋白质分解，并添加石膏、乳酸、酶制剂等添加剂	
13	糖化（混醪糖化）	糊化醪转入糖化锅混合，提供一定的温度和时间，把淀粉等高分子物质分解为低分子物质	
14	麦汁过滤	使麦汁与麦槽分离，麦汁过滤完后除去酒糟	
15	煮沸	添加糖浆等辅料及酒花、酒花制品、乳酸、氯化钙等添加剂，使麦汁煮沸灭菌、蒸发水分达到规定浓度、稳定麦汁成分、酒花成分的浸出以及蛋白质絮凝等	酿造
16	麦汁暂存	有时由于上一锅占用煮沸锅故将麦汁打入暂存槽	
17	回旋沉淀	麦汁澄清，沉淀酒花糟及热凝固性蛋白质等	
18	麦汁冷却	利用薄板冷却器将麦汁冷却至规定温度	
19	冷麦汁充氧	用无菌空气对麦汁进行充氧以供酵母繁殖所用	
20	酵母菌种	在实验室进行酵母菌种的扩培，为现场扩培做好准备	
21	现场扩培	生产现场进行多级酵母扩培，最终添加到发酵罐用于发酵	
22	繁殖	冷麦汁进入繁殖罐后添加扩培酵母或贮存酵母并充入无菌空气，并提供一定的温度和时间进行酵母繁殖，沉淀冷凝固物	
23	锥形罐发酵	进行发酵，麦汁进发酵罐24h后排渣一次，当糖度和温度达到规定要求后进行酵母回收，至发酵液后熟	
24	发酵成熟酒	发酵液双乙酰还原完后降温至 −2～−1℃贮存，酵母回收压榨	
25	添加硅胶	添加硅胶以吸附酒液中的大颗粒蛋白质	
26	前缓冲	平衡过滤系统的压力	
27	添加硅藻土	硅藻土添加至过滤机中	
28	过滤	去除酒液中的悬浮物等杂质	
29	添加添加剂	过滤时添加异 Vc 钠等添加剂	
30	后缓冲	平衡到清酒罐前过滤酒液的压力	
31	脱氧水制水机	制备酒液稀释用水	
32	脱氧水罐	暂存稀释水	
33	二氧化碳充气	对过滤后啤酒进行二氧化碳填充	
34	清酒暂存	暂存过滤后的啤酒液，等待灌装或重滤	

序号	流程内容	说明	备注
35	预洗	将回收的啤酒瓶内结石和杂物除去，将瓶子外标脱去	
36	拆包	对整包的空瓶进行人工拆分，使瓶子以周转箱形式运送至包装链带	
37	洗瓶	由设备对空瓶进行预浸槽、洗涤槽、热水槽、温水槽、冷水槽、自来水刷洗，使玻璃瓶达到进行灌装的要求	
38	验瓶	人工进行空瓶的检验，检出破瓶、缺陷等瓶，保证瓶内无任何污物异物，含水量控制在规定范围之内	
39	装酒压盖	对清酒进行机械灌装，并对装好酒液的瓶子排除氧气后进行机械压盖，保证啤酒的密闭良好	
40	杀菌	对瓶装啤酒进行巴氏杀菌，通过控制水温、压力、杀菌时间以杀灭酒中存在的生物污染物	
41	验酒	人工挑拣出灌装液位不足、漏气、有碎玻璃、异物等不合格的酒	
42	贴标喷码	对瓶装啤酒机械贴商标，确保所贴商标必须与产品品种相符，进行生产日期、批号等喷码	
43	装箱	把瓶装酒装箱，确保所使用箱子必须与产品品种、规格相符	
44	封箱喷码	对装好的箱子进行封包，方便运输及储存并进行箱外喷码（仅限于青岛啤酒）	包装
45	塑包	通过机械包装设备用塑料包装	
46	瓶装成品酒	瓶装成品酒码垛后等待入库	
47	拆垛	对整垛的空易拉罐进行机械拆分，使易拉罐以平面形式进入输送	
48	罐吹洗	用无菌风对罐进行吹洗	
49	装酒压盖	对清酒进行机械灌装，并对装好酒液的易拉罐排除氧气后进行机械压盖，保证啤酒的密闭良好	
50	杀菌	对罐装啤酒进行巴氏杀菌，通过控制水温、压力、杀菌时间以杀灭酒中存在的生物污染物	
51	液检喷码	通过射线进行罐装液位的检测，去除液位不合要求的酒，对单个易拉罐进行生产日期、批号等喷码	
52	装箱	对罐装装酒包装箱，方便运输及储存	
53	罐装成品酒	罐装成品酒码垛后等待入库	
54	入库	把码垛好的整箱酒搬运到成品库，检验合格后即可发货	

公司是目前国内设备配置优良，自动化水平较高、控制手段较为先进的现代化啤酒生产企业之一，主要生产设备见表5-10。

表5-10 主要生产设备一览表

序号	设备名称	数量	使用部门	制造厂家
1	大米磨粉机	2	酿造·糖化	汉中粮油机械厂/文登啤酒机械厂
2	麦芽增湿粉碎机	3	酿造·糖化	德国霍夫曼公司/德国斯坦尼克公司/文登啤酒机械厂
3	糖化锅	3	酿造·糖化	德国霍夫曼公司/德国斯坦尼克公司/五二四西京分厂
4	糊化锅	3	酿造·糖化	德国霍夫曼公司/德国斯坦尼克公司/五二四西京分厂
5	过滤槽	3	酿造·糖化	德国霍夫曼公司/德国斯坦尼克公司/五二四西京分厂
6	煮沸锅	3	酿造·糖化	德国斯坦尼克公司/五二四西京分厂
7	酵母离心机	1	酿造·清酒	德国西门子公司

序号	设备名称	数量	使用部门	制造厂家
8	板框过滤机	1	酿造·清酒	德国霍夫曼公司
9	硅藻土烛式过滤机	2	酿造·清酒	德国霍夫曼公司/重庆轻工业机械厂
10	糖化操作模拟屏	1	酿造·糖化	德国西门子公司
11	糖化 PLC 自动控制系统	1	酿造·糖化	青岛帮泽公司
12	高浓稀释设备	1	酿造·清酒	瑞典阿法拉伐上海公司
13	CO_2 回收设备	1	酿造 CO_2 间	荷兰哈夫曼公司
14	洗瓶机	5	包装	广轻厂/南京大金马实业总公司
15	灌装压盖机	5	包装	广轻厂/南京大金马实业总公司
16	杀菌机	5	包装	广轻厂/南京大金马实业总公司
17	贴标机	5	包装	德国 GERNEP 公司/德国盖奈普公司/佛山市南海平航机械厂
18	热塑包机	4	包装	意大利 SMI 公司/广州万世德包装机械有限公司
19	电力变压器	8	制麦变电室	上海变压器厂/浙江龙祥电气/汉中变压器厂
20	水管锅炉	3	动力·供热	四川锅炉厂
21	抓斗桥式起重机	1	动力·供热	杭州起重机厂
22	氨压缩机	10	动力·制冷	大连冷冻机厂
23	螺杆式制冷压缩机	2	动力·制冷	烟台冰轮股份有限公司/武汉新世界制冷公司
24	高压开关柜	1	总变电站	天水长城开关厂
25	反渗透水处理设备	1	动力·制冷	天津沃泰克环保科技公司

5.2.3 企业的审核过程概述

公司自 2000 年开展首轮清洁生产审核工作，至 2008 年已经是第九个年头。通过历年的审核，企业领导层和员工对清洁生产审核的意义认识明确，审核方法得当，所产生的清洁生产方案给企业带来显著的经济和环境效益。九年间，公司累计实施 164 项方案，投入资金 3 950.76 万元，可计算节支增效 5 383.374 万元，投入产出比1∶1.734。但随着清洁生产的持续开展，从公司管理层到普通员工都认为公司自身通过清洁生产获得效益改进的潜力已越来越小，常设的清洁生产审核小组的作用有所减弱。

2009 年 3 月，公司被选定为"中欧亚洲投资计划——西部 11 省清洁生产能力建设项目"的陕西试点企业。公司领导层高度支持，他们希望借助项目的思路和方法给公司的清洁生产工作带来新鲜血液，产生出好的方案，给企业带来环境和经济效益的优化。审核工作启动后，公司积极遵循项目方法学及《清洁生产促进法》等法律法规的要求开展工作。

首先明确清洁生产审核小组成员的职责，公司总经理、副总经理分别任审核小组组长、副组长，全面协调工作，生产部、品管部、工程部、项目办、采供部、酿造部、包装部、人力资源部、财务部等主要部门的部长具体负责本部门审核工作的推进。清洁生产审核小组还制定了审核工作计划，聘请项目组专家协助公司开展清洁生产审核工作。

根据对公司基本情况的梳理、结合现场考察，对比国家环境保护总局（现中华人民共和国环境保护部）发布的《啤酒制造业清洁生产标准》（HJ/T183 – 2006），审核小组和项目专家对公司生产工艺与装备、资源能源利用、产品、污染物产生、废物回收利用、环境管理上达到的先进水平予以肯定，即公司各方面已达到国内清洁生产先进水平。并且 2006~2008 年企业的水耗、煤耗、电耗的控制总体水平都比较好，但相较于 2006 年、2007 年单位产品水耗、煤耗、电耗指标的显著下降，2008 年各指标值均有一定的反弹（2008 年水耗、煤耗、电耗——产量的拟合曲线的 R^2 值均小于 2007 年的 R^2 值）。

结合当前环保和节能减排形势的严峻性及预评估阶段发现的问题，经讨论，审核小组确定本轮清洁生产的重点为减少单位啤酒煤、电、水的消耗量。在设定清洁生产目标时，考虑到一些以前年度实施的中/高费清洁生产方案的效果在 2009 年将进一步显现，故设定目标如表 5-11 所示。

表 5-11　清洁生产目标一览表

序号	项目	2008 年实际情况	2009 年目标		2009 年完成情况	
			绝对量	相对量	绝对量	相对量
1	每千升啤酒耗煤/（kg/kL）	77.49	74	−4.5%	73.64	−5.0%
2	每千升啤酒耗电/（kW·h/kL）	80.62	75	−7.0%	74.82	−7.2%
3	每千升啤酒耗水/（m³/kL）	6.22	5	−19.6%	4.93	−20.7%
4	年 COD 排放量/（kg/a）	70 096	65 096	−7.1%	64 957	−7.3%
5	年二氧化硫排放量/（kg/a）	254 069	104 096	−59.0%	25 284	−90.0%

通过广泛的征集，本轮清洁生产审核共分类汇总出 13 项方案。其中 9 项无/低费方案，因实施周期短、见效快、投资少，立即付诸实施。4 项中/高费方案则通过更细致的技术、环境、经济可行性分析后才予以实施。

截至 2010 年 5 月底，8 项无/低费方案已实施完成，1 项正在实施的到 2010 年年底可实施完成；中/高费方案 4 项均已实施完成。方案的实施达到了预期的环境和经济效益，对公司的安全生产、持续发展具有重要作用，达到了本轮清洁生产降低能耗、水耗的目的。2009 年年底，公司单位啤酒煤耗、电耗、水耗指标分别下降了 5.0%、7.2% 和 20.7%；全年 COD 排放量比 2008 年减少了 5 139kg，下降 7.3%；全年 SO_2 排放量比 2008 年减少了 228 785kg，下降 90.0%，均实现了本轮清洁生产目标（表 5-11）。

5.2.4　清洁生产审核的方案及效益

审核小组从三个层面进行清洁生产方案的征集：一线员工最了解工序实际情况，鼓励他们从本岗位出发，提出合理化建议；组织有关技术人员对整个生产工艺、过程进行考察和分析，提出削减与防止污染物产生、排放的方案；聘请清洁生产专家参与座谈、现场考察，分析评估后提出方案。最后，公司对收集到的各类建议进行了分类汇总，共形成方案 13 项。其中 9 项无/低费方案，通过技术、环境、经济可行性及可实施性的简单筛选后立即实施；4 项中/高费方案，通过更细致的可行性分析后，按照计划推进实施。截至 2010 年 5 月底，无/低费方案实施完成 8 项，1 项仍在实施；4 项中/高费方案均实施完成。方案汇总见表 5-12、表 5-13。

审核小组根据方案完成后几个月的效益表现，对其全年的实施效果进行预测、汇总（表 5-14）。

表 5-12　已实施的无/低费方案

方案类别	方案编号	方案名称	方案内容	投资/万元	经济效益/(万元/a)	环境效益
管理	F1	能源审计	诊断能源利用效率，为精细化能源管理提供基础数据	5	—	对能源利用状况进行诊断，为后续工作的开展提供依据
	F2	加强节水管理	提高员工的责任心，实施控制锅炉氧除软水箱水位等节水措施	12.55	13.3	节水 38 566m³/a
过程控制	F6	麦芽变 2#变压器电容柜改造	在麦芽变 2#变压器上采用电力电容器，补偿无功	12.49	26.15	提高变压器的利用率，降低线路损耗，节电 42.18 万 kW·h/a
	F7	CO₂ 水浴气化改造	用锅炉连排水代替蒸汽对 CO₂ 进行气化	11.62	4.77	节约燃煤 86.7t/a
工艺技术	F8	制冷系统自动放空	增加自动空气分离器，以降低制冷系统冷凝压力	20	6.2	节电 10 万 kW·h/a
	F9	冷却塔改造	原冷却塔已不能满足制冷系统要求，更新为喷雾推进通风冷却塔	7.5	3.91	节电 6.3 万 kW·h/a
设备	F11	磨粉楼除尘改造	更新除尘系统的离心电机、疏通、清扫管道旋风除尘器、完善管道密封等	12	—	减排粉尘 125t/a，使除尘效率 >90%
资源利用	F12	锅炉分层给煤装置及除渣机	在锅炉排上应用分层给煤技术，并增加锅炉除渣机	20	30.25	节煤 550t/a
废弃物减排	F13	改善污水处理能力	对废水处理站好氧填料系统进行更换	15	—	确保出水 COD 排放浓度

注：30 万元以下为无/低费方案，30～100 万元为中费方案，100 万元以上为高费方案。

表 5-13　已实施的中/高费方案

方案类别	方案编号	方案名称	方案内容	投资/万元	效益	
					经济效益/(万元/a)	环境效益
过程控制	F3	电机变频改造	将一些泵的电气控制改为变频控制，避免电机频繁负载和卸载造成的不必要消耗	40	3.68	节电 5.1 万 kW·h/a
	F4	糖化三期热能回收	利用煮沸锅蒸发排出的蒸汽对水进行加热，进而再加热麦汁	230	26.07	节煤 474t/a
	F5	糖化三期热烦煮沸	增加煮沸锅蒸发汽的容积，管路及循环麦汁采用，强制麦汁循环，以缩短煮沸时间	130	50.94	节煤 889t/a，节水 5 925m³/a
设备	F10	蒸发式冷凝器更新	原立式冷凝器的冷凝效果已不能满足生产要求，更新为蒸发冷凝器	86	8.84	节电 13 万 kW·h/a

注：30 万元以下为无/低费方案，30～100 万元为中费方案，100 万元以上为高费方案。

表 5-14 清洁生产方案效益汇总

序号		实施方案的名称和内容	方案的负责单位	方案实施完成状态/%	实施方案投资费用/万元	效益统计1			效益统计2		总经济效益(万元/a)	投资回收期/a
						能源消耗		水资源消耗	减少气态污染物	其他效益		
						节电量/(kW·h/a)	节煤量/(t/a)	节约量/(t/a)	减少生产量/(t/a)			
F1		能源审计	生产部	100	5	—	—	—	—	对能源利用状况进行诊断，为后续工作的开展提供依据	0	—
F2	无/低费方案	加强节水管理	工程部	100	12.55	—	—	38 566	—		13.3	0.94
F6		麦芽变2#变压器电容柜改造	工程部	100	12.49	421 800	—	—	—	提高变压器的利用率，降低线路损耗	26.15	0.48
F7		CO_2水浴气化改造	酿造部	100	11.62	—	86.7	—	—		4.77	2.44
F8		制冷系统自动放空	工程部	100	20	100 000	—	—	—		6.2	3.23
F9		冷却塔风机改造	工程部	100	7.5	63 000	—	—	—		3.91	1.92
F11		磨粉楼除尘改造	酿造部	100	12	—	—	—	粉尘: 125	除尘效率>90%	0	—
F12		过滤分层给煤装置及除渣机	工程部	100	20	—	550	—	—		30.25	0.66
F13		改善污水处理能力	工程部	90	15	—	—	—	—	确保出水的COD浓度达标	0	—
		合计			116.16	584 800	636.7	38 566	粉尘: 125	对能源利用状况进行诊断，为后续工作的开展提供依据；提高变压器的利用率，降低线路损耗，使除尘效率>90%；确保出水的COD浓度达标	84.58	—

清洁生产审核 案例与工程

序号	实施方案的名称和内容	方案的负责单位	方案实施完成状态/%	实施方案投资费用/万元	效益统计1			效益统计2		总经济效益/(万元/a)	投资回收期/a
					能源消耗		水资源消耗	减少气态污染物	其他效益		
					节电量/(kW·h/a)	节煤量/(t/a)	节约量/(t/a)	减少生产量/(t/a)			
F3	电机变频改造	工程部	100	40	51 000	—	—	—	—	3.68	10.9
F4	糖化三期热能回收	酿造部	100	230	—	474	—	—	—	26.07	8.8
F5	糖化三期热浪煮沸	酿造部	100	130	—	889	5 925	—	—	50.94	2.6
F10	蒸发式冷凝器更新	工程部	100	86	130 000	—	—	—	—	8.84	9.7
合计				486	181 000	1 363	5 925	—	—	89.53	—
方案效益汇总				602.16	765 800	1 999.7	44 491	粉尘：125	对能源利用状况进行诊断，为后续工作的开展提供依据；提高变压器的利用率，降低线路损耗，使除尘效率>90%；确保出水的COD浓度达标	174.11	—

（中／高费方案）

5.2.5 典型的清洁生产方案

（1）CO_2 水浴汽化改造

CO_2 汽化器是将储液罐中 $-24℃$ 液态的 CO_2，通过蒸汽加热而转变成气态 CO_2。在汽化过程中需消耗大量蒸汽，汽化 $1t$ CO_2 需消耗蒸汽 $0.16t$。公司现有两台 $500kg/h$ 的 CO_2 回收设备，共用一套 $1\,000kg/h$ CO_2 汽化器，年消耗蒸汽 47 多万千克，折合为年消耗煤 85 余吨。

锅炉在运行中，随着水分的蒸发，水中的各种杂质在锅筒（汽包）内被不断浓缩，为保证锅炉正常运行，需要通过连排污的方式控制浓缩倍率（炉水中杂质的浓度）。连续排污排出的炉水通常为相应压力下的饱和水，含有大量的热能，在排放中热能损失。

经研究发现，连排水每天排水量为锅炉用水的5%，温度在85℃以上，水量大、连续且温度高，可满足汽化水温和水量的要求。为节约蒸汽用量，同时减少炉水热能损失，公司决定用锅炉连排水代替蒸汽（图5-7）。

方案投资 11.62 万元，方案实施后 2009 年节约蒸汽 476 752kg，吨煤产汽率按 5.5 蒸发吨计算，可节煤 86.7t/a，吨煤价格按均价 550 元计，可节约资金 $86.7 \times 550 =$ 4.77 万元/a，方案投资回收期为 2.4 年。

（a）CO_2 回收系统

（b）CO_2 水浴汽化水箱锅炉连排水的进水温度

图 5-7 CO_2 水浴汽化系统

（c）CO₂ 水浴汽化水箱锅炉连排水的出水温度

图 5-7　CO₂ 水浴汽化系统（续图）

（2）冷却塔改造

公司制冷系统循环水用冷却塔，由于使用年限长、部分设施老化损坏严重，存在以下问题：

①冷却塔电机长期处于水雾状态下运行，被水汽侵蚀严重，电机因受潮进水经常损坏烧毁，且耗电量大，需经常维修及更换。

②冷却塔热交换填料因风吹日晒加之冷却水长期冲击，已老化变形，失去原有韧性现已糟烂，被冷却水一冲，极易落下碎片，造成制冷机组的堵塞，致使制冷机组无法正常运行，从而造成整个制冷系统的制冷能力下降，影响到产量。

③冷却塔布水器锈蚀剥离严重，部分已断裂，无法使用。冷却水无法均匀分散，造成冷却塔冷却效果下降，无法达到机组运行要求。

改造方案为使用专利产品——喷雾推进通风冷却塔（图 5-8），它取消了传统冷却塔中的电动风机，以循换水系统中存在的水流压力为驱动力，从而节省了电动风机所消耗的大量电能，并且节约了控制电动风机所需的电缆、配电柜、控制柜等费用。其降温效果好，塔内热水在雾状条件下与进塔冷风交换热量，并及时排出塔外，达到冷却效果。所配风叶、风筒的组合经专业设计，能耗低、高风压、大风量、高汽水比，具有优异的冷却性能，而且冷却效果稳定。设计合理的塔体结构有效地降低了水的外溅，塔顶安装有性能良好的收水器，最大限度地减少了漂水量。由于采用先进的射流雾化设计，雾化喷嘴直径大、喷嘴水流速度快。另外，塔内无大量填料，不易堵塞，不易结垢，对水质无特殊要求。无电动风机、减速机等转动机械设备，消除了设备运转时产生的噪音。由于无电动风机，运行中也避免了电气火灾的发生。只要循环水系统水泵工作，冷却塔就可以处于工作状态，结构简单、维护方便、运行成本低。

冷却塔风机改造需投资 7.5 万元，改造后公司现有冷却塔电机可停用，全年可节电 6.3 万 kW·h，折合电费 3.91 万元，方案投资回收期为 1.9 年。

（3）糖化三期热能回收

公司正常生产时煮沸锅每天煮沸八锅，每锅的煮沸时间为 75min。煮沸过程中的蒸汽是直接排放的，能量浪费严重。

糖化热能回收系统是充分利用煮沸锅蒸发排出的二次蒸汽能量，通过列管换热器

图5-8 改造后的冷却塔风机

对72℃水进行加热，使之上升到97℃，加热后的热水通过板式热交换器加热过滤槽过滤后的麦汁，使麦汁由72～74℃升高到92℃以上，再进入煮沸锅，热水温度则降至78℃，正好满足酿造投料需要。这样可以节约大量蒸汽，同时缩短麦汁在煮沸锅的占锅时间，有效地提高产能。

其工艺流程如图5-9所示。

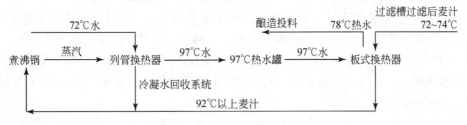

图5-9 糖化三期热能回收工艺流程

公司糖化已有两条线都具备热能回收装置，运行效果良好，方案技术可靠（图5-10）。

方案总投资230万元，单锅节约蒸汽量1 803.56kg，吨煤产汽率按5.5蒸发吨计算，则每锅次节煤0.3t。预计糖化三期年产1 975锅次，年可节煤（效率按80%计算）474t，则每年可节约26.07万元。此方案的投资回收期较长，但随着能源成本越来越高和企业长远发展的要求，公司决定实施方案。

（4）糖化三期热浪煮沸

煮沸锅是啤酒厂耗能大户，糖化煮沸占全厂蒸汽总消耗量的45%左右。目前公司糖化三条线采用传统的常压煮沸，其煮沸强度高、热负荷大。原煮沸锅的全容积为52m³，有效容积为45m³，加热面积为30～50m²，煮沸时间为75min，总蒸发量为12%左右。在加热煮沸过程中，它是靠加热器的温度场，使麦汁对流、循环，这种对流方式使煮沸锅内麦汁的均匀性差，加热器结焦严重，不仅影响啤酒品质，而且煮沸过程蒸汽消耗量大。煮沸锅改造是在保证啤酒质量的前提下，降低煮沸强度、节约能源、减少排放的有效措施。

图 5-10　糖化三期热能储罐

　　方案为增加换热面积及局部结构改变，在原煮沸锅锅体基础上增加加热管路，增加一台 30kw、流量为 350m³/h 的循环麦汁泵，在煮沸过程中强制循环 6～8 次。使煮沸时间由原来的 75min 减至 60min，最终可以达到 45min 煮沸，煮沸强度为 6%～8%，总蒸发量为 3.5%～5%（图 5-11）。

　　方案的实施可减少麦汁煮沸时间，质量稳定，麦汁口味纯正。此技术在国外啤酒行业普遍应用，青啤总部各工厂多有实施，效果良好，方案成熟可靠。

　　方案实施后可减少蒸汽消耗 4 891t，即年可节煤 889t，节水 5 925m³。方案投资 130 万元，年可节约蒸汽（效率按 80% 计算）4 891t，吨煤产汽率按 5.5 蒸发吨计算，则年可节煤 889t，节约成本 48.895 万元；由于蒸发率降低，每锅次少加 3t 水，全年节约自来水 5 925t，节约水费 2.0441 万元，即方案后实施总计节约资金 50.94 万元/a，两年多即可收回投资。

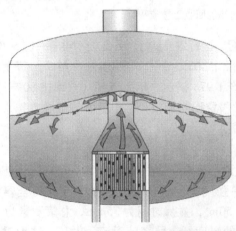
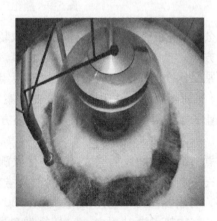

(a)改造前的煮沸锅结构示意图和麦汁煮沸效果

图 5-11　糖化三期热浪煮沸改造示意图

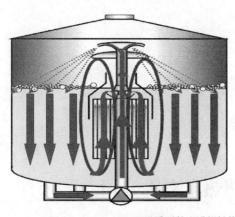

(b)改造后的煮沸锅结构示意图和麦汁煮沸效果

(c)原糖化三期煮沸锅加热器　　　　　(d)改造后的糖化三期煮沸锅加热器

图 5-11　糖化三期热浪煮沸改造示意图（续图）

第6章

电力行业案例

6.1 国电兰州热电有限公司

6.1.1 企业概况

国电兰州热电有限责任公司前身是国电兰州热电厂（原兰州第二热电厂），是为实现兰州市区集中供热、根治大气污染建设的热电联产公司，是甘肃"七五"重点城市基础设施项目之一。公司主要经营范围是电力、热力产品生产和销售；电力、热力、采暖设备的运行和检修，兼营燃料供应、供水，电力设备的生产、检修、批发与零售等。国电兰热公司位于甘肃省兰州市城关区东南部，1987 年 10 月 30 日破土动工，一期工程安装两台 410t/h 高温高压燃煤锅炉，两台 10 万 kW 打洞抽气汽轮发电机组。1989 年 12 月和 1990 年 12 月两台机组相继投产发电，1991 年 11 月开始向社会供热。经过 2002 年和 2003 年技术改造，两台机组都已增容改造为 11 万 kW，最大发电能力为 22 万 kW·h，最大供热能力为 3 亿大卡/小时[1]，可为兰州市 540 万 m² 永久住宅提供冬季集中采暖供热。2003 年 1 月 21 日，国电兰州热电厂正式移交划转中国国电集团公司管理，2005 年 7 月 26 日正式更名为国电兰州热电有限责任公司（以下简称国电兰热公司）。厂区占地面积为 27.667 万 m²，现有员工 1 245 人，固定资产原值为 98 794 万元，注册资本总计 4 200 万元（图 6-1）。

图 6-1 国电兰热公司全貌

---

[1] 1kW = 861 大卡/小时

6.1.2 企业的主要产品和生产工艺

（1）企业产品

国电兰热公司主要产品为：电能、热能；生产能力为：装机 2×110MW、供热面积 540 万 m²。公司 2006~2008 年产品产量详见表 6-1。

表 6-1 国电兰热公司 2006~2008 年产品情况表

产品名称	产品单位	2006 年	2007 年	2008 年
电能	万 kW·h	149 797	135 042	125 906
热能	GJ	3 132 459	3 380 221	3 163 723

（2）企业生产工艺

国电兰热公司的主要生产原料是煤、水和空气。煤通过皮带输送到煤斗，经过磨煤机磨细，由排粉风机送入锅炉燃烧；空气由送风机经过空气预热器加热后，与煤粉按一定的比例进行配料送入锅炉燃烧；水经过化学水处理后由给水泵送入锅炉，水在锅炉的加热下产生过热蒸汽，过热蒸汽冲动汽轮机并带动发电机发电，一部分过热蒸汽抽出作为工业用气和采暖用气，另一部分过热蒸汽则进入汽轮机推动叶轮转动，带动发电机发电，所发电能经过变压器进入输电电网送至用户，从而完成化学能转换为电能和热能的全过程。

生产过程中产生的粉煤灰通过高压静电除尘器集中收集后，经过正压系统气力输送泵送至灰库。灰库的储灰，一部分用于生产加气砼砖，一部分干灰直接外售给水泥厂或土建施工公司。锅炉产生的炉渣通过捞渣机全部分离至储渣场，炉渣全部综合利用。冲灰渣水排入灰浆池，经搅拌后，由灰管输送至储灰场，澄清的灰水由冲渣泵打回厂内锅炉继续冲灰渣，重复使用。全公司生产工艺流程见图 6-2。

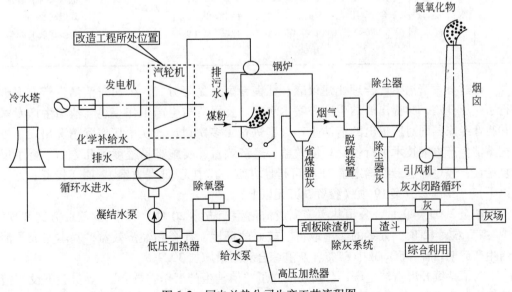

图 6-2 国电兰热公司生产工艺流程图

6.1.3 企业的审核过程概述

2008年国电兰热公司被选定为"中欧亚洲投资计划——西部11省清洁生产能力建设项目"的甘肃试点企业,公司领导层对此高度重视并给予了充分的支持,并成立了清洁生产审核领导小组和工作小组,同时制定了相应的清洁生产工作计划。同年7月,公司邀请了甘肃省环境科学设计研究院清洁生产指导中心的清洁生产培训师,为公司领导、各部门管理和技术人员近150人宣讲了清洁生产方面的知识,在普及与宣传清洁生产知识的同时,对审核过程中可能遇到的问题,提出解决办法。此外,公司还采用广播、大屏幕电视、公司专刊、组织培训班等方式,广泛开展了清洁生产审核宣传教育活动。

审核工作小组成员和外部专家在对公司进行现状调研和考察分析的基础上,把本轮清洁生产审核的重点确定为锅炉系统,并针对审核重点锅炉系统"三废"排放比较集中的问题设置了清洁生产目标,详见表6-2。审核小组对审核重点废弃物产生原因从影响生产过程的八个方面作了认真地分析,为清洁生产方案的提出提供了依据。

表6-2 国电兰热公司清洁生产目标一览表

序号	项目	现状	近期目标（2009年年底）		中期目标（2012年）	
			绝对量	相对量/%	绝对量	相对量/%
1	二氧化硫排放量/t/a	5 150	4 457	−87	257.5	−95
2	灰渣综合利用量/t/a	129 840	169 960	+30.9	233 712	+80
3	节能（电、水、煤）量	煤51万tce/a;用水457万t;综合厂用电率9.97%	节电≥100万kW·h/a;节水≥30万t/a;节标煤≥0.5万t/a	综合厂用电率降低0.1%;耗水降低6.5%;耗煤降低0.98%	节电≥150万kW·h/a;节水≥45万t/a;节煤≥1万tce/a	综合厂用电率降低0.15%;耗水降低9.8%;耗煤降低1.96%

通过分发清洁生产合理化建议表、征询专家意见等方式,公司对清洁生产方案进行了广泛征集,共提出清洁生产方案129项。公司清洁生产工作小组与清洁生产专家和行业专家共同对所提出的清洁生产方案进行了多次讨论,从电厂实际情况出发,根据清洁生产方案技术可行性、环境效益、经济效益、实施难易程度等几方面进行了反复论证,经过筛选最终确定了31项可行性方案,其中无/低费方案12项(投资5万元以下),中/高费方案19项(投资5万元以上)。

截至2009年9月,公司共实施完成清洁生产方案20项,其中无/低费方案8项,中/高费方案12项。方案的实施取得了较好的环境、社会和经济效益,基本完成了清洁生产近期目标:SO_2减排87%,灰渣综合利用量增加30.9%。

为了持续开展清洁生产,公司还成立了"清洁生产工作委员会",委员会下设"清洁生产办公室",负责开展日常的节能降耗、资源综合利用和污染防治等清洁生产工作。同时为进一步巩固清洁生产成果，公司于 2009 年对全公司管理制度进行了全面修订完善，建立了清洁生产激励制度，并制定出持续清洁生产计划，继续推行清洁生产。

6.1.4 清洁生产审核的方案及效益

本着边审核边实施的原则，国电兰热公司从 2008 年 7 月到 2009 年 9 月 30 日共提出方案 129 项，审核小组对这些方案进行了汇总整理，筛选出可行的清洁生产方案 31 项，其中 20 项无/低费或中/高费方案已全部实施；3 项方案因经济技术工艺、资金等原因暂时搁置。本轮清洁生产方案的实施有效地降低了燃料、材料及能源消耗，减少了废弃物排放，提高了系统、设备的运行可靠性和安全性，给安全生产、经营管理创造了有利条件，同时获得了较好的环境效益。方案实施后，公司每年可节标煤 4.2 万 t、节电 249.746 万 kW·h、节油 172.5t、节水 69.2 万 t、节气 4 万 t；每年可减排 SO_2 693t、NO_2 42.0t、烟尘 403.2t；灰渣综合利用率增加 30.93%；累计每年可帮助企业获得经济效益 1 063.1 万元。已实施方案成果详见表 6-3。

表 6-3 已实施的清洁生产方案成果汇总

方案编号	方案名称	投资/万元	环境效益	经济效益 /（万元/a）
F2	加强推煤机的出车及作业管理作业	1	可节约柴油 4.5t/a	8
F3	加强对旧电机、继电器、抱闸线圈和其他配件的修理	2	可节约材料消耗	4
F5	锅炉水位计云母片再回收利用	无	减少材料费用	1
F6	加强冬季车辆翻卸后，大量冬煤无法卸干净的情况管理	无	节约燃煤 0.6 万 t/a	4
F7	合理计划好设备运行方式及时间，降低电、油耗，提高设备寿命	无	降低电耗 1.2 万 kW·h/a 和油耗 2t/a	8
F8	关闭澡堂	0.2	节约用气量 2 万 t/a，节水 15 万 t/a	—
F10	加气砼厂蒸压釜疏水回收利用	0.4	节水 0.9 万 t/a，减少废水排放	1.5
F11	制作加热水箱回收排气	3	减少排气 2 万 t/a	30
F14	非生产用能加装计量表计，实行收费管理	10	节电：131.346 万 kW·h/a 节水：15.3 万 t/a	50
F18	采暖系统优化改造	55	节电：16.2 万 kW·h/a 节水：5 万 t/a	133
F20	#1、#2 机组增容改造	4 000	节标煤 3 万 t/a，降低煤耗减少烟尘排放	400
F21	#4 给水泵节能技术改造	18	节电 40 万 kW·h/a	10

方案编号	方案名称	投资/万元	环境效益	经济效益 /（万元/a）
F22	#1、#2 机高加整体更换	280	节标煤 0.6 万 t/a，降低煤耗减少烟尘排放	300
F23	灰浆泵、热网疏水泵、燃运卸车系统变频改造	119.8	节电 60 万 kW·h/a	
F24	化学中和池排水系统改造	10	节水 3 万 t/a	22.6
F25	小油枪点火装置改造及重油系统改造	250	节油 166t/a，降低烟气黑度	91
F26	甲乙侧皮带给煤机变频改造	25	节电 1 万 kW·h/a，降低了职工工作维护量	降低维护成本
F27	入炉煤采制样设备工程	30	减少扬尘	减少采样工作量
F28	#1、#2 炉炉底密封水改造	10	节水 30 万 t/a，减少废水排放量	提高水的重复利用率
F29	#1、#2 机组分散型控制系统 DCS 改造	921.44	——	整个管控一体化系统实施后，进一步提高机组的经济运行水平
合计		5 735.84	节标煤 4.2t/a 节油 172.5t/a 节电 249.746 万 kW·h/a 节水 69.2 万 t/a 节气 4 万 t/a	1 063.1

另外，8 项拟实施方案共需投资 9 300.5 万元，预计年可节电约 162 000kW·h，产生经济效益 2 328 万元。拟实施方案环境及经济效益详见表 6-4。

表 6-4　拟实施的清洁生产方案效益分析

方案编号	方案名称	投资/万元	节电/kW·h	环境社会效益	经济效益
F1	灰渣池中部加装搅拌机	2	—	提高设备安全运行水平	—
F4	增设取水泵房值班室隔音设施	1.5	—	降低噪声对人体损害	—
F13	治理锅炉绞笼间漏粉	15	—	降低煤尘对人体损害	—
F15	合理回收机炉水、汽取样排放	8	—	节约水资源	年节约 15 万元
F16	运用 OA 办公自动化管理系统，提高无纸化办公力度	25	—	—	年节约 5 万元

方案编号	方案名称	投资/万元	节电/kW·h	环境社会效益	经济效益
F17	安装节能的变频调节方式调节取水泵、送水泵流量	9	162 000	—	年节约8万元
F29	#1、#2机组烟气脱硫改造工程	8 185	—	减少SO_2、烟尘排放量	年减少排污费541万元，年补贴电价1 815万元
F30	年产5 000万块蒸压粉煤灰砖生产线	1 055	—	有利于保护环境，变废为宝	年节约485万元
合计		9 300.5	162 000	—	2 869

6.1.5　典型的清洁生产方案

（1）灰浆泵、热网疏水泵、燃运卸车系统变频改造

审核前公司原有的3台灰浆泵运行负荷变动大，耗电量高；2台热网疏水泵运行负荷变动大，定速运行经济性差，而且易发生汽蚀，影响安全供热；燃运卸车系统在卸车作业时启动频繁，牵引机车钢丝绳弹性大，在机车牵引中对车体撞击强烈，不但耗电量大而且钢丝绳更换频繁（平均1次/a），卸车系统故障率高。

改造方案是针对灰浆泵、热网疏水泵、燃运卸车系统存在的问题，对其进行变频改造（图6-3）。

灰渣泵改造前耗电量为57 078kW·h，除灰耗电率5.3kW·h/t；改造后，灰渣泵耗电量为22 356kW·h，除灰耗电率2.1kW·h/t。耗电量每月下降34 722kW·h，除灰耗电率下降3.2kW·h/t。即平均每月节电34 722 kW·h，以0.2元/kW·h计算，可节约6 944.4元。灰浆泵的变频改造可以成倍降低除灰电耗，获取很大的经济效益。

热网疏水泵变频改造后，运行中汽蚀现象基本消除，有利保证了安全供热。在供热期前后近两个月的低负荷阶段，经济性提高明显。

燃运卸车系统重牛变频改造后，减少了车体撞击，降低钢丝绳损耗，可减少车体撞击损坏和检修费用约5万元，每年可节约钢丝绳损耗费5万元左右；牵车台进行变频改造后，可减少销齿损耗和更换费用4万元，减少电机的频繁启动，更好地进行卸车作业的速度控制，既可节电，又保障了设备的运行可靠性。

方案总投资119.8万元，投资回收期为2~3年。

（2）化学中和池排水系统改造

审核前，化学中和池再生废液偏酸性，为使废水达标排放，公司采用自然均流法进行废液中和，这种方法既增加了碱耗，又有环保压力。

改造方案具体如下：

①由化学中和泵出口汇接一条塑钢复合管，引至锅炉灰浆池前地沟；

②将化学中和泵出口至地沟排水管隔断，加装隔离阀门；

③化学中和泵单台出力为92t/h，扬程为29m，加装从化学中和泵出口至锅炉灰浆

(a) 灰浆泵变频控制框

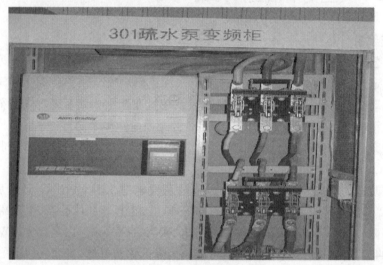

(b) 疏水泵变频柜

图 6-3　变频控制柜

池的管道，其水泵压头只降低了 0.03MPa，使用现有中和水泵，不需更换水泵及其他设备。

改造前：由于除盐设备再生废液呈酸性，每次再生后平均约需 0.55m³ 的新鲜工业碱液进行中和，根据除盐设备制水情况，平均 2 天再生设备一台次，按每年再生 183 台次计算，全年中和用碱量约 101m³，折合费用 101 × 600 = 60 600 元。除盐设备每次再生、中和时，为使中和池废液中和均匀，需启动 2 台中和泵（15kW · h）运行循环约 2.5h，全年共耗电为：2.5 × 15 × 183 × 2 = 13 725kW · h，启动 3 台空压机（15kW · h）进行空气搅拌，每次运行约 2.5h，全年耗厂用电为：2.5 × 15 × 183 × 3 = 20 587kW · h，合计共用厂用电量约为 34 312kW · h。

改造后：彻底免去了中和废液环节，降低了材料成本，节约中和用碱量 101m³，节约资金 60 600 元。除盐设备每次再生后，不再进行中和操作，直接启动 2 台中和泵向锅炉灰浆池排放，减少了中和泵和空压机，节约厂用电量约34 312kW · h。

再生后的酸性水排往锅炉灰浆池进行灰水闭路循环，可以中和呈碱性的灰水，减缓冲灰泵等冲灰设备以及送灰管道的结垢速度和程度。减少灰水系统工业用水量，使化学水处理工业废水得到合理利用，同时有效地减少了我公司对城市管网的污水排放量，达到了环保排放的目的。

方案实施后直接将除盐设备再生废液排往锅炉灰浆池，免去再生废液中和操作环节，降低锅炉灰浆池灰水碱性，降低运行成本，减少废水排放，减轻环保压力。

方案总投资 10 万元，年经济效益为 22.6 万元，投资回收期为 1~2 年。

（3）#1、#2 炉炉底密封水改造

目前公司锅炉炉底密封冷却水用水水源为一次新水，两台炉平均耗水量为 40~60t/h，耗水量较大。同时，汽机循环水的排污水含盐大，回收处理成本较高，因此将其直接排放，造成很大的水资源浪费。

改造方案是用汽机循环水的排污水替代目前锅炉炉底密封冷却用的新鲜工业水。锅炉炉底密封冷却用水为低端用水，对水质要求不高，只是要求有连续不断的水源保证，而汽机循环水的排污水无论从水量、水质及连续性上均需满足锅炉炉底密封冷却用水要求。同时，锅炉炉底密封冷却用水系统也可保证汽机循环水的连续排污要求。

方案实施后，能有效提高公司水资源的重复利用率，降低一次新水的消耗，每年减少 40 万 t 汽机循环水排污量。

方案总投资 10 万元，投资回收期为 1~2 年。

（4）#1、#2 机组分散型控制系统（Distributed Control System）DCS 改造

原有热工控制设备监控手段落后，运行人员在启/停、正常运行及事故处理时，监视及操作对象繁多，容易导致误操作。设备老化问题日渐突出，设备的维护费用较高，无法与 MIS 系统通信，无法向中国国电集团公司上传时实数据。

该方案是对#1、#2 机组控制系统进行 DCS 改造，单机 110MW 机组比较完整的 DCS 系统包括 DAS、SCS、MCS、FSSS、ETS 系统。DCS 为公司自动化系统的基础和核心，做好与其他设备控制系统的协调，考虑相关的硬接线或数字通讯的接口设备和软件，保证与其他系统间正常的数据通讯。与 DCS 接口的控制系统和设备是：MIS、DEH、ECS、SIS，达到与公司 MIS、DEH、ECS、SIS 交换信息的要求（图 6-4）。

图 6-4　改造后的控制系统

整个管控一体化系统实施后，将会给企业带来非常显著的效益，实现数据共享，增加机组经济性的在线诊断分析功能，为发电成本核算提供技术支持系统；增加事故追忆功能，便于查找问题，减少处理故障的时间，降低大小修及维修费用；完善自动调节系统，进一步提高机组的经济运行水平；实现机炉协调控制，为今后实现 AGC 功能创造有利条件；同时实现锅炉、汽机的集中监视和控制，实现全公司信息一体化。

方案总投资 921.44 万元，投资回收期为 2~3 年。

6.2 云南华电昆明发电有限公司

6.2.1 企业概况

云南华电昆明发电有限公司由昆明二电厂与云南昆明发电厂组成，位于云南省安宁市青龙镇，地理坐标为东经 102°17′54″，北纬 25°0′18″。注册资本为 1 000 万元，2008 年年末资产总额为 254 075 万元，负债总额为 280 819 万元，所有者权益为 8 955 万元。一期工程竣工于 2006 年 10 月，装机 2×300MW 机组。2008 年度发电量为 212 210.7万kW·h，当年现价总产值 49 971 万元，实现利润 40 212.3 万元，销售收入 49 971.2727 万元（含税），2008 年度实际已交税金总额 0.2727 万元。公司实行董事会领导下的总经理负责制，内设 19 个管理部门。2008 年年末员工人数为 201 人，大专以上员工 67 人，高职专业技术人员 23 人，中职 46 人（图 6-5）。

图 6-5　云南华电昆明发电有限公司

6.2.2 企业的主要产品和生产工艺

云南华电昆明发电有限公司一期工程于 2006 年 10 月竣工，装机 2×300MW 机组。

2007 年开始试生产，2008 年发电量为 212 210.7 万 kW·h，2009 年度发电量为 310 996.56万 kW·h。

该火力发电企业是能量转换加工厂，其生产过程是通过煤燃烧时产生的热量加热锅炉中的水，使之成为高温高压蒸汽，蒸汽再推动汽轮机旋转并带动发电机产生电能，从而完成将煤中贮存的化学能转换为热能、机械能、最终产生电能的过程。其主要生产过程包括热力、燃烧、燃煤运输和除灰（渣）四个系统，工艺流程示意图如图6-6所示。

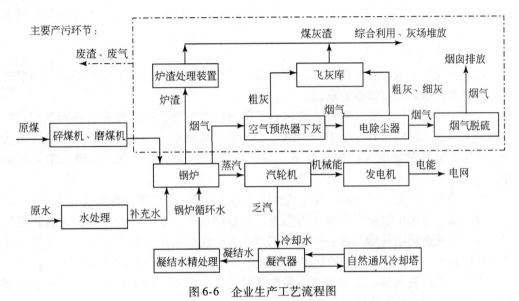

图6-6 企业生产工艺流程图

（1）热力系统

1）主蒸汽及再热蒸汽系统均为单管单元制系统。

2）回热抽气系统采用8级非调节抽气。1、2、3级抽气分别供3台高压加热器，4级抽气供汽动给水泵、除氧器，5、6、7、8级抽气分别供4台低压加热器。

3）给水系统为单元制。每台机组配备2台50%容量的汽动给水泵和1台30%容量的电动调速水泵。

4）凝结水系统采用中压凝结水精处理装置除盐系统。凝结水经过凝结水泵升压后经精处理装置、1台轴封加热器、4台低压加热器、再进入除氧器。

5）每台机组配置一台100m³ 的补充水箱，补充水箱的水源来自化学水处理室的除盐水箱。

（2）燃烧系统

1）制粉系统

采用中速磨煤机直吹式制粉系统，每台炉配5台中速磨煤机，4台运行，1台备用。

2）燃烧系统

① 煤粉系统

原煤经过破碎后（粒度＜10mm），送入原煤仓，再经磨煤机磨成煤粉并直接送入炉膛内进行燃烧。

② 一次风系统

一次风主要作为磨煤机的干燥及煤粉输送介质，经过一次风机、空预器、磨煤机、煤粉管道进入炉膛，并提供煤粉最初燃烧所需空气。

③ 二次风系统

二次风主要作为燃烧时的助燃风。二次风经空预器预热后进入炉膛。

（3）燃煤运输系统

本工程规划供煤点距电厂多在200km以上，燃煤采用铁路运输，年运输量约为330万t，其中经贵昆线来煤约70万t，经南昆线来煤约230万t，经成昆线（向南）来煤约30万t。

（4）除灰（渣）系统

除灰渣系统采取灰渣分除方式，除尘器及省煤器的飞灰输送系统拟采用气力输送系统，除渣系统采用皮带输渣系统。

除灰采用正压气力输灰系统，通过输送器将除尘器和省煤器的灰输送到灰库。对应每个灰斗装一台输送器，考虑到电除尘器一电场故障时，二电场输送器的输送出力能满足第二电场灰量增大的输送要求，第二电场的输送器规格及输灰管与第一电场相同。

每台炉第一、二、三、四、五电场各用一条输灰管，一台炉的输灰管有四条。

输送系统考虑粗细灰分别输送的原则，每台炉第一、二电场的灰都能输送到粗灰库，但不能输送到细灰库。每台炉第三、四、五电场的灰输送到细灰库，必要时，通过库顶切换阀，第三、四电场的灰可输到粗灰库。省煤器的灰输到粗灰库。

灰库的原状灰90%以上经分选、粉磨后进行综合利用，10%经双轴搅拌机加水调湿后用自卸汽车运到灰场碾压堆存。

锅炉的渣由刮板捞渣机连续排出，输送到渣仓，炉渣进行综合利用或由汽车运到灰场碾压堆存。

该系统为减少锅炉间的排渣点采用单侧捞渣机，从而可简化锅炉间的布置，有利于锅炉间的通行和检修。另外，由于输送到渣仓的渣含水较多，所以渣仓采用具有脱水元件的渣仓。渣仓脱水量不大，而且脱水较干净，因此排水可直接排到附近的排水井。

该系统刮板捞渣机的冷却溢流水通过排污泵返回，用于刮板捞渣机冷却水，形成闭式循环。

6.2.3 企业的审核过程概述

云南华电昆明发电有限公司的清洁生产审核工作于2008年11月开始，历经11个月的时间于2009年10月结束。整个审核过程按照清洁生产审核方法学要求共开展了七个阶段的工作，即筹划和组织、预评估、评估、方案产生和筛选、可行性分析、方案实施和持续清洁生产。

公司于2008年12月20日成立了公司清洁生产审核小组，审核小组成员共10人，由生产主要过程部门负责人组成，组长由生产副总经理担任。通过清洁生活审核培训后，审核小组结合公司具体情况制定了清洁生产审核工作计划，并开展了广泛的宣传，消除了公司内部存在的有关清洁生产的各种认识障碍，使广大干部、员工都认识到开展清洁生产的必要性及意义，积极参与，将清洁生产思想自觉转化为指导生产操作的行动。

为了摸清企业污染现状和产污重点，审核小组从生产全过程出发，对企业现状进行了调研和考察，并通过定性比较及定量分析，把"自然通风冷却塔"确定为本轮清洁生产审核的重点。根据审核重点的实际情况及清洁生产目标的设置原则和依据，设置了本轮清洁生产目标，见表6-5。

表6-5 公司清洁生产审核目标

序号	清洁生产目标项目	国内清洁生产水平	省内先进水平	审核前（2008年）	近期目标（2009年年底）	远期目标（2012年年底）
1	单位发电量能耗/[kgce/(kW·h)]	≤0.365	≤0.36	0.36	0.35	0.34
2	粉煤灰综合利用率/%	≥60	≥40	63	70	75
3	单位发电量烟尘排放量/[g/(kW·h)]	≤1.8	—	0.17	0.16	0.15
4	清洁生产指标评价体系得分	≥95.00	—	126.57	130	134

注：①"国内清洁生产水平"——《火电行业清洁生产评价指标体系》评价基准水平。②"省内先进水平"——《云南省人民政府关于加快发展工业循环经济的意见》中计划2010年达到的水平。③按照《火电行业清洁生产评价指标体系》规定，企业清洁生产综合评价指数 $P \geq 95$ 为清洁生产先进企业，企业清洁生产综合评价指数 $80 \leq P < 95$ 为清洁生产企业

审核小组通过对审核重点开展能量平衡分析，找出了审核重点废弃物产生的原因，在此基础上广泛收集国内外同行业先进技术、组织行业专家进行技术咨询产生方案，还广泛发动员工积极提出清洁生产方案。共提出清洁生产方案72项，其中无/低费方案70项，中/高费方案2项。

按照"边审核，边实施，边见效"的"三边"原则，70项无/低费方案已在本轮审核过程中逐项实施，至2009年10月，2项中/高费方案均已实施。同时，所设立的清洁生产近期目标均已实现，清洁生产目标完成情况见表6-6。

表6-6 清洁生产目标完成情况

序号	清洁生产目标项目	审核前	近期目标（2009年年底）	审核后（2009年年底）
1	单位发电量能耗/[kgce/(kW·h)]	0.36	0.35	0.34
2	粉煤灰综合利用率/%	63	70	75
3	单位发电量烟尘排放量/[g/(kW·h)]	0.17	0.16	0.15
4	清洁生产指标评价体系得分	126.57	130	132.75

为了搞好公司的持续清洁生产，公司在现有清洁生产审核小组的基础上，优化人员组合，把清洁生产办公室作为公司推行清洁生产的常设机构，总体负责公司的清洁生产工作。同时公司还进一步完善了清洁生产管理制度和清洁生产激励机制，并制定了持续清洁生产计划。

6.2.4 清洁生产审核的方案及效益

本轮清洁生产审核共产生并实施完成清洁生产方案72项，其中无/低费方案70项，中/高费方案2项，方案简介及方案的实施效果分别见表6-7和表6-8。（注：投资在30万元以下的方案是无/低费方案，30万元以上的是中/高费方案。）

表6-7　方案简介

序号	方案类型	方案名称
1	无/低费方案	燃用煤质改善
2	无/低费方案	加强入炉煤的掺配煤管理
3	无/低费方案	加强燃料采购管理
4	无/低费方案	#1、#2炉石子煤仓加装吸尘吸湿负压管
5	无/低费方案	#1、#2炉渣仓析水管改造
6	无/低费方案	#1、#2机组排油及放水系统改造
7	无/低费方案	气泵暖泵系统的改进
8	无/低费方案	气泵油箱至在线滤油装置进油口改造合理化建议
9	无/低费方案	加装排水泵
10	无/低费方案	旋流器加装冲洗水
11	无/低费方案	改造#7、#8输煤皮带
12	无/低费方案	锅炉石子煤箱加装喷淋装置
13	无/低费方案	锅炉四管加装防磨瓦
14	无/低费方案	空预器入口风门挡板空心轴改实心轴
15	无/低费方案	节水#1方案
16	无/低费方案	节水#2方案
17	无/低费方案	节水#3方案
18	无/低费方案	节水#4方案
19	无/低费方案	节水#5方案
20	无/低费方案	节水#6方案
21	无/低费方案	节水#7方案
22	无/低费方案	节水#8方案
23	无/低费方案	节水#9方案
24	无/低费方案	节水#10方案
25	无/低费方案	节水#11方案
26	无/低费方案	节水#12方案
27	无/低费方案	节水#13方案
28	无/低费方案	节水#14方案
29	无/低费方案	节水#15方案
30	无/低费方案	节水#16方案
31	无/低费方案	节水#17方案
32	无/低费方案	节水#18方案
33	无/低费方案	节水#19方案

序号	方案类型	方案名称
34	无/低费方案	#1 炉空预器出口一次风总门门轴密封盒改造
35	无/低费方案	#1、#2 炉磨煤机石子煤箱门改造
36	无/低费方案	精处理罗茨风机轴承冷却水加装总门
37	无/低费方案	#1、#2 炉输灰系统各控制切换阀门快速排气阀组件易损改进
38	无/低费方案	#1 机电泵电机加装回油管（轴承室）
39	无/低费方案	1～10 原煤仓除尘器排风口更改排风口位
40	无/低费方案	凝结水泵盘根密封水系统改造
41	无/低费方案	凝结水母管压力低联动备用泵
42	无/低费方案	水环式真空泵进口手动阀处搭建操作台
43	无/低费方案	废水加料泵加装机封水
44	无/低费方案	石膏皮带输送机改造
45	无/低费方案	真空泵密封水改造
46	无/低费方案	高压调门顺阀时开度
47	无/低费方案	锅炉补给水系统除盐水箱及清水箱安装外置水位计
48	无/低费方案	输煤控制室控制柜房间内安装两台空调
49	无/低费方案	加强培训工作
50	无/低费方案	培养节约意识
51	无/低费方案	锅炉废油利用
52	无/低费方案	杜绝长明灯
53	无/低费方案	设备使用间断或切换运行
54	无/低费方案	日常节电
55	无/低费方案	完善清洁生产管理机构
56	无/低费方案	完善清洁生产方案管理制度
57	无/低费方案	通过精细化管理促进清洁生产工作的开展
58	无/低费方案	用清洁生产方法学分析分析各生产过程
59	无/低费方案	建立各工种绩效考核体系
60	无/低费方案	建立维修部门考核指标体系
61	无/低费方案	建立清洁生产激励机制
62	无/低费方案	化学石灰预处理次氯酸钠加药系统处安装照明装置
63	无/低费方案	化学循环水阻垢剂配药处楼梯改造合理化建议
64	无/低费方案	输煤皮带照明改造
65	无/低费方案	燃油泵房大门安装门铃
66	无/低费方案	各皮带落煤口挡帘建议刷上白漆，有利于监控
67	无/低费方案	输煤程控和燃料调度还有翻车机加强联系及沟通
68	无/低费方案	建立废品集中收集处
69	无/低费方案	石膏综合利用
70	无/低费方案	稳定粉煤灰销售渠道
71	中/高费方案	冷却塔改造
72	中/高费方案	循环水泵双速电机改造

表 6-8　已实施完成的清洁生产方案效果汇总

实施方案的名称和内容	投资费用/万元	节煤量/t	减少气态污染物/t	减少固体废弃物（不含废液）/t	总效益/万元	投资回收期/a
无低费方案	63.23	—	—	—	112.9	0.78
冷却塔改造	240	11 620	30 448	4 217	420	0.81
循环水泵双速电机改造	50	1 400	3 668	508	55	1.27
合计	353.23	13 020	34 116	4 725	587.9	—

6.2.5　典型的清洁生产方案

（1）冷却塔"三元流强化换热改造技术"

冷却塔是火电厂冷端系统中最重要的辅助设备。其工作性能对电厂运行经济性产生直接而重大影响。300MW 火机发电机组循环水出塔水温每降低 1℃，可降低供电煤耗 0.798 g/kW·h，其节能空间极大。

公司#1、#2 机组冷却塔经两年多运行，由于技术工艺落后、过程控制点不充分及管理存在一定的问题等原因，目前运行参数分析已达不到设计冷却效果，尤其是#1 塔，在目前环境条件下，带相同负荷，其出水温度较#2 塔要高 2~3℃，相应能耗也较大，有实施改造方案的迫切需要。

冷却塔改造是在国内外逆流湿式冷却塔三元流计算技术趋于成熟的条件下，尤其是以 fluent 为代表的有限体积法流体计算商用软件的推广，使得对塔内流场的精确计算成为可能，本次采用先进计算流体动力学（CFD）技术进行冷却塔内全三维传热传质数值计算，在此基础上进行塔内冷却风与循环水优化匹配改造，使其达到并超过设计冷效，在改造前运行状态基础上大幅降低出塔水温，显著提高机组运行经济性。

方案实施后能够实现节能 8 300tce/a，从而减少 SO_2、烟尘、CO_2 和粉煤灰的排放量，以及灰渣和石膏的产生量。据统计，方案实施后实现节能 8300tce/a，节约运行费用 420 万元，减少 SO_2 排放 11.82t/a、烟尘排放 2.62t/a、CO_2 排放 30 433.33t/a、粉煤灰排放 3 487.75t/a、灰渣产生量 416.06 t/a 以及石膏产生量 313.64 t/a。

方案的总投资 240 万元，投资偿还期为 0.81 年。

（2）循环水泵双速电机改造

由于缺乏很好的维护、改造和管理，审核前循环水泵的运行效率较低、运行方式不完善、能耗较高，且机组的排汽真空不佳。因此不能够最大限度地实现循环水泵节能效果，提高循环水泵运行效率。

改造方案是根据异步电动机变极调速原理，对驱动电机实施双速改造，优化运行方式，根据不同外部环境下主机凝汽器供水的要求，使机组的排汽真空达到最佳效果。方案的详细内容如下：①对电机的相关参数进行核算，将循环水泵电机由原单一转速 14 极 424r/min 改为可通过改变外部接线端子而实现 16 极 375r/min 和 14 极 424r/min 两种转速；②保证电机在两种转速下，当电源电压在 5.6~6.6kV 变化时，输出功率仍能维持在相应的额定值。电机在两种转速下三相磁场对称，振动值不大于 0.05mm。

通过高效双速循环水泵改造，提高循环水系统调节的灵活性，节约用电。据统计，方案实施后实现节能 1 000tce/a，节约运行费用 55 万元，减少 SO_2 排放 1.42t/a、烟尘排放 0.32t/a、CO_2 排放 3 666.67t/a、粉煤灰排放 420.21t/a、灰渣产生量 50.13t/a 以及石膏产生量 37.79t/a。

方案的总投资 50 万元，方案的投资偿还期为 1.27 年。

第7章

化工行业案例

7.1 贵州川恒化工有限公司

7.1.1 企业概况

贵州川恒化工有限责任公司是四川川恒化工（集团）有限责任公司投资新建的具有独立法人资格的企业，专业从事矿物质饲料、工业、食品、肥料级等磷酸盐系列产品研发、生产、销售与服务。公司位于福泉市龙昌镇，距福泉市约5km，始建于2002年9月，于2003年1月20日投入试产一次成功。2003~2006年累计实现工业总产值9亿元，实现税收3000万元余，其中：2006年实现总产值3.09亿元，税收1100余万元，安置就业人员1100余人（90%为当地下岗职工、农民工、大中专学生）（图7-1）。

图7-1 贵州川恒化工有限责任公司全貌

几年来，公司产品出厂合格率达100%，品牌及规模在国内领先，尤其是磷酸二氢钙的技术水平、品牌、产销量近年来一直保持国内第一，已经成为中国水产饲料界的第一品牌。目前，公司累计完成固定资产投资近1.5亿元，形成了如下装置能力：硫黄制硫酸10万t/a、湿法磷酸15万t/a（以100%P_2O_5计）、浓缩湿法磷酸5万t/a、净化湿法磷酸5万t/a、饲料级磷酸氢钙20万t/a、饲料级磷酸二氢钙10万t/a、肥料级磷酸氢钙4万t/a和工业磷铵3万t/a。

7.1.2 企业的主要产品和生产工艺

（1）主要产品及产能

贵州川恒化工有限责任公司产品主要为饲料磷酸氢钙、磷酸二氢钙、磷酸一二钙，它们都是正磷酸钙盐。主要产品生产能力：饲料磷酸氢钙（DCP）20万 t/a、磷酸二氢钙（MCP）10万 t/a。

（2）生产工艺

公司主要生产工艺原理是利用液体硫黄在焚硫炉里与经浓硫酸干燥的空气中的氧气燃烧生成 SO_2，再在催化剂作用及一定温度条件下转化为 SO_3，通过浓酸吸收生成硫酸，并用二水物法硫酸分解磷矿石制磷酸。磷酸提纯后与碳酸钙及氢氧化钙进行中和反应，在一定 pH 的条件下得到磷酸氢钙半成品，磷酸氢钙半成品烘干就得到磷酸氢钙产品。另一部分磷酸氢钙半成品则经浓缩提纯的磷酸按产品要求控制一定的钙磷比例，生产磷酸氢钙、磷酸二氢钙或磷酸一二钙产品。

主要生产工艺流程见图 7-2。

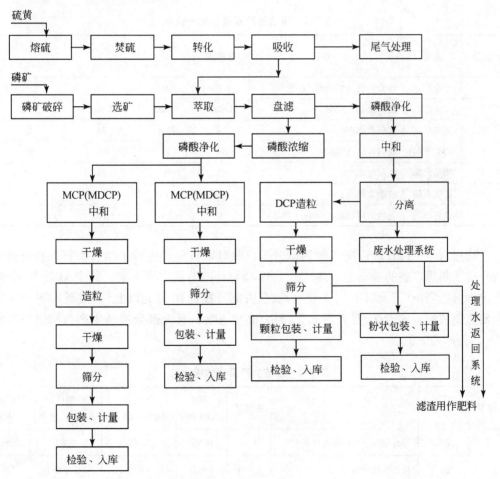

图 7-2 生产工艺流程图

7.1.3 企业的审核过程概述

2008 年公司被选定为"中欧亚洲投资计划——西部 11 省清洁生产能力建设项目"的试点企业，公司领导对此十分重视，在清洁生产审核专家的帮助下，公司积极认真地开展了清洁生产审核工作。

2008 年 9 月贵州川恒化工有限责任公司依据自身组织机构特点，公司一级成立了审核领导小组，各主要分厂成立了审核工作小组，负责本厂具体审核工作，并编制了相应的清洁生产审核工作计划。同时还邀请清洁生产专家对公司领导和员工开展了清洁生产宣传和培训，不仅克服了员工的思想障碍，还营造了清洁生产审核的积极氛围。

审核过程中，审核小组从清洁生产审核的八个方面对川恒公司产排污进行了分析，利用权重总合积分排序法对磷酸车间、硫酸一二车间、二氢钙车间及氢钙车间 5 个备选车间进行筛选以确定审核重点，最终确定磷酸车间和氢钙车间为清洁生产审核重点。

根据设定的审核重点及对全厂的产排污分析，结合川恒公司的生产、管理具体实际，审核小组设置了本轮的清洁生产目标（表 7-1）。

表 7-1　清洁生产审核目标一览表

序号	车间	项目	基准值	现状 （2008 年）	近期目标 （2009 年 05 月）	远期目标 （2010 年 12 月）
1	全厂	综合能耗/(吨标煤/万元产值)	0.80	0.90	0.8	0.7
2	全厂	新鲜水耗/（t/d）	1 900	1 920	1 900	1 850
3	氢钙系统	磷回收率/%	74	72.1	74	75
4	磷酸车间	磷石膏综合利用率/%	60	0	60	60
5	磷酸车间	氟回收率/%	85	0	85	90
6	氢钙车间	硫酸单耗/（t/t）	1.0	1.105	1.0	0.9
7	氢钙车间	无组织排放粉尘/（kg/t 产品）	10	16	10	5

通过对生产过程进行深入的调研分析，并对审核重点进行了物料衡算，在公司领导和员工集思广益的基础上，共提出了 49 项可行的清洁生产方案，其中 41 项为无/低费方案（投资 10 万元以下）、8 项中/高费方案（投资 10 万元以上）。截至 2009 年 4 月共实施完成所有的无/低费方案和 5 项中/高费方案，且大部分清洁生产目标也得以实现，见表 7-2。

表 7-2　清洁生产目标达成情况

序号	车间	项目	基准值	现状 （2008 年）	审核后 （2009 年 04 月）	近期目标 （2009 年 05 月）	目标完成情况
1	全厂	综合能耗/(tce/万元产值)	0.80	0.90	0.75	0.80	完成
2	全厂	新鲜水耗/t/d	1 900	1 920	1 870	1 900	完成
3	氢钙系统	磷回收率/%	74	72.1	74.3	74	完成

序号	车间	项目	基准值	现状 (2008 年)	审核后 (2009 年 04 月)	近期目标 (2009 年 05 月)	目标完 成情况
4	磷酸车间	磷石膏综合利用率/%	60	0	0	60	未完成
5	磷酸车间	氟回收率/%	85	0	0	85	未完成
6	氢钙车间	硫酸单耗/(t/t)	1.0	1.105	0.95	1.0	完成
7	氢钙车间	无组织排放粉尘/(kg/t 产品)	10	16	8	10	完成

注:"未完成"的清洁生产目标是由于相对应的中/高费方案实施周期长,实现目标所需时间相应变长,因此未能完成近期目标

7.1.4　清洁生产审核的方案及效益

本轮清洁生产审核过程中公司共产生 49 个清洁生产方案,其中无/低费方案 41 项,中/高费方案 8 项,截至 2009 年 4 月无/低费方案全部实施完成,中/高费方案中有 5 项实施完成,另 3 项正在实施过程中。已实施的清洁生产方案产生的效益是:节约原材料 3 000t/a、节电 3 229 582kW·h/a、节煤 1 200t/a、节油 1.5t/a、节水 1 000t/a、减少废气排放 30t/a、减少废液排放 2 000t/a,总的经济效益是 856.63 万元/a。

已实施的无/低费方案效益汇总见表 7-3,已实施的中/高费方案效益汇总见表 7-4,未实施方案的效益预测见表 7-5。

表 7-3　已实施的无/低费方案效益一览表

序号	方案名称和内容	投资/万元	方案效益	
			环境效益	经济效益
1	调整皮带并加宽	无费	减少人工操作,降低劳动强度	降低生产故障率
2	更换密封圈,加强设备维护	0.2	减少废水量 5m³/d,减少回收重复处理量	—
3	将冷凝水作为设备冷却水利用	低费	消化水平衡问题,提高渣场水的利用,从而提高磷回收率	提高磷回收率
4	加挡板或清理堵塞的喷头	低费	改善操作环境	—
5	制定相关的沉淀管理考核制度,并进行有效消化	低费	提高产品质量,提高产能,减少停车,提高磷回收率	降低停车率,提高磷回收率
6	控制工艺参数,改善洗水分布达到最佳洗涤效果	无费	提高磷回收率	提高磷回收率
7	压滤地面硬化处理	1	减少酸液漏入地下污染环境	—

序号	方案名称和内容	投资/万元	方案效益	
			环境效益	经济效益
8	启用烘干系统,增加销售渠道	5	减少固废,原来堆放为162t/d(含水率60%),现在生产产品80t/d,全部外卖	减少了白肥堆放产生的环境问题,白肥市场价格70元/t,增加收入168万元/a
9	回收利用磷酸闪蒸水(含4%P),用于磨矿,浮选工段	低费	提高磷回收率	提高磷回收率
10	稀酸大储罐周边地面硬化	低费	减少环保风险	—
11	合理布置管线并进行保温处理	1	提高热回收效率,降低能耗	—
12	多级泵给水的调节靠回流阀调整,回流量较大,对回流量进行控制	低费	节电,降低电耗	年节电约1万元
13	适当减小硫黄喷枪喷嘴口径	低费	使硫黄雾化效果好,减少炉内积硫,防止因硫升华产生的风管堵塞,减少环保隐患	—
14	按最大温差法合理制定转换器各段进口温度	无费	提高硫转化率	—
15	放料处增高围堰	0.05	减少跑冒滴漏,提高磷回收率	提高磷回收率
16	增设防雨设施,加强沉淀转运的及时性	2	规范生产现场,减少不必要的额外水处理	—
17	挖一深池收集渗滤水,加强管理	1	采取雨污分流,减少污水量0.5t/d	—
18	加强密封性	低费	减少漏液100m^3/a,改善了操作环境,降低劳动强度	—
19	加强管理,杜绝稠厚器液水泄漏	低费	减少废水量10m^3/d,减少回收重复处理量	—
20	加强管理,规范重钙现场堆放	低费	改善了操作环境	—
21	房顶做防雨处理,规范摆码包场所	低费	改善了操作环境	—
22	中和pH从6.8提高到7.5,提高磷利用率	无费	每吨氢钙P$_2$O$_5$使用量下降10kg	—
23	建立单机收尘	3	一天回收50kg二氢钙产品	按3 000元/t,年节约4.5万元

序号	方案名称和内容	投资/万元	方案效益	
			环境效益	经济效益
24	从1号布袋除尘器处安装引风除尘管线，在筛分处加吸尘罩进行除尘处理	3	解决了粉尘飘洒问题，一天回收20kg粉尘	年节约1.8万元
25	修围堰，加盖板	0.1	改善生产环境	—
26	设置废旧包装物专用库房，定期清理外卖	低费	增加废物回收利用率	—
27	车间建立考核方案和规范堆放区域	无费	规范管理，便于废物回收利用	—
28	在车间内，如一工段半成品、石灰库房设置用水冲洗进出车辆的车轮	0.1	防止污染原材料及产品	—
29	规划堆场区域或联系相关部门及时转运和定期清理	低费	规范生产现场	—
30	设限速标识及定期冲洗地面	低费	减少粉尘量，改善厂区环境	—
31	公路每隔一段距离放个垃圾桶，严格执行卫生管理制度	0.05	改善厂区环境	—
32	对照明用电加强管理和控制	低费	加强管理，杜绝长明灯、长流失，年节电1.2万kW·h电	电费0.45元/kW·h，则年经济效益5 400元
33	设立专门的废旧物资堆放点，修旧利废	低费	规范现场环境，提高废物回收利用率	—
34	制作收集盘进行收集回收再利用	低费	冷却水1 000m³/a，润滑油1.5t/a	润滑油6 000元/t，润滑油节约费用9 000元/a，冷却水节约1 000t×0.06元/t=60元
35	取消车间二级库房	低费	加强管理，减少备用品的浪费	—
36	加强员工操作技能、设备知识、安全环保知识培训，提高员工素质	低费	提高员工操作技能	—
37	皮带连接采用粘接法	低费	杜绝物料撒落现象，降低维护工作量，减少皮带损耗（以前1个月换皮带，现在使用至少3个月）	节约费用2万元/月，年节约24万元
38	拆除水泥墩	低费	改善现场环境	—

序号	方案名称和内容	投资/万元	方案效益	
			环境效益	经济效益
39	加强工艺控制，减少不合格品数量	低费	以前包装袋每吨产品耗20.5个，现消耗为20.2，每年按12万吨产品算，节约包装袋3.6万个	按1元/个计算，年经济效益3.6万元
40	制定合理的绩效考核措施	无费	改善管理，提高员工工作效率	
41	加强工艺控制和指标上线考核机制，提高员工操作技能和质量意识	低费	磷酸二氢钙产品指标（总P含量）比考核前下降0.2%	年经济效益463.636万元
	合计	16.5	—	667.982万元/a

注：部分低费方案的费用属于公司的运营成本，表中列出的仅为新增投资

表7-4　已实施的中/高费方案效益一览表

方案编号 / 方案名称 （比较项目）	环境效益			经济效益	
	节煤/t	节电/(万 kW·h)	废气/t	投资/万元	效益/(万元/a)
HF04 回收硫酸车间尾气中 SO_2，生产副产品亚硫酸铵	—	—	SO_2：245.03	205	12
HF05 厂内生产系统设备优化	—	321.7582	—	260	144.79
HF06 中费：粉尘综合治理	—	—	粉尘：30	50	5
HF07 中费：烘干尾气治理设施改进	—	—	SO_2：312.68	250	0
HF08 中费：新增6台离心机	1200	—	—	54	27.84
合计	1200	321.7582	SO_2：557.71 粉尘：30	819	189.63

表7-5　未实施的中/高费方案的预测效益一览表

方案编号 / 方案名称 （比较项目）	环境效益		经济效益	
	废物削减量		投资	效益/(万元/a)
	废气/（万 Nm^3/a）	固废/（万 t/a）		
HF01 一步法生产磷酸二氢钙	废气：22 104	—	635	633
HF02 磷石膏渣综合利用	—	磷石膏40万t	1 450	280
HF03 磷酸车间尾气氟回收	氟：1.818	—	326	144
合计	废气：22 104 氟：1.818	40万t	2 411	1 057

7.1.5 典型的清洁生产方案

（1）一步法生产磷酸二氢钙

贵州川恒化工公司目前的生产工艺采用两段法生产，即湿法磷酸用二段中和母液稀释到给定浓度后，送到预中和槽与石灰乳反应，一段中和 pH 控制在 2~3，脱除磷酸中所含的氟、铅、砷、铁、铝等杂质，反应生成的沉淀物经过分离、干燥制得肥料级磷酸盐。滤液送至下一工序与石灰乳进行二段中和反应，pH 控制在 5.5~6.5，中和后料浆经沉降、稠厚、分离、干燥制得饲料级磷酸氢钙产品，分离后母液返回系统重复使用。本工艺制得的产品纯度高，有害杂质（氟、砷、铅）含量低，工艺操作较为简易，对原料质量要求较宽，所得的产品质量稳定。缺点是产品磷得率不高（与磷矿的质量有关），相当部分的磷进入肥料级产品中。

改造方案是在湿法磷酸经浓缩后，采用化学脱氟的方式进行净化后得到脱氟磷酸，生石灰经过雷蒙磨磨细后与脱氟磷酸混合反应，物料经过熟化和均化烘干后得到产品。

该法与热法磷酸干混法流程和设备相似，所不同的是本法使用的是湿法磷酸，中和剂使用的是生石灰粉，由于反应剧烈，反应放热使反应温度很快升到 80℃ 以上，磷酸不需加热。目前川恒公司此项技术的研究已经成熟，产品质量全面达到相应的质量标准要求。

该方案目前正在实施过程，预计 2011 年年底实施完成。方案的总投资为 635 万元，投资偿还期预计为 1 年。方案实施后能为公司增加纯利润 633 万元/a，减少废气排放 3.07 万 Nm^3/h，具有很好的环境和经济效益。

（2）硫酸尾气制取亚硫酸铵

企业原来对硫酸系统的二氧化硫尾气采用石灰乳吸收法治理，即采用湿法——将石灰等制成浆液洗涤含硫废气。该方法的优点主要是原材料易得，处理成本较低，但其吸收效果不佳，且浪费了硫资源。故审核过程中提出采用氨吸收法生产亚硫酸铵治理 SO_2 尾气。

改造方案是用氨水中和液体亚硫酸氢铵至 pH 约 7 时生成亚硫酸铵，冷却后析出固体亚硫酸铵，经离心分离得到固体亚硫酸铵，母液经稀释后返回系统。其工艺流程见图 7-3，其系统设备见图 7-4。

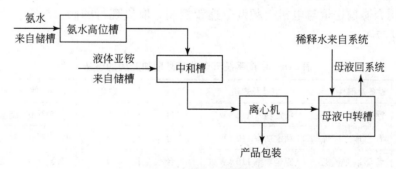

图 7-3 硫酸尾气制取亚硫酸铵工艺流程

来自氨水高位槽的氨水和#1#2 中和槽内亚铵进行中和，随时检测 pH，当 pH 达到

5时关小氨水阀门，当pH达到6时停止加入氨水，搅拌5min后再次检测pH，终点pH控制在7~8，关闭氨水高位槽出口阀门，启动冷却水泵，对中和后的亚铵进行冷却。待亚铵溶液冷却到35~40℃时，关闭冷却水打开部分#1#2中和槽下部阀门，开始离心分离，离心过程中根据离心出料的干湿程度调节中和槽下部阀门大小，保证离心物料的水分在5%内，产品经计量包装后入库（图7-4）。

图7-4　硫酸尾气制取亚硫酸铵系统

该方案已实施完成，方案的总投资为205万元。该项目是国家鼓励的三废治理循环经济环保项目，是国家免税环保项目，以年销售2kt/a固体亚铵、销售价按980元/t计，年增加利润12万元，投资回收期为17年。该方案的经济效益不显著，但环境效益十分明显，方案实施后废气排放浓度减少$2\,633mg/m^3$、废气排放量减少586.5t/a。

（3）生产系统节电技术改造

审核前，公司生产耗电量为43 166 000kW·h/a，其中功率较大（90kW以上）的风机类、泵类合计功率为2 365kW，耗电量达18 280 000 kW·h/a，占总电耗量的42.35%。同时，风机类、泵类机电设备由于生产需要，负荷频繁变化。且风机、泵的负荷调节均采用阀门调节，在生产过程中便会出现大功率电机，输送小流量介质的现象，造成能源浪费。

针对风机类、泵类机电设备负荷变换频繁的特性，本次技改对其中功率较大（90kW以上）的风机类、泵类机电设备进行节电技改。对风机类、泵类介质输送量的调节，采用介质输送量与电机变频调节连锁控制，取代现行的阀门调节，有效降低电力消耗（表7-6）。

表7-6　生产系统节电改造需增加变频的设备

序号	设备及部件名称	型号及规格	单位	数量	使用生产装置
1	浮选风机	额定功率110 kW	台	1	12.5万t/a湿法磷酸装置
2	#1萃取主风机	额定功率110 kW	台	1	12.5万t/a湿法磷酸装置
3	#2萃取主风机	额定功率110 kW	台	1	12.5万t/a湿法磷酸装置
4	雾化风机	额定功率250 kW	台	1	10万t/a磷酸二氢钙装置
5	#1尾气风机	额定功率185 kW	台	1	6万t/a三聚磷酸钠装置

序号	设备及部件名称	型号及规格	单位	数量	使用生产装置
6	#2 尾气风机	额定功率 132 kW	台	1	6 万 t/a 三聚磷酸钠装置
7	#1 真空泵	额定功率 160 kW	台	1	12.5 万 t/a 湿法磷酸装置
8	#2 真空泵	额定功率 132 kW	台	1	12.5 万 t/a 湿法磷酸装置
9	轴流泵	额定功率 132 kW	台	1	2 万 t/a 浓缩磷酸装置
10	循环水泵	额定功率 160 kW	台	1	12.5 万 t/a 湿法磷酸装置
11	循环水泵	额定功率 90 kW	台	1	12.5 万 t/a 湿法磷酸装置
12	雾化机	额定功率 132 kW	台	1	6 万 t/a 三聚磷酸钠装置
13	空压机	额定功率 132 kW	台	1	6 万 t/a 三聚磷酸钠装置
14	聚合炉	额定功率 110 kW	台	1	6 万 t/a 三聚磷酸钠装置
15	三缸泵	额定功率 75 kW	台	1	6 万 t/a 三聚磷酸钠装置

该方案目前已实施完成，方案总投资为 260 万元。方案实施后每年可节约电能大约为 3 217 582kW·h，节约电费 321.7582 万 kW·h/a×0.45 元/kW·h＝144.79 万元，方案的投资偿还期为 1.96 年。同时，公司因减少用电从而能间接减少发电厂发电过程中的污染物排放量，燃煤发电综合排污系数按烟尘排放量为 82kg/万 kW·h、SO_2 排放量为 104.05kg/万 kW·h 计，则减排量为烟尘 26.38t/a、SO_2 33.48t/a。

7.2 安徽华恒生物工程有限公司

7.2.1 企业概况

安徽华恒生物工程有限公司于 2005 年 3 月注册成立，坐落于合肥市双凤工业区，占地 19 631m²。经过近三年发展，公司已迅速成为集氨基酸的生产、经营、技术开发为一体的高新技术企业。公司设计生产能力 2 000t/a，设计年产值 4000 万～5000 万元（图 7-5）。

图 7-5　安徽华恒生物工程有限公司厂貌

公司主要致力于 L-丙氨酸、D, L-丙氨酸、L-天门冬氨酸、L-天门冬氨酸钠、D-天门冬氨酸、D, L-天门冬氨酸、L-谷氨酸等产品的生产，并拥有世界最先进的 L-天门冬氨酸、L-丙氨酸生产技术，D, L-丙氨酸生产新技术国内首创。相关产品获得了食品卫生许可证，出口产品已获犹太组织"KOSHER"认证、伊斯兰教组织"HALAL"认证，部分产品获得了"高新技术产品"和"国家重点新产品"证书。

目前，公司已通过了 ISO9001、ISO14001、OHSAS18001 质量管理体系认证。2007～2009 年，公司被安徽省认定为高新技术企业，被合肥市政府认定为科技创新型试点企业，被合肥市质量协会评为"质量管理放心单位"。

公司技术力量雄厚，依托中国科技大学、安徽大学、合肥学院、江南大学等高校技术知识力量，同时企业拥有一支高度专业化的科研开发、项目实施、技术支持队伍，其中 80% 以上是大中专毕业生，为公司后续科研开发和成果产业化提供了重要的人力资源保障。

7.2.2　企业的主要产品和生产工艺

公司主要生产氨基酸产品，设计年产销量 2 000t，设计年产值为 3000 万～4000 万 t。公司 2006～2008 年主要的经济运行指标列于表 7-7 中。

表 7-7　2006～2008 年公司生产经营主要技术指标汇总

指　标	2006 年	2007 年	2008 年
产销量/t	400	1 100	1 900
销售额/万元	1 032	2 179	3 535

目前，公司的主要产品为丙氨酸，其具体规格列于表 7-8，主要产品性能指标列于表 7-9。

表 7-8　产品主要规格

序号	品名	月供应量能力/t	生产标准	典型应用领域
1	食品级 L-丙氨酸	200	AJI97	食品行业
2	工业级 L-丙氨酸	300	企业标准	医药中间体
3	DL-丙氨酸	200	AJI92	食品行业
4	L-天门冬氨酸	500	FCCIV AJI97	医药中间体、化工原料
5	DL-天门冬氨酸	100	FCCIV	医药中间体、食品工业
6	L-天门冬氨酸钠	100	企业标准	医药中间体
7	D-天门冬氨酸	10	企业标准	医药中间体
8	L-谷氨酸	100	AJI97	食品添加剂

表7-9　主要产品技术指标

项目	食品级 L-丙氨酸	D, L-丙氨酸
含量（assay）/%	98.5~101.0	98.5~101.0
透光率（transmittance）/%	≥98.0	≥98.0
比旋光度［α］D20（specific rotation）/°	14.3~15.2	—
pH	5.7~6.7	5.5~7.0
干燥失重（loss on drying）/%	≤0.20	≤0.20
灼烧残渣（residue on ignition）/%	≤0.10	≤0.10
氯化物（chloride［Cl］）/%	≤0.02	≤0.02
硫酸盐（sulfate［SO_4^{2-}］）/%	≤0.02	≤0.02
砷盐（arsenic［As］）/ppm①	≤1	≤1
重金属（heavy metals［Pb］）/ppm	≤10	≤10
铁盐（iron［Fe］）/ppm	≤10	≤10
铵盐（ammonium salt［NH_4］）/%	≤0.02	≤0.02
其他氨基酸（foreign amino acids）	无（without）	无（without）

生产工艺流程见图7-6，其主要工段说明见表7-10。

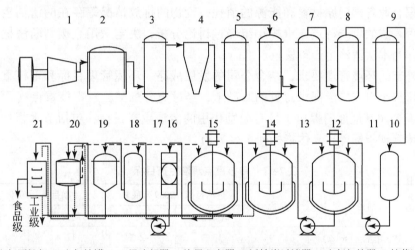

1-空气压缩机 2-空气储罐 3-二级冷却器 4-旋风分离器 5-活性炭过滤器 6-空气加热器 7-棉花过滤器
8-预过滤器 9-精密过滤器 10-热水罐 11、13、17-泵 12-发酵罐 14-反应罐 15-脱色罐 16-过滤机 18-储罐
19-结晶罐 20-离心机 21-干燥器

图7-6　生产工艺流程图

表7-10　工艺流程主要工段

序号	单元操作	功能
1	无菌空气工序	利用空气过滤器过滤空气制备无菌空气
2	发酵工序	制备 L-天门冬氨酸脱羧酶
3	酶反应工序	制备 L-丙氨酸
4	脱色工序	精制工业级 L-丙氨酸
5	离心干燥	L-丙氨酸的后续处理

① 1ppm = 10⁻⁶

7.2.3 企业的审核过程概述

公司于2008年8月正式启动清洁生产工作，首先按照清洁生产审核的流程组建了清洁生产审核小组，并由公司的领导任审核小组的组长，小组的成员包括车间主任、财务人员和公司专门推行管理体系的职能部门，并制订了清洁生产审核工作计划。为了使清洁生产工作能够顺利开展，小组成员进行了以下工作：组织了关于清洁生产审核工作的专门培训，使小组成员提高了对清洁生产的认识，掌握了清洁生产审核的方法和程序；从原材料和能源替代、技术工艺改造、设备维护与更新、过程优化控制、产品更换或改进、废弃物回收利用和循环使用、加强管理、员工素质的提高以及积极性的激励等方面选择清洁生产方案；并根据物料平衡和针对废弃物产生的原因分析确定并实施清洁生产方案；通过各种例会、工作交流、集中学习的多种形式对全体员工展开了广泛的宣传和教育，增强了员工清洁生产意识，公司上下掀起了开展清洁生产活动的高潮，为全员参与清洁生产工作奠定了基础。

通过对公司近几年的生产状况、管理水平及整个生产过程的调查结果进行分析和评估，根据企业各部门原材料和能源的消耗、废物的排放情况等存在的清洁生产的机会，结合丙氨酸的生产特点，审核小组经过讨论分析，决定采用直接判断法把丙氨酸生产车间作为本次清洁生产审核重点部门。

根据外部的环境管理要求，结合公司的发展战略、环境管理目标和审核重点的实际情况，审核小组在广泛征求意见的基础上，经过充分酝酿，对审核重点（丙氨酸生产车间）及公司其他部门提出了具有激励作用的清洁生产目标，包括节水指标、节能指标、环境管理指标等，具体指标列于表7-11。

表7-11 审核重点清洁生产目标

类别	项目	现状	近期目标（2009年底）		中期目标（2010年底）	
			绝对量	相对量	绝对量	相对量
水耗	新鲜水用量/（m³/t）	13.9	13.2	−5%	12.4	−11%
能耗	用电量/(kW·h/t)	272	261	−4%	250	−8%
	耗煤量/(t/t)	0.58	0.55	−5%	0.53	−8%

截至2009年12月，清洁生产目标实现情况如表7-12所示。

表7-12 清洁生产目标实现情况汇总

类别	项目	审核前	目标值	至2009年12月	
				削减量	实现率
水耗	新鲜水用量/（m³/t）	13.9	13.2	0.7	100%
能耗	用电量/(kW·h/t)	272	261	11	100%
	耗煤量/(t/t)	0.58	0.55	0.03	100%

7.2.4 清洁生产审核的方案及效益

清洁生产方案的数量、质量和可实施性直接关系到公司清洁生产审核的成效，是审核过程的一个关键因素。因此，公司清洁生产审核小组成员根据清洁生产审核程序，在全公司范围内宣传动员，鼓励全体员工提出清洁生产方案和合理化建议。以丙氨酸车间的物料平衡以及全公司生产状况结果为依据，针对废弃物产生的原因进行分析，结合类比和专家的技术咨询，以及公司的年度工作目标，广泛征集了从原材料替代、工艺技术、设备、过程控制、废弃物利用到管理、员工等方面的清洁生产方案，对于投入小且易于实施的方案，将在审核过程中分步实施。

公司领导和清洁生产审核小组多次根据公司的实际情况对清洁生产方案的技术可行性、环境效果、经济效益、可操作性、对生产和产品的影响等几个方面进行了讨论，筛选出各类方案共 14 项，其中无/低费方案 9 项，中/高费方案 5 项，方案汇总见表 7-13。

表 7-13 清洁生产方案一览表

方案类型	编号	方案简介	方案分类
原辅材料和能源	A1	完善原料管理制度，避免浪费	无/低费方案
	A2	尽量避免在下雨天进煤，提高燃煤质量，煤运输时加蓬布	无/低费方案
	A3	对高能耗设备采用节电措施	无/低费方案
	A4	定期检修空压机，防止泄漏	无/低费方案
技术工艺改造	B1	缩短生产周期，提高生产效率	无/低费方案
	B2	提高反应器等设备的保温性能	无/低费方案
	B3	回收冷却液余热	中/高费方案
	B4	增设绞龙自动投料设备	中/高费方案
	B5	用超滤膜过滤代替活性炭脱色	中/高费方案
设备维护和更新	C1	严格执行设备维护制度，保证设备完好	无/低费方案
过程优化控制	D1	增加锅炉的监测仪表	中/高费方案
	D2	增加使用蒸汽的设备的监测仪表	中/高费方案
加强管理	F1	减少包装时产品的散落	无/低费方案
	F2	严格执行岗位责任制及操作规程	无/低费方案

注：投资 5 万元以下为无/低费方案，5 万元以上为中/高费方案

通过对 5 项中/高费方案开展技术、环境和经济可行性分析，最终确定 B3（回收冷却液余热）为可行的中/高费方案，其他中/高费方案均不可行。

至 2009 年 12 月，9 项无/低费方案和 1 项中/高费方案均已实施完成，清洁生产方案效果汇总见表 7-14。

表 7-14　已实施完成的清洁生产方案效果汇总表

方案类别	方案类型	编号	方案名称	费用	实施效果	
					环境效果	经济效果
无/低费	设备更新改造	B1	缩短生产周期，提高生产效率	低费	提高员工工艺改进意识	—
		B2	提高反应器等设备的保温性能	低费	年节煤 1tce	年增效 700 元
		A1	完善原料管理制度，避免浪费	无费	日常执行	—
		A2	尽量避免在下雨天进煤，提高燃煤质量，煤运输时加篷布	无费	日常执行	—
		A3	对高能耗设备采用节电措施	无费	日常执行	—
		A4	定期检修空压机	无费	年节电 14 100kW·h	年增效 1 万元
	加强管理	F1	减少包装时产品的散落	无费	每日生产及时回收产品 1~2t	每月增效 2 万~4 万元
		F2	严格执行岗位责任制及操作规程	无费	日常执行	—
		C1	严格执行设备维护制度，保证设备完好	无费	日常执行	—
中/高费	设备更新改造	B5	用超滤膜过滤代替活性炭脱色	45 万元	每月可根据订单处理 10t 高杂质含量的产品	年获利 25.3 万元

7.2.5　典型的清洁生产方案

用超滤膜过滤代替活性炭脱色（B5）

公司原建有 1 套设计处理能力为 50 m³/d 的污水处理系统，其处理工艺采用生化法处理技术，经处理达标后的污水通过公司废水总排口排入板桥河，最终流入巢湖。公司原采用成熟的活性炭脱色工艺对 L－丙氨酸进行精制，但受活性炭吸附能力及处理能力的限制，母液中产品含量较高，回收难度较大，部分附加值较高的物料无法较好地回收，造成污水有机物含量升高，提高了排污和生产成本。

该方案是以超滤膜过滤装置代替活性炭处理部分产品的脱色，精制 L-丙氨酸及其他产品。超滤膜装置一般用于要求截留微粒径在 0.05 μm 至 1000Dalton 分子量的分离或浓缩体系。它可实现体系中某一大分子物质的去除（如该大分子物质为杂质）、某一小分子物质的分离，或某些物料的分离、纯化、浓缩（图 7-7）。

图 7-7　新安装的超滤膜过滤装置

在未使用超滤膜系统前，对于部分含发酵液的产品，即使脱色后，杂质含量仍然过高。因该料液的脱色已达到活性炭吸附能力的上限，活性炭吸附已不能使料液继续脱色，所以只能以水洗的方式清除料液中的发酵液成分并分离产品，导致用水量和排污量增大。依据企业的生产情况，每月总产量为 170～190t，其中杂质过高但无法处理的产品有 10t，目前，企业此类产品库存为 40～50t，总价值在 100 万元左右。使用该超滤膜设备后，可以很好地将这部分产品的杂质去除，两级处理后的产物为清液，直接浓缩结晶即可得食品级 L–丙氨酸。

此外，对于部分经脱色工艺脱色的产品，在无法继续浓缩的情况下，需排放废液，但需大量稀释以达标排放，有较大的环保压力。使用膜设备后，虽然也是达标排放，但经膜设备处理后的物料的污水污染物含量大大降低，不需或仅需少量稀释即可排放。

该方案投资 45 万元，主要用于超滤膜系统的购置和安装。设备已于 2009 年 6 月完成安装调试，并正式运行。方案实施后企业年获利 25.3 万元，方案的投资偿还期为 1.5 年。

8.1 安徽合肥正远机械电子有限公司

8.1.1 企业概况

合肥正远机械电子有限公司成立于1996年，公司坐落于合肥市庐阳产业园，占地50余亩，建筑面积约为1万 m²。经过十多年发展，公司已迅速成为种子计量包装机械、食品包装机械、农医药化工包装机械行业的龙头企业。公司主要致力于自动称量机、立式充填包装机、灌装机、重量分选及金属检测机，以及整条物流、生产输送包装线的设计与开发，其中，颗粒、粉末计量充填包装技术处于国内领先水平。目前，公司正着力开发二次包装机和炸药包装机，每年的新品研发速度为3~5台套。目前，公司已通过ISO9000管理认证，并获得国家级高新技术企业证书（图8-1）。

2007年，公司销售总额达到了4800多万元，所有产品的1/6出口到国外市场，市场反应良好。2008年度，受金融危机影响，11月的出口量与去年同期相比减少50%以上，国内市场也受到了一定的影响。

图8-1 公司厂貌

8.1.2 企业的主要产品和生产工艺

公司主要生产包装机械产品，公司2006~2008年主要的经济运行指标见表8-1。

表 8-1　近三年公司生产经营主要技术指标汇总

年份	2006 年	2007 年	2008 年
产销量/台（套）	580	670	800
销售额/万元	4 000	4 800	6 000
利润/万元	400	420	500

主要加工部门及简要说明：

（1）装配车间

因装配车间面积偏小，原为半成品和成品一起安装调试。现装配车间主要负责包装机成品的出厂调试，半成品的调试转到厂内调试车间。

（2）电配车间

主要负责电路元件的安装调试。该车间内有大量完成喷漆的包装机面板，但喷漆的面板为外协加工。

（3）钣金车间

钣金车间主要负责各类包装机非标设备板件、管件的钣金、转孔加工，主要设备为氧焊机、普通钻床（表 8-2）。该车间加工精度不高，各类外形的钣件主要依靠手绘边界加工，精度较高的零部件主要为外协件。目前，车间是按订单确定钢板、钢管购进数量，车间的板材利用率为 90% 左右。该车间为公司的用电大户，用水量则很少。

表 8-2　主要设备

序号	设备名称	规格型号	使用时间	额定容量
1	液压摆式剪板机	QC12Y 4×2500	3 年	380V/32A
2	液压板料折弯机	WC67Y63/2500	3 年	380V/32A
3	万向摇臂钻床	2Y3725	6 年	380V/4A/2kW

（4）玻璃门裁切车间

该车间所用材料为亚克力板，购买板材有详细的书面记录，裁切后有部分残余废料，直接卖给废品收购站。

8.1.3　企业的审核过程概述

公司于 2008 年 8 月正式启动清洁生产工作，首先按照清洁生产审核的流程组建了清洁生产审核小组，并由公司的领导任审核小组的组长，小组的成员包括车间主任、财务人员和公司专门推行管理体系的职能部门，并制订了清洁生产审核工作计划。为了使清洁生产工作能够顺利开展，小组成员进行了以下工作：组织了关于清洁生产审核工作的专门培训，使小组成员提高了对清洁生产的认识，掌握了清洁生产审核的方法和程序；从原材料和能源替代、技术工艺改造、设备维护与更新、过程优化控制、产品更换或改进、废弃物回收利用和循环使用、加强管理、员工素质的提高以及积极性的激励等方面选择清洁生产方案；并根据物料平衡和针对废弃物产生的原因分析确定并实施清洁生产方案；通过各种例会、工作交流、集中学习的多种形式对全体员工展开了广泛的宣传和教育，增强了员工清洁生产意识，公司上下掀起了开展清洁生产活动的高潮，为全员参与清洁生产工作奠定了基础（图8-2）。

图8-2　清洁生产审核后的装配和调试车间

通过对公司近几年的生产状况、管理水平及整个生产过程的调查结果进行分析和评估，根据企业各部门原材料和能源的消耗、废物的排放情况等存在的清洁生产的机会，结合机械加工的特点，审核小组经过讨论分析，采用直接判断法把钣金车间作为本次清洁生产审核重点部门。

根据审核重点的综合管理情况，设定了清洁生产目标。这些目标可以通过加强管理、过程控制、技术革新、工艺改进、设备改造等措施得以实现。清洁生产目标完成情况列于表8-3。

表8-3　清洁生产目标和实现情况汇总

序号	项目	现状	近期目标 （2009年年底）	远期目标 （2010年年底）	实现率 （至2009年12月）
1	下脚料产生量	原料量的8%	原料量的6%	原料量的5%	100%
2	空压机泄漏点	泄漏点多于15个	泄漏点少于2个	泄漏点少于2个	100%
3	非标件的标准化	50%	60%	70%	100%
4	伺服电机的使用率	70%	80%	85%	100%

8.1.4　清洁生产审核的方案及效益

公司清洁生产审核小组成员根据清洁生产审核程序，在全公司范围内宣传动员，鼓励全体员工提出清洁生产方案和合理化建议。以钣金车间的物料平衡以及全公司生产状况结果为依据，针对废弃物产生的原因进行分析，结合类比和专家的技术咨询，以及公司的年度工作目标，广泛征集了从原材料替代、工艺技术、设备、过程控制、废弃物利用到管理、员工等方面的清洁生产方案，对于投入小且易于实施的方案，将在审核过程中分步实施。

公司领导和清洁生产审核小组多次根据公司的实际情况对清洁生产方案的技术可行性、环境效果、经济效益、可操作性、对生产和产品的影响等几个方面进行了讨论，并筛选出各类方案共15项，其中无/低费方案12项，中/高费方案3项，方案汇总见表8-4。

表8-4　清洁生产方案一览表

方案类型	方案名称	方案简介	备 注
原辅材料和能源替代	节约原料	提高原料利用率，配件生产尽可能利用边角料	无/低费
	隔料纸或包装纸回收	隔料纸或包装纸用于包装半成品	无/低费
	加强用电管理	避免（调试中的包装机、机床）空转，形成管理制度	无/低费
技术工艺改造	改进非标件的设计方式	考虑非标零部件设计的通用性，减少钢板浪费	无/低费
	固定工作台	重新布局加工设备和管道，使流程更为合理	中/高费
	改进下料方式	下料采用计算机程序，根据原料尺寸及产品规格设计用料方案，减少下脚料产生	中/高费
	增设多孔吸音隔板	吸收加工时的噪音，降低噪音污染，提高加工质量	中/高费
	焊接工艺改进	优化工艺操作条件，减少不合格产品的产生	无/低费
	包装机械的节能设计	在包装机械的设计环节中多采用节能电机	无/低费
	减少镀件的使用	设计中考虑减少不必要的镀件的使用	无/低费
	定期检修空压机	防止空压机泄漏	无/低费
设备维护和更新	加强相关设备维护	定期维护机床等设备，提高设备使用性能	无/低费
废弃物回收利用和循环使用	分类回收物料和废弃物	现场分类回收物料和废弃物，定期处理废渣，找到合适的处理厂家	无/低费
加强管理	完善用料管理制度	形成用料管理制度，节约用料	无/低费
员工素质的提高及积极性的激励	员工培训	对员工不定期进行培训，提高技能，并确定奖励措施	无/低费

注：投资2万元以下为无/低费方案，2万元以上为中/高费方案

截至2009年12月，12项无/低费方案和1项中/高费方案均已实施完成，清洁生产方案效果汇总见表8-5。

表 8-5　已实施完成的清洁生产方案效果汇总

方案类别	方案类型	方案名称	费用	实施效果 环境效果	实施效果 经济效果	完成时间
无/低费	设备更新改造	改进非标件的设计方式	低费	非标部件标准化率达80%	平均每台包装机减少成本2 000~3 000元,占其成本的2.5%~4%	2009年6月
		焊接工艺改进	无费	日常执行,提高员工质量意识	—	—
		减少镀件的使用	无费	日常执行,提高设计人员的设计思路	—	—
		定期检修空压机	无费	年节电14 100kW·h	增效1万元	—
		包装机械的节能设计	低费	伺服电机使用率达80%	包装机械均耗下降10%~30%,保守估计,功率每降低0.1kW,年节电57.6万kW·h,社会效益可达40.32万元	
	加强管理	节约原料	无费	钢板利用率持续稳定在92%	—	
		隔料纸或包装纸回收	无费	日常执行		
		加强用电管理	无费	日常执行	—	
		加强相关设备维护	无费	日常执行	—	
		分类回收物料和废弃物	无费	日常执行	—	
		完善用料管理制度	无费	日常执行	—	
		员工培训	无费	日常执行		
中/高费	设备更新改造	改进下料方式	2万元	仅切割机加工的钢板的利用率增加15%	年收益1.3万元	2009年6月

8.1.5　典型的清洁生产方案

公司裁切钢板主要以人工裁切为主,在实际加工过程中,受人为因素影响较大,这不仅限制了加工精度,而且导致了板材实际利用率的降低。

方案拟采用小型数控切割机切割钢板，电脑绘图，自动加工，尤其适用于加工较高精度的复杂形状。切割机主要加工一些大型或不易加工的部件，以前以外协加工为主，板材利用率不足80%，连续监测表明，采用切割机后，利用率提高了15%，并且可回收下脚料。

采用数控切割机后，可以减少下脚料产生，减少钢材再生造成的环境污染，同时可以降低能耗，节约电能，有较好的环境效益。

该方案投资2.0万元，主要用于便携式悬臂型数控切割机的购置（图8-3），年收益为1.31万元，投资偿还期为1.3年。

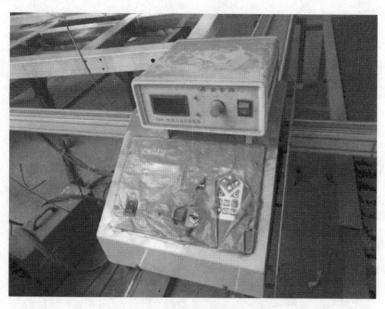

图 8-3 便携式悬臂型数控切割机

第二篇

清洁生产审核工具

第9章

水资源管理

9.1 水资源管理引言

水，经常被认为是取之不尽、用之不竭的低成本资源。然而，随着供排水管网以及废水处理费用的日益上涨，水资源的使用成本日益增高。因此，用水和水处理的成本也随之变得愈加昂贵。此时，采取适当的管理措施，无论是从用水还是水处理的角度，均可带来显著的成本削减。

计算用水所产生的成本时，除了考虑为客户端提供水资源的成本以及相关的处理成本外，还应考虑以下费用：

- 水处理
- 抽水机的电耗
- 水处理所需的化学药品
- 日常维护
- 加热
- 冷却
- 资产折旧
- 原材料及产品损失

减少企业的用水量是能够最大限度节约成本的办法之一，既简单又经济。利用这些简单而经济的办法，企业所能够节约的经济成本完全可以达到总成本的20%～50%。在某些投资规模较大的企业中，甚至可以达到更显著的成本削减（高达95%）。

减少工作场地的用水量主要的收益就是节约成本，但同时对环境资源以及以下多个方面都有诸多益处：

- 减少对水资源的需求：通常要比从供给管理角度出发的措施来得更快捷简便、成本更低
- 节约水和废水的处理成本：降低成本及延迟工厂扩建
- 减小对环境的影响：减少了地表水和地下水的取水量
- 保持水资源质量：减少对地下水的污染并缩减对低质量供应水的需求

公司可通过引进清洁生产项目来提高用水效率。节水可从企业内勤开始，这样用很少的投资甚至是零投资就能达到可观的经济效益（表9-1）。

表 9-1　标准节水量

节水措施	标准节约量/%	
	每个项目	每个场所
好的内勤管理	—	20
商业用途		
马桶、淋浴喷头及水龙头（综合）	—	40
工业用途		
封闭式再循环	90	—
带水处理的封闭式再循环	60	—
就地处理	60	—
冲洗水再利用	50	—
逆流清洗	40	—
刮板	30	—
喷头/喷嘴升级	20	—
自动截流装置	15	—
降低压力	可变量	—
降低冷却塔热负荷	可变量	—

　　很多国家的水费和相关废水处理成本很低，抑或部分公司可从自有井里取水用，使得一些公司缺乏对用水效率的足够重视。一些国家的法律法规滞后，再加上执行力度问题，亦给这些节水措施的实施带来阻碍。评估分析企业用水的隐性成本、发现成本削减的可能性，是鼓励公司做出预防污染承诺的关键。

　　有效的水资源管理原则：优化用水设备比开展内部研究和制订报告都更有意义。要在企业开展战略规划。例如，在清洁生产审核方案的框架下全局性地审视节水措施。

节水措施分类
- 降低损耗（如：修理漏水的软管喷嘴）
- 减少用水总量（如：停止用水时要关闭供水设备）
- 采取水资源再利用措施（如：洗涤用水的再利用）

改变行为与更换设备的比较
　　更换设备是实现节水目的"一劳永逸"的手段，而员工行为（如操作流程）的改变则在无须前期资本投入的情况下，就可以达到相同的节水效果，所以水资源管理的技术手段和人的因素都须同时考虑。通过长期的培训及树立良好意识，并结合适宜的工具与设备，一定会取得更长久的节水效益。

9.1.1　需求排序及目标设定

在考虑实施任何一项节水措施前，管理层首先要保证水的使用符合规定（包括公司发布的环境政策声明）：

- 公共健康卫生要求
- 环境要求，例如水资源再利用对水质的规定和标准等
- 其他健康和安全要求
- 客户对产品质量的要求，例如产品洁净度规格等

用水情况越接近上述要求，企业的用水效率也相对越高，甚至企业可对自身提出超越健康、安全及客户质量要求的标准。在着手设定具体的节水目标之前，除了要考虑以上给出的优先考虑因素外，还要考虑以下建议：

- 任何方案在实施过程中都必须有自来水公司和废水处理厂的参与
- 在考虑备选方案时要估算每个方案可能带来的额外供水和水处理成本，该成本可要求自来水公司及污水处理厂提供
- 估算将来由于企业生产能力增加或员工人数增加所引起的用水量的提高
- 采用总成本核算的方法对节水技术进行经济比较
- 考虑供水和废水处理的成本、现场预处理成本、供水或处理能力增加所对应的边际成本及节能（特别是热能）效益
- 利用节水方案与自来水公司和废水处理厂协商，希望他们能提供税务减免以及其他财政奖励，以抵消实施节水措施所带来的成本
- 节水目标不仅要考虑到节水的技术层面，还应考虑到人的因素，例如改变用水的行为及态度
- 先实施简单的任务，使方案能够迅速得到认可，并获得积极的反馈
- 运用内部标杆管理，连同外部标杆管理，帮助企业优化水资源的使用

9.1.2 运用标杆管理

管理者可借助多种手段来策划、计划和实施节水措施，如清洁生产。标杆管理也是其中一种重要的提高用水效率的方法。

标杆管理是将自己的运作水平与其他企业的运作水平进行比较，以达到行业最佳水平和持续改进目的的一种管理。

标杆管理不仅仅是设定绩效的参考值和比较值，更是一种学习如何做到持续改进的方法，其关键就是向已经找到实现更好绩效方法的其他行业学习经验。

标杆可以是企业绩效、生产过程、战略，也可是财务或运行管理措施、方法或战略性决策。

标杆管理过程的五个步骤如下：

（1）计划

管理人员首先要选择一个生产过程作为标杆对象，并且成立一个标杆管理团队。管理人员需对标杆管理的过程完全理解，并对具体实施过程进行记录归档。此外，还应对管理过程建立绩效指标（如成本、时间及质量指标）。

（2）搜索

必须获得同行业最佳产品制造者的信息。此信息来源可以是公司现有网络、行业专家、行业和贸易协会、出版物、公共宣传以及其他公司。此信息可用于寻找最佳标

杆管理的合作伙伴，以便在未来展开协作。

（3）观察

观察阶段就是研究了解标杆管理合作伙伴的能力水平、达到此能力水平的具体过程和做法以及其他重要的相关因素。

（4）分析

在本阶段中，要对各公司的绩效水平进行比较，并研究绩效差异产生的根本原因。为了确保对标的准确性和可比性，对标所用的数据要经过筛选和规范化处理，而且数据的质量要保证。

（5）调整

这是将整个标杆管理过程中学习到的知识付诸实践的过程。标杆管理的成果必须传达给相关人员，并获得他们的认可。根据成果设立切合实际的目标，制订实施计划。对计划的实施过程进行监测，并依据具体情况对计划做出相应的修正。

标杆管理过程应是互动式的，既可以校准衡量绩效水平的标准，又可以改进管理体系本身。

9.1.3　通用的节水措施

当企业管理人员想了解企业的水资源管理水平时，各节水项目的数据可用来评定同类最佳的技术。下面列出了众多商业、工业企业和公共机构通常所采用的节水措施：

- 工业用水的循环使用
- 完善设备维护，对各种不适合或损坏的设备或部件进行替换
- 针对生活用水采用节水技术成果——节水马桶、小便斗、节水器以及低流量淋浴头等
- 改变作业方法
- 调整冷却塔排水
- 减少景观灌溉的时间
- 调整设备
- 补修泄漏点
- 安装喷雾嘴
- 安装及/或替换自动截流喷嘴
- 降低洗碗机负荷
- 不使用时及时关闭设备

9.1.4　典型的水平衡调查结果

全面了解组织内部的用水结构对于合理安排各区域中的用水高峰时间和资源是非常重要的。图9-1是一个普通工业环境中用水分布（水平衡）的例子。

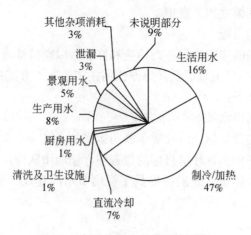

图 9-1　制造过程中的典型水平衡

9.1.5　节水方案的成功实施

成功地制订一套节水方案，首先需要一个成熟的计划。而管理者的承诺与支持、充足的技术团队力量、财政资源、员工意识及参与以及广泛宣传的结果，对方案的制订与实施都至关重要。

无论出于什么考虑，对于管理者来说，提高的节水意识、一套清晰的节水和节约成本的策略及路线都是促使他们作出优化运营效率、提高经济竞争力、保护水资源的决定因素。节水方案包括以下几个步骤，整个项目周期的所有步骤在清洁生产审核指南中均有详述。

步骤一：树立承诺及制订目标。

首先，在承诺声明、环境政策、预算计划或其他文件中，对节水目标定性描述，并调配人力及物力资源开展用水基线调查，发现节水的可能性。

同时，借助其他的信息，制订切实可行的定量化节水目标。例如，该目标可包括：按总用水量的百分比计算的减少量（例如，在下一财政年度减少总用水量的10%），抑或每年总耗水量的减少量（例如，每年降低耗水量120 000L）。更好的办法就是参照根据运行指标（例如，每公斤产品耗费水量，或向一位客户提供服务所对应的耗水量）所制订的行业标杆信息设定节水目标。但需切记目标的设定是一个持续优化的过程，需要定期对其进行审核、修订，以确保持续改进。

步骤二：取得支持并配置资源。

1）清洁生产负责人应：

- 对现有的节水措施的效率进行评估，以便持续改进
- 估计预算，并筹集资金
- 对法律性的约束条件以及地方供水问题进行评估
- 对用水有效性进行审核
- 设立评估节水措施有效性的标准
- 制订计划

- 鼓励员工参与并树立相关意识
- 监督节水措施的实施
- 定期对节水方案的实施进程进行检查和修正，以期持续改进

2）实现员工参与。员工意识及其协作作用在实施节水方案过程中所起的作用是至关重要的，具体做法如下：

- 为员工制订提高用水效率/节水方案
- 提供节水政策的背景信息以及对于公司运作的意义
- 在提高用水效率和实现环境目标的过程中，强调团队协作中个人职责的重要性
- 设立节水办法意见箱，鼓励各级员工提出节水的建议，公司对提出的每条建议需予以答复

3）节水意识的传达：

- 将节水政策及程序纳入员工培训计划
- 组织员工会议，向员工传达节水政策及节水措施的实施进程
- 制作展示节约成本的图表

步骤三：进行用水审计，对当前的用水状况及成本进行评估。

要发现潜在的节水机会，首先需要通过用水审计对工作场所当前的用水状况进行全面的了解。用水审计是一个根据水的流量、流向、温度以及质量要求对工作场所的用水进行描述的过程。

1）水量平衡。制作一个水量平衡图表或综合图表也是一项非常重要的工作。该图表应从水源开始，到生产过程、设备、建筑物、景观用水，再到蒸发或废水排放的过程进行说明。总进水量应与总出水量及灌溉、蒸发以及其他水损耗之和相等（图9-2和表9-2）。

2）收集厂区的基础资料及记录：

- 水费（之前一整年合计）
- 水表的级别及安装位置
- 所有的饮用水水源及非饮用水水源
- 分水表的读数
- 废水处理
- 污水处理费
- 生产工艺卡片
- 水管布置图
- 景观用水设计/计划，以及现有的用水控制方案
- 轮班班次、工作和清洁安排
- 工作场所生产的产品以及提供的服务
- 产量或业务量
- 已知的用水过程及用途

3）现场调查。同设计小组人员一道采用直接观察、测量或询问的方式开展现场调查。将通过与设备操作人员进行交谈的方式，获取重要的第一手资料。该调查需按照如下程序进行。

- 清查所有的用水设备

- 证实水管布局图的准确性
- 测量水的流速及用量
- 确定每项工序的用水量
- 审核现有的节水办法
- 观察清洁班（三班）和生产线转换
- 注意所有的用水损耗、蒸发损耗和产品含水量；警惕水压过高以及泄漏的情况
- 判断当前水的利用效率，并发现每项操作中潜在的提高用水效率的可能

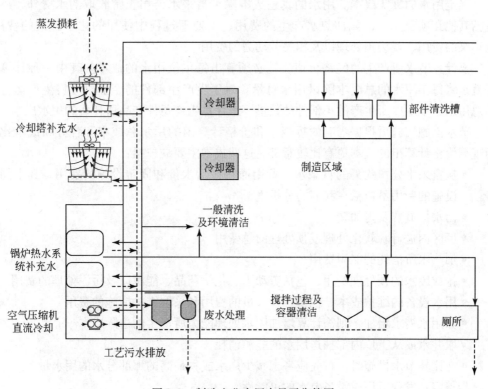

图9-2　制造企业中用水量平衡简图

表9-2　水量平衡汇总

用水源头	每年公升数/(L/a)	占总数百分比/%
冷却：冷却塔补充水及锅炉补充水	31 864 000	38
生产用水：零件及混合桶清洁	15 392 000	19
生活用水：龙头、马桶及淋浴喷头	14 144 000	17
直流冷却：空气压缩机及抽水泵	9 552 000	11
景观用水	3 328 000	4
普通清洗、环境清洁及维护	2 246 400	3
泄漏（检测到的）	1 664 000	2
食物加工：洗碗机	1 248 000	2

用水源头	每年公升数/(L/a)	占总数百分比/%
小计	79 438 400	95
总耗水量	83 200 000	100
未说明部分	3 764 000	5

确定用水的真实成本。用水的真正成本除了自来水公司正常收取的水费外，还应包括其他几项费用。例如加热水产生的费用、水处理过程中使用的化学药剂的费用、电动泵的费用、现场预处理以及相关劳动力的费用。

要计算节水所产生的经济价值，就必须算出每单位用水的成本。其中一种计算办法就是将每年用水的总成本除以用水总量。对于生产小部件的企业，可将生产运行中的总用水成本除以所生产的小部件的数量，来计算生产每件产品所耗费的用水成本。

节水措施实施后根据当时的折现率和价格计算出的用水总成本和各分项成本比采用现行价格计算出的成本更有比较意义。这些成本主要的包括：

- 从自来水公司购买的自来水。费用通常包括水价和固定设施的费用，其中固定设施的费用不包括在我们的分析里
- 污水排放费及附加费
- 厂区内进行水软化处理或预处理的总费用
- 加热水所消耗的能源费用
- 排放废水的预处理费用，包括劳动力、化学药品、能源以及污泥处理的费用
- 用水设备的维护成本，包括维护人员的费用和采取维护措施的费用
- 如用水需求增加，则需计算增加废水处理能力所产生的边际成本
- 取井水或从工厂内部抽送用水的能源消耗
- 在比较节水措施时，首先应考虑减少用水成本最高的那部分水的用水量

步骤四：发现工厂或设备节水的可能性。

至少有以下六种常规的办法可以帮助你发现潜在的节水机会，这些方法适用于任何用水场所。识别节水机会的一般方法包括：

- 发现不必要的消耗，并修复泄漏点
- 争取用最少量的水完成工作
- 在某项工序或某生产过程中循环用水
- 梯级用水
- 对排放的水进行回收、再处理
- 在恰当的地方利用非自来水水源替代自来水
- 为用水流量大的生产程序或设备加装水表

步骤五：制订计划及实施时间表。

制订整项工作任务的实施计划和时间表。

步骤六：跟踪结果，并宣传积极成果。

广泛宣传节水措施所取得的成功。宣传成果可以促进企业与支持经济发展的员工、社区以及其他企业及组织之间的关系，同时也可促进其他企业采取类似的水资源管理

方面的措施。

9.2 用水减量措施

9.2.1 制冷和加热

（1）背景资料

在工业和商业中广泛运用的冷却塔是一种需要使用大量再生水的典型设备，它的作用是为空调系统和众多会产生热量的生产工序散热。虽然所有的冷却塔一直是在持续地进行水的再利用，但它们的耗水量仍可达到一台设备总用水量的 20% ~ 30% 。而优化冷却塔系统的操作和维护，可以使设备管理者节约大量的用水。

（2）冷却塔设计

热水持续不断从热源（如空调系统和生产设备）流到冷却塔中（见图 9-3）。大部分的冷却塔系统中，热水（或需要被冷却的水）都是被泵抽入到塔的顶部，并通过内部材料（湿板）喷洒在塔的顶部的填料表面，湿板使得整个塔内产生的水膜具有很大的表面积。空气吹过湿板表面的水滴，产生水蒸气。而风机吹动空气使其在塔内对水滴做逆流、交叉流动和平行流动。为了达到最大冷却效果，空气和水必须做最大限度的接触。

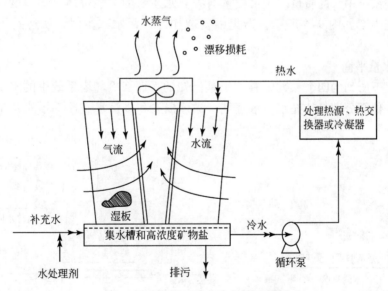

图 9-3　冷却塔系统蒸汽作用示意图

通过蒸发传热和焓交换在塔内产生冷却效果。蒸发作用产生的热损耗（大约 0.66kW·h/kg）能降低剩余水的温度。当剩余水将热（焓）传递到空气中时，也会产生小量的冷却效果。

塔内水温每降低 10℃ 时，水蒸发率是塔内水循环率的 1.2% 。水温降低程度因周围露点温度（DPT）不同而变化。露点温度越低，流入塔内的水和流出塔内的水之间的温差（ΔT）就会越大。估计塔内蒸汽率的简略经验方法就是：每装载100t冷负荷在每分钟会产生12.4L蒸汽。术语"吨"，在用来描述冷却塔容量时，相当于冷却塔每小时散热能力为3.5kW。当露点温度很低时，冷却塔吸气风机可通过使用电动机转速来降低风机转速，或只通过开关来调节转速，这样既可节省电能，又能减少水蒸气的损耗。

（3）排污

排污指为减少塔内水中的污垢而从循环冷却水中去除的水。当水蒸气产生时，类似溶解固体这样的水污染物会沉积在水中。通过排出污水和补充新鲜水，才能保持水中溶解固体的水平，并可减少塔内、冷却器和热交换机中矿物质的沉积和其他污染物的产生。冷却塔内循环水的质量直接影响着冷却塔的热效率、正常运行以及使用寿命。而塔内水的质量主要由补充水质量、水处理技术及排污的速度决定。对排污进行优化并同时运用合适的水处理方式可改善用水效率。排污操作可人为控制，也可以通过定时器设定的阀门或电导仪自动控制。

（4）漂移损耗

漂移损耗是指冷却塔内的水以雾的形式从通风设备中排出时产生的水量损耗。典型的损耗率为总循环率的0.05%～0.2%。通过减少在折流装置或除水器上的漂移损耗可以节约用水、保留冷却塔系统中水处理剂以及改善运行效率。

（5）补充水

补充水是指为弥补蒸汽、排污和漂移损耗而补充到冷却塔中的水。补充水添加量直接影响到系统中水的质量。污水质量与补充水质量的关系可通过集中度或浓缩倍数来表达。集中度如图9-4所示，当集中度增加而排污水减少时，就达到了最佳利用效率。

（6）水量平衡

只要以下所列的四个参数中有三个是已知的，那么冷却塔系统中的水量平衡就可计算得出，他们分别是补充水、水蒸气、漂移损失和排污水（冷却塔水量平衡描述见图9-5）。

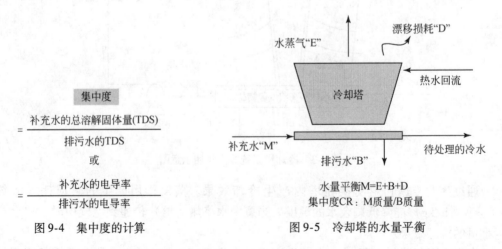

$$= \frac{\text{补充水的总溶解固体量(TDS)}}{\text{排污水的TDS}}$$

或

$$= \frac{\text{补充水的电导率}}{\text{排污水的电导率}}$$

图9-4 集中度的计算

水量平衡 M=E+B+D
集中度 CR：M质量/B质量

图9-5 冷却塔的水量平衡

（7）排污水的优化

最小化排污量以及制订综合性的操作维护方案可大大减少冷却塔的水量消耗。当集中度提高时，污水量可以得到最小化。标准的集中度是 2～3，但有时可达到 6，甚至更高。有一些国家已经通过相关法规控制冷却塔的质量水平，以此作为提高冷却塔用水效率的一个尝试。

通过提高浓缩倍数而能节省的水量可由此方程式求得：

$$V = M_i \times \frac{CR_i - CR_f}{(CR_f)\,(CR_f - 1)}$$

式中：V，节省的水量；M_i，初始补充水量（改建前）；CR_i，水循环前的集中度；CR_f，水循环后的集中度。

例如，集中度由 2 增加到 6 时，可节省 40% 的原补充水量。使用表 9-3 可简易地估算出可节约的水量。在最大集中度临界值内，冷却塔仍可平稳运行，此临界值由给水质量（如 pH、总溶解固体量、碱度、电导、硬度还有微生物等）决定。对冷却系统的合理正确使用也可减少污水的产生。结垢、腐蚀、污垢和微生物生长是冷却塔必须要控制的四大参数。污水产生量的最小化，必须结合冷却塔水处理优化方案确定。

表 9-3　可节约水量的估算　　　　　（单位:%）

初始集中度（CR_i）	新集中度（CR_f）										
	2	2.5	3	3.5	4	5	6	7	8	9	10
1.5	33	44	50	53	56	58	60	61	62	63	64
2	—	17	25	30	33	38	40	42	43	44	45
2.5	—	—	10	16	20	25	28	30	31	33	34
3	—	—	—	7	11	17	20	22	24	25	26
3.5	—	—	—	5	11	14	17	18	20	21	
4	—	—	—	—	6	10	13	14	16	17	
5	—	—	—	—	—	4	7	9	10	11	
6	—	—	—	—	—	—	3	5	6	7	

（8）控制排污

为了更好控制污水集中度，公司可在补充水供给管路及排污管路上分别安装分表。该分表可使操作人员能够更精确地控制用水。在一些领域中，蒸汽损耗可使用分表和运用水量平衡值取得，用分表中所显示的本地下水管中的水量减去水量平衡值，即可得出蒸汽损耗量。在大部分的冷却塔中安装分表的成本不超过 9 000 元。污水排放可通过人工操作或自动操作进行。当水的电导率达到预设参数时，循环水系统就要进行一次污水处理。特别是在批量生产中更需要如此操作，以实现大量的污水排放。更好的方法是使用电导控制仪持续在系统中放水和注水，这样可使水质保持在一个更符合标准的水平，并且总溶解固体量不会出现较大波动。

（9）冷却塔水处理

几乎所有管理良好的冷却塔都会采用水处理方案。水处理方案的目的是保持热传递表面的清洁，使用水量最小化，并且达到排放限制的标准。其中需要检查和控制的主要水化学参数包括：pH、碱度、电导、硬度、微生物生长、有毒物质和防腐剂。

鉴于补充水质量的不同，水处理方案可包括缓蚀剂及阻垢剂，例如有机磷酸酯类以及生物污垢抑制剂。这些化学物品通常需要由定时器或电导计控制，通过自动进料器注入系统。

1）硫酸处理。硫酸可被用于冷却塔内的水中，以帮助控制结垢。如果使用恰当，硫酸可降低水的 pH，并有助于将重碳酸钙水垢转变成溶解性更好的硫酸钙。在使用硫酸处理前需要采取必要的预防措施。因为硫酸是强酸，会腐蚀金属，所以要小心注入系统，且一定要与适量的腐蚀抑制剂混合使用。使用硫酸的工作人员必须小心谨慎，以防其接触到眼睛或皮肤。所有工作人员都应接受培训，学习如何恰当使用和处理硫酸以及如何应对硫酸所引发的事故。

2）旁流过滤处理。如果冷却塔使用了含有高浓度悬浮固体的补充水，或诸如尘埃等空气中的污染物进入到冷却塔内的水中，则可运用旁流过滤方法降低系统中固体物质的沉积。使用快速沙砾过滤器或筒式过滤器系统通常可过滤 5% ～20% 的循环流量。快速沙砾过滤器可以过滤直径为 $15\mu m$ 的杂质，而筒式过滤器则可过滤 $10\mu m$ 甚至更小的杂质。这两种过滤器对过滤溶解性固体的效果并不是非常好，但可以过滤掉水中流动的金属沉淀剂和其他固体污染物。应用旁流过滤系统可以在间隔较长的大修期间帮助去除一定量的污垢和结垢。

案例分析

北卡罗来纳州克莱顿的 Bayer 公司在冷却塔中使用通过反渗透（RO）水处理技术获得的出水，从而大大降低了城市的水消耗量。Bayer 公司通过再利用反渗透出水来弥补冷却塔的蒸汽损耗，每年可节约城市用水 3500 万 L。

3）臭氧。臭氧对冷却水中的有害有机物的处理具有显著的效果。据报道称臭氧处理可以控制矿物氧化物形成的沉积，这种氧化物是以污泥的形式沉淀在水中。这些污泥将会聚集在冷却塔底或独立的水箱中。臭氧处理由空气压缩机、臭氧发生器、喷雾器或接触器及控制系统组成。建立整套系统需要较大的初始费用，不过事实证明 18 个月内即能收回成本。

4）磁石。另有一些供应商提供一种特殊的水处理磁石，这种磁石可以改变冷却塔内水悬浮颗粒的表面电荷。这种颗粒可帮助分解和分裂冷却塔系统表面上结构松散的沉积物。这些颗粒会停留在冷却塔 3/4 处的低流速区域，如可机械拆除的水仓中。磁石水处理系统的供应商称该磁石不需要传统化学药剂即可达到去除污垢的效果。另外，还有一种与其相似的叫做电场发生器的新型处理技术也可做考察验证。

5）可选的补充水来源。一些工厂有可能将其他流程的可再利用水作为冷却补充水。例如，反渗透方法取得的弃水、直流式冷却过程中的废水以及工厂内部的其他清洁废水等。在某些情况下，如果集中度保持在一个适当的低值时，处理过的工业废水也可以用作冷却塔补充水。同样，排污水也可用作某些生产过程中的生产用水。而且，有报道称城市废水经过三级处理后也适合用作补充水。在这些再生水的实际运用中，磷酸盐结垢不易形成，而且也不需要进行软化水预处理。

6）摒弃直流式冷却。很多工厂都使用直流水来冷却发热量不大的设备。因为水在排到污水沟之前只使用了一次，所以直流式冷却是一种造成严重浪费的生产方法。使用直流式冷却的常用设备包括：真空泵、空气压缩机、冷凝器、液压装置、整流器、除油器、X光胶片机及焊机，有时甚至也包括空调。

代替直流式冷却的备选方法通常都具有很高的成本效益，具体方法包括：
- 将设备连接到再循环冷却系统。安装制冷机和冷却塔通常是较经济的方法。采用这种方法，有时候甚至出现制冷能力过剩的情况
- 考虑用气冷式设备代替水冷式设备，如将水冷式机器换成气冷式制冰机
- 将直流式冷却水再次利用在其他需要用水的地方，如冷却塔补充水、冲洗、洗涤及园林绿化过程中

案例分析

　　一家小型医疗设备制造厂使用流速为 40L/min 的自来水流来冷却一台 20kW 的真空泵。在对用水效率做了评估后，此公司安装了一套制冷器水循环系统，目前每年可节约用水 2.5 万 L，预计可节省水费及污水处理费用共计 30 500 美元。

9.2.2　清洁及清洗的应用

大部分工厂和公司都会进行各种各样的清洗，因而耗费大量的用水。在此所述的节水技术适合众多的用水事项，如流程变换、设备清洗、零部件冲洗、水池清洗、冲洗管线、地板清洗和其他事项。具体运用还需针对具体企业需要和常规的清洗标准具体展开（具体节水措施见金属加工、纺织行业以及食品加工的相关章节）。

工作人员必须清楚节水的必要性。很多清洗过程，仅仅通过简单的措施就可减少用水。如果工作人员都能够积极主动地参与节水倡议、注意节水行为并进行设备改进，就一定能够成功减少用水量。

（1）干洗

干洗是指在用水清洗之前使用扫帚、刷子、真空吸尘器、橡皮刮、刮板和其他工具进行清扫。通过干洗方式可以清理收集大部分的废物、余渣和污染物，可减少水消耗和废水的产生。在用水进行第二次清洗前，很多的固体物都可用干洗方式达到有效的清理。

案例分析：干洗

  一家公司制定了综合性方案以减少食品加工过程中的水消耗量以及废水污染。员工接受培训了解到应该在清洗前首先对地板和设备上的所有干废料进行清扫。因为使用了干洗方法，很多收集到的食物残余物都可再利用，如制成动物食品。干洗、员工意识的增强再加上其他操作中的改善使得每月节约用水可达 470 万 L，并可每年减少废水中 50% 的有机污染物，预计每年可节省水费和污水处理费用共计 30、500 美元。

干洗使用实例：
- 清扫地板而不是用水管冲洗
- 用真空吸尘器清扫或干扫方式去除诸如盐粒或染料等碎屑，而非用水冲洗
- 首先使用橡皮刮板及刮刀去除机器上的残留物，如颜色转换区之间遗留在机器槽沟里的油墨污泥
- 用真空吸尘器清扫或干扫颗粒排放物（尘埃），而非用水冲洗
- 在用水管冲洗之前，使用橡皮刮板收集掉落在地面上的食物处理残余物
- 在用水管冲洗之前，用清管器清除遗留在管内的残余物

干洗的优点：
- 节约水资源和减少废水排放
- 减少水费、污水处理费和附加费方面的开销
- 减少进入污水处理系统的污染物
- 节省水加热所消耗的能源
- 降低污水处理系统的水力要求
- 能更好地将通过干洗方式收集到的物品进行再利用、再回收以及制成堆肥

（2）尽可能不用或少用冲洗的方式清洁地板
- 很多场所的地板（如仓库、办公室、汽车修理站、非关键性加工区和设备支援作业区）不需要用水进行清洗
- 如有必要，用干式吸附剂清扫或用真空吸尘器进行清理
- 有些地方由于出现溢出及渗漏的情况而只能用水冲洗，应查找并消除那些造成溢出或渗漏的原因
- 在有必要的情况下，用拖把擦去污渍

（3）使用高效的喷射式洗涤/清洗

  完善输水系统可提高冲洗效率。适当的选择、控制、使用和维护是必要的，另外还应考虑以下建议：
- 不要用水管代替扫帚。此操作是对劳动力、水资源和能源的极大浪费
- 使用高效喷头，在水管末端安装自动开关装置（橡胶软管喷头的效率不是很高）
- 考虑使用高压洗涤器以便进行更快且更高效的清洗
- 考虑使用高压空气辅助式喷头，以达到用水更少而清洗效果更强的效果
- 使用低流量喷雾嘴有效冲洗零部件
- 在水管和压力清洗装置的供水管路上安装流量限制器
- 采取定时装置进行控制，确保在生产停止时关闭用水

- 不用水的时候关闭自来水
- 确保固定喷嘴对准目标
- 确保选择最恰当的喷嘴类型。几种常见的喷流类型包括：扇形、锥形、空心圆锥形、空气雾化、精细喷雾以及水雾喷嘴等
- 更换造成喷流形式不恰当或出水量过多的破损喷嘴
- 采用逆流清洗技术
- 使用电导控制仪控制冲洗水流速度
- 在进行清洗槽清洗时，使用喷淋洗涤/清洗技术，而不再使用注水/排水的清洗方法

（4）清洗水的再利用

生产中有很多机会可以对清洗水进行再利用，而不是仅使用一次，这些水可以泵入或排入到一个循环水箱以备再利用。鉴于特定阶段对再生水水质的不同要求，再生水可能只需进行再循环，抑或做一些基本的处理（如固体沉淀、气浮除油、和（或）筒式过滤、袋过滤、盘式过滤、砂滤）就可以投入使用（图9-6）。对于再生水的质量控制标准要详细确定。对水质要求较高的情况下，还可使用更高级的再生水处理技术，比如超滤、纳米过滤（或反渗透法）、碳过滤以及离子交换。

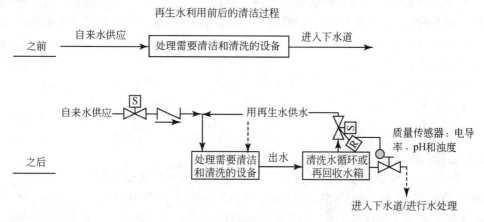

图9-6　生产用水再利用实例

案例分析：高压水

　　Sparta 食品公司用高压力式清洗机代替橡胶软管来清洗面食制作设备。新的高压清洗机每台 200 美元。现在只需耗费原来用水量的一半即能既快速又高效地对设备进行清洗。高压清洗机每年可以节省 82 万 L 用水，设备购置成本在不到三个月内即能回收。

工业处理水的再利用可以帮助使用者回收在目前阶段被当作废水排放掉的、尚有利用价值的产品，如洗涤液中的化学成分以及水洗溶液中的有用金属。另外，还需考虑阶段性清洗技术，第一次清洗用水和第二次清洗用水均需要进行保存，以备水的再利用以及水体中有价值产品的再回收。

案例分析：生产用水再利用

　　Jackson 纸厂生产的瓦楞纸板材料 100% 来自再回收的原料。一台现场废水处理设备每天可在现场回收再利用 40 万 L 水。工厂废水在处理后，既可以用作造纸业中的生产用水，也可用作锅炉净化器的补充水以及在污水处理区用作污泥压滤喷淋水。对再生水进行集中性的改造每年预计可节省 92 000 美元。

案例分析：工厂内部用水再利用

　　Outboard 是一家生产外置马达齿轮传动装置的公司。每年公司水溶性的冷却剂、压缩机排污、脏水和零件清洗等环节产生 32 万 L 废水。现公司安装了一台纳米过滤装置，用以处理含油污水、回收冷却剂配方用水及脏水。目前该装置已回收利用 21 万 L 水，并且每年可节省污水处理费用 24 000 美元。

　　在如下这些特殊的再利用情况下，无须排放废水许可证，工业污水可在回收后直接使用[1]：

- 某设施产生的废水再次在该设施中使用
- 冷却塔补充水
- 消防用水或灭火用水

　　再回收的工业污水还允许做其他用途，但条件是：①工厂要证明水质对工作人员是健康安全的[2]；②告知工作人员使用的是非饮用的再生水。其他的用途还包括：

- 物业灌溉
- 灰尘控制
- 装饰性的池塘
- 交通工具的清洗
- 清洗街道

案例分析：洗涤液再利用

　　T. S. Designs 是一家网目印刷机厂，要使用强氧化性溶液进行人工清洗印刷丝网。为减少化学物品的消耗和节约用水，公司安装了一台 160L 回收处理池，可将洗涤液连续过滤和循环并传送到处理池的印刷丝网上方。还有一个相似的回收系统用于染色和洒雾，以省去清洗步骤。此回收处理工艺允许洗涤液持续使用一个月。由于使用了这套回收处理系统，使用低浓度和更安全的洗涤液成为可能。这套系统可每年可节省化学物品费用、水费和排污费用共计 5 200 美元。

　　配送再生水所使用到的所有阀门、管件、储存设备、出口和其他运输工具必须标上标签或做好标识，以便工作人员了解该水为非饮用水。此外，再生水系统和饮用水系统之间不能出现交叉接合点。在任何需要利用饮用水对再生水进行补充的地方，都必须使用气隙将饮用水和再生水隔开。安装补水系统需得到饮用水供应方的同意。为了有效地防止病原体的侵入，对于生活和市政废水的限制要求较工业废水更为严格。生活用水最可能的再利用用途是高尔夫球场、公园或其他场地的浇灌，抑或是工业加工用水或制冷用水。其他的工业或市政废水的再利用用途还包括工商业或住宅中的厕

---

①② 　依国家规定而定

所冲洗系统、自动喷水灭火系统或其他防火用途。

9.2.3 清洁过程的其他改进措施

（1）聚四氟乙烯表面涂层

在水箱、大桶、管件和其他设备的表面涂上聚四氟乙烯不沾材料，为生产线更换和整理时带来方便。

（2）洗涤液化学成分改变

改变洗涤液类型、使用温度和浓度亦可达到节约用水的目的。

（3）操作控制及维护

对于向槽体及容器注水的操作采取适当的溢流控制。

（4）分水表的使用

一些企业需要在整个流程中限制水的流向并促使用水操作员找到个体用水的最佳定比比例。使用分水表和监测设备可快速探测到过量用水和泄漏情况，以便迅速纠正。

一套典型的清洗水再利用系统由粗（细）砂石沉淀池、油水分离器、过滤装置和防止菌藻生长的消毒装置组成。沉淀池（水箱）的分隔间用来沉积粗（细）砂石和其他固体，也用于撇去浮油。然后对水进行过滤，通常是使用多种过滤手段去除在水中直径为 $5 \sim 20 \mu m$ 的固体。滤后出水再经氧化和消毒以去除有机物从而达到非饮用水再利用的健康安全标准。然后再将水储存起来或泵回清洁分隔间以备使用。除了偶尔需要清除的淤泥和对过滤介质进行反冲洗产生的废水外，此系统基本上是一个闭合的回路，但由于溶解性固体（盐）的沉积，有时候还是需要更换新鲜水。因为再利用系统抗冲击负荷能力差，所以系统的清洁方法要小心使用，并且必须对排放物严格控制。对水处理和再生水回收的设备进行维护也是非常重要的。设备相当昂贵，用预制件建造的装置或单套清洁池就要花费将近 20 000 美元。

案例分析：综合性的节约水措施

Campbell Soup 公司制定了一套全公司范围综合性防污染方案。在用水效率措施方面，Campbell Soup 公司对地面和设备清洁采取了干洗方法，安装了生产用水流量表，并取消了废料的水运（水槽输送）。此外，还进行了经常性的维护及内务管理，而不是之前每天一次的例行检查。这些节水技术帮助企业每年在经营成本上节省支出 125 000 美元。另外，此方案还改善了固体弃物的收集以及回收再利用效率。

9.3 特定行业的生产过程

9.3.1 纺织行业

（1）纺织行业中的水消耗

水的使用广泛分布于纺织行业的生产过程中。几乎所有的染料、印染化学品及整理剂均需通过在水中浸泡对纺织基布进行着色或整理。此外，大多数的准备程序，包括脱浆、冲洗、漂白及丝光加工，均需在用水系统中完成。该行业内部的用水量根据工厂内具体的操作程序、使用设备以及现行的水资源管理理念的不同会有很大的差别。减少纺织行业生产程序中的用水消耗，对深化企业污染预控非常重要。例如，过度的用水可能稀释污染物的浓度，并加重排放负荷。目前，污染预防可给过度用水的工厂带来众多益处，仅采取简单的办法就可以达到减少耗水量 10% ~ 30% 的目的。仅通过现场检查就可以发现如下多种形式的浪费用水的情况：

- 未及时关闭的水管
- 被破坏或丢失的阀门
- 冲洗过程中过度用水
- 水管、接头、阀门及水泵处的泄漏
- 机器关闭后，继续工作的冷却水或洗涤箱
- 有问题的马桶或水冷却器

除此之外还存在很多不明显的造成用水浪费的原因。这些原因按类别、单元操作，以及设备种类列出。

1）类别。水的耗量在纺织行业的各生产步骤中差异很大。表 9-4 总结了各种不同类型的生产步骤中的用水消耗。羊毛及缩绒织物的生产过程往往较其他的生产过程，例如，织布、针织物、散纤维，以及地毯等的生产过程，需要更多的用水。用水量的多少在相似的生产操作中也可以有很大的差别。例如，编织布厂生产一公斤产品平均需要耗费 82L 水，然而实际的用水消耗为从 8.2L 到 170L 不等。要衡量某工厂的用水消耗是否过度，那么这些数据就可作为很好的基准。

表 9-4　纺织加工过程用水量一览表

加工过程	用水量/（L/kg）		
	最小量	中等量	最大量
羊毛	111	284	657
织布	5	113	507
针织物	20	83	376
地毯	8	47	162
纱	3	100	557
非织物	2	40	82
缩绒织物	33	212	931

2）单元操作。正如表 9-5 所示，不同的单元操作过程的用水消耗有很大区别。某些染色及洗水印花工序属用水比较集中的单元操作程序，而染色程序中的某些单元操作又是耗水量相当小的（如压吸卷堆法染色）。

3）设备种类。不同种类的加工设备的用水需求量也不同，尤其与染色程序中的浴比（染缸中染液与纺织品的重量比）有关。织物的洗涤比染色需要使用更多的水。序批式加工设备的水消耗取决于其浴比以及设备运转的设定状况。如搅拌、混合、浸泡、织物翻转率（接触面积比）、紊流、其他设备因素以及洗涤操作中的物理流动特性等，

这些因素都可能影响洗涤效率。一般来讲，加热、洗涤、染色构成了染色程序中的主要能源消耗部分。因此，低浴比的印染设备除了可减少蒸汽的使用、锅炉所造成的空气污染，还可以节约用水、减少能耗。除此之外，低浴比印染设备还可以节省化学药品的使用，减少用水量，并达到更高的固着效率。但是，某些低浴比印染设备，如卷染设备的固有洗涤效率低下。因此，浴比与总用水量之间的关系并不总是固定的。

表 9-5　单元操作中的用水消耗

工序	耗水量/(L/kg)
纺纱与纤维生产	0
轻纱上浆	0.5~7.8
准备	
烧毛	0
脱浆	2.5~20
洗涤	19.2~42.5
连续漂白	2.5~124
丝光处理	1.0
染色	
经轴染色	167
缸染	233
气流喷射染色	200
卷染染色	100
桨叶式染色	291
纱束染色	250
散纤维染色	167
轧堆染色	17
纤维筒子染色	183
连续漂白	167
靛蓝染色	8.3~50
印花	25
洗水印花	110
后整理	
化学整理	5
机械整理	0

（2）工艺用水的节约

1）洗涤。洗涤和清洗是纺织制造业中最常见的两项操作，污染预控的潜力很大。很多工艺程序中都包括洗涤和清洗两个步骤，洗涤程序的优化可以节约相当数量的水消耗。在某些情况下，通过细致的审核以及控制措施的实施可使废水减量高达 70%。在准备阶段中，一般洗涤和清洗两个步骤相比于其他的步骤（例如，漂白或染色）需要消耗更多的水资源。

几个典型的洗涤及清洗程序包括：

- 排水及注水法批量洗涤
- 溢流法批量洗涤

● 连续清洗（逆流、卧式或竖式洗涤机）

一份典型连续运作的漂白机的耗水状况的调查报告表明，其耗水量高于41 000L/h（表9-6），而其中的洗涤步骤耗水 37 500L/h，占耗水总量的90%。如下简易且低技术含量节水方法的运用，可减少用水：

● 适当调节水流大小：每小时可节约 1 135L
● 从对流漂白到洗涤：每小时可节约 1 135L
● 从对流洗涤到脱浆：每小时可节约 1 135L

如采用以上方法，在无需进行工序改进的情况下，即可达节约用水量的55%。此外，如进行工序改进，例如漂白和洗涤等步骤的合并，还可在节约能耗的同时每小时额外节水 24 000L。

表9-6　典型漂白机的用水消耗

步骤	水/（L/h）	百分比/%
饱和器	2 082	5.0
蒸汽箱及伞柄箱	568	1.4
洗涤机	—	—
脱浆	14 005	33.3
洗涤	11 734	28.1
漂白	11 734	28.1
烘干	1 703	4.1
合计	41 826	100

2）排水/注水洗涤法与溢流洗涤法的对比。在批量洗涤中使用排水/注水法时，使用过的清洗水将被排入水沟，然后再在机器中重新注满新水。由于机器内的纤维或基布可吸附大量之前加工溶液中的物质，其含量百分比可达到接近350%。该百分比可以通过机械手段（如萃取和排出污水）降低。对比漂白后使用的几种洗涤方法能看出逆流洗涤方法的优点（表9-7）。方法五和方法六均是运用了逆流洗涤法，相对于排水/注水法，分别节省了26%和53%用水。这些比较结果都是建立在由计算机模型所控制的、对布料杂质达到相同洗涤效果的基础上的。

采用逆流洗涤过程需要增加额外的贮槽和水泵。安装一套这样的再生水系统，其成本费用通常不会超过 50 000 美元，但估计每年可节省支出 95 000 美元。在大多数情况下，减少废水的产生也意味着降低了昂贵的废水处理系统。

表9-7　批量洗涤中的用水事项

过程描述	浴比	用水量/（L/kg）	百分比增减标准/%
1 标准——三步排水/注水	1∶8	13.5	—
2 减少浴液——七步排水/注水	1∶5	10.5	−22.2
3 连续溢流	1∶8	19.8	46.9

过程描述	浴比	用水量/(L/kg)	百分比增减标准/%
4 连续溢流——减少浴液	1:5	12.4	-8
5 三步排水/注水,再利用浴液2	1:8	9.9	-26.5
6 三步,再利用浴液2和浴液3	1:8	6.2	-53.7

3）洗涤水的再利用。实现洗涤水再利用的方法很多,其中应用最为普遍的三个办法就是采用逆流洗涤、减少杂质的残留以及将洗涤水再用于清洁用途。

a）逆流洗涤。

在多阶段的洗涤程序中,逆流洗涤是相对直接并经济的洗涤水再利用方法。大体上来说,在后期洗涤过后,污染不严重的洗涤水将在接下来的步骤中重新使用,直到这些洗涤水又回到洗涤的第一阶段,而后,这些洗涤水才被排放掉。本项技术可适用于持续染色、印花、脱浆、洗涤或漂白之后的清洗。

"卧式"或"倾斜"洗涤机是逆流洗涤方法的一个重要的衍生方法。由于该程序内部水流所固有的逆流特性,"卧式"或"倾斜"的洗涤方法可以产生更高的洗涤效率。"卧式"或"倾斜"对流洗涤机的机械结构在很大程度上优于传统的垂直式洗涤机。然而,由于水砸向织物的重量会引起织物松弛、膨胀或拉伸,因此草率的滚筒设置、滚筒薄弱或尺寸不足、机器内的不均匀性、弯曲度、弧度、偏差、轴承间隙及机器本身的误差对于"卧式"或"倾斜"洗涤机均显得至关重要。如能够妥善建造和维护,则"卧式"或"倾斜"洗涤机可能在节省金钱和水耗的同时,生产出更高质量的织物。

b）减少杂质的残留。

由于清洗的目的是减少基布上的杂质,因此在各项洗涤操作中的相连步骤之间,必须尽量除尽残留水分。其中没有被除尽的含有污染物的水分被称做被带入下一步的"残留",其在很大程度上造成了洗涤效率的低下。在批量排水/注水法洗涤过程中,适当的排水以及在连续的洗涤步骤中间的提取步骤非常重要。通常,在排水/注水法洗涤程序中,杂质的加权残留百分比可达350%。该比例可以通过在分批处理机器（如筒子纱染色机、散纤维染色机）的清洗步骤之间使用压缩空气或真空排污可以降低该比例。

在连续洗涤的操作中,一般使用挤压辊或真空提取器排出各步骤之间的水分。真空技术在设备中的采用主要是用以减少布料、散纤维或纱线上的化学溶液的带出及残留,并提高多步骤洗涤程序中的洗涤效率。

有案例记录显示,一台在现有多阶段连续洗涤加工线上的每个洗涤槽后安装了真空吸嘴的设备,可以将洗涤槽的数量从8个减少至3个。带有内置真空提取器的洗涤槽可以从市场上购买得到。同时,结合连续的喷雾槽及真空吸嘴,且不包括任何织物浸泡过程的印花洗涤机亦可在市面购得。在这种印花机的加工过程中,由于织物未经浸泡,其基布的渗色、搭色或染色情况减少,而且降低了水的使用量。另外一个具有内部循环能力的机械构造就是垂直逆流洗涤机,其将再循环的水喷射至织物,通过辊压将织物中的废水挤入污水池,并在其中对废水进行过滤及再循环。该过滤器构造独特,是由连续缠绕的聚酯纤维环构成,并在其一端由喷射的水流冲净滤液。本构造可以确保,弃水在排放或再循环利用于其他程序之前,最大限度地去除了水中的悬浮固体。采用这种结构，在取得上佳的洗涤效率的同时也减少了水资源的消耗。并且由于加热水量的减少，能源的消耗也大幅降低了。

c）洗涤水再用于清洁用途。

在多种操作中，洗涤水可作为清洁用水再利用。在印花程序中，可使用洗涤弃水再进行的清洁活动包括：

- 印花衬布的洗涤
- 丝网及刮刀的清洗
- 调色间的清理
- 设备的清理

典型的预处理部门也可重复使用洗涤用水，具体用途如下：

- 冲刷用水可用作脱浆处理
- 丝光机洗涤用水可作冲刷之用
- 漂白工序中的洗涤用水可作冲刷之用
- 喷水织机的洗涤用水可用作脱浆处理
- 煮布锅的疏水可回收至饱和器

（3）工作实践

工人的实际工作在极大程度上影响水的使用效率。不负责任的化学处理或内部管理不善，都可能导致过量的清洗需求。不妥当的工作安排，抑或混乱的计划也可能导致过量的清洗需求，并且造成对设备（如机器或混合槽）不必要的清洗。发现泄漏点应立即报告并迅速修补。设备的维护，尤其是清洗设备的维护非常重要。不适当的工作操作可能造成大量的用水浪费。因此，制定一套适宜的程序，并对操作员工进行相关的培训是相当重要的。如果操作是手动控制，制定操作审核检查表对于操作员的参照、培训及再培训都是相当有帮助的。在曾经的一个案例中，某针织厂出现绳状染色机耗水量过大的情况。经过对工人操作习惯的研究发现，每个工人都将机器注水至不同的高度。某些工人将染色机注水至16英寸①，其他的则注水至24英寸。不同的工人用来冲洗的水量也大相径庭，其中某些使用溢流程序，其他的则使用排水/注水或半浴（重复的排出半缸水，然后再将其注满）的方法。而当检查书面程序的时候发现，其填注步骤一项只写到"注满"，且洗涤步骤仅写到"冲洗"。工人在没有接受过相关的培训，且没有一个具体的操作程序可以参照的情况下，只能自行判断水的使用。本案例看似极端，但事实上，即使最好的、拥有明确的文件化生产程序的工厂，也常常没有制定明文的清洗程序。而清洗操作所带来的污染量却往往在总废水量（包括机器清洗、丝网、刮刀清洗以及转筒清洁等步骤产生的废水量）中占有相当比重。

（4）工程控制

每个工厂都应备有可安装至单台机器、用以记录用水并评估改进成效的可移动水表。在实践中，工厂很少自行监测水的使用，而是更多地依赖于生产厂商对于设备及其用水量的说明。厂商的估算是进行水消耗评估的一个有效的着手点，然而实际的设备性能则还是取决于所使用的化学系统及基布性质。水的使用是针对情况的不同而变化，因而需要在现场进行具体测量，以得出更准确的结果。对使用的水表需定期进行

---

① 1英寸 = 2.54cm

维护及校准。此外，其他的一些重要工程控制手段已经在本章的其他段落中进行过讨论，其中包括：

- 洗涤机用水的流量控制
- 冷却用水的流量控制（按最小需求量使用）
- 逆流洗涤
- 浓缩分离，减少废酸洗液带出
- 循环及再利用
- 发现并修复泄漏点
- 发现并修复有问题的马桶及水冷却设备

对机器设备进行检查并改进，以便清洁程序的实施，并降低其污垢易感性。某些情况下，亦可采用对 pH 控制要求较低且用水量少的替代设备，来降低浴比。

（5）革新工艺

1）压吸卷堆法染色。在压吸卷堆法染色时，织物浸轧在纤维敏感染料和碱液中，然后进行打卷（或盒装）堆置，接着盖好塑料薄膜防止水汽蒸发或被空气中的二氧化碳吸收。将织物堆置2～12h，然后用工厂内的现有设备进行水洗。

压吸卷堆法染色有几个主要的优点，如可节省费用、节约水资源以及操作简单快捷等。采用该染色法，通常每分钟能处理 7～140m 材料，具体速度则主要取决于处理材料的结构和重量。另外压吸卷堆法染色相对于连续染色联合机来说更具有灵活性，可对不同结构的机织物和针织物进行染色。因为活性成分会一直保留其水溶性，所以即使色光经常改变也不会产生任何问题，这使得清洁变得更简单。在有通用性要求的情况下，此染色方法非常实用。采用本方法，用水量通常可减少90%。

2）生产用水再利用。很多生产工艺中产生的水都可通过各种方法经过处理后再次利用，相关的研究正在进行。多达50%的工业污水和未净化水注入系统中得到的污水可以经处理后直接再利用，并且不会给生产带来任何副作用。有些情况下，特殊种类的污水能在一个生产过程中或一个生产部门内就可以被循环利用，比如染缸水再利用、漂白液的再生水、直接作为下一批物料浴液的末级清洗水、洗涤水再利用、逆流洗涤以及其他用途的再生水。

3）漂白水再利用。棉料和混棉的处理（如脱浆、退浆和漂白）采用连续性或批量性的工艺操作，它们通常是工厂里最耗水的活动。由于水流的连续性，连续性用水的操作工艺中很容易应用再生水处理方法。此外由于水流量稳定，通常很容易将其与其他废物流分开。一台常用的处理涤纶、棉料和100%全棉面料的漂白设备的废水流再利用包括：

- 将 J 形漂练箱和染布缸排出的废水回收到饱和器中
- 进行逆流洗涤
- 将循环冲洗水回收，用于分批煮练
- 将清洗机用水回收，用于印花衬布的清洗
- 将清洗机用水回收，用于印刷丝网清洗和橡皮刮清洁
- 将清洗机用水回收，用于清洗调色间
- 将清洗机用水回收，用于清洗机器设备
- 将冲刷水再回收，用于脱浆

●将丝光机洗涤水回收，用于冲刷水

但是，要注意化学物品（包括荧光增白剂和浮色）的选用，以避免在进行再生水使用时引发诸如产生污渍等质量问题。

在分批煮练和分批漂白时，因为水流是间歇性的，排水管通常进入到洼坑里，而且也不容易被分隔开来。况且，分批材料准备步骤经常是结合在一起的，所以不太容易实现对废物流的再回收。使用合适的水槽和配有必要数量水槽的设备，通过用与染缸水再利用相似的方式，可对漂白用水进行再回收。使用过的漂白用水中含有在下一次漂白中所需要的所有碱和热量。此外，必须要添加过氧化氢和螯合物以构成完整的漂白液。与染缸水再利用一样，在漂白液中再生水利用次数会受到杂质沉积的限制。主要的杂质（如铁等金属）会影响漂白反应。新型的针织物绳状漂白机采用 6~12 槽喷射水洗机系统，能对大部分的针织物进行连续性的漂白。这些机器在 20 世纪 70 年代末开始引进，每分钟可以处理 40 磅①棉针织物，如果一周六天，一天三班运行机器，每个月可以处理超过 100 万磅的棉针织物。此机器因为其固有的灵活性、节约能源和节约用水和化学物品的能力、巨大的棉针织物处理能力而备受欢迎。此机器还具有冲洗水在冲洗槽内逆向溢流运行的功能。在使用纤维敏感染料和其他类型的染料后（如进行压吸卷堆法染色后），此机器的功效可得到进一步的提升，另外本机器还可以用作针织物连续染色联合机。

4）直接作为下一批物料浴液的末级清洗水。一个省水和减少 BOD 负荷的简单技巧就是把一个染色周期中末级清洗水直接用作下一批物料的浴液。这个技巧在重复色光或染色机相当干净的情况下非常适用。此技巧的一个应用实例就是尼龙袜的酸性染色。末级清洗水中通常含有未排尽的有机硅柔软剂，在水中遗留着乳化剂。在装载下一批材料时，此技巧可起到润湿剂的作用，并且可以节省水、热能和润湿剂，减少相关的 BOD 负荷。

9.3.2 食品饮料业

在食品饮料业中，水在产品的运输、清洁、加工、生产以及满足多项国家及国际卫生标准方面都有很重要的意义。实施节水计划的企业单位在某些时候不得不权衡这些需求和实施节水措施的利弊。接下来我们将就很多企业单位在确保生产需求的情况下成功实施节水方案的方法及技术进行讨论。

对于一般的洗涤及清洁操作，请参见清洁、洗涤以及加工过程中的用水章节。饮料制造业中的部分节水可能性包括：

●将泵冷却水及冲洗水的需求量调到最低
●调查潜在的可再利用的弃水排放，其中包括储罐清洗、扎啤桶清洗、发酵桶清洗的末级清洗水，瓶罐等容器的浸泡洗涤用水，制冷及冲洗用水，滤池反冲洗废水，巴氏灭菌器及水消毒器中的用水
●可能的再利用领域包括：洗涤循环中的首次清洗、罐体粉碎机、瓶体粉碎机、

---

① 1 磅 = 0.45kg

滤池反冲洗废水、腐蚀性稀释液、锅炉补充水、冷冻设备除霜，以及地面和排水槽的清洗

案例分析：传送用水的循环利用

　　Spartas 食品加工工厂雇佣了一位工程师，对玉米加工过程中的用水量进行估算。对于传送用水的使用（每日 20 000L），该工程师就两种干式检验法分别进行了检验：①螺旋输送机不可用，因为会造成玉米降解；②竖式蒸煮器上的带式输送机是一个可能的选择，但只可减少10%的用水，尚不能抵扣先期的成本投入。该工程师还发现传送过程中用水的20%可以在不影响产品质量（考虑包括 pH 及清洁度）的情况下，被循环再利用。回收传送过程中用水量的20%，即可减少工厂3.5%的总用水量，并每年节约成本 1 570 美元。

食品制造业中的部分节水可能性包括（表9-8）：

- 在可行的情况下，对传送用水进行回收
- 用传送带进行产品的传送。优先考虑"兔耳朵"或 V 形滚动支座，因为其更方便清洗
- 尽可能地使用气动传送系统
- 采用抛物线形截面的水槽，而不是平底水槽
- 对用水集中的操作单位考虑替代的办法：①用橡皮磨片的操作办法取代初级产品的清洗及脱模；②用蒸汽取代水热烫机；③用蒸发冷却器取代水冷却系统
- 在输送机上堆放产品的高度应适宜，以确保洗涤用水效率的最大化
- 将喷洗单元分成两个或更多的阶段，并建立对流再利用系统
- 用定时器对皮带喷剂的喷洒时间进行控制，间歇性进行氯水喷洒

表9-8　食品加工操作中潜在的重复用水可能性

操作事项	节约水是否能被利用？	废水是否能被利用？	补充水来源
水果酸浸	是	否	冷却罐
洗涤产品			
初级清洗，然后二次清洗	是	是*	冷却罐
产品末级清洗	否	是*	冷却罐
水槽			
水槽输送未洗或未处理的产品	是	是*	冷却罐
水槽输送进行过部分处理的产品	是	是*	
水槽输送已处理好的产品	是	是	任何废水
水槽输送废物	是	否	冷却罐
碱液去皮	是	否	—
产品贮藏箱（浸满水或盐水）	否	否	—
各种型号热烫机			
原补给水	否	否	—
补充水代替物	否	否	—

操作事项	节约水是否能被利用？	废水是否能被利用？	补充水来源
淡水末级清洗盐水质量分级器	是	依此次操作而定	—
淘洗盘和冲洗盘			
原补给水洗槽	否	否	—
喷洒或补充水	否	否	—
机器内部的润滑	否	是*	冷却罐
关闭后清洗罐	否	否	—
盐水和糖浆	是	是*	冷却罐
工艺罐和水下操作	否	—	—
冷却罐	是	依此次操作而定	冷却罐
冷却管道			
原补充水	否	是**	—
补充水	是	是**	—
连续蒸煮器（部分浸罐）			
原补充水	否	是**	—
补充水	是	是**	—
喷淋冷却器（不浸罐）	是	是	—
曲颈瓶中批量冷却	是	是**	—
清理			
初级清洗	是	是*	冷却罐
末级清洗	否	否	—
洗箱机	是	否	冷却罐

＊在有预防措施的前提下，使用之前的操作

＊＊如果能保持质量水平则使用冷却罐

9.3.3 食品加工业中水及废水的使用[①]

以下部分将讨论水果、蔬菜、奶制品、肉类、禽类以及食用油加工过程中的主要用水及废水产生工艺。该信息可用来帮助食品加工负责人对其用水状况进行评估，并思考其他的可能节水措施。在无法提供用水资料信息的时候，废水（水压）负荷信息可被用作评估用水状况的参考指标。

（1）果蔬加工

果蔬加工包括两个阶段：对新采果蔬进行包装，以及对果蔬进行再加工。前一阶段是将新采集的果蔬在采集地点进行就地包装，并装进运果大箱或散粒储存箱，运至加工厂。这些果蔬须经预冷进行保鲜，并通过烟熏或特殊处理控制虫害或微生物疾病的侵扰。加工阶段或代加工阶段，包括所有为了延长加工食品保质期以及通过生产改进，增加其价值以满足市场需求的单元操作。其中很多单元操作步骤是蔬果包装以及蔬果加工阶段所共有的，其包括分拣/修整、清洗、分级及包装。但是在包装生产线之

---

① 实例采自"食品生产及加工中的废物管理及利用"中的案例，2000年10月

后，只有在加工阶段，才对废物的生成增加额外的单元操作。这些单元操作可包括去皮、填塞、切碎、点蚀、整理、切块及漂烫。某些情况下，成品（如洋葱块）须经脱水处理。另外一些情况中，则进行袋装并加工。加工可以仅是一项处理，也可以是结合若干种处理（如酸化、盐浸、冷冻或烹煮等）。

果蔬加工业中需要用水和会产生废水的主要工序包括：未加工阶段和加工阶段的洗涤步骤、去核剥壳、杀青、杀青后的顺流搬运、分拣以及厂内产品运输。减小尺寸、去核、切片、切丁、制果泥、榨汁步骤以及加工后的装填与消毒等这些工序均会产生一定的废物流。

（2）废水特征

果蔬加工业的废水主要特征是废水量大、来源广泛而且有机物浓度高。影响废水特征的因素有很多，如加工的材料、处理设备的操作方法、日产量水平和季节变动（如生长条件和收获季节的农作物年龄）。表 9-9 是关于果蔬加工业排放的废水数据。

（3）用水工序及废水来源

在对水果蔬菜进行搬运、加热、冷却和包装等处理过程中，主要有六大废物产生来源，其分别是：

- 未加工阶段的清洗、分级和修整
- 蒸汽去皮、碱液去皮和（或）减小尺寸后的洗涤
- 漂烫和流槽输送
- 装填
- 消毒和工厂清理
- 加工品冷却

工厂管理方法在很大程度上会影响加工操作的效率，并且关系着成品收率及废物量。

表 9-9　加工每吨产品（主要是蔬菜水果初级产品）产生的废水负荷

农产品	最小值/（1 000 L/t）	平均值/（1 000L/t）	最大值/（1 000 L/t）
蔬菜			
芦笋	7.2	32.2	109.8
食荚菜豆	4.9	15.9	42.4
绿花菜	15.5	34.8	79.5
胡萝卜	4.5	12.5	26.9
花椰菜	45.4	64.3	90.8
豌豆	7.2	20.4	53.0
腌制蔬菜	5.3	13.2	41.6
红薯	1.5	8.3	36.7
土豆	7.2	13.6	25.0
菠菜	12.1	33.3	87.1
西葫芦	4.2	22.7	83.3
去皮番茄	4.9	8.3	14.0
番茄制品	4.2	6.1	9.1

农产品	最小值/（1 000 L/t）	平均值/（1 000L/t）	最大值/（1 000L/t）
水果			
苹果	0.8	9.1	49.2
杏	9.5	21.2	53.0
草莓	6.8	13.2	34.4
樱桃	4.5	14.8	53.0
柑橘	1.1	11.4	35.2
桃	5.3	11.4	23.8
梨	6.1	13.6	29.1
菠萝	9.8	10.2	14.4
南瓜	1.5	11.0	41.6

（4）用水工序及废物量的最小化

在收割农作物时，如果收割设备能把更多的茎干、叶子和采摘下来的东西留在田地里，则能减少大量废物的产生；如果农作物清洗、分级和清理能在田地进行，则更多的土和食品剩余物也将会留在田地。而现实情况是，这类废弃物大部分是在果蔬加工厂现场产生，然后再作处理。在此行业中，使用废物管理基本策略能够节约用水，并能达到固体废弃物分离的效果。果蔬加工业用水的主要工序就是对食物产品的清洗、加热和冷却。不过此行业已采用很多的节水方法，表明其对于节水需求的敏感性也在进一步提高：

- 使用气浮设备去除农作物上悬挂的碎屑
- 对整个厂内产生的工业用水进行循环再利用
- 在剥皮去核时减少用水量，以及减少初级产品损失
- 在废物产生源头即隔离废水流，以备进行副产品利用
- 洗涤水、水槽水和冷却水进行逆流再利用
- 将低强度和高强度废物流分开
- 安装低流量高压清洗系统
- 蒸汽热烫替换沸水热烫
- 漂烫后实行空冷

（5）水果加工（罐装、冷冻、发酵等）

罐装的、冷冻的、发酵的水果的初级加工流程通常有：冲洗、分拣、清理、剥皮、切开或切片、检验和分级。在水果深加工之前，多余的和无用的部分必须去除，但不是所有的水果都要遵循每一个步骤。例如：樱桃和梅子只要装罐不用去皮，而苹果、桃和梨在罐装之前必须要去皮和除核。去皮的方法有手动、使用机器、用化学物品和蒸汽四种。在检验和分级后，去皮的水果要通过机械方法运输或顺流搬运输送至产品加工设备中，以备下一次的加工。另外还可用的水果加工方法有装罐、加糖浆、风干和密封、热加、罐冷却和分拣。工人在每一次轮班前都要清理加工设备和工厂地面，因为这些地方都是废物的最终来源（表9-10）。

表 9-10　加工每吨产品（罐装水果）产生的废水负荷

水果	产生量/（kL/t）
苹果	1 892.5
杏	1 892.5
樱桃	757
柑橘	1 135.5
桃	1 514
梨	1 514
菠萝	189.25
其他水果	3 028

（6）水资源及废水管理

一些可减少用水的节水及污染预防方法包括：

● 使用高压喷头冲洗

● 消除洗涤槽和浸槽的过多溢流

● 用机械式输送机取代顺流搬运，在水管上安装自动截止阀门

● 将罐冷却水水流与混合废水水流隔离

● 罐冷却水循环再利用。当罐冷却水不循环时，可以再利用

● 使用苛性钠或淋浴剥皮，在剥皮后去除苛性纳，对原材料进行初级清洗，保持罐装传送带的润滑，注意厂内清理

（7）乳制品加工

乳制品加工经常需要不同阶段的操作，通常包括原材料的收集和储藏、原材料至成品的加工、成品的包装和储存以及众多与加工和分发相关的辅助操作（如传热和清理）。

在整个行业内用于收集、运输、储藏原材料的机器设备基本上都一样。散装货轮在收货区通过软管管路卸货，或将货卸载至连接着固定管路的漏斗，然后通过输送泵运送到仓库。存储设备可以是单层或多层冷藏库，既能存放液态产品又可以存放干物质，贮存量从几千升至一百万升（或更多）不等。牛奶是一种易腐坏的产品，由脂肪、蛋白质、碳水化合物、盐和维生素构成，是微生物也是人的理想食物，因此要贮存好以免变质，乳品加工业大部分的精力就是消耗于此。乳品及其副产品是根据批准的工艺通过机器加工而成，通常机器每天的运行时间不会超过20h。很多机器设备每天都要拆卸，然后就地清洗或移至它处清洗。现在行业内主要使用的自动清洗系统不需要很多人工，但需要比用手清洗拆除的设备花更多的水和清洗剂。

（8）废水及管理

乳制品加工业的废水是在液态奶进行巴氏消毒和均化以及乳制品（如黄油、冰激凌和乳酪）的生产过程中产生的。这些废水主要含有全脂奶和加工牛奶、乳酪中的乳清和洗涤剂。乳制品行业的用水量由工厂规模和水资源管理方法决定。废物产生量也是依据具体情况有相当大的不同，其主要是由工厂对原材料和制品损耗的控制力度决定。

乳制品损耗通常是介于0.5%~2.5%（或更多），技术先进的规模大的企业一般是0.5%，技术陈旧的规模小的企来一般是2.5%多一点。如果加强管理，处理每公斤等量牛奶可减少0.50L用水。水资源和废物管理水平的大幅提高是留给行业的一个重要而现实的目标。

（9）革新

近年来，膜处理系统的应用带来了技术革新的机会，如现在能使用超滤方法而非生物隔离法将有机物与液相基底分离。一些食品加工厂使用反渗透系统用来回收内部液态废物流。在反渗透处理中产生的外流水要比原生水的质量更好。

（10）肉禽加工

本行业中的大部分生产废物都得以利用、再加工。其中的动物血液、羽毛及骨骼经常被制成动物食品。同样，不适合加工成食物的废料肉通常被售给或送给饲料厂加工成动物或宠物食品。工厂中这些区域所产生的固体废弃物以及废水的最终性质可以有很大不同，且受以下因素的影响（表9-11）：

- 动物体型及种类
- 加工水平
- 运输工具
- 加工过程中水的使用
- 清洁以及内部管理程序

表9-11　牛肉、火鸡及鸡肉加工过程中的典型用水消耗

肉类种类	耗水/（L/只）
牛肉	560~1 705
火鸡	41.5~88
鸡肉	13.25~37.85

9.3.4　废物利用及废物量的最小化

通过清洁方法的改进，可以很大程度地减少工业产生的废水量。用水量的最小化可以通过使用在市场上能够买到的高压节流水管实现。该水管具有自动停带开关，可以防止不工作状态下的水流失。很多生产材料可以通过机械手段进行处理。例如，粉末状或其他干材料可以从地上吸起，并通过输送螺旋及传送带对废料肉及动物内脏等进行传输。在多数禽类加工厂中，冷冻水及烫毛水都被作为冲洗杂肉及禽类羽毛的冲洗用水而被循环再利用。通过滤光作用以及紫外线照射对冷水溢流水进行再处理，是一个值得推荐的办法，但需对大肠杆菌等细菌污染进行控制。循环使用受到废水特性以及食品潜在污染性的限制。

（1）食用油生产过程中的粮食加工

食用油的提取、精炼和加工工艺过程将会产生多种废弃产品。本章主要是对常规的碱法净化以及相关的下游生产过程中主要的生产程序以及设备进行概述，尤其是与废弃产品的产生以及控制的相关生产过程。

（2）生产过程以及主要的污水源

表9-12中列出了经营良好的油脂加工工厂的基本生产过程以及相关的废水负荷。
分项统计中可包括亦可不包括沙拉调料及蛋黄酱，因为很多情况下，这样的生产程序
在加工厂中是没有的。而且，有的食品油加工及精炼的工厂中没有油料种子加工设备，
厂家直接购入成品植物油原油。针对不同情况，表9-12中所列数据在应用时需要作相
应调整。表9-12中所列出的数据，均是基于如下操作参数：

- 榨油及萃取量：每天80 000蒲式耳[①]
- 单阶段水洗的碱法净化：27 215kg/h，未脱胶豆油
- 利用开放式冷却塔对洗涤冷却器及气压冷凝器进行半连续式脱臭处理
- 将皂角及洗涤水进行酸化，以达到90%～95%的回收率
- 灌装线和/或其他多种液体油包装
- 人造奶油、蛋黄酱及沙拉酱的生产及包装
- 仅清洗盛装成品油的油罐车（不包括盛装原油的罐车）

很明显，如工厂规模不典型，或缺失某些生产工序，那工厂产生的废物负荷也将
不同。这尤其体现在酸化作用或蛋黄酱及沙拉调料的加工过程中。对加工程序控制的
效果，以及对于废水负荷的影响将在下一部分中进行概述。如前文所述，从加工程序
控制的角度来看，这些负荷对于运转良好的加工程序很具代表性作用。

然而，实际的负荷量还是取决于工厂运转的合理程度。

最后一个污水源是卡车及铁路卸载区域的污染排放物以及油罐区的污水排放。在
雨季，这些污染源的污水排放可以在每天的平均污水排放量中占到19～39L/min，而实
际上，则可以对高峰流量产生更大的影响。

表9-12　经营良好的油脂生产工厂的生产程序及废水负荷

生产程序	流量/（1 000 L/d）
压榨及萃取	284
碱法净化	42
深加工	19
脱臭处理	19
酸化处理	72
油罐车清洗	19
包装	38
小计	492
人造奶油	265
沙拉调料/蛋黄酱	189
合计	1 439

---

① 1 蒲式耳（UK）＝36.368L；1 蒲式耳（US）＝35.239L

9.3.5　金属加工

在过去的15年中，金属加工工业在减少水利用方面已经取得了显著的进步，典型金属加工作业流程见图9-7。各金属加工工厂平均用水量减少达30%，且在某些创新型公司中这个比例可高达90%。尽管已经取得如此大的成就，金属加工业中仍然存在很大的节水空间。综合性污染纺织方案中的节水方案可以为金属加工业者带来如下效益：

- 通过减少水费来降低运营成本
- 减少废水处理的成本
- 可能改善废水处理环节中的除污效率
- 减少或延迟提高处理能力的需求

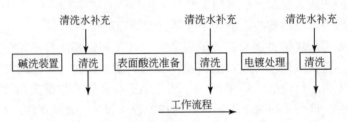

图9-7　典型金属加工作业流程

对于金属加工行业来说，改善清洗效果是最佳的节水选择。改善清洗效果的方案亦是金属加工业行业实施先进污染防治技术的第一步。这些技术有：高浓度废弃物的化学回收、电镀加工过程的封闭循环。

（1）提高清洗用水的使用效率

在金属加工业中，清洗的效果对整个产品的质量有着举足轻重的影响。清洗效果的提高必须纳入质量评估及控制方案之中。金属加工业中，可以改善清洗效果的方法包括改进清洗槽的设计及流量控制技术和改变清洗槽的结构。

（2）清洗槽的设计

设计合理清洗槽有助于改善清洗效果、减少水的使用。最佳的清洗槽设计有利于快速去除残留的或部件中的带出液。如下技术可帮助改进清洗槽的设计：

- 通过鼓风机（并非压缩空气）、机械搅拌，抑或抽运／过滤系统对槽内清洗物进行搅拌
- 通过在槽体的两端适当设置进水口和出水口预防供水短路的发生
- 加装进水挡板、扩散器、分流器及喷嘴
- 选择能够满足所有部件／产品需要的最小槽体
- 考虑用喷头冲洗代替对平面部件的浸泡清洗
- 尽量考虑使用超声清洗的方法

（3）流量控制技术

1）流量限制器。使用流量限制器是确保没有过多的水量被配送到生产线的一个非常有效的办法。流量限制器安装在槽体的给水管路，通常是由带有注孔的弹力垫圈构成，孔口可随着管路压力的增加被挤压变小。流速可从0.4～38L/min不等。流量限制

器流速的选择应以能够确保提供充足的水量确保清洗质量为准。流量限制器如能在生产中持续应用，则可达到最佳效果。

2）流量截止阀（手动及自动）。生产线不在工作状态的时候，应将供应至清洗槽的水流切断。这个操作可以经手动或自动完成。对于加工需求不持续的工作车间可使用给水驱动底阀。水流开关只有在冲洗组件的时候才可打开。对于大规模持续性的操作，电磁阀的使用可以在电镀生产线供电被切断的刹那，关闭冲洗水的供水水管。在自动的传送带化生产线中，也可以使用光敏器件进行控制，即仅在有部件通过清洁阶段的时候才开启水阀或喷头进行清洗。

3）电导率测量仪表与控制器。控制水流及其纯净度的最准确的办法就是使用电导率测量仪进行控制。电导率测量仪表与控制器可以从实质上减少冲洗用水的流量，并确保槽体内的水纯净度时刻达标。电导率随着污染物离子的聚集而增加。电导率测量仪以毫姆欧（mmho（也称微西门子）为单位），显示冲洗水中的污染物离子的聚集程度。具体的电导系数与经验数据中的溶解性总固体（TDS）（测量单位为 mg/L）有关。电导率测量仪只有在导电系数达到一个固定的值时才开启水阀注入清水，很多金属加工厂在其清洗槽上都安装了这种控制系统。企业通过采用如上的方式，也明显降低了水消耗，正常情况下均可达到 40%。

电导率清洗水流控制器对于不连续的电镀加工操作尤其适用。安装每个电导率控制器的成本在 1 000～2 000 美元，而一般要在一年左右的时间收回投资回报。在以往，电导率控制器的使用有着很高的维护要求，以防止电极沾染污垢。而新的电感线圈或无电极传感器控制器则比常规的电极型控制器不易沾染污垢。此外，设立一个适宜的水位控制点对取得良好的节水效果以及保持水体的清洁度也是至关重要的。表 9-13 中的数据为确定适宜的清洗用水清洁度标准提供了一个入手点。此外，也可以使用便携式的电导率测量仪来确定固定的能够维持正常清洗水质量的水流率。清洗水的清洁度等级一经确定，就可以在每个清洗槽的进水管路安装恒流限制阀，从而对水流进行控制。本技术被推荐在进行持续性电镀生产操作的企业中使用。同样，表 9-13 也可作为入手点参考使用。

表 9-13　清洗水中可接受的污染物含量极限值

洗涤槽	电导率微姆欧/（μmho）
碱性清洗剂	1 700
盐酸	5 000
硫酸	4 000
锡酸	500
锡碱	70～340
氰化金	260～1 300
镍酸	640
锌酸	630
氰化锌	280～1 390
铬酸	450～2 250

案例分析：电导率控制器

　　研究对象为在九个清洗槽系统上安装了无电极电导率控制器的园艺造景公司以及金属加工工厂。其中园艺造景公司每周可节约用水 210 000L，相当于节水总量的 43%。总之，电导率控制系统的使用可带来降低冲洗水用量、减少废水产生量以及减少废水处理中化学品消耗等诸多益处。

　　4）流量计。此外，还可以在生产线或单个清洗槽的供水管路上安装相对来说经济划算的流量计或累加器。虽然流量计或累加器本身并不能实现节水的目的，但是，可以对水的使用进行细致的监测，并且能够对适当用水（或多度用水）、管路泄漏以及系统故障等进行辨识。

　　5）可替代的清洗模式——逆流清洗。逆流清洗是使清洗用水从一系列的清洗槽间溢出，形成与加工流程相反方向的水流进行清洗的方法。使用这种方法清洗可以确保末次清洗得出最清洁的结果。逆流清洗在确保清洗质量的同时显著地减少了水的使用量。逆流清洗设备的通常结构是两个或三个连续排列的清洗槽。通过这样对一次性清洗槽增加二次逆流清洗的过程，节约用水量可达 90%。如果场地空间有限，可以采用一个金属隔离物在现有的清洗槽内形成一个溢流堰进行逆流清洗。本改造只有在清洗槽内有充足的空间，可供部件挂洗或滚洗时才适用。

案例分析：清洗效率

　　C & R 无电镀镍公司为了结合多种污染预防技术、提高加工效率，对其无电镀镍生产线进行了重组。其将单次清洗槽改装为多次逆流清洗槽系统，并在进水口加装流量限制喷嘴，以提高控制率，并减少水消耗。生产线的升级，使每天的用水量从 28 300L 减少至不足 3 700L，节水率可达 87%。

　　6）活性清洗及再利用。在活性清洗系统中，酸性清洗中的溢流将被导入至碱性清洗槽。酸性离子可在不造成清洗水污染以及不影响电镀效果的情况下中和碱性离子。通过将酸性洗液再应用于碱性清洗可改善碱性清洗的效果并同时减少 50% 的水消耗。而且，经显示在电镀槽镀液之后的单次清洗阶段的清洗水可以在酸性或碱性清洗后对产品进行有效清洗，且不影响清洗的效果。有些时候，从较重要清洗程序中流出的清洗水亦可以在同一生产线上，或不同生产线之间的次重要清洗程序中进行再利用。但与此同时，必须时刻警惕交叉污染。

　　7）喷射清洗。喷射清洗的方法可被结合进现有的金属加工生产线，以期继续减少水的使用量。一般来讲，喷射清洗可直接应用于在加热的贮槽或清洗槽上对部件进行清洗，以减少带出液。通过将带出的溶液溅射进中间贮槽，或集中储存槽，可大大降低末级清洗中所需的水耗。以上应用中所需的喷嘴的流量一般在 0.15 ~ 3.7L/s。喷嘴可具体采用液压喷嘴，该种喷嘴只能喷射水流，抑或利用压缩空气的空气雾化喷嘴。喷嘴的形式可采用全锥形喷嘴、空心锥形喷嘴、扁平扇形喷嘴以及细雾及水雾喷嘴。确定喷嘴安装的数量及间隔时，了解所选择喷射形式的喷射角度及幅度非常重要。喷射系统由水供给系统、过滤器、开关装置、逆止阀及喷嘴组成。现有的洗涤槽安装喷射系统的成本不到 2 000 美元。案例分析结果显示，这些系统安装的成本在不到一年的时间内，就可以通过节约水和化学药品的方式收回。

8）减少带出液，改善清洗效果。带出液是指在部件离开加工槽后依然附着于其上的残留溶液。带出液是必须从部件上清洗掉的。通过采用能够减少带出液量的技术，操作工人就可以使用更少的水对部件进行冲洗处理。

金属加工业中潜在的可能减少带出液残留的技术方法包括：

- 以最小的化学浓度配置镀液
- 通过增加镀液的温度降低电解质黏度
- 利用润湿剂降低表面张力。通过本方法，带出液残留量可降低高达50%
- 对部件进行推压，使淋净残余液体最大化。与淋净液体的部件相比，未淋净的部件在其垂直、水平或杯状表面上的带出液量可为淋净部件的3～12倍
- 延长部件在贮槽或清洗槽上的淋水时间
- 通过将部件的滴水时间从3s延长至10s，带出液的残留可平均降低40%
- 在贮槽或清洗槽上进行喷射清洗或水雾清洗
- 在中间贮槽以及下一个清洗槽之间设置排水板

通过减少电镀槽中生产溶液的带出量，金属加工业者可以减少清洗水的使用量、节约昂贵的镀液，并同时直接减少排放废水的污染负荷。

9）废水再利用技术。某些电镀车间将处理过的废水用于非关键的清洗步骤，如碱性装置清洗以及酸浸之后的清洗步骤。由于以常规方法处理的废水（通过氢氧化物沉淀）在电镀生产线中引入了大量的溶解性固体，再利用时应谨慎。以常规方法所处理的废水中的带入液及带出液中的污染物（如钠），可能污染其他的生产溶液。与先进的膜分离技术（如反渗透技术）的结合，使得废水再利用从实践操作的角度变得更为可行。某些公司通过持续的正负离子交换进行金属再生，成功地实现了电镀清洗槽内的封闭循环。Pasco 公司申请了专利的电凝法／紫外线法已被成功应用于碱性及酸性洗涤水，以及废液的处理及再利用。本加工过程，由于在固体汇聚以及絮凝处理阶段无需另外添加化学药品，更成为一种提供高成本效益、产生高质量再生水以及降低渣滓排放的好方法。

其他创新的废水处理技术的应用（如电凝法以及吸收/吸附介质法），都有希望帮助电镀商们实现其生产操作的封闭式循环。

9.4 泄漏检测

所有的设备都可能发生泄漏情况。泄漏可以小到总用水量的百分之零点几，也可以大到总用水量的百分之几。一般容易发生泄漏的位置包括管道接头、洗手间设施、水泵密封垫、水管喷嘴/截止阀、自动饮水机、加工设备以及其他可能发生的位置。消除泄漏的手段一般包括紧固或更换配件。最好的检测漏点的方法是通过视觉和听觉。用水设施及加工设备无论在使用期间或停机期间都应留心检查。所有的员工都有责任就泄漏情况向维修人员进行通知，且维修人员应将泄漏作为首要故障进行优先维修。地板或地面以下的泄漏情况可以通过泄漏检测调查发现。如果发现疑似地下泄漏但未能证实的，公司应考虑请咨询或服务公司进行泄漏检测调查。声波检漏装置的价格为

900～4 000 美元不等。

（1）测定由于泄漏所造成的水资源损耗

测定由于泄漏所造成的用水损耗，对于确定泄漏点的修复可带来的用水量的节约以及成本的节约是非常重要的。使用量杯和秒表是最简单的测定泄漏损失的办法。即使是一小滴水也可以使用该方法进行测量。同时，还可以利用数学估算的方法对损耗进行测定（表9-14）。

表9-14　水滴数及水损耗量

每秒钟的水滴次序	水损耗量/（L/s）
1	0.022 71
2	0.004 54
3	0.068 14
4	0.091
5	0.011 3

平稳水流的速度为平均每秒5滴水

（2）水表的相关问题

在精确核算水的使用量的时候，公司所采用水表的量程及精度都是至关重要的。典型的商用及工业用水表包括：容积式水表、涡轮式水表以及复式水表。在企业预期用水目标改变或采用了实质性的节水措施之后，水表的准确度都有可能下降。水表的量程应足够，但不能过大。如果企业所应用的水表量程对于企业的实际需要来说过大，则企业可能需要由此支付无根据的服务费用。即使是精心选择、量程适当的水表也有可能由于日久磨损变得不准，使用年限和水质是导致这种情况发生的两个主要原因。对于大型水表，可采用皮托管流速计进行适当的实地测试；而对于小型水表，可使用便携式仪表测试设备对其进行测试。

第 10 章

能源管理

本章介绍的是广义上的工业装置中的能源管理，解释了好的系统管理体系的重要性以及构建这样一个体系所需要考虑的问题。本章从环境和经济的角度分析了哪些重要因素决定了能源管理的成败。同时也通过一些例子说明提高能效可采取的一些措施。

本章涉及几个行业的普通产能和耗能系统以及单元操作，介绍了与这些系统（如蒸汽系统）和单元操作（如马达）相关的节能技术。本章涉及热电系统和单元操作，同时还介绍了一部分最佳节能技术。

与企业运营所需的任何其他有价值的原材料一样，能源不仅仅意味着管理费用，也不仅仅是维持企业运转的资源，能源消耗有相应的成本，还会造成对环境的影响，需要加以认真管理，以提高企业的盈利能力和竞争力，减轻环境影响的严重程度。

所有工业企业都可以将他们管理原材料、人力资源、环境、职业健康和安全领域的一些好的管理准则和技术运用到能源管理中，其中包括对能源利用实行全责管理责任制。对能源消耗和成本的管理能减少浪费，并不断地增加企业利润的积累。

10.1　能源管理的结构和内容

能源管理的目的是通过有章法的管理能源，不断降低能源消耗，提高生产和公用设施方面的能效，并保持所取得的改进成果。能源管理是一个有用的工具，它为企业了解能效现状、识别改进的可能性和持续改进提供了一个基础和框架，既可以提高整个企业的能效，也可以提高企业某个生产基地的能效。持续改进是所有能源（和环境）管理标准、程序和指南都强调的理念，这意味着能源管理是一个过程，不是一个有实施期限的项目。能源管理不仅寻找技术改进的可能性问题（如设置一门特种技术），还要考虑到组织机构、员工的积极性、好的实践经验、部门间的合作和成本。很多时候，能源管理或者说能源问题是一个环境管理体系或其他管理制度的一个组成部分。能源管理可以在以下不同层次开展：

- "简易"能源管理可以被描述为"凭直觉管理"
- 基于"计划—执行—检查—行动"周期（见清洁生产准则手册），追求持续改进的节能计划（ECP）
- 基于国家标准（如丹麦的丹麦标准 DS2403、IR 标准和能源标准 SE）或国际准则（国际能源管理标准或准则）的能源管理。不过公司可能不会寻求认证
- 能源管理，或遵循一个具体标准，或按照认证要求实施

为了说明能源管理是一个过程而不是一个项目，不少模式应运而生。但最常用的

是"计划—执行—检查—行动"周期模式（PDCA）。企业通常在能源以外的其他管理领域中了解到 PDCA 模式。这种方法与工业界最常用到的管理方法和标准是相吻合的。PDCA 周期是一个持续改进的过程或系统的框架，是一个动态的模式，其中一个环节完成后随即转入下一个环节。

就像在清洁生产准则中所描述的方法一样，开展能源管理的步骤为获得公司管理层的承诺，进行能源审计，分析和设定目标，通过制订节能计划，建立监测/测量系统，激励员工和管理层的审查。能源管理对企业来说应该是永久性的，最终需要在企业内部全面实施，才能达到持续改进能效的目的。

所有公司都能开展能源管理，能源管理的方法和构架兼有普遍性和灵活性，适用于任何行业的企业，也不管这个企业是上市公司，还是商务公司，或者一生产厂家。一个好的能源管理是构架于 PDCA 模式基础之上的，它包含了企业的承诺、能源管理构架的设计与建立、具体措施、工具、资源以及对技术和管理目标与措施的监测。

（1）最高管理层的承诺

最高管理层的承诺是能源管理获得成功的先决条件。如果公司把能效放在公司议事日程的重要位置，那么该公司就已经具备了必要的驱动力。长远的目标必须由最高管理层来决定。此外，企业管理层需要对实现能效长远目标所需要的资源（包括人员和资金）表支持态，使必要的组织机构建立起来。这样做的好处是：

- 明确传达给员工要认真看待能源效率问题，并将它摆在更高的地位
- 在公司内部搭建了一个能解决各部门面临的跨部门能源问题的平台
- 恰当的管理层将作出关于能源管理所需的资金的决策
- 防止对能源效率的关注程度下降

开展节能管理首先要得到企业高层的支持，而且这种支持应该是有目共睹的。对企业的愿景应该清晰明了，并为广大员工所知晓。这包括高层管理人员对实施进度的评估。进度评估是 PDCA 模式的一部分。高层还需要创建一个以高效、高产出的方式实现既定目标的组织结构，在企业内部营造一种文化氛围，让能源成为大众话题。为达到这样的效果，就意味着要分配足够的资源，使好的方案得以实施和保持。如果公司已在其环境管理系统（或其他管理系统）中兼顾了能源问题，那这意味着管理高层已经在公司的能源政策中对能效改进作出了承诺。在这种情况下，成立新的负责推进能效改进的组织结构是可以考虑的，但应尽可能利用现有的组织结构。对于已经在实施认证（国际标准化组织 ISO，EMAS）环境管理体系的企业，它们采用的正是这种持续改进的模式。

下面列出了几条有助于激励高层管理人员进行能源管理的信息：

- 参加精心设计的长效协议可能是进行能源效率管理的良好动力
- 为了在日益竞争激烈的欧洲市场占有一席之地，需要通过降低生产成本来提高竞争力
- 能源价格上涨是开展能源管理的动力
- 新的工业投资增强了新技术在市场中的渗透力，而往往新技术的能效更高
- 一些国家新的法律法规是其能源效率提高的根本原因
- 提供为新生能源服务的自由化的能源市场，公众对联合发电和可再生能源的推动都为有效的能源管理创造新机遇

（2）计划

为了执行企业的能源政策总管理高层所作的承诺，实现企业能效目标，需要制订一个实施计划。要制订计划，企业需要了解自身所处的地位，以及努力的方向。一个明确的、可衡量的和可监测的共同目标，以及一个时间表和确定的改进步骤是通往实施之路的第一步。

当明确了实施时间表和改进步骤之后，重要的是所有相关员工群策群力，形成一个工作团队。

具体的工作步骤是：初步能源审计，制订目标、规划措施和明确所需资源。

1）初步能源审计。第一步的重点是参照竞争、热力学目标、最佳适用技术、变化趋势等因素，了解企业的能源消耗、能量流动、耗能项目和能源会计制度等方面的实际状况。综合考虑这些基线信息和企业的长远目标，就可以制订能源目标。初步能源审计的目标是确定公司的能源消耗，筛选出需要优先实现的目标，并确定待改进的相关行动领域以及改进能源效率的措施。

初步能源审计包含以下内容：
- 识别能耗高的领域和活动
- 收集和分析能耗数据
- 识别提高能源效率的机遇
- 明确法律要求和其他要求
- 确定能源消耗基准
- 识别适当的能效指标
- 查明有关能源问题的惯例
- 明确企业所需遵从的法律要求以及企业签署的与能源有关的其他约束性要求
- 编写能源审计报告

2）能源绩效目标。为高能耗、有节能潜力或与法律和其他要求有关的生产环节或活动制订绩效目标，以及明确相应的组织结构是企业提高能源效率的一个关键举措。一方面，了解每个能耗单元各自的能耗特征对于提高它们的能源效率来说是非常重要的；另一方面，只有了解了这些单元之间的相互关系才能保证最佳的整体效果。
- 设定目标时要将其他生产单元或活动，甚至当地的环境考虑在内
- 计划制订和资源分配需要结合企业的当前状况
- 一个生产单元所产生的废弃物有可能成为另一个生产单元的能源来源

能源业绩目标要明确、可衡量，还要有时间期限。对能源管理成效的监测和对标要系统化。

同时，公司还要系统性地设定和修改其能源绩效目标，根据是：
- 能源消耗的重要性
- 相关法律方面
- 公司当前的技术、经营和财政能力

能源绩效目标应与环境政策一致，并便于比较。适当的指标对了解当前状况以及对照目标进行进展审查是非常重要的。因此，必须不断收集、储存和沟通计算这些指标所有必要的数据。

3）行动计划。为实施能源政策，实现能源业绩目标，公司需要制订和实施一个行

动计划。该行动计划包括：
- 实现能源目标的行动
- 每个行动的方法和资源
- 每个行动的职责分配
- 每个行动的时间框架
- 确定指标
- 监测指标和目标的方法

（3）执行

为了实现这些目标，一个恰当的行动计划和一个负责实施的组织，不管是已有的组织机构（如负责质量/环境管理的机构），还是新成立的独立的结构都是必要的。推动能源改进的手段可以是专门针对能源设定的（如能源审计和研究），也可是由外部机构或企业自身研发的一般的管理工具。

（4）检查

不对能源流动和其他重要指标进行监测和测量，就不能说明企业的能源效率，也不能提高其能源水平。

监测和测量的作用是让管理层了解能源效率措施的实施效果，并保证负责能源的员工有能力控制它。监测和汇报这两个步骤都是非常重要的。俗话说，"如果你不能量化它，你就不能管理它"，就是这个道理。

（5）行动

公司高层管理将定期评估能源管理体系和成效，保证能源管理体系的适应性、充分性和有效性，并通过与基线水平进行比较评估能源管理水平。

为管理层提供的开展评估所需的数据必须足够完整。

根据能源审计结果、外在条件的改变以及企业所做的持续改进的承诺，管理人员将考虑调整能源管理策略、目标和措施。

10.2　节能措施的层次关系

以正确的顺序实施节能措施对达到能效最优化是非常重要的。不同级别的能效措施在实施时对应有一个重要的层次关系。这意味着，如果某个节能措施没有按照正确的顺序来实施，那么虽然也可能取得一定的效果，但却无法达到本应取得的最大节能量。

节能措施共有如下三层。

1）尽可能限制能源需求。在这方面，可应用另一层措施：
- 减少能源需求的工艺措施
- 公用设施措施
- 能源的重复使用
- 提高产热和发电效率

2）尽可能用可再生能源需求满足其余的需求；

3）如果仍然需要矿物燃料，尽可能清洁、有效地使用它们。

本指南重点针对的是工业企业，要牢记对工业企业来说上述第1）项下所列的措施是同级的。此外还有一点很重要，即系统和单元操作不是相互独立的，这就是为什么在决定节能措施时，要看全局而非一个设备（如马达）。

实施一个节能措施可能会对另一项措施的节能潜力有影响，但也有可能实施某项节能措施导致了另一个地方的能源效率降低。

下面的例子说明了这种相互影响：

- 取消压缩气动搅拌器可以减少压缩空气的消耗，但可能会导致空压机效率下降
- 在中央采暖系统采用高效锅炉，建筑物增加保温层并安装双/三层玻璃之后能源需求减少了，但锅炉的供热能力变得太大，供热能力过大的锅炉将会导致能效降低

10.3 热 系 统

10.3.1 燃料——储存、制备和处理

燃料储罐通常由焊接软钢制成，高架水箱安装在混凝土砌块上，且配备排气口和排水管，该排水管用于定期清除积水。将石油从油罐中注入储罐时，要非常小心。所有发生在接头、法兰盘和管道处的泄漏都必须视为紧急事件处理。将燃料油添加到燃烧系统前，应保证燃料油不受灰尘、污泥和水这类杂质的污染。为了优化燃烧效率，可考虑添加过滤系统。在点燃燃烧器时最好预热燃料油，这样可以大大降低其黏度。

即使每秒只损失1滴油，一年都会让你损失掉4 000多升油。

（1）储存和泵送温度

燃料油泵送所需的温度取决于燃料油的级别。表10-1给出了最常用的燃料油级别。

表10-1　黏度比温度

黏度/厘斯（cst）	泵送温度/℃	黏度/厘斯（cst）	泵送温度/℃
50	7	900	38
230	27	1 500	49

尽管只比所需最低温度高出6℃，一个直径1.8m、长4.6m的保温燃油罐一年竟将浪费约6 800kg的蒸汽！

燃料油决不能在泵送所需的温度以上储存，因为这样会导致较高的能源消耗。

（2）燃料油预热

用管线加热炉将燃料油温度从泵送温度提高到燃烧温度。表10-2给出了需加热的大概温度，但要取得最佳状态，只能用试凑法。

表 10-2　预加热指南

黏度/厘斯（cst）	燃烧温度/℃
50	60
230	104
900	121

建议使用容积式泵（如齿轮泵），来泵送燃料油。有时，由于泵中产生过度的压力降和空穴效应，管中就没有油传输。不推荐使用离心泵，因为随着油黏度增加，泵的效率就急剧下降，需要更大的马力。

10.3.2　燃烧

化石燃料（煤、油、天然气）是由碳、氢、不需要的元素（如硫、氧、氮等）和灰分组成的，这些元素在有氧的助燃空气中燃烧。锅炉或加热炉的效率取决于燃烧系统的效率。例如，石油燃烧受锅炉的影响，锅炉内燃料和空气以正确的比例混合进行完全燃烧，从而释放出热量。

（1）基本燃烧反应——理想燃烧或化学计量燃烧

燃料燃烧需要提供的空气量取决于燃料的基本成分，即燃料中碳、氢、硫等的比例。表 10-3 和表 10-4 给出了一些典型的煤成分分析。根据燃料的化学组成计算的空气需求量，被称为理想量或化学计量。如果锅炉所需的燃料和空气混合物以及燃烧趋于理想，那么这就是所需的最少空气量。例如，1kg 含碳 86%、氢 12% 和硫 2% 的典型燃料油理想燃烧时，理论上所需的空气最低量为 14.1kg。

表 10-3　典型煤的近似分析

	褐煤	沥青煤（样本 1）	沥青煤（样本 2）	印尼煤
水分/%	5.00	5.97	4.39	9.43
灰分/%	10.41	38.65	47.86	13.99
挥发性物质/%	47.76	20.69	17.97	29.79
固定碳/%	41.83	34.69	29.78	46.79

表 10-4　典型煤的基本分析

	褐煤	沥青煤（样本 1）	沥青煤（样本 2）	印尼煤
水分/%	干基	5.97	4.39	9.43
矿物质/%	10.41	38.62	47.86	13.99
碳/%	62.01	42.10	36.22	58.96
氢/%	6.66	2.75	2.64	4.16
氮/%	0.60	1.21	1.09	1.02
硫/%	0.59	0.40	0.55	0.56
氧/%	19.73	9.88	7.25	11.88
总热值/(kcal*/kg)	6 301.00	4 000.00	3 500.00	5 500.00

* 1cal ≈ 4.2J

燃烧的主要产物为二氧化碳（CO_2）、水蒸气（H_2O）、二氧化硫（SO_2）和氮氧化物（NO_x）。图 10-1 为完全燃烧（即化学计量燃烧）之后烟气的不同成分，图 10-2 为燃料中不同成分的反应公式。

图 10-1　烃在既定温度下的燃烧过程中物质的输入和输出

$$2C + O_2 \longrightarrow 2CO + 2\,430 \text{ kcal/kg碳}$$

$$C + O_2 \longrightarrow CO_2 + 8\,084 \text{ kcal/kg碳}$$

$$2H_2 + O_2 \longrightarrow 2H_2O + 28\,922 \text{ kcal/kg氢气}$$

$$S + O_2 \longrightarrow SO_2 + 2\,224 \text{ kcal/kg硫}$$

图 10-2　燃料中不同成分的反应公式

在正常操作状态下，不可能仅通过提供理论上所需的空气量就能实现完全燃烧。还需一定量的过剩空气来实现完全燃烧，并确保所释放的全部热量保留在燃料中。但是，太多的过量空气会导致热通过烟囱损失掉；较少的空气会导致不完全燃烧和产生黑烟。因此，过量空气有个提供最佳燃烧条件的最佳水平——具体情况因燃料而异。如果在燃烧中使用过量的空气，也可能会生成三氧化硫（SO_3）。

当使用液体燃料（特别是重燃料油）时，永远存在燃料含水的危险。将水（连同有用的燃料一起）注入锅炉，在锅炉内水被加热、蒸发，最后通过烟囱排放。水不能燃烧，而是被压载，即所有用于加热和蒸发水的热量都要损失掉。当使用煤时，投入锅炉内的部分固体碳（没有燃烧过的）直接留在灰分中。

锅炉内燃料燃烧产生的热量用于将水（新鲜水或最好是回收的冷凝水）加热到沸点（这取决于水的压力），然后将水蒸发（恒温下），最终形成过度加热蒸汽。

（2）供风

由于燃烧不是瞬间发生的事，而是分阶段进行的，燃料需要时间在热加热炉内燃烧，需要有足够的空气才可完全燃烧。因此，有两种方式充入空气：

- 作为一次空气与燃料一起进入加热炉内，或者在固体燃料正在炉格上燃烧的情况下吹入燃料床
- 作为二次空气以涡流的方式进入，完成燃烧

助燃空气通常有如下所列的三种供应方式，有时会结合三种方式使用。

- 当热气向上穿过烟囱，在炉内产生吸力时，产生自然通风
- 诱导通风（ID），安装在锅炉出口的风机将空气吸入系统，并扩大烟囱的吸力而

产生通风

　●强制通风（FD），由安装在加热炉前的风机吹进气体造成的

诱导通风和强制通风结合被称为平衡式通风。

（3）空气控制和烟气分析

为了实现最佳燃烧，助燃气体的实际量必须要大于理论所需量。部分烟道气由纯净的空气组成，即由只加热到烟道气温度就通过烟囱离开锅炉的气体组成。气体的化学分析是客观方法，有助于实现精确的空气控制。通过（使用连续记录仪器或烟气分析器或一些更为廉价的便携式仪器）测量烟气中的 CO_2（参见图 10-3）或 O_2（参见图 10-4），可以估算多余气体水平和烟道损失（用图中所示图形表示），多余空气的供应取决于燃料的类型和点火系统。

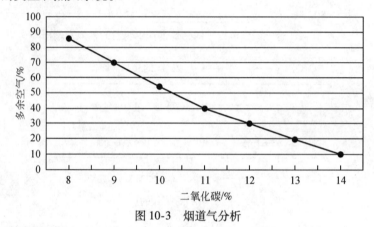

图 10-3　烟道气分析

为了实现燃料油的最佳燃烧，烟气中 CO_2 或者 O_2 的比例要维持在如下水平：

　●$CO_2 = 14.5\% \sim 15\%$

　●$O_2 = 2\% \sim 3\%$

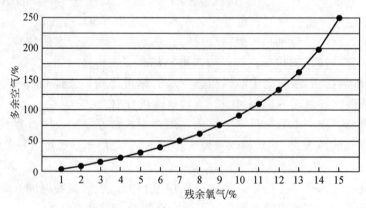

图 10-4　残余氧气和多余空气的关系

（4）不完全燃烧的原因

加热炉内的燃烧要完全。要达到这一要求，只有严格遵守"3T 原则"（即时间、温度和涡流）。这意味着：

　●让热加热炉内的燃料有足够的时间燃烧

　●燃料在足够高的温度下燃烧

- 燃烧室内燃料与足够的空气以涡流方式混合

下面是一些燃料不完全燃烧的可能原因：

- 空气压力不够，空气穿过加热炉时没能与燃料充分混合
- 燃料尚未达到与空气反应的燃点温度
- 燃烧产物冷却前，燃料和空气没有时间反应
- 空气从观察孔进入，在挡板或其他地方出现气体泄漏
- 燃料性质发生变化（如燃料变潮、煤内灰分含量高）导致燃烧滞后

10.3.3 锅炉

锅炉是一种利用燃料燃烧释放出的热来产生热水或蒸汽的容器。锅炉是压力容器，能承受生产过程中所需的蒸汽压力。如果不正确操作和维护，会十分危险。在锅炉内安装一个省煤器、空气加热器或者过热器能充分释放燃料中的大部分热以供使用。过热器可以提高蒸汽温度，是使蒸汽适合在蒸汽透平内或蒸汽发动机内使用所必需的。

（1）锅炉的类型

锅炉大致可归纳为如下几种类型：

- 水管锅炉
- 烟管锅炉
- 流化床锅炉

1）水管锅炉。水管锅炉能承受更高的压力，其蒸汽生成率一般在 4t/h 以上。它们普遍有以下特点：

- 机械加煤机提高固体燃料的添加效率
- 强制、诱导和平衡式通风系统，有助于提高燃烧效率
- 对水质的耐受能力低，因此需要水处理工厂
- 可能比兰开夏锅炉的热效率水平更高

2）烟管锅炉。烟管锅炉的两个例子是整装锅炉和兰开夏锅炉。

3）整装锅炉。整装锅炉是带烟管设计的壳式锅炉。它们通过辐射和对流实现高传热率。整装锅炉有以下特点：

- 燃烧空间较小，热释放率较高，从而加快了蒸发
- 大量的小直径管，对流传热好
- 强制或诱导通风系统，燃烧效率高
- 几个"烟道"使整体传热更好
- 热效率比其他锅炉高

4）兰开夏锅炉。兰开夏锅炉有以下特点：

- 蓄热能力较大，顺利处理负荷波动
- 能够使用劣质给水
- 由于储热器引起的热惯性高，导致启动反应缓慢
- 对流传热差，造成热效率低

5）流化床锅炉。固体燃料（如煤、稻壳等）燃烧技术的发展，已预示着即将引进流化床燃烧锅炉（FBC），它能高效地燃烧各种各样的燃料，如低级煤。一个典型的

FBC系统包括一个圆柱形容器和连接到容器底部的空气管道。燃烧床——包括沙颗粒、煤灰或铝——置于锅炉底部附近的分布板上，通过助燃空气通道向上"流化"穿过它。启动系统利用气体或石油燃烧器，将流化床加热到足以燃烧煤的温度。然后，将煤（通过气体输送）投入床中，煤在那里分散开并快速燃烧。燃烧释放出的热转移到水管中，其中一部分可以浸入流化床中，产生热水或蒸汽。要不断清除灰分，保持流化床深度不变。FBC锅炉的热效率预计可超过80%。

目前，FBC技术有以下两种不同类型：

- 常压FBC锅炉
- 增压FBC锅炉

常压FBC锅炉有两种类型：鼓泡流化床（BFB）和循环流化床锅炉。

增压FBC锅炉主要为燃气轮机而设计。目前世界各地都在研究这一技术，在发展中国家BFB技术已经发展起来，并因符合目前的工业要求而成功进入了市场。

应该牢记的是，运用这些技术先进的锅炉不仅意味着节省运营成本而且有助于环保。蒸汽和电力生产的环境问题是能源问题不可分割的一部分。如今生产仍然主要依赖于燃烧化石燃料，为此人类遭受的惩罚是：给赋予生命的环境——我们的空气、水和土壤带来了诸如尘埃粒子、一氧化碳、氮、硫等以及其他对人类存在危险的物质。

世界各地根据其各自的需求来开发FBC技术。比如，英国开发FBC技术，是因为英国煤的硫含量高。燃烧时往流化床上添加石灰石来吸收硫，可以充分燃烧而不产生过多污染。添加石灰石避免了使用种类繁多且价格昂贵的烟气过滤/洗涤系统。

在印度，FBC技术的开发是用来燃烧低热值、高灰分但含硫量少或不含硫的印度沥青煤。因此，没有必要添加石灰石。

FBC系统的另一重要优势是燃烧温度低——在700~900℃之间——因此产生的氮氧化物较少。氮氧化物包括一些危险气体，它们与空气中的水分混合时形成酸，伤害人类呼吸道。

（2）锅炉的性能评价

锅炉的效率取决于构造、操作和保养等几个方面。在操作和保养最优化的情况下，锅炉的温度取决于其构造——最重要的是烟道的数量（即气体流过锅炉的次数，参见图10-5）。

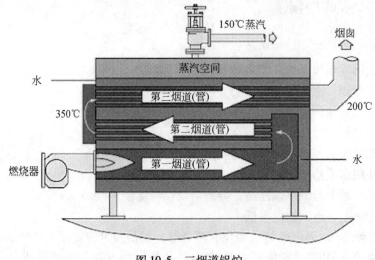

图10-5　三烟道锅炉

（3）热平衡

锅炉内的燃烧过程可以用能量流动图的形式来表示（图 10-6），通过图表明燃料的输入能量如何转化为各种有用的能量流，如何转化为热量和能量损失流。箭头的厚度表示各个流中含有的能量大小。

从本质上来讲，热平衡是为了平衡进入锅炉和以各种形式离开锅炉的总能量。下面的例子（图 10-7）阐述了发生在生成蒸汽过程中的各种不同损失。

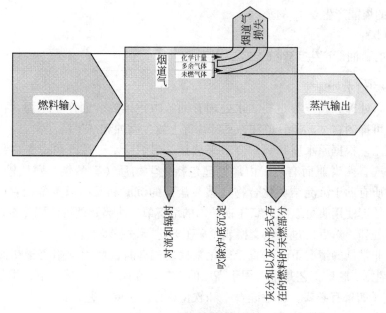

图 10-6　锅炉能量流动图

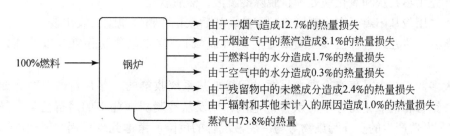

图 10-7　生成蒸汽过程中的损失例子

能量损失可分为可避免损失和不可避免损失。CP 的目的是必须减少可避免损失，即提高能效。以下损失可以避免或减少发生：

- 烟道气损失
- 多余的空气（降低到最低所需量要取决于燃烧器的技术、操作（即控制）和维护）
- 烟道气温度（通过优化维修（清洁）、增加负荷、提高燃烧器和锅炉技术来降低）
- 烟囱和灰分中未燃烧的燃料损失（优化操作和维护、提高燃烧器技术）
- 排污损失（处理新鲜水、回收冷凝水）
- 冷凝水带走的损失（回收冷凝水量）
- 对流和辐射产生的损失（提高锅炉保温性）

（4）蒸发率

蒸发率是每消耗一单位的燃料产生的蒸汽量。

典型蒸发率：
    （a）燃煤锅炉在压力为 10 巴[①]下生产饱和蒸汽，蒸发率 = 6
    （b）燃油锅炉在压力为 10 巴下生产饱和蒸汽，蒸发率 = 13
    对于（a）：
    1 kg 的煤能产生 6 kg 的蒸汽
    对于（b）：
    1 kg 的石油能产生 13kg 的蒸汽

（5）锅炉给水处理

锅炉的水处理和调节很重要。水处理有助于防止传热表面产生水垢，控制总溶解固体和碱性可抑制在过热器管道和透平叶片等上发生腐蚀和产生沉淀物。

水处理工艺根据原水质和锅炉要求来选择。锅炉给水处理既可以是内部的也可以是外部的，或者两者兼而有之。内部处理包括化学物质（碳酸钠、磷酸钠等）加药，这些化学物质有助于沉淀结垢化合物（碳酸盐）的沉淀和凝结以及帮助它们在锅筒上沉降。内部处理使用肼可以减少高压锅炉内的溶解氧。外部处理可使用冷石灰或热石灰工艺进行预处理，然后通过碱基交换或脱矿工艺进行进一步处理。

在压力非常低的情况下通过直接软化来处理。有时，也用到阳离子交换剂（也可用氯化钠再生）。脱矿工艺是唯一用于高压的工艺。在压力中等情况下，用各种方法将脱除碳酸盐（如果有必要，脱除硅石）和软化结合。主要工艺包括：

- 先用冷石灰处理脱除碳酸盐，然后软化
- 先用热石灰和氧化镁处理，脱除冷凝液，然后软化
- 先用羧基阳离子交换剂脱除碳酸盐，然后软化和物理脱除二氧化碳

所有这些处理过程必须紧接着在物理（脱氧）和/或化学脱除氧气以及预处理后进行。

大多数工艺中，蒸汽冷凝水是通过间接加热系统收集的，存在腐蚀产物（如来自设备、钢管和铜氧化物等中的铁）的危险，以及从冷凝器泄漏出的溶解盐类、黑液加热器/蒸发器产生的意外污染物等与冷凝液混合的危险。考虑到现代锅炉对纯度标准的要求，冷凝水处理与锅炉水处理是很重要的。

冷凝水的处理方式可是以下一种或多种方式的组合：

- 通过精细划分（纤维状或颗粒状）的材料过滤。这些材料包括纤维素纤维过滤器、硅藻（除了具有填充性能以外，它只对水有特定的吸附作用）
- 通过阳/阴离子床进行去离子处理
- 通过磁性过滤器过滤

表 10-5 给出了建议的给水水质，表 10-6 给出了建议的低、中、高压锅炉的锅炉用水范围。

---

① 1 巴 = 10^5 Pa

表 10-5　建议给水范围

因素	20 个大气压以内	21～40 个大气压	41～60 个大气压
铁总量（最大）/ppm①	0.05	0.02	0.01
铜总量（最大）/ppm	0.01	0.01	0.01
硅总量（最大）/ppm	1.0	0.3	0.1
氧气（最大）/ppm	0.02	0.02	0.01
肼残留物/ppm	—	—	0.02～0.04
25℃时的 pH	8.8～9.2	8.8～9.2	8.2～9.2
硬度	1.0	0.5	—

表 10-6　建议锅炉用水范围

因素	20 个大气压以内	21～40 个大气压	41～60 个大气压
可溶解固体总量（TDS）/ppm	3 000～3 500	1 500～2 000	500～750
可溶解固体铁总量/ppm	500	200	150
25℃时的电导率/mho	1 000	400	300
磷酸盐残留物/ppm	20～40	20～40	15～25
25℃时的 pH	10～10.5	10～10.5	9.8～10.2
硅（最大值）/ppm	25	15	10

（6）吹除炉底沉积

送入锅炉的水中含有可溶解的物质，随着水蒸发成蒸汽，这些物质以可溶解或悬浮状态留在锅炉内，聚集在一起。当这些固体物质聚集到一定程度，就会导致发泡，造成水被水蒸气带走，从而在锅炉内形成水垢。这会导致局部过热，可能导致爆管等。

因此有必要控制固体聚集程度。这可以通过"吹除"工艺来实现，其中一定量的水被炸飞，并自动被给水取代，从而使水中总溶解固体（TDS）保持在最佳水平。吹除炉底沉积是为了保护锅炉内的换热器表面。但要记住的一点是，如果不正确操作，吹除炉底沉积会成为热损失的重要来源。

这就需要对所有的锅炉内水状态进行认真的监测和监管，特别是现代壳式包装的设备。由于关系到其输出，现代壳式包装的设备水容量比较小，且蒸汽空间有限，所以与之前的种类相比，它们更加脆弱。

表 10-7 给出了不同类型的锅炉允许的最大总溶解固体（TDS）浓度。

① ppm，part per millian，表示固体中成分含量时，1ppm＝1μg/g，下同

表 10-7　锅炉中的允许 TDS 浓度

序号	项目	允许 TDS 浓度/ppm
1	兰开夏	10 000
2	烟管和水管锅炉（12kg/cm²）	5 000
3	带过热器的高压水管锅炉等	3 000 ~ 3 500
4	整装锅炉和经济锅炉	3 000

此外，必须要查阅制造商指南。下面的公式给出了所需吹除率：

$$吹除率（\%）= \frac{补给水 \times 百分比}{锅炉可允许的总溶解固体 - 补给水中总溶解固体}$$

如果 TDS 的最大允许范围为 3 000 ppm（如整装锅炉所示），补充水的百分比是 10%，给水中的 TDS 为 300ppm，那么这个吹除炉底沉积的百分比，给出如下：

$$\frac{300 \times 10}{3000 - 300} \approx 1.11\%$$

如果锅炉蒸发速率为 3000kg/hr，那么所需吹除速率为：

$$\frac{3000 \times 1.110}{100} = 33kg/hr$$

10.3.4　热载体加热器

像锅炉一样，热载体加热器（TFH）或火焰加热器（FH）是用来将燃烧产生的热量转移到"工作"或"热"液体中的装置。然而，TFH 和 FH 不一定是压力容器，且工作中的液体通常是石油基油，不会改变其液体状态。

这些装置在闭环下工作，热流体在闭环一端获得热能，然后通过换热器用间接转移的方式将热能转移到过程设备上。

TFH 和 FH 用于高温传热应用设备（270 ~ 300℃）。这些能应用于需要高温的设备与锅炉相比的优势在于，它们避免了对高压蒸汽以及水处理、压力容器规范等这类相关复杂因素的要求。

TFH 和 FH 的输入包括：

- 燃料产热
- 助燃空气
- 辅助设备动力（如热流体循环泵、通风机、燃料运输设备等）

有用的热量输出是通过热流体转移的热量。其他输出包括：

- 烟气
- 燃料燃烧产生的固体废物
- 烟气中的未燃燃料

近来，TFH 被广泛运用在间接工艺加热中。它运用基于石油的液体作为传热介质，为用户设备提供恒定的温度。燃烧系统包括一个固定的炉算和机械通风设备。

现代燃料油 TFH 都是双油、三通构造，安装有调制高压喷射系统。带热量的热流体被加热（在加热器中），在用户设备中循环，在那里它通过换热器将热量转移到过程中，最后回到加热器。在用户端热流体的流动由气动阀控制，而气动阀又通过操作温度来调节。加热器是在低火还是高火下工作取决于随着系统负荷变化的回油温度。

这些加热器的优点在于：

- 与蒸汽锅炉相比，闭合循环操作将损失减少到最小
- 非增压系统操作，甚至能在250 ℃左右工作，而类似的蒸汽系统却需要40 kg/cm² 的蒸汽压力
- 自动控制设置具有操作灵活性
- 良好的热效率，TFH系统不会出现因吹除炉底沉积、冷凝水排放和闪发蒸汽而造成的损失

TFH的总体经济效应取决于具体应用和参考基准。与大部分锅炉相比，煤燃型TFH的热效率范围在55%~65%。在烟气道上设置余热回收装置将进一步提高热效率水平。

10.3.5　蒸汽分布和利用

（1）蒸汽疏水阀

锅炉产生的蒸汽用于蒸汽散热之后凝结成水（冷凝水）的设备和过程中。从系统中快速脱除冷凝水是节能的一个重要方面，有效脱除冷凝水有助于将能耗最小化、生产力最大化。

蒸汽疏水阀有三个重要功能：

- 一旦形成冷凝水，便立刻排出
- 防止蒸汽流失
- 排出空气和其他不可凝气体

1）蒸汽疏水阀的类型。表10-8给出了不同类型的蒸汽疏水阀及其工作原理。

表10-8　蒸汽疏水阀类型

类别	工作原理	子类别
机械式疏水阀	蒸汽和冷凝水密度不同	桶式、浮桶式、倒吊桶式，有/无杠杆式、浮子式、有杠杆浮子式、自由漂浮式
热动力式疏水阀	蒸汽和冷凝水的热力学性质不同	圆盘式、孔板式
恒温式疏水阀	蒸汽和冷凝水的温度不同	双金属式、金属膨胀式

2）蒸汽疏水伐节能的重要性。随着能源价格不断上涨，对蒸汽疏水阀进行改进比蒸汽应用领域内以往任何因素都重要。只有当蒸汽疏水阀的选择、安装以及维护能够充分满足设备需要的时候才能实现真正的节能。

3）蒸汽疏水阀维护。维护蒸汽疏水阀的目的在于使蒸汽疏水阀保持最佳状态，确保装置内蒸汽设备高效工作。排除故障的第一步是查看蒸汽疏水阀的工作情况，看有无故障症状。蒸汽疏水阀故障可以分为以下四类：

- 堵塞
- 蒸汽吹堵

- 蒸汽泄漏

- 排放不完全

4) 蒸汽疏水阀故障导致的蒸汽损失。如果圆盘疏水器以 5kg/cm² 的压力吹飞蒸汽，每年蒸汽损失将达到 168t。基于蒸汽的单价，比如说，在 20 美元/t，那么每年将损失 3 360 美元。因此，发生故障的蒸汽疏水阀将带来巨大的蒸汽损失和蒸馏水损失，既浪费钱，又浪费资源。因此，以下两点非常重要：

- 定期检查蒸汽疏水阀

- 用新的蒸汽疏水阀来替换发生故障的蒸汽疏水阀

（2）蒸汽泄漏

蒸汽管线出现泄漏不仅浪费热量，而且也会导致管线的压降。蒸汽泄漏量取决于泄漏的规模和蒸汽压力。如果观察到明显的蒸汽泄漏，必须要停止。表 10-9 给出了不同蒸汽压力和泄漏直径下蒸汽损失的指标。

表 10-9　蒸汽损失及其泄漏直径

工段编码	泄漏直径/mm	年蒸汽损失			
		3.5 kg/cm² 时		7 kg/cm² 时	
		t	美元	t	美元
1	1.5	29.0	667	47.0	1 081
2	3.0	116.0	2 668	193.0	4 439
3	4.5	232.0	5 336	433.0	9 959
4	6.0	465.0	10 695	767.0	17 641

（3）从蒸汽装置中脱除空气

空气和其他不可凝气体（如氧气和二氧化碳），对使用蒸汽的任何装置来说，都是天然危害物。它们会降低蒸汽分配的速率，在加热表面形成冷点，造成装置的变形和应力，还可能导致出现与腐蚀有关的问题。然而，从生产角度来讲，或许对热传递的总体影响是最重要的。

一些实际例子：

- 夹套式煮釜内出现空气就会将蒸煮时间从 12.5min 增加到 20min。蒸汽中 60% 的空气跑到装置加热器中，会导致输出下降达 30% 之多

- 40Pa 的干饱和蒸汽温度在 287℃。如果有 90% 的蒸汽和 10% 的空气，温度会降到 280℃。如果有 25% 的空气，温度会降到 270℃。在所有这些情况下，压力计都将保持在 40 帕斯卡

- 相对而言，空气的热传导性为 0.2，水为 5，铁为 340，而铜为 2 620。这意味着，一层只有 1/1000 英寸（0.025 毫米）厚的空气与一层厚达 13 英寸（32.5 厘米）的铜对热流体有相同的阻力

脱除空气可以通过手动或自动通风来进行。手动通风口的缺点在于依赖人力（即需要员工）来控制什么时候、多久后打开活栓。当然，自动通风口是最佳的选择。

（4）绝热

随着操作温度和能源成本的上涨，有效绝热变得更加重要。蒸汽的生成、分配和

使用需要绝热来确保工艺要求得到满足。首先要考虑的是确保锅炉内生成的蒸汽可以送到正确的温度和压力下的使用点。为了确保能量损失在设计允许范围内，选择正确的绝热系统是十分重要的。

1）绝热材料的类型和形式。绝热材料可以分为四种类型：颗粒状、纤维状、蜂窝状和放射式的。表 10-10 给出了 50~1 000℃温度范围内使用的典型绝热材料。

表 10-10　用于 50~1 000℃温度范围内的典型绝热材料

工段编码	绝缘材料	类型	可用性*	密度/（kg/m³）	近似温度范围/℃
1	蜂窝状玻璃	蜂窝状	a b	150	450
2	玻璃纤维	纤维状	a b d e f	10~150	550
3	石棉和渣棉	纤维状	a b d e g	20~250	850
4	硅酸钙	颗粒状	a b c	200~260	850
5	氧化镁	颗粒状	a b c	200	300
6	硅藻	颗粒状	a b c i	250~500	1 000
7	硅	纤维状	d e f	50~150	1 000
8	硅酸铝	纤维状	d e f g	50~250	1 200
9	硅酸铝	颗粒状	i	500~800	1 200
10	铝	放射式	h	10~30	500
11	不锈钢	放射式	h	300~600	800
12	蛭石	颗粒状	a b c d g i	50~500	1 100

* a＝平板；b＝切片；c＝塑料；d＝松填土；e＝垫子；f＝纺织品；g＝可喷涂的；h＝反射式；i＝绝缘砖块

2）绝热层的经济厚度。绝热层的有效性遵循效果递减法则。因此，合理的绝热量都有一个确定的经济额度。超出一定的范围，根据成本，增加厚度是不可取的，因为这不会通过节省一点热量而得到补偿。该范围值被称为绝热层经济厚度（ETI）。因存在不同的燃料成本和锅炉效率，这些因素都要同时用来计算 ETI。换言之，在特定环境下，在既定的一段时间内，一定的厚度能将绝热层的总成本和热损失降到最低。图 10-8 阐述了 ETI 原理。

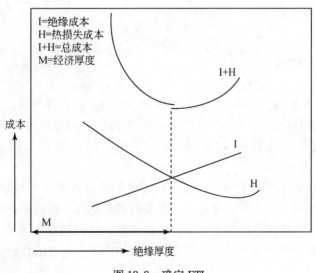

I＝绝缘成本
H＝热损失成本
I+H＝总成本
M＝经济厚度

图 10-8　确定 ETI

ETI 的确定需要注意以下方面：

- 燃料成本
- 每年工作的小时数
- 燃料的热含量
- 锅炉效率
- 操作表面温度
- 表面的管直径/厚度
- 绝热层的估计成本
- 暴露在周围静止空气温度下的平均次数

（5）热节能和应用准则

有各种各样的图表、曲线图和参考文献可以计算热损失。不考虑用复杂的方法来计算热损失。表面热损失可以借助下面给出的简单的能量损失公式来计算。该公式适用于表面温度高达 200℃ 的情况。风速或者绝热材料的传导性等因素尚未考虑在内。

$$S = [10 + (Ts - Ta) / 20] \times (Ts - Ta)$$

其中：

S：表面热损失/（kcal/hr/m^2）

Ts：热表面温度/（℃）

Ta：环境温度 /（℃）

Hs（总热损失/hr）= S × A

其中，hr—hour，小时，Hs—热损失，A—表面面积，单位为 m^2。

根据热能成本，热损失价格（以美元计）可以通过以下公式进行计算：

$$当量燃料损失（Hf）（kg/yr）= \frac{Hs \times 年工作时间}{GCV \times \eta b}$$

每年热损失（以货币单位美元计算）= Hf ×燃料成本（美元/千克）

其中：

GCV = 燃料总热值（kcal/kg）

ηb = 锅炉效率（%）

10.3.6 冷凝水回收

蒸汽作为加热介质广泛地应用于各类装置——因此，有效利用蒸汽是节能的关键。蒸汽中的热能包括显热和潜热，只有后者被用于大多使用蒸汽的设备中。当蒸汽散发潜热时，到了饱和点就凝结成水。冷凝水中包含的显热合计高达蒸汽总热量的 20% ~30%（图 10-9）。

为了使蒸汽设备保持最大效率，设备中形成的冷凝水必须尽快通过蒸汽疏水阀排出。换言之，排出的冷凝水的温度越高，设备的效率越高，越能最有效地利用蒸汽。

在这种情况下，排出的冷凝水有最优质的热量，这种热能可用于其他过程。此外，冷凝水本身也可作为锅炉的补给水。图 10-10 表示冷凝水回收的益处。

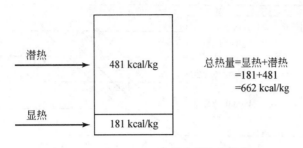

图 10-9　在 10 kg/cm² 饱和蒸汽的总焓

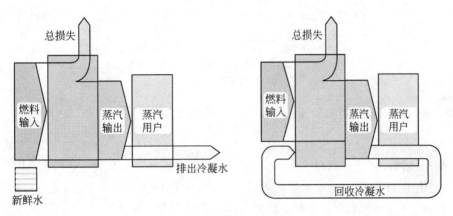

图 10-10　冷凝水回收的好处

冷凝水回收有许多优点，以下给出了最重要的几个优点：

热量回收

- 节省了锅炉燃料
- 提高了锅炉效率

水回收

- 节约了工业用水
- 节约了水处理成本（和化学品成本）
- 减少吹除炉底沉淀的次数

其他优点

- 通过降低锅炉内的燃料消耗减少空气污染
- 无蒸汽疏水阀操作时产生的噪音
- 不会有由蒸汽疏水阀排出冷凝水时的拍打所造成的水化膜

锅炉给水温度每提高 6℃ 就能节约 1% 的锅炉燃料

10.3.7　闪蒸蒸汽回收

高压状态下的冷凝水在低压状态下释放时产生闪蒸蒸汽。从高压冷凝水回收闪蒸蒸汽是热节能的重要领域。图 10-11 列出了不同操作状态下产生的闪蒸蒸汽的百分比。

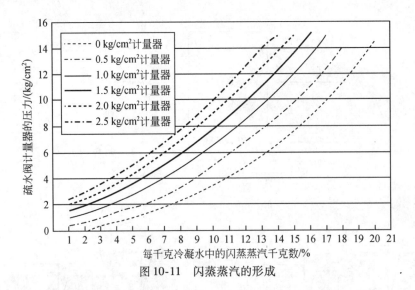

图 10-11　闪蒸蒸汽的形成

以下例子经证实可能有所帮助：闪蒸蒸汽形成之后用闪蒸釜回收。

> **例子**
>
> 举个机器的例子，假设 1 000kg 的冷凝水从 7 kg/cm² 压力下闪蒸到大气压下。
>
> 由图 10-11 得知，冷凝水的闪蒸量（kg/kg）为 14.0 %。
>
> 因此，每小时 1000kg 冷凝水产生的闪蒸蒸汽为 140 kg/hr。
>
> 蒸发率为 13 的情况下（即锅炉内燃烧的 1kg 油能产出 13kg 的蒸汽），通过闪蒸热回收节省的当量燃油量为 140 ÷ 13 = 10.76 ，即每小时 10.76kg 油。
>
> 那么，按一年 6 000 个工作小时计算的话，年燃料油节省量将是：
>
> （10.76 × 6 000）/1 000 = 64.6 t/a
>
> 假设燃料油价格为 300 美元/t，那么可节省成本：
>
> 64.6t × 300 美元
>
> = 19.385 美元 /a

加热炉：工业加热炉的主要功能是加热、融化、浸泡，通常在给定温度下处理材料。加热炉可以根据它们的操作、使用方法以及燃料使用方法来分类。

（1）加热炉的类型

下面介绍不同类型加热炉的具体特点，表 10-11 给出了各种不同类型加热炉的参数。

1）锻造炉。锻造炉用来将钢坯和钢锭预热到煅烧温度。加热炉温度大约保持在 1 200～1 250℃左右（取决于钢的碳含量），通常大块的钢会浸置在炉内 4～6h，让整块材料获得均一温度。实际浸置时间因材料的类型和厚度而异。重量在 1～2t 的较大块钢可多次重复加热。装料和取料是人工进行的，这会导致锻造操作中产生大量热损失。锻造炉采用开放壁炉系统，大部分的热是通过辐射传播的。

这种类型的加热炉要评估其具体燃料消耗是相当困难的，因为它取决于材料的类型和所需重复加热的次数。平均每吨锻件需要 0.65～0.85t 煤。

2）端焰窑（箱型）。"端焰"箱型加热炉用于分批式再轧钢。当要加热的"材料"体积和重量种类较多时，最好使用推送式加热炉，通常端焰箱式加热炉用于加热重量在 2～20kg 的碎片、小钢锭和钢坯，对它们进行再轧。装料和取料都是人工进行的，最后的产物以棒状、条状等形式呈现。

表 10-11　加热炉参数

加热炉	锻造（开放式壁炉）	再轧		坩埚	玻璃池熔化（蓄热式或回热式）
		分批式	连续推送式		
设计参数					
长/mm	3 000	6 000	13 700/152 250	熔融玻璃的平均重量每锅200 kg	取决于加热炉的负荷
宽/mm	1 850	2 000	1 800		
高/mm	900	1 100（前端）	1 050（前端）		
		900（后端）	400（后端）		
炉篦宽/mm	900	900	900		静态算子
炉篦长/mm	1 850	1 850	1 850		
操作参数					
加热炉温度/（℃）	1 200~1 250	1 150~1 200	1 200~1 250	1 350~1 400	1 400~1 450
烟道气温度/（℃）	1 100	700~750	550~600	1 200~1 250	200~350（再生后）
烟道气中CO_2含量	3~10	4~12	4~12	4~8（O_2）	2~6（O_2）
具体的燃料消耗率					
煤的吨数/加热材料吨数	0.6~0.8	0.18~0.28	0.18~0.25	1.2~1.5	0.55~1.0

3）再轧（分批）加热炉。再轧（分批）加热炉每日工作时间在8~10h，平均产量在1~1.5t/h。点火前先装料，需要将近1.5h的加热时间以获得1 200℃的温度。总循环时间可分为加热时间和再轧时间。在加热过程中，将材料加热到所需温度，然后人工移除进行再轧。大约花3.5~4h完成第一轮再轧，加热炉内加入新"材料"，只要再加热30min，就可进行再轧。

这些加热炉每天平均产量在10~15t不等，每吨加热材料的具体燃料消耗率为180~280kg煤不等。煤消耗率因（用于再轧的）加热材料重量和加热炉工作效率而异。

4）连续推送式加热炉。连续推送式加热炉与分批式加热炉相比，有一个明显的优点。虽然工艺流程图和工作周期与分批式加热炉相同，但推送式加热炉可接受横截面面积在65~100mm^{2}的钢锭和钢坯（45~90kg重量/块）。通常这些加热炉每天工作8~10h，每日的产量在20~25t，它们在高峰负荷下的正常速率大约为4~6t/h。

由于推送式加热炉的长度通常在13.7~15.25m，材料本身下移一个窑长就能回收烟气中的部分热量。加热炉内材料的整个横截面对热量的吸收比较缓慢且稳定均匀。

推送入加热炉的材料需要2~2.5h的时间到达浸泡区，浸泡区的温度维持在1 200~1 250℃。充分浸泡之后（这取决于横截面），人工将材料移出进行再轧。每加热1t材料所需消耗的特定燃料等于180~250kg的煤。锅炉工作效率低是其具体的燃料消耗率有很大变动的主要原因之一。

5）坩埚炉。坩埚炉通常用于加工小玻璃制品、贝壳、实验室仪器和手镯等产品，或者用于间歇性熔化"一批"玻璃的情况。煤在自然通风条件下放在固定炉算上燃烧。

坩埚炉内的烟道气刚过炉时的温度为1 200~1 250℃。每吨玻璃取料的燃料消耗率为1.2~1.5t煤。这因炉而异，取决于产物种类和煤的质量。

6）玻璃加热炉。典型的玻璃加热炉由10~12个坩埚组成，每个坩埚能容下200kg

的熔融玻璃。加热炉温度要维持在1 350～1 400℃左右。一批玻璃大约需要14～18h进行完全熔化和提炼。从坩埚中取出熔融玻璃还要6～8h。

在玻璃池蓄热式加热炉内，成批装料和玻璃取料是连续进行的。通常，在这种加热炉内每天可取出10～20吨的玻璃。池窑内有个槽，槽底部和两侧通常由耐火砖制成，还设置了窑口，用来混合燃料和空气，达到熔化程度以上。

煤不要直接在玻璃池窑内燃烧。而是应将它作为原材料，首先生成产品气，然后依次将气体错流燃烧，来加热整个炉宽的池子。

人工将一批由沙子、石灰石、纯碱和碎玻璃等组成的混合物铲入炉内。池中玻璃可分为以下几个阶段熔化：

- 将成批玻璃推入炉中，然后这些玻璃浮在已熔化的玻璃上面，最后熔化成泡沫状
- 温度要保持足够高，以脱除气泡，使槽内均质化，以提炼玻璃
- 然后，玻璃在严格控制速率/温度下流到冷却工作端，等待出炉

熔融玻璃从工作端供给一个或多个操作单元。玻璃器皿的成形可以通过手工或机器来完成。然后，将玻璃器皿放到退火炉内。退火避免了玻璃因太快或不均匀冷却带来的压力，因为压力可增加其破裂的倾向。废弃物被称为"碎玻璃"，在新的一批材料中循环利用。

（2）燃料消耗量和热经济

对于工业加热炉而言，术语"效率"的真实意义是指加热单位重量的原料时所耗的燃料量。锅炉效率为60%～85%，而加热炉的效率有时低至5%。锅炉和工业加热炉效率之间存在差异的原因就在材料加热到的最终温度上。只有气体温度比装料高，才能将热量传给装料。结果，烟道气在非常高的温度下离开工业加热炉，这个便是加热炉效率低的原因。

图10-12中的试验清楚地解释了简易加热炉中的热量分配。

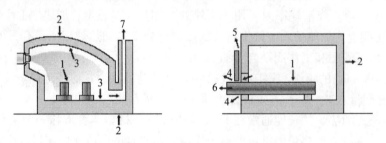

图10-12　加热炉中的热量流动

注：1-原料；2-地面和周围环境；3-炉床；4-裂缝和开口；5-炉门；6-伸出的原料；7-烟囱

加热炉中的热量流动：将燃料释放出的大部分热量传给原料是可取的。但是，如图10-12所示，加热炉中的一些热量传给了炉壁和炉床，有些通过热辐射和对流从炉壁外表面散失到周围环境中，或通过传导散失到地面。热量也会透过缝隙或其他开口辐射散失掉，加热炉气体会跑到炉门外，常常会在炉外燃烧，这样便带走了热量。有时，热量也会在门开着的时候被损耗掉，抑或原料伸出炉围外，热量便会散失。最后，大量的热量与燃烧产物一起或以显热的形式，或以不完全燃烧的形式被浪费掉。燃料经济性要求部分总热量尽量多地传给原料，以及将总损失降到最少。

（3）影响燃料经济的因素

1）用最少的多余空气实现完全燃烧。要实现用最少的多余空气进行完全燃烧，需要考虑若干因素（如正确选择、维护控制、多余空气监测、气渗、助燃空气压力）。除了烟囱损失异常增加以外，进入太多的多余空气会降低火焰温度，从而降低加热炉温度和加热速率。如果使用的多余空气太少，燃烧就会不完全，烟道气会带走未被使用的潜在燃料，这些燃料可能是以一氧化碳和氢气等未燃可燃气和未燃烃的形式存在，否则，这些气体本可以在燃烧室内充分燃烧并加以利用的。

2）合理的热量分配。理想的加热炉设计要使加热炉在特定时间内，尽可能在均一温度下，以最低的燃料燃烧率加热尽可能多的材料。为此，考虑下列几点：

- 火焰不能碰到原料，并远离任何固体物质。无论什么妨碍粉碎燃料颗粒，都会影响燃烧并产生黑烟。如果火焰碰到原料，损失规模将大大增加
- 如果火焰碰到了加热炉内的任一部位，耐火材料就会被还原掉，因为不完全燃烧的产物会在高火焰温度下与一些耐火成分反应
- 燃烧室内各燃烧器的火焰应保持距离。如果火焰相互影响，便会发生无效燃烧。这可以通过错开在对面墙上的燃烧器来控制
- 燃烧室内的火焰会在材料上方自由窜动。在小型重热炉内，燃烧器轴从不会与炉床平行，但总保持一个向上的角度。要采取一切预防措施，确保火焰不会窜到炉顶
- 大燃烧器产生的火焰较长，很难控制在加热炉壁内。大多小容量燃烧器能更好地分配炉内热量，减少大规模热量损失，同时延长加热炉寿命，如图 10-13 所示
- 对于小型重热炉的均匀加热来讲，烧炉油时，火焰长度最好要长，颜色最好是金黄色。但火焰长度不能太长，太长会窜进烟囱，跳出顶部或穿过炉门，这种情况常发生在多余油被点燃之后。这种操作方法有时用来增加生产率，事实上它的帮助很小
- 同时，要供应足够的燃烧量满足热量释放速率

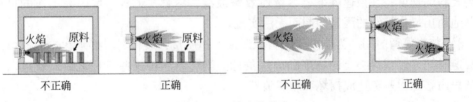

图 10-13　炉内热分布

3）在理想温度下操作。任何特定工业加热或熔化的加热炉操作都有一个最佳的温度。表 10-12 列出了不同炉的操作温度。

操作温度过高，不仅意味着不必要的燃料和热量浪费，也会使原料过度加热，使炉遭到损坏或过度氧化和脱碳，以及对耐火材料造成过度压力。为了避免这种情况，应对温度控制仪器作出规定。

在"关闭"的条件下，只有雾化空气进入炉膛，从而使其温度迅速下降，这样当油开始燃烧时，提供足够的油供应量使炉内温度远大于"比例控制"下的加热炉操作所需温度。

表 10-12　加热炉操作温度　　　　　　　　　　（单位：℃）

加热炉	温度	加热炉	温度
平板重热炉	1 200	Bogey 型轧钢退火炉	1 000
轧钢厂加热炉	1 180	小型锻造炉	1 150
薄板轧机用钢炉	850	旋转式熔铁炉	1 550
Bogey 型退火炉	659 ~ 750	搪瓷炉	820 ~ 860

4）降低炉开口热损失。在燃料油炉内，大量的热在炉口损失掉。对于每个大的炉口，热损失可以通过将炉温下的黑体辐射乘以辐射率（炉砖工况下，通常为 0.8）以及通过开口的辐射系数来计算。黑体辐射损耗和辐射因素可直接从曲线和计算图表上获取。

5）炉壁损失最小化。在间歇或连续炉内，热损失一般占炉燃料输入量的 30% ~ 40% 左右。为工业炉节省大量燃料，光靠正确选用耐火及绝热材料是不够的。

在工业炉内，燃料消耗量可通过明智选用外部绝热材料来大幅降低。应考虑若干绝热和热惯性组合的材料来尽量减少透过炉壁的热损失。对于间歇炉，选用适当质量和厚度的绝热耐火材料可降低炉壁的蓄热能力，并将炉壁加热到操作温度所需时间降低 60% ~ 70% 之多。

6）控制炉通风。必须防止不受控制的自由空气进入任何炉内。最好是保持稍微过量的炉内压力，以避免空气渗入。如果炉内存在负压，空气就容易通过裂缝和开口进入，从而影响空气/燃料比。忽视炉压力可能会产生冷金属和非均匀金属的温度问题，从而影响后续操作（如锻造和轧制），并可能导致燃料消耗量的增加。

7）加热炉装料。影响效率最重要的因素之一是装料。有一个特定的装料量，使得加热炉可以在最大热效率下工作。如果加热炉装料不够，工作室内较小部分的可用热量被装料占用，那么效率也就相应地变低。装料的最好方法一般通过反复试验获取，要注意每个装料材料的重量、到达给定温度所需的时间以及使用的燃料量。要注意往炉内装料的速度，在该速度下要尽量使效率最高，尽管知道有时候因为工作的可用性或其他超出操作控制的因素限制而无法实现。

8）装料停留时间。为了节省燃料和保证工作质量，装料材料必须在炉内停留最少的规定时间，以获得必要的物理和冶炼条件。当材料获得这些特性之后，就可以将它们从炉内移除，避免造成损坏和燃料浪费。

10.3.8　余热回收

（1）什么是余热？

锅炉、烧窑、烤炉和加热炉产生大量的热烟道气。如果部分余热可以回收的话，就可以节省大量的初级燃料。

不是所有的废气中的能量损失都可以回收。不过大部分的热量可以回收，可以通过采取下文所描述的措施来使损失最小化。

（2）余热的来源

当考虑是否有潜在余热可回收时，要注意到所有的可能性，并根据余热潜在价值对余热加以分级，如表 10-13 所示。

表 10-13　余热的来源

编号	来源	质量
1	烟道气热量	温度越高，热回收潜在价值越大
2	蒸汽流热量	同上，但冷凝时，潜热也能回收
3	设备外部对流和辐射热损失	低级——如果回收，可用于房间采暖或者空气预热
4	冷却水热损失	低级——可用于与进来的新鲜水交换热量从而获得有益的收益
5	冷水供应或冷水处理热损失	a）如果可用来减少对制冷的需求则为高级 b）如果制冷机作为热泵的一种形式，则为低级
6	产品离开工艺后储存在产品中的热量	质量由温度决定
7	气体和液体残液离开工艺后带走的热量	如果严重污染，质量则较差，因此需要合金热交换器

10.3.9　烟气的余热回收

确定余热来源和其潜在用途之后，下一个步骤就是选择合适的余热回收系统和设备，对余热进行回收和利用。预热助燃空气可节省可观的燃料，为此使用的热节能设备包括同流换热器和蓄热器。

（1）同流换热器

同流换热器中，烟气和空气通过金属或陶瓷壁进行热交换。管道或管子中是要预热的助燃空气，换热器的另一侧是余热流。

陶瓷同流换热器体积大，传导性差，因此传热阻力大，容易泄漏。金属同流换热器是不容易泄漏和热膨胀的，可以控制。金属同流换热器更易于维护和安装，且初始成本少。基于上述原因，陶瓷同流换热器没有得到广泛使用。金属同流换热器根据热传递方式有三种基本类型，即辐射、对流以及对流和辐射的结合。

（2）蓄热器

蓄热器中，烟气和空气加热前交替通过蓄热媒介，从而导致热转移。长时间逆流会导致预热平均温度较低，从而降低了燃料油的经济性。

（3）省媒器

对于锅炉系统，可以安装一个省媒器，利用烟气余热来预热锅炉给水。在空气预热器中，余热用来加热助燃空气。在这两种情况下，锅炉的燃料需求都相应减少。

（4）板式换热器

当温差不大时，换热表面成本是一个主要的成本因素。解决问题的途径之一就是使用板式换热器（图 10-14），它包括一组独立平行的板，形成狭窄的流动通道。板之间用垫圈相隔，热流并行通过交替板，而反流液加热前平行穿过热板之间。这些板都有轧纹，以提高传热。板式换热器列于表 10-14。

图 10-14 板式换热器

表 10-14 板式换热器的特点

板式换热器类型	构　造	评　价
平板形冷却液体流	一组独立、平行平板形成狭窄通道，以供加热或冷却液体流穿行	温度范围在 25~170℃（特殊设计能达到 200 ℃），易于清洁、更换部件和增加容量。液 – 液系统回收 80%~90% 的可利用热量。广泛应用于酿酒、乳制品行业或化工行业以及再生回收中，可作为冷凝器为产物加热

（5）热泵

热泵可以将热源的热值加大到设备运行所需能量的 2 倍以上。热泵应用的潜能正在不断被开发，许多行业因回收低级余热，并加以改良运用于主流程线而大大获益。

基本上，热泵系统包括压缩机、冷凝器、膨胀阀、蒸发器和一个工作流。它从空气、水或过程液流中提取热量，并通过一个换热器在较高温度下，将能量提供给液体或气体流。热泵与普通冰箱采用相同的基本原理，它也可用于冷却。工作原理如图 10-15 所示。

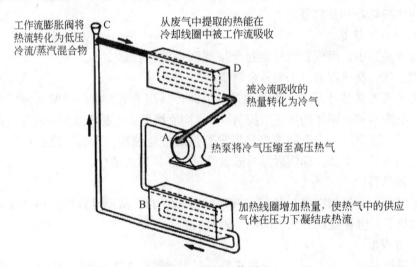

图 10-15 热泵工作原理

热泵应用十分有前景，既可以加热，又可以冷却。举个例子，一家塑胶厂利用加热器产生的冷水冷却注塑机，而热泵输出的热量给工厂或办公室供热。

热泵应用的其他例子包括产品烘干、保持干燥空气用于储藏以及干燥压缩空气。

（6）自预热烧嘴

自预热烧嘴中，同流换热器是其有机组成部分，可以节省成本，并使其更容易改造现有炉。预热烧嘴是成对的，一个烧嘴用来燃烧燃料，另一个用多孔陶瓷床储存热能。经过短暂的时间（几分钟）之后，它们交换工作，陶瓷床上储存的热能用来预热助燃空气。

（7）柴油发电机组的余热回收系统

柴油发电机组排放的废气温度高（330～550℃），这取决于发动机类型和使用的燃料。热废气中的能量可以通过回收，有效地用于蒸汽、热水、热流加热和热气发电。

10.4 电气系统

10.4.1 电力管理系统

（1）电力成本

企业电力成本包括以下内容：
- 实际能源成本（即消耗每度电的成本）
- 电力需求成本（即高峰电力需求成本）

降低能源成本主要可通过减少用电量（即通过提高能源效率），而降低电力需求的成本可以通过其他方式，如通过降低高峰电力消耗。降低峰值功率可能会导致电能消耗的降低，但这并不是一个必然的后果。

提高能源效率和减少最大电力负荷之前，必须分析电能消耗的过程。对过程要有准确的认识，才能制定措施，以有效、经济的方法提高能源效率，才能短时间关闭消费者的电源以减少高峰负荷。

（2）电力负荷管理和最大需求控制

如果进程不被中断，电力需求和供给就必须即时相配。这就要求储备能力，以满足高峰需求。然而，满足这些需求所需的成本（指需求费用）相对较高。因此，电力供应成本管理需要综合负荷管理，包括最大需求控制和在高峰/非高峰期供电调度。基本上有两种方式来减少企业的最高负荷（图10-16）：

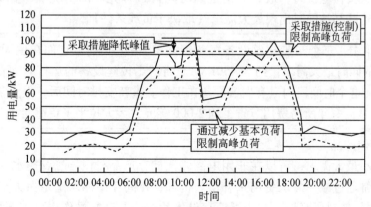

图 10-16 减少负荷

- 切断峰值
- 减少基本负荷

10.4.2　通过负荷管理控制高峰负荷

（1）负荷预测

思考负荷预测方法前，有些与电力供应相关的术语需要加以定义。

- 连接负载：安装在消费者住宅处的仪器上的铭牌额定值（以 kW 或 KVA 为单位）
- 最大需求：消费者随时使用的最大负载
- 需求因子：最大需求与连接负载的比率

（2）负荷错峰调节

为了尽量减少同时出现最大需求，需要大量电能来运行装置或进行操作的均可安排到不同的时间。要做到这一点，最好是准备一个操作流程图和过程运行图。分析这些图表，并采取综合办法使人们有可能重新安排工作和运行重型设备，以减少最大需求和提高负荷因子（图10-17）。

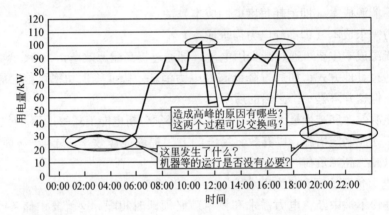

图 10-17　高峰负荷分析

（3）错开电机负载

当运行大负荷电机时，最好适量延迟时间（过程允许的情况下）错开电机负载，以尽量减少这些马达同时出现最大需求（取决于负载条件）。

在拉丝机组中，三个初步拉丝设备每条钢丝需 50HP 负荷，它们在白天同时工作。整个工厂的同时最大需求量约为 450KVA。将三个拉丝设备的运行时间重新安排到第三班，在这个时间段内只有少数设备在工作。重新安排时间后，最大需求降低了 150KVA，从而每年所需费用节省了约 2 000 美元，大大拉平了负荷曲线。

（4）存储产品

为了减小最大需求，可以在非用电高峰期储存产品/材料或冰/热水。额外机械及存储成本通常通过减少需求费用来补偿。例如，夜间存储冰水满足白天空调需求，水泥厂置备原料/熟料研磨设备，造纸厂存储木片等。非高峰操作也可以帮助节省能源，因为更有利的条件，比如较低的环境温度，可以减少冷却需求等。

然而，对上述方案必须进行成本效益分析，如果经济上可行，可以考虑实施这些方案。

（5）停止非必要负荷

当最大需求趋于预设限额时，可以通过临时停止一些非必要负荷加以限制。可以安装直接需求监测系统，达到预设需求时，停止非必要负荷。简易系统发出警报，然后手动停止负荷。

先进的微处理器控制系统，可提供多种控制选项。这些系统可提供下列选项：

- 准确地预测需求
- 有图形显示器可以显示当前负载、可用负荷和需求限制
- 视听警报器
- 按照预定顺序自动停止负载
- 自动恢复负荷
- 记录和计量

一些企业使用简单的负载管理系统进行手动停止负载。

（6）运行柴油发电机组

当柴油发电（DG）机组用于补充电力公司的电力供应时，最好在高峰需求期连接DG机组。这大大降低了对公共供电设施的负荷需求，最大限度地减少需求费用。

如果 DG 机组能与供电局在相同电压下发电，最好是并行运行系统。如果电厂采用多种负荷来分担系统的高峰负荷，就可以大量减少最大需求。

如果发动机（冷却水、废气）产生的热量可以使用，将会取得更多的利润。在这种情况下，可以考虑将 DG 机组作为一个热电联产装置。

10.4.3 提高功率因子

对于纯电阻电力负荷，电压（V）、电流（I）和电阻（R）之间存在一个简单的线性关系，用下列方程表达：

$$V = I \times R$$

和功率（千瓦）：

$$kW = V \times I$$

然而实际上，纯电阻负载很少见，而电力公司供应的交流电（通常为 50 ~ 60Hz）几乎总是适用于电感负载（如电动机、变压器和感应炉等）。电感负载需要电磁场操作，因此，它们提取额外的"无功"功率（千乏）用于磁化元件。图 10-18 说明了这种情况，即千瓦，有功功率（轴功率或所需实际功率）和无功功率（千乏）为 90°异相，无功功率（千乏）滞后于有功功率（千瓦）（正如下面将要看到的，"滞后"对功率因子校正的意义）。千瓦和千乏矢量和为视在功率，被称为千伏安。千伏安代表配电系统的实际电力负荷。

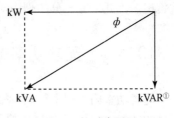

图 10-18　功率因子

---

①kVAR = kilovar，千乏无功千伏安，无功功率的单位

从图 10-18 可以看出，如果有功功率为零（即不需要有感千乏①），千伏安和千瓦将相等，但如果对有感千乏的要求增加，用来提供同样的有功功率（kW）的千伏安也必须增加。换句话说，千瓦和千伏安的比率随着无功功率的变化而变化。这个比率称为功率因子。它总是等于或小于1。

如果由电力公司供电的所有负荷有统一的功率因子，那么为了配电系统的负荷相同，就要转移最大功率。然而实际上，负载功率因子为 0.2 ~ 0.9，较低的功率因子会给配电网施加额外的压力。低功率因子主要由电机和其他设备的部分负荷运转造成。

功率因子低的影响是：
- 给定千瓦负荷需求的最大千伏安增加
- 线 I^2R 损失大大增加
- 在线压降较高
- 总功率消耗增加
- 配电系统（变压器，电缆）负载增加

例子：功率因子的影响

表 10-15 为 150kW 负荷要求的工业装置在不同功率因子下的千伏安要求（需求）和电流牵引。

清洁生产审核 案例与工具

表 10-15　功率因子的影响

负荷/kW	功率因子	千伏安牵引/KVA	415V 下的线电流/A
150	0.60	250	347.8
-150	0.70	214.3	298.1
150	0.80	187.5	260.9
150	0.90	166.67	231.9
150	1.00	150	208.7

注：千瓦 = 千伏安 × 功率因子，线性电流 = 千伏安 ÷ $\sqrt{3}$ × 电压（千伏）

可以看出，对于相同的千瓦负荷，线电流随着功率因子变化而变化，线电流从 208.7A 增加到 347.8A，即增加了 66.7%，配电系统负荷相应增加，配电亏损增加到 278%。

电力供应商对功率因子低的用户施加罚款，因为他们对配电系统的负荷构成了沉重负担。因此，有充分的理由对无功功率进行补偿。

10.4.4　无功功率补偿

提高功率因子一个行之有效的方法是安装电容器。电容器是一种能在电场中存储能量的装置，它可以牵制超前无功功率。换言之，电容器的电流超前于电压 90°，因此，无功千乏与有感千乏正好相反。因此，它往往抵消掉无功功率牵引，如图 10-19 所示。

---

① 有感千乏：即电感负载提取的无功功率

通过在电感负载上连接一个适当大小的电容，功率因子低的影响可以被抵消。

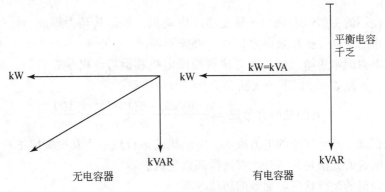

图 10-19　平衡电感和电容千乏

工厂可以通过使用电容器组，在一定程度上降低其无功功率需求。也可以通过维持导入主线的最佳功率因子，以降低最大需求。

高压电容器组（适用于 11kV 或更高的电压）可用于微处理器控制系统。这些系统根据负载功率因子切换电容器组。

10.4.5　电力驱动装置和电力终端设备

（1）电动机

85% 以上的工业电力消耗是电动机消耗的。然而，电动机仅构成能量转换的过渡阶段，如果要优化总电力消耗，那么当电动机轴功率用于驱动该设备时，效率也是至关重要的。图 10-20 的简单实例说明了这一点。

案例1：现有设备

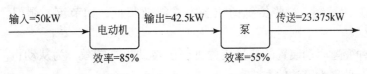

案例2：为提高效率更换的电动机

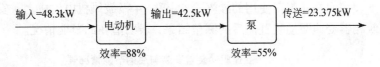

案例3：为提高效率更换的泵

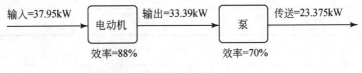

图 10-20　效率影响对比

电动机本身的效率高，更换和改进电动机可以节省的能效要比从动设备节省的能效低。

工业上使用的主要电动机——鼠笼感应电动机，根据其马力等级、转速、使用年限和负荷大小的不同，操作效率为 85%～95% 不等。

考虑到电力成本递增，用节能方法更换旧电机和倒带电机是有利的，尤其是电机长期运转时，更是如此。以下公式演示了节省的功率差：

$$节省的功率百分比 = \frac{（新功率 - 旧功率）\times 100}{新功率}$$

也应意识到，按照如今的电力成本，电动机的运行成本为其投资成本的 8～10 倍。因此，非常明智的做法是从一开始就选择高效电机。

改善电动机的运行状况和能效的新技术有：
- 电子软启动器，其目的是为了优化浪涌启动电流并延长电机使用寿命
- 变速驱动装置，其目的是为了在需要负荷控制时优化能量需求

建议采用以下良好的操作习惯：
- 以适当的平衡电压运转电机，节能 3%～5%，寿命更长
- 适当润滑、保持效率、减少故障
- 适当通风、散热，以减少故障，提高寿命
- 建议对电动机端子的功率因数进行修正，尤其是马力等级超过 50、运行周期较长时
- 建议对电动机负荷（安培数）进行常规检查，以监测变化情况
- 对准/校整、轴承、电缆终端、润滑油和 V 型皮带张力（如果是皮带驱动装置）是保证电机安全/平稳运行需要注意的事项

（2）变速驱动装置

普通鼠笼式感应电动机在设计时是以几乎恒定的速度运行。相反地，泵、风机、压缩机、传送机、轧机、破碎机、挤压机和许多其他电机使用时功率会发生变化，需要进行负荷控制。一些传统的控制方式能效很低，如节流、阀门、风门操作、旁通操作。

各种变速驱动装置的替代装置可用于帮助提高能效，为从动机的速度和功率调节提供了一种更为简洁的方法。

实例

下表表明在纺织厂使用的纱淬冷 45kW、4 极鼓风机电动机上，安装脉冲宽度调节器倒相器变速驱动装置前后的测量结果，表明潜在的节能情况。

变速驱动装置安装前后的节能情况表

排放压力/巴	风门开度/%	输入功率/kW
带风门控制		
3.6	30	34.83

排放压力/巴	风门开度/%	输入功率/kW
带风门控制		
4.8	40	37.71
5.4	60	38.33
6.8	70	42.52
带速度控制		
3.0	100	15.40
3.4	100	17.44
4.8	100	21.71
5.6	100	26.32
6.8	100	32.25

注：在部分负载时节能多，即低风门开度时节能多

（3）泵系统

泵仅仅是泵系统的一个组件，该系统还包括电动机、驱动装置、配管和阀门。通常，输入到泵系统的电力中，转化为有用的流体运动的远远小于一半。其余的电力被分散到该系统的各种组件中。当泵系统不在设计值运行时，能量损耗更大。因此，通过提高组件效率以及进行更好的系统设计，节电还有相当大的潜力。

1）离心泵。工业上使用的泵大部分都是离心泵。离心泵通过离心作用把能源传给液体。它们依靠液体的流动产生密封，防止液体通过泵倒流。蜗形（图10-21）是最常用的离心设计。叶轮叶片一般使用反向叶片，但是也使用径向叶片和前向叶片。液体的速度头转换为压力水头。

2）需要精心选择泵。离心泵的特性曲线如图10-22所示。必须选择泵，使其在最佳效率点运行。在初次选择期间，流体的尺寸过大会导致最佳效率点偏移，致使操作效率降低。泵的尺寸过大也需要节流，以使流量降低。

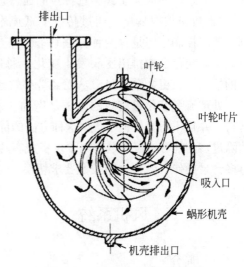

图10-21　蜗形离心泵机壳设计

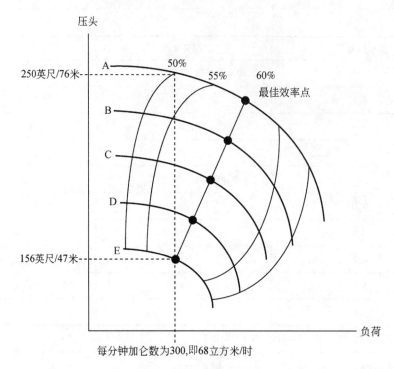

图 10-22　离心泵特性曲线

压头、负荷和功率的关系由以下公式演示：

$$功率（kW）= \frac{压头（m）\times 负荷（m^3/h）}{360}$$

以下表明如何在实践中选择泵的最适合尺寸。

3）流量控制策略。通过传统的低成本选择方案满足不同的流量要求，如旁通控制、节流控制，但是这两种方法均非常不节能。有时候可能希望离心泵的泵送液体量发生永久变化，或排出压头发生变化。通过调整叶轮或用尺寸较小的叶轮替换，在最坏的情况下，更换泵本身，从而经济有效地实现该目标。

处理流量变化最有效的方法是借助变速驱动装置。这样保证泵始终在最佳效率点运行，并且不需要任何节流。这种方法的优点是：它减少了系统中的能源输入，而不用清除过多的能源。随着电力电子设备成本的降低，变速驱动装置正变得越来越普及。通过多台泵操作，各泵之间按照要求切换，也可以满足流量变化要求。

10.4.6　风机系统

（1）简介

风机和鼓风机为通风和工业过程要求提供风。根据除风时采用的方法不同，以及操作所必需的系统压力不同而对它们加以区分。一般而言，风机操作压力高达大约 2Pa，鼓风机操作压力为 2～20Pa，但是定制设计的风机和鼓风机可以在超出这些范围时操作良好。气压机用于需要 20Pa 以上压力的系统。图 10-23 表示离心式风机的元件，该离心式风机是应用得最广的除风机。这些元件的作用说明如下：

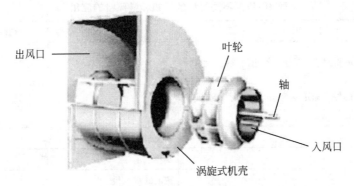

图 10-23　风机系统元件

- 入风口——风进入旋转的叶轮
- 叶轮——以运转和压力的形式把能源输送到风中。当叶轮旋转时，叶片之间的风沿着叶片移动，并通过离心力加速向外
- 轴——通过直接连接到轴上或通过 V 型皮带和皮带轮连接到轴上的电动机转动
- 涡旋式机壳——引导风从叶轮有效地到达风机出口
- 出口——通常连接到一个管道上，使风被送到所需的地方

风机产生压力以除风（或其他气体），以免管道、风门或其他系统元件产生阻力。风机转子接收转轴的能源，并将其传输到风中。在风机下游的风中，能源一部分表现为动压，一部分表现为静压。静动压之比随着不同的风机设计而变化。通常，风机的特点是两个压力的代数和，称为总压。风机组件而不是转子（如机壳、整流叶片和扩压器）影响出口处的动静压之比，但是不给气流增加能源。

1）典型应用和效率。风机和鼓风机的选择取决于体积流量、压力、处理的材料类型、空间范围限制和效率。不同设计方案之间的风机效率不同，不同型号之间的风机效率也不同。风机效率范围如表 10-16 所示，表 10-17 从许多应用中列出了几个应用以及通常使用的设备类型。

表 10-16　各种类型风机的一般效率

风机类型	峰值效率范围/%
离心式风机	
翼型、后弯/倾斜	79 ~ 83
变径向	72 ~ 79
径向	69 ~ 75
压力鼓风机	58 ~ 68
前弯	60 ~ 65
轴向风机	
叶片式轴流风机	78 ~ 85
管装式轴流风机	67 ~ 72
叶轮	45 ~ 50

表 10-17　不同类型的风机和鼓风机的应用

应　用	风机或鼓风机的类型
风/材料之比较高的材料输送系统，细小的颗粒状材料	径向、后倾式风机 离心式鼓风机
风/材料之比较低的材料输送系统，倾向于堵塞送风系统的材料	正位移鼓风机
供风用于燃烧	所有的风机类型
强制通风式锅炉	翼型、后倾、叶片式轴流风机
气体增压式	离心式鼓风机
诱导通风式锅炉	前弯、径向风机
窑排气装置	径向风机
窑供风	翼型、后倾式、叶片式轴流风机
干燥工艺	翼型、后倾式、径向、叶片式 轴流风机、管装轴流风机、离心式鼓风机
通风和搅拌系统	离心式、正位移鼓风机
厂房通风和采暖通风与空调（仅适用于清洁空气）	翼型、后倾、前弯 叶片式轴流风机、管装轴流风机、叶轮风机
气刀排放系统，清理供风，真空清理系统	离心式鼓风机

2）风机速度和气体流量。评估工业通风系统的性能，必须基本了解风机的操作原理。风机速度以每分钟转速（rpm）表示，它是最重要的操作变量之一。穿过风机的风的流量取决于风机轮的转速。当速度增加时，风的流量增加，如表 10-18 中的样品数据所示。

表 10-18　样品数据——风机速度与气流数据的对比

风机轮速度/rpm	风的流量/（实际立方英尺/分钟 – ACFM）
800	16 000
900	18 000
1 000	20 000
1 100	22 000
1 200	24 000

重要的是理解风机速度每降低 10%，就会导致通过通风系统的气流流量降低 10%。

（2）风机和鼓风机的能源管理措施

1）提高风机效率。当风机设计效率较低时，可以考虑用一个设计更高效的风机替换。当风机叶轮从一个本来效率较低的设计方案转为效率较高的设计方案时，风机效率也可以得到提高，如从径向叶片叶轮切换到后直叶片叶轮。

当由于风机和系统之间不匹配（由过度设计引起的）而造成风机操作效率较低时，应考虑以下方面：

- （通过皮带轮变化或变速驱动装置）降低风机速度

- 用同一个系列中较小的叶轮来替换现有叶轮。制造商通常为同一个机壳提供一个以上的叶轮，使压头或流量发生变化。根据具体工作，既可以增加也可以减少流量或压头，变化量通常为 10% ~ 25%

- 通过切割减小叶轮直径

2）提高系统效率。当要提高系统效率时，可以对管道进行详细的监察。当进行系统分析时，要精确地指出可以节能的具体区域，除了因泄漏/侵入造成的损失外，通常有大量的流量损失是可以减少的。

即使泄漏较少也表明能源和系统效率有恒定的寄生损失。应指出管道中所有的泄漏位置并消除泄漏。

检查是否可以通过重新设计来降低转弯、横截面变化、分流和合流过程中的压力损失。

3）减少风门损失。风门挡板是很常用的一种控制风机提供流量的方式。它们通过给风机提供机械阻力来调节流量，因此，以风门上的压头损失形式消耗了大量的能源。因此，需要进行负荷调节时，最好使用以下的一种方法而不是进行风门控制：

- 入口导向叶片
- 变速液体联轴器或涡流联轴器
- 液体转子阻力控制
- 变速交流/直流驱动装置

不同的负荷调节方法的电力消耗变化如表 10-19 所示。

表 10-19　用于风机和泵的变速驱动装置

从	至	节能百分比/%
恒定体积	出口风门	11
恒定体积	入口叶片	31
恒定体积	变频驱动机	72
出口风门	入口叶片	23
出口风门	变频驱动机	69
入口叶片	变频驱动机	59

（3）压缩空气系统

压缩空气几乎用于所有种类的工业中，会消耗一些工厂中所用的大部分电力。它用于各种终端用途，如气动工具和设备、仪表、输送等。因为方便、清洁、易于获得并且安全，它在工业上备受青睐。压缩空气可能是一个工厂中可以得到的最昂贵的能源形式，然而，即使在一些应用中使用其他能源可能更为经济，但压缩空气仍然是人们的选择。例如，选择气动磨床而不是电动磨床。

一般而言，只有在能够提高安全性、大幅度提高生产率或减少劳动力的情况下，才能使用压缩空气。通常总效率大约为 10%。

根据要求，压缩空气系统包括大量的元件：压缩机、接收器、过滤器、空气干燥机、中级冷却器、油分离器、阀门、喷嘴和配管。图 10-24 表示一个系统的布置图。

压缩机是主要系统元件，因此，必须仔细选择。工业上最常用的压缩机是往复式和螺杆式压缩机，需要很大体积时也会用到离心式压缩机。

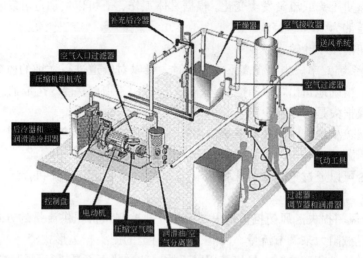

图 10-24　压缩空气系统布置图

1）往复式压缩机。往复式压缩机是正位移机，它利用活塞在气缸内的移动产生压缩。活塞移动时通过气缸，吸入其冲程一端的常压空气，并将其压缩至另外一端。

往复式压缩机有"无油型"和"润滑油型"。在全球使用的压缩机中，往复式压缩机可能占绝大部分。

2）螺杆式压缩机。螺杆式压缩机（图 10-25）是正位移机，它利用一对啮合的转子而不是活塞来产生压缩。转子包括固定在轴上的螺旋式叶形轮。

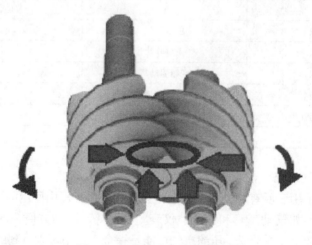

图 10-25　螺杆式压缩机的原理

一个称为凸形转子的转子，通常有四个球茎叶。另外一个凹形转子有经过机加工的凹处，它与凸形叶轮的弯曲部分匹配。通常，凹形转子有六个凹处，表示凸形转子每转一圈，凹形转子仅仅转过 240°。凹形转子每转完一圈，凸形转子就必须转 1.5 圈。螺杆式压缩机可以是无油的机器、油润滑过的机器或最新的水润滑过的机器。

（4）压缩空气系统中的能源管理方案。综合压缩空气系统监察应包括：检查供风和使用以及供需之间的相互作用。监察确定了压缩空气系统的输出（流量）、能源消耗（以千瓦时计）、该系统运转的年度成本以及由于泄漏造成的总空气损耗。压缩空气系统的所有元件要单独检测，并识别问题区域。要评估由于系统泄漏、不恰当使用、需求活动、系统设计不佳、系统误用以及总系统动力造成的损失和性能不佳，并推出能效措施。基本压缩空气系统监察的重要方面讨论如下。

1）压降。在储存罐输出点和使用点进行测量，设计正确的系统压力损失应远小于压缩机排出压力的 10%。过度的压降将导致系统性能不佳以及产生过度的能耗。

2）泄漏。如图 10-26 所示，泄漏可能是工业压缩空气系统中废能的重要来源，有时浪费压缩机输出功率的 25% ~ 50%。主动进行泄漏检测和维修可以将泄漏减少到低于压缩机输出功率的 10%。

	尺寸/英寸	年成本/美元
●	1/16	523
●	1/8	2095
●	1/4	8382

图 10-26　泄漏和损失

注：采用每千瓦 0.05 美元的电费计算所得的成本，假定是恒定操作的高效压缩机

泄漏除了是废能的来源外，还会造成其他的操作损失。泄漏引起系统压降，使气动工具的功能效率下降，对生产造成不利影响。此外，通过迫使设备循环地更快，泄漏缩短了几乎所有系统设备的寿命（包括压缩机组本身）。运行时间增加也导致需要进行额外的维修，并增加计划外停工。最后，泄漏可能导致增加不必要的压缩机负荷。

泄漏可能来自系统的任何一部分，但是最常见的问题区域是联轴器、软管、管子和接头、压力调节器、开式冷凝阱及切断阀和管道接头、断路器和螺纹密封剂。

3）估算泄漏量。使用启动/停止控制的压缩机，有一个简便的方法来估算系统的泄漏量。这涉及在系统不需要时（即当所有的气动终端设备关闭时）启动压缩机。进行大量测量以确定装载和卸载压缩机所需花费的平均时间。压缩机将进行装载和卸载，因为气体泄漏将导致循环随着压降而开启和停止。总泄漏量（百分比）可以根据下式计算：

$$泄漏(\%) = \frac{T \times 100}{T + t}$$

其中：T = 加载时间（分钟）；t = 卸载时间（分钟）。

泄漏将以压缩机负荷损失的百分比表示。在维护良好的系统中，泄漏的百分比损失应小于 10%。维护较差的系统损失可以高达空气负荷和功率的 20% ~ 30%。每个季度应进行这些测试，作为常规泄漏检测和维修项目的一部分。

4）泄漏检测。由于空气泄漏几乎不可能看见，必须使用其他的方法来确定它们的位置。检测泄漏的最佳方法是使用超声波探测仪，它可以识别与空气泄漏有关的高频嘶嘶声。这些便携式装置包括定向麦克风、放大器和声音过滤器，通常有视觉指示器或耳机来检测泄漏。比较简单的方法是用画笔蘸上肥皂水涂在可疑区域。该方法虽然可靠，

但是可能费时间。

- 泄漏将以压缩机负荷损失的百分比表示
- 在维护良好的系统中，泄漏的百分比损失应小于10%
- 维护较差的系统中，空气负荷损失可以高达20%～30%

a）如何确定泄漏。泄漏最常发生在接头和连接处。止住泄漏可能和拧紧一个连接一样容易，或可能和更换故障设备一样复杂，如更换联轴器、接头、管道段、软管、接头、排水管和龙头。在许多情况下，泄漏是由螺纹密封剂涂覆不好或涂覆不当引起的。选择优质的接头、断路器、软管、管子并用合适的螺纹密封剂将其正确安装。非运转设备可能是泄漏的另外一个来源。在送风系统中，不再使用的设备应用阀门隔离。一旦泄漏得到维修，那么应重新评估压缩机控制系统，以确定总节能潜力。

b）防泄漏项目。一个好的防泄漏项目包括以下组成部分：识别（包括作标记）、跟踪、维修、验证和员工的参与（应包括来自生产部门的决策代表在内的跨领域研究小组）。具有压缩空气系统的所有设施应有积极的防泄漏程序。防泄漏程序应作为总体项目的一部分，旨在提高压缩空气系统的性能。一旦发现并维修了泄漏，应对该系统重新进行评估。

5）压缩空气合理化使用。在每个使用点应询问压缩空气的需求。在某些情况下，空气的体积可能比压力更重要。在这种情况下，可以考虑像离心式鼓风机或罗茨鼓风机这类替代选择方案。应避免将压缩空气误用于清洗。

6）使用低压。压缩机排放的压力应严格符合要求（允许送风系统中有压降）。比必需的排放压力高会对性能造成损害，因为它提高了压缩比，从而提高了动力消耗。

7）热量回收。工业空压机所使用的电能高达80%～93%转化为热。在许多情况下，设计正确的热回收装置可以从任何地方回收该可用热能的50%～90%，并将其用于加热空气和水。

回收热的典型用途包括：另外进行空间加热、工业过程加热、水加热、补充空气加热和锅炉补充水预热。来自压缩空气系统的可回收热的热度通常不足用于直接产生蒸汽。

8）使用多个压缩机。当压缩空气系统的性质要求发生变化时，并且明显地表现出确定的需求高峰和低谷时，使用一个压缩机旨在满足高峰期需求，会导致压缩机负荷不足，并增加无载循环的周期。卸载功率是满负荷功率的30%。在这种情况下，可以通过使用多个压缩机实现节能。运转的压缩机数量可以按照压缩空气需求进行调整，从而可以避免压缩机负荷不足的情况。

9）对尺寸过大的压缩机进行更换/降低额定值。如果压缩机尺寸过大，可以通过更换过大的压缩机或降低额定值来降低卸载期间功率浪费。可以通过低速运转压缩机实现降低额定值。

10.5 节能技术

能源使用是一个持续进行的过程，全球的研发正不断地引导发展新工艺和新设备。

能源系统研发工作的主要目标是减少浪费，可以采用以燃料气的形式，通过传导、对流或辐射产生的热损失形式，或是以提高电能的利用效率的形式。本节介绍了一些实例以增强读者的认识，其中大部分都是经过证明的，即能源系统已经可用，或在未来可能可用。

10.5.1 新型电气技术

（1）高压直流输电传输系统

将配电损失从18%～22%降低到8%～10%。该系统与公用设施公司、热电站等有关。

（2）蒸汽式废热发电装置（回压/顶部透平机/抽气式汽轮机）

满足热和动力要求的主要燃料要求大大减少了。该装置与大型加工行业有关，如糖业、浆纸业、化学和石化等行业。

（3）复合循环式工业废热发电装置

系统效率高：同系统效率为25%～36%的传统热电站相比，在废热发电模式中，系统效率为70%～80%。把同一来源的热能和电能结合到一起获得系统效率。其涉及蒸汽需求量超过10t/h的天然气消费加工行业。

（4）节能柴油发电机组

同传统的柴油发电机组相比，其每分钟转速更低，效率更高。

（5）高效风机和泵

现在，高效离心泵和风机可以从最领先的泵和风机制造商那里买到。效率范围为75%～83%。其涉及几乎所有的工业装置。

（6）最大需求量控制器

提高负荷因数，降低峰值需求。其涉及工业/商业机构/公用设施。

（7）自动功率因数控制器

提高功率因数。其涉及所有的行业。

（8）高效电动机

电动机效率为92%～96%，通常性能担保期为10年，在市场上可以从所有领先的电动机制造商那里买到。它们能够在高达80～100℃的高温下工作。

（9）静变速驱动装置、频率驱动装置、倒相器

半导体闸流管控制系统，其通过电压和频率的变化控制速度。在部分负荷时效率较高。其涉及大中型企业和发电站。

（10）节能型荧光灯系统（荧光灯、钠蒸气灯、小型荧光灯）

每瓦的流明度较高。其涉及车间工作区、建筑、路灯和场地照明。

（11）风机电子稳压器

在部分负荷操作期间，能源损耗降低。其涉及工业办公室、技术建筑、民用设施。

（12）固态软启动器

固态半导体闸流管控制系统。施加的电压随着电动机负荷的变化而变化。施加部分负荷时效率较高。其涉及大中型企业的带负荷运转的运输机皮带、缓慢移动的负荷和设备。

10.5.2 锅炉和加热炉技术

（1）空气预加热器

通过使用燃料气中的废热，预热助燃空气，提高热效率。

• 金属换热器/再生器

预加热到350℃。其涉及大型锅炉、小型加热炉

• 金属换热器（特种钢）

预加热到700℃。其涉及加热炉、轧制和均热炉、熔玻璃炉、陶瓷窑炉

• 陶瓷换热器/再生器

预加热到1000℃。其涉及大型钢厂、玻璃池窑

（2）薄膜燃烧器

• 调节比较高，为7∶1；降低过量空气等级。其涉及工业锅炉和加热炉、预加热
  炉热处理炉等

（3）较低的过量空气燃烧器（0～5%×吸入空气）

• 系统效率提高。其涉及工业锅炉和加热炉、窑

（4）再生式燃烧器

• 火温度较高，热传递提高。其涉及工业加热炉和窑

（5）流化床锅炉

• 高效地燃烧较差的、高灰分含量的煤和洗涤废弃物

（6）废热锅炉

• 用烟道中可以获得的废热进行蒸汽再生。其涉及硫酸厂、化学品厂、石化厂、
  化肥厂和钢厂

（7）密闭冷凝回收系统

• 高效的冷凝回收系统。其涉及采用间接蒸汽的所有工艺和化学品

（8）高效蒸汽透平

• 5MW的高效脉冲蒸汽透平，几乎尚未开发出效率高达70%的脉冲蒸汽透平。蒸
  汽透平回压等级可以用于设计工业废热发电系统。这不仅将有助于减少购买能
  源，而且有助于在电网短缺时提供有价值的动力

（9）废热发电系统创新

• 蒸汽式废热发电系统（底层循环）可能适用于蒸汽电力比较高的情况。如果蒸
  汽电力比较低，那么燃气透平式废热发电系统（顶层循环或复合循环）更合适，
  因为这个系统可以在一定程度上吸收蒸汽波动，而无需消耗整个系统效率。最新
  技术的发展基于"程式"循环，多余的蒸汽过度加热，注入气体燃烧器中。该
  系统可以产生最大的电力

（10）即时封堵泄漏

• 防止蒸汽系统和压缩空气系统中发生泄漏。其涉及连续生产的行业、发电站

（11）陶瓷纤维

• 由于热质较低，热储存和辐射损失降低。其涉及加热炉、窑、明火加热炉、加
  热炉、炉子、热处理炉等

（12）发光壁炉

- 高发射率耐火材料层——美国太空计划开发的项目——防止炉子的耐火材料衬里出现高温。其结果是节省 10% ~ 15% 的燃油；提高加热炉结构的辐射；提高温度的均匀性；提高耐火材料和金属元件的工作寿命

（13）动态绝热

- 空气或其他流体被强制通过绝热材料，以便按照需要阻止（反流通）或提高（促进流通）热传输。它还有其他的优点，如积累绝热、易于获得预加热过滤的新鲜供风

10.5.3 加热升级系统

（1）有机质动力循环

在具有有机质液体的透平循环操作中，利用低级废热产生动力。其涉及水泥行业，大型化工厂和石化厂以及炼油厂。

（2）热压缩机

通过利用高压蒸汽中的热能和蒸汽，来利用低级能源。其涉及加工行业，如糖业、食品加工业、乳制品业、化工行业和石化行业。

（3）蒸汽吸收制冷系统

以蒸汽为动力或利用低级废蒸汽（150 ~ 250℃）来提供利用溴化锂或氨进行吸收循环制冷的系统。其涉及加工和工程行业。

（4）机械蒸汽再压缩系统

对蒸汽发生器、干燥器、蒸馏塔中的低级蒸汽进行升级。其涉及食品加工业、化工行业和石化行业。

（5）热管

在低、中温等级时，回收工艺蒸汽中的废热。热传递速率快，设计紧凑。其涉及加工化学行业。热管充当超级热导体，比同一尺寸的固态铜条有效 1 000 倍。

（6）热能轮

热能轮设计紧凑，不仅可以从中央加热和冷却的建筑中回收热，而且可以从高温锅炉和加热炉中回收热。借助玻璃陶瓷材料，现在它们可以承受高达 1 250℃ 的高温。

（7）热泵

热泵可以加热并将其传输到使用点。它们减少了热能损耗，是电阻加热装置切实可行的替代物，因为它们的性能系数在 3 ~ 5 的范围内。热泵也利用低温废热源，并将它们加热到可以使用的温度等级。

（8）冷凝换热器

不仅能提取锅炉和加热炉燃料气中水蒸气的显热，而且还能提取潜在的热。冷凝换热器包括防止酸侵蚀的特氟龙涂层换热器表面，因此，燃料气可以冷却到与环境非常接近的温度，这样，就可以大大提高锅炉的效率——在油气燃烧系统中可以提高到 92%。

（9）特殊设计的换热器

热交换率可以随声速大幅度增加。根据这个原则，已经开发出了总热交换系数大大

高于壳式和管式换热器中可达到系数的专门设计的换热器。这些设备相对而言无需什么维修。已经开发出了管中有球形矩阵和螺旋形插件的换热器，它可以将换热器表面面积减少25%～30%。

（10）微处理器式系统

可更精确地控制重要参数。其涉及锅炉、加热炉、公用设施、蒸馏塔、加工厂、发电站。

10.6　快速有效地评估大型能源系统的经验法则

10.6.1　热能

锅炉：

- 过量空气每减少5%，锅炉效率就增加1%（或烟囱气中残余的氧气每减少1%，锅炉效率就增加1%）
- 燃料气温度每降低22°C，锅炉效率就增加1%
- 省煤器/冷凝器回收的进水温度每升高6°C，相应地，锅炉燃料消耗就节省1%
- 燃烧空气温度每升高20°C，废热回收的预加热就会节省1%的燃料
- 携带7kg/km^{2}蒸汽的管中，一个直径为3mm的孔每年会浪费掉32 650L燃油。
- 直径为150mm的100m空蒸汽管携带饱和蒸汽8kg/cm^{2}时，每年会浪费掉25 000L高炉燃油
- 如果将一层直径为45mm的聚丙烯（塑料）球浮在90°C的热液体/冷凝液表面，那么可以减少70%的热损耗
- 一个厚度为0.25mm的空气膜可以提供与330mm厚的铜壁相同的热阻
- 传热表面上的一块3mm厚的烟灰垢可以导致燃油消耗增加2.5%
- 在水一侧的一块1mm厚的水垢可以使燃油消耗增加5%～8%

10.6.2　电能

（1）压缩空气

- 入口的空气温度每降低5°C，压缩机动力消耗就会减少1%
- 压缩空气从1mm的孔中以7kg/cm^{2}的压力泄漏出来，表明动力损耗相当于0.5kW
- 7～8kg/cm^{2}的空气压力每减少1kg/cm^2，输入功率就会节省9%
- 6～7kg/cm^{2}的管线压力每减少1kg/cm^2，1mm孔中的泄漏数量就会降低10%

（2）制冷

- 冷凝温度每增加3.5°C，制冷负荷就降低6%
- 冷凝温度每降低5.5°C，压缩机动力消耗就会降低20%～25%

- 动力消耗降低 3%
- 冷凝管上每积聚 1mm 垢，就可能将能源消耗提高 40%
- 蒸汽发生器温度每增加 5.5 ℃，就会将压缩机动力消耗降低 20% ~25%

（3）电动机
- 高效电动机的效率比标准电动机高 4% ~5%
- 在建议的峰值外，电动机的操作温度每增加 10°C，估计就会使电动机的寿命减半
- 如果不能正确地倒带，那么效率就会降低 5% ~8%
- 平衡电压可以将电动机的输入功率降低 3% ~5%
- 变速驱动装置可以将输入能耗降低 5% ~15%。使用某些泵/风机可以节省高达 35% 的能源
- 软启动器/节能器有助于将操作电力消耗降低 3% ~7%

（4）照明
- 用节能灯替换白炽灯泡可以节能 75% ~80%
- 用装有电子镇流器的新型节能灯管灯替换采用传统灯管的灯，有助于将电力消耗降低 40% ~50%
- 供电电压每增加 10%，就会将灯泡寿命降低 1/3
- 供电电压每增加 10%，就会将灯的电力消耗增加 10%

（5）建筑
- 室温每增加 10 ℃，加热的燃油消耗就会增加 6% ~10%
- 安装自动照明控制（定时器、日光或占位传感器）可以节省 25% 的能源
- 在午饭期间，每天关闭功率为 3517.2W 的空调 1h，就可以节省 445kW 能源

第 11 章

废弃物管理

11.1 废弃物管理引言

即使我们目前尚且无法估算中小企业产生的废弃物量以及这些废弃物对环境所造成的影响，毋庸置疑，企业的任何活动都将对环境造成实质性的影响。

中小型的生产企业直接从环境或从原料供应商手中获取原材料作为生产投入，然后再将这些原料加工成成品，销售给消费者。而被消费者购买及消耗的产品最终将作为废弃品被抛弃。生产—消费链中产生的多种形式的废弃物（固体、液体以及气体废物）最终回到自然环境。

中小型的服务性企业（包括生产性质的企业的办公室），在向客户提供服务的同时，也同样对环境造成了影响。作为企业经营活动的一部分，此类服务企业中的员工往往需要借助各种各样的产品（如纸张、塑料、电力等）向客户提供服务，而所有的这些活动，均导致了废弃物源不断地流向自然环境。

这就使我们联想到"库和源"的概念，即环境既作为工业生产原材料获取的"源"，同时又成为工业企业排放废弃物储存的"库"。企业和环境之间的这种相互关系在图 11-1 中已作出清晰的阐述。

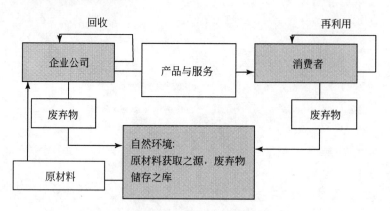

图 11-1　企业与废物产生的相互关系

资料来源：改编自 Starkey 编著的《中小型企业的环境管理工具手册》，1998 年版

企业需要消耗的原材料数量取决于它在供应链中所处的位置。一些中小企业直接从自然环境中获取原材料，通常它们处于供应链的起始端。随着供应链的向后推移，这些原材料以各种方式被加工。最终，各种成品整合后被分销至中间商（例如，采购者或批发商）或零售商手中。其中至关重要的一点是，基于企业从自然界获取原材料

并将废弃物排放回自然环境的事实，我们需要明白如果企业从自然环境中过度攫取原材料，那么这必然要加重企业物料平衡系统的负担，并同时产生导致环境恶化的风险。因此，即便某些中小企业不是直接从自然环境中获取原材料，他们也在延续从自然界获取原材料并将废弃物回归自然的过程。

环境废弃物管理是一套帮助中小企业寻求能够减轻或遏制环境恶化的企业行为的方法。健全有效的废弃物管理策略，对那些正在担忧环境治理所带来的经济后果的中小型企业，有着重要的商业意义。原材料消耗的减少以及所采取的对环境无害的废弃物回收、循环、再利用方法，已经卓有成效地帮助企业降低了如下消耗或指标[①]：

- 有害固体废弃物的毒性及产生量
- 原材料及产品损失
- 原材料购进成本
- 废弃物管理成本
- 安全事故及工人接触的危险
- 与法规及要求的不符合性
- 环境责任

此外，通过实施废弃物管理可改善的其他方面还包括：

- 提高生产效率
- 增加利润
- 建立良好的社区关系
- 提高员工参与积极性
- 提升产品质量
- 提高整体环境绩效

生产性质不同，企业活动产生的废弃物也不同，可能包括不易分解的、生物累积性的，以及有毒有害的化学物质。这些物质对人类健康以及环境状况都将造成有害影响（尤其对工作人员健康造成直接影响）。但是，从经济学的角度考虑，当人们对支出这些成本已经习以为常，就很难再对这些影响进行量化估算了。需要经过若干年之久才能够收回的投资回报，也使得中小企业家们对此难以作出承诺。然而，污染物减量化的确产生了整体的经济效益，并且此效益要远高于废弃物产生后再进行处理的成本。

11.2　废弃物管理方案的实施

有效可行的废弃物管理方案的实施需要一套系统性的方法作为保障，该方法必须适合企业生产的特点。

这里提供了一套简单易行的操作程序供参考。

1）获得管理者的支持。对任何性质的企业来说，管理层的支持都是方案顺利实施的基础。

[①]　http://www.epa.gov/epaoswer/hazwaste/minimize/about.htm

2）自我诊断，即对企业内部的当前情况进行评估，目的是全面了解企业的废弃物产生情况，准确掌握废弃物来源、数量以及种类。

3）根据需要为企业量身订制管理方案，确定目标并制定解决方法。在规划方案的时候，不仅需要考虑废弃物本身，还要考虑产生这些废弃物的工序和过程。

4）实施方案。主要是调动和配备所需的人力和物力资源、调动人力资源积极性，以及重新定义和调整与企业伙伴之间的关系。

5）建立监测评估机制。只有当监测评估的工具和管理方案同样有效时，废弃物管理方案的实施才算成功。所以第一步是建立一套既适合本方案又适合企业情况的监测及控制机制。

11.2.1 企业现状

编制废弃物管理方案不仅需要制定者对机构本身、机构运行、生产程序、其商业伙伴关系以及运营环境都有良好的掌握，还需要对所产生的废弃物本身，以及对产生不同数量及种类的废弃物的操作程序都有透彻的了解。

本阶段所要完成的主要任务是摸清企业现状，其次是开展预评估和固体废弃物审计。

系统化的预评估的主要产出有五个：

1）企业的总体概况；

2）企业生产过程及操作的详细描述；

3）企业采购习惯的详细描述；

4）企业客户关系的详细描述；

5）企业资金来源的详细描述。

（1）公司概况

对公司的整体概况进行全面回顾亦是一个宝贵的管理工具，使管理者能够更好地评估企业状况、检测进度、制定企业发展以及市场策略、促进与资金支持方的交流。

（2）生产过程及操作

取决于生产中所采用的技术方法，生产过程及操作可能在很大程度上造成原材料使用量和废弃物产生量的增加。

生产程序及操作的良好掌控是必不可少的，这对准确找到资源浪费的环节以及确定减少固体废物的方法都有着非常重要的意义（见清洁生产指南之评估部分）。

（3）采购习惯

废弃物来源的调查中，采购是其中的一个重要环节，是企业有关原材料（类型、数量及种类）、耐用品、包装及运送条件的要求得到实现的环节。其管理流程中的信息可以被证明是准确并充足的。采购环节提供的信息是比较准确和充分的。

调查企业采购习惯的时候，可以从以下问题入手：

- 该企业是否制定了采购政策？如果有，该制定政策的时候是否考虑到对环境的影响
- 环境方面的考虑是否影响到采购的流程？如果是，这些方面的考虑都是什么
- 是否要求供应商采用对环境负责的商业行为
- 供应商的环保承诺是否经过验证？如何验证？经何人验证

第一阶段的评估可以根据以下问题以表格的形式来完成。评估员在采购主管的协助下完成表格的填写，就能很快对企业的状况得出准确的认识。

步骤相对简单，其中包括：

- 列出某一年内公司所有购进的原材料、物料以及其他产品的清单
- 就清单每一项内容列出年需求量以及供应商
- 确定是否有产品经过某环境管理体系的认证
- 确认供应商是否制定了企业运营环境管理要求
- 当某个产品不符合公司的环境要求时，向供应商寻求替代的产品

（4）客户关系

对客户关系的评估由两部分组成：对老客户关系和新建客户关系的评估。

评估可以从以下问题入手：

- 客户对环境问题的看法是否改变
- 客户中是否存在已经通过或正在申请通过 ISO 14000 认证的跨国公司？如果有，他们对于自己的供应商是否提出更高的环境要求
- 企业是否已经或正在计划与国际客户开展业务关系？如果是，环境保护或更具体地来讲，对废弃物的管理能否成为自身的竞争优势

（5）与资金支持方的关系

目前，金融机构对客户的环保绩效的要求日趋严格，很多银行都鼓励其职员警惕，并特别关注诸多寻求融资贷款的企业所存在的环境问题。

因此，为了避免融资过程中出现任何并发问题，了解这方面现有的要求，预测或预见将来有可能提出的要求就显得至关重要。

- 相关的金融机构是否出台了新的环境要求，如需要提交企业运行的环境报告
- 贷款方是否开始就企业运行给环境带来的影响表示担忧
- 政府资助的条件是否与环境要求挂钩（如是否符合环境方面的法律及规章）

预评估必须同时考虑与废弃物及排放有关的特殊因素、事件、情况或问题。对明显的资源浪费、资源损失及污染情况、持续的环境风险因素以及事故历史必须进行仔细调查。

最后，出于市场竞争的考虑，需要对竞争者对环境问题，特别是固体废弃物的态度和做法进行分析，否则预评估是不完整的。

11.2.2　固体废物审计

废弃物管理方案实施的效率取决于企业在一年之中采用规定的设备对企业所产生的一定数量的各种废弃物进行有效管理的能力。为便于统计和比较，以及目标的制订，废弃物的种类及数量必须按照一个财政年度来统计。这就意味着需要对废弃物进行分类并称重。

审计过程包括了取样、分拣及称重。

（1）准备工作：分拣作业包括几个准备步骤，即采购设备、组建工作小组、选择工作地点、确定抽样规模、划分垃圾产生区域、建立工作日志。

1）采购设备

分拣作业最基本的设备为称重秤。由于需要称量样品的重量，所以需要一台误差不超过正负 0.005 kg 的电子台秤。此外，为了便于分拣作业的进行，要求必须备有塑料箱或纸箱若干。每只箱子分装不同种类的废弃物。在一只垃圾袋中的废弃物被全部分类后，将每只箱内的废弃物全部倒在秤上进行称量。另外，同样重要的一点是，工作空间应足够宽敞，可以容纳所有的箱体，并能够轻松打开垃圾袋，对其中的废弃物进行分拣。

垃圾的处理属精细操作，并伴随相关风险。所以，采取相关的卫生及安全保护措施非常重要。

垃圾处理人员必须配备以下工具或护具：

- 塑料手套
- 垃圾钳
- 处理散发恶臭气味或肮脏的垃圾需穿着的工装裤和需佩戴的面罩
- 每天分拣结束后用来清洁地面及箱体的杀菌剂或其他消毒剂
- 大号可推动式塑料箱，用于将垃圾送至分拣室
- 扫把
- 用来处理经一次分拣后的废弃物所用的垃圾袋
- 用来对分拣过程记录备案或记载异常废弃物的照相机

2）组建工作小组

由 3~5 人组成的工作小组可以分拣由 100~150 人每天制造的废弃物。根据废弃物种类的不同，队伍人数可不同。当废弃物种类单一时，分拣人员可视情况减少。但如废弃物种类繁多（表 11-1），则需增加分拣人员。

分拣人员须接受有关分拣操作中必要的安全措施的培训。培训是废弃物审计结果可靠和具有可比性的前提条件之一。同时，需定义垃圾袋中可能出现的每种废弃物，明确类别划分标准，并提供给分拣小组的每位工作人员。

表 11-1　中小企业中可能出现的废弃物列表（举例）

□ 焦油	□ 塑料（类别：1、2、3、4、5、6）
□ 油脂	□ 轮胎
□ 被污染的碎布	□ 多种用途的袋子：包装袋和垃圾袋
□ 除草剂	□ 塑料文件夹
□ 食用油	□ 清洁洗涤用品
□ 书、杂志、商品目录、手册	□ 卫生用品
□ 润滑剂	□ 生产废料
□ 辅料	□ 装修材料：石膏、墙纸、钉子、绝缘材料等
□ 复合材料	□ 油漆桶
□ 溶剂	□ 电子继电器
□ 有机材料	□ 可降解的食品废弃物
□ 药品及医用物品	□ 不可降解的食品废弃物
□ 白合金	□ 实验室废弃物

□重金属	□胶带
□办公家具：桌子、椅子、书架、档案橱柜等	□打印机色带
□生产设备：机器、输送带、水槽等	□牛皮纸袋
□氧化剂	□溶剂及洗涤液
□木托盘	□钢笔
□塑料托盘	□地毯
□自动粘贴纸带	□温度计
□复写纸	□恒温器
□白色办公纸	□织物及纤维
□彩色办公纸	□回形针
□手巾	□荧光灯管
□新闻纸	□塑料器皿
□薄绵纸	□蔬菜
□包装材料	□涂蜡纸咖啡杯
□杀虫剂	□聚苯乙烯咖啡杯
□小家电：碎纸机、微波炉、卷笔刀等	□有色玻璃
□移动电话电池	□透明玻璃
□普通电池（型号：A、AA、C、D）	□破旧工作服

3）选择工作地点

分拣废弃物必须在通风良好的地点进行。空间必须足够宽敞，以能够容纳必需的设备并确保分拣人员能够舒适地进行工作为准。在理想的情况下，分拣的工作地点应选在距离垃圾桶或垃圾储存区域较近的地方，以缩短运输的距离。

4）确定抽样规模

对企业每年所产生的所有废弃物进行分拣完全没有必要，而且也不可能做到。抽样是一项简单易行、但却足以解决问题的方法。抽样就是选取一个能够代表所产生的废弃物性质或类型的样品。24 小时内所产生的废物量是推荐的最小样品量。如以 5 个连续工作日内所产生的废弃物或累积时长一周的废物量作为样品，那么结果更精确。建议抽样时间应避开圣诞节和夏天的假期，并选取一年中大多数员工都在岗的时间。在操作的过程中，必须准确记录抽样阶段的称量结果。全年的累计废物量等于抽样结果乘以正常情况下每个员工一年中所工作周数或天数而计算获得。

5）划分垃圾产生区域

为方便废弃物分拣和结果分析，最好将整个企业划分成不同的垃圾产生区域。可以根据部门来划分，如办公室管理部分、厨房、货品接收场地、机械车间或其他各生产程序阶段。亦可按照建筑物的结构来划分，如某一楼层或某区域。

整个过程可参考如下程序：

- 根据企业的运作状况进行最合理的分区
- 对每个垃圾产生区域以特定颜色标注

● 在分拣室内为每一种颜色预留一块区域

● 为废弃物处理人员提供彩色贴纸，以便在垃圾和废弃物回收时，在每个垃圾袋上标示废弃物的来源和回收日期（针对抽样时间覆盖 5 个工作日的情况）

● 在分拣室内将装满回收废弃物的袋子按区域放好

● 审计期间废弃物容器必须加锁。只有当废弃物已分类、分拣并称重的情况下，才可在容器内部对其进行处理

6）建立工作日志

就前一步骤中所确定的所有分区，必须规定垃圾分拣时间，建立工作日志，并通知物业管理人员。

（2）废弃物分拣：

1）分拣

在分拣室内，分拣工人将装有某特定区域 24 小时内所产生的废弃物的回收袋汇集在一起，然后逐个打开回收袋，初步分拣袋内的废弃物。在本阶段中，所有废弃物按照以下九类归类：纸类、纸板、有机废物、白玻璃、有色玻璃、金属、铝制品、塑料及废料。

还可在称量数据表中添加另外一类需具体分析的废弃物：其他可回收利用材料，其中包括复合材料、橡胶、纺织品和木材等。

为了获得更精确的审计结果，亦可采用更为细致的分拣方法。如纸制品又可细分为优等纸张、牛皮纸、新闻用纸、复写纸和厚纸板等类别。

最后一步是将某些废弃物按照再利用的用途进行再分类。如厚纸板又可按照用途进行再划分，分为瓦楞纸板箱、电脑包装箱、储物箱和便签本底页等。

废弃物回收桶中新回收的废物务必与垃圾袋中分拣出来的可回收再利用的废弃物分开保存。此外，除了常规的固体废弃物，分拣人员还需注意监视回收袋中出现的危险废弃物和不常见废弃物。其中，危险废弃物包括：电池、涂料、轻质石油产品、清洁用品和其他化学制品。

2）称重

在废弃物和可循环使用的材料被分拣开来之后，分拣人员需对每组废弃材料进行称重，并就称重结果列表记录。

3）处理

称重之后，可把废弃物重新装进袋子，并通过机构的常规废弃物处理系统对其进行处理。在整个过程中，分拣人员必须保持清晰的环境意识。在分拣过程中，应将危险和有毒废弃物单独拣出，以便对其进行安全处理。经分拣后，可回收再利用的废弃物应被运送至适当的区域保存。

（3）数据分析

分拣及称重过程中所得出的数据结果将作为制定废弃物管理方案目标的基础依据。

1）计算废弃物的比例。计算每个机构区域各种废弃物产生的比例。该比例的计算方法是将某种废弃物的称量重量除以被审计建筑（或区域）内所收集到的废弃物的总重量，然后再将结果乘以100。

2）估算年废弃物产生量。某类废弃物一周的产生量乘以50计算得出其年产生量。本结果不代表生产负荷减少期间的废弃物产生量，但仍足以用来反映企业的废物

减量需求，并可根据此数值设定减量目标，量身订制废物减量方案。

11.2.3　调查现有的废弃物管理办法

从大楼管理处或者负责垃圾收集和将垃圾运输到分拣中心、焚烧炉或填埋场的服务公司处了解废弃物收集及（或）处理的方法。

11.3　制定废弃物管理方案

为了确保方案的有效性，方案必须依据企业现有的规模和功能进行设计和规划，同时方案也须具备足够的灵活性，以满足将来发展的需要。

11.3.1　组织机构条件

制定废弃物管理方案必须首先满足两个条件：一方面，需要获得管理者的承诺及支持；另一方面，需要成立责权明确的工作小组或工作委员会。

（1）工作人员和管理人员的支持

管理者必须保障制定和实施废弃物管理方案中所需的资源。在本阶段，管理者的支持反映出他们承诺的性质和力度。

对于企业的环境政策来说，通常企业的高层会通过发表声明的形式作出公开承诺，但对废弃物管理方案的启动来说，这不一定必要。

企业废弃物管理方案的成功实施与工作人员的合作与支持密不可分。其原因有三：首先，员工所从事的工作和活动是主要的废弃物来源；其次，多种案例研究结果表明如今的企业员工对环境保护有着更高的期望；最后，经实地调查证实，能够有效开展废弃物管理计划的企业，均在很大程度上依赖于员工的支持。

基于如上原因，员工参与方案的实施是必要的，而且企业应该建立激励机制鼓励参与，并及时对员工所做出的成就给予肯定。实践经验证明员工的作用非常有价值，具体作用可表现在很多方面。例如，他们可以协助辨识废弃物、划分废弃物产生区域和发现材料损失的工序等。员工往往对于一种或多种产品的生产过程、辅助服务以及生产步骤有着很好的了解，所以他们能够提出建议，并在寻求解决方法或实施管理方案的过程中有效配合。

一般来说，任命或选举一位方案发言人或废弃物专管人员（在某些国家，一定规模的企业必须任命一位废弃物专管人员），是一个不错的获得员工支持的办法。除了监督方案的实施，这些人还可以为方案的实施定下基调，并鼓励其工友参与其中。这个废弃物专管人员同时也应该是公司环境小组的成员。

（2）找到问题来源

同时，评估小组还须留意现有的和潜在的阻碍。某些情况下由于担心工作负荷的增加，员工会感到焦虑。这时有关人员需要以一种充分考虑员工感受的方法向员工说明方案实施的积极性影响。此外，惧怕产品质量受到影响也可能成为方案实施的阻碍。

11.3.2　制定方案

一旦建议的目标和基本参数获得了企业管理者的批准，工作小组就可以着手制定方案了。方案制定这一步包含了从方案设计和比选到公布方案等多个步骤。除须遵循清洁生产指南中的规定外，还需考虑废弃物管理方案的经济可行性。

11.3.3　经济可行性评价

在方案采用之前需要对不同方案的成本和效益进行评价。

成本支出可归为三类：

（1）资本成本

其中包括购置设备的成本，如购买回收桶、热风干燥器、打包机、压实装备等的成本。并且，还包括建筑物改造和场地准备的成本。

（2）启动成本

启动成本是指为印发宣传材料和提升员工意识所耗费的成本。

（3）经营成本

包括维持该方案运行的所有支出。可包括员工培训、设备租用、方案管理的费用、劳务成本的提高、维修费用、聘请顾问和吸引承包商加盟的费用等。

效益亦可归为三类：

（1）创收

废弃物管理中的某些措施可为企业创收，如将废纸卖给废纸回收商。

（2）采购成本降低

有效的废弃物管理方案可以减少废弃物的产生，并由此减少了相关物资及原料的采购。事实上废弃物减量方案的主要效益来源于所节约的采购成本。

（3）处理成本减少

减少废弃物量可以减少对回收容器的清运次数，这样，相关的容器租赁和运输费用也就相应地降低了。所能节约的成本与方案的实施范围大小有直接关系。

成本效益分析应将所有可能的情况考虑在内，并与供应商和大楼管理者等知情人员进行沟通。此外还强烈建议将所有收集到的信息在纸上记录下来。

在进行成本效益分析的时候，必须谨记单个措施的成本效益分析与整体措施的成本效益分析结果截然不同。例如，就回收玻璃一项而言其成本是相当昂贵的，然而如果加进废纸的回收一并计算，那么成本就可以在很大程度上由于废纸被回收而降低。再例如，员工意识的提升需要多方面的合力；销售废纸的收入可以用来冲抵玻璃回收产生的费用。

节约成本是一个人人参与、群策群力的过程。

11.3.4 管理方案的要素

将各部分组合起来就形成了方案的雏形。

初拟的方案应包括以下几个部分：
- 固体废弃物审计得出的主要结论
- 方案的主要目标描述
- 筛选措施的方法
- 选择每个措施的理由
- 方案的实施计划

工作计划必须灵活，能够适应新的市场趋势和机构发展方向的改变。

11.4 管理方案的实施

管理方案的实施是整个管理过程中最重要的步骤之一。本步骤是计划与行动的连接点，方案的实施使企业开始发生转变，并确立了新的管理心态。企业运作预算的分配、劳动力资源积极性的调动以及对客户及供应商等合作伙伴所需采取的新的管理态度都将影响到方案的实施。

11.4.1 运作预算的分配

在很多情况下，成本可由大楼内的不同使用者分担。这种情况下，各机构需要承担与其经营活动直接相关的费用。可以考虑的外部融资渠道有两种：私营部门（银行贷款或其他传统资金来源）的资金、政府补贴计划。

11.4.2 沟通交流

多次试验结果表明：废弃物管理方案实施不利的主要原因是缺乏员工的参与。每位员工必须了解其参与的重要性，并理解方案的内容、目标及其影响，这是成功实施方案的关键所在。

此外，企业还须制定一套沟通策略，将此信息和其他相关细节广泛传达给每个员工。

11.4.3 选择服务供应商

本方案实施后，企业和大楼物管以及废弃物清运公司之间的合同均需要调整。在与物业管理人员协商期间，需要仔细阅读现有的合同，并列出所需另行补充的内容。

只有这样，才能够就合同的变更提出提议。

设备采购。废弃物容器在所有的设备中最为重要，必须仔细选择。以下问题可以帮助采购者制定相关采购计划：

- 废弃物容器应为固定式的，还是便携式的
- 残留的液体将怎样处置
- 废弃物容器自身的可再利用能力如何
- 废弃物多久清运一次
- 废弃物容器的尺寸有何规定
- 可回收的废弃物在收集后和未清运期间储存在何处
- 废弃物管理人员的工作条件（可承受的体积或重量）是否在合同中有限制
- 企业内部就防火安全问题是否有相应的指南

11.5 控制及监测：结果的测评

废弃物管理方案实施的成效与企业所开展的控制及监测程序之间有着巧妙的联系。通过这些控制及监测措施，企业能够识别方案的优势和弱势环节，更好地规划未来的工作。项目管理者应定期（建议每季度一次）测评实施结果，提交进度报告。

在过渡期内，例如，与废弃物清运或处置公司进行合同谈判期间，或现有合同即将到期时，建议企业对现有合同开展经济效益方面的评估，评估时限从现有合同生效日起，至少应覆盖一个完整的季度。

第 12 章

环境管理

12.1　环境管理体系引言

环境管理体系（EMS）是一个管理工具，利用系统的方法管理企业内部的环境问题，从而达到不断改进企业环境行为的目的。ISO 14001 标准是世界上最广泛认可的企业环境管理体系（EMS），有助于企业减缓其生产经营对环境的负面影响，同时，这也是对企业管理水平的一种认可。该体系设计灵活，对于任何规模的国有或私营企业均适用。

实行环境管理体系（EMS）的益处数不胜数。首先，可以有效地改善环境。其次，有助于提高产品质量，提升市场竞争能力、优化生产程序、缩减开销、减少负债、保险费用支出和废物处理成本，并借此提高市场竞争能力。同时，开展 EMS 认证也可为企业吸引更多的人才和投资。

如今，保护环境已成为社会发展的一个主要目标。环境意识的显著提高，以及更趋严格的环境法律、法规的陆续出台，都使得更多的公司逐渐将环境管理纳入自身的企业管理框架。

EMS 作为一个管理工具，有助于增强企业对环境影响的认识，同时提高企业的管理水平，减少对环境的负面影响。该体系设计灵活，适用于任何类型、任何规模的国有或私营企业。

EMS 不仅适用于某个生产单元或包含多个生产单元的部门，也适合整个企业。在公司机构层次繁多且各自的环境影响差异大的工业领域，其灵活性优势尤其突出。

EMS 属于企业管理体系的一部分，用于企业环境政策的制定和实施，以及对环境影响的控制。它包含了一系列便于企业分析、控制并减少由其经营活动、产品和服务所带来的对环境的不利影响，从而提升企业效率和管理水平的程序和步骤。

EMS 是基于 ISO 14001 标准的"策划（P）—实施（D）—检查（C）—改进（A）"的模式，以帮助企业进行以系统地识别、控制及监测其环境影响为目的的设计。ISO 14001 标准的宗旨在于平衡社会经济需求，保护环境和防止污染[①]。

---

① 参考埃德蒙顿市环境管理体系手册（2005）

环境管理体系包括：
- 明确任务和职责
- 识别和筛选环境影响
- 制定可检验的目标和指标
- 过程控制和验证
- 活动和进展的监测
- 寻求持续改进

环境管理体系是一个将环境保护意识从不同层面渗透到各个经营管理环节的环境管理工具。通过 EMS 体系认证可促使企业将环境研究与其他经营管理的关键因素，如将成本、产品质量、投资、产量、战略计划等要素一并列为首要考虑问题。

12.1.1　环境管理体系带来的益处

针对不同的企业情况和实施力度而言，实施环境管理体系所带来的益处各有不同。实施 EMS 体系可带来的益处众多，这里暂列一二。

实施环境管理体系的潜在益处：
- 提高环境绩效
- 满足法律法规的要求
- 预防环境污染，保护环境资源
- 降低企业经营风险
- 吸引新客户，开拓新市场（或至少可以满足现有客户和市场要求供应商具备 EMS 认证的要求）
- 提高效率，降低成本
- 鼓舞员工士气，有利于吸引新员工
- 提高企业在公众、监控者、债权人以及投资者等相关方心目中的形象
- 提高员工的环境意识和责任感
- 达到有关奖励或激励制度的要求

实现如上益处的案例[①]：
- 客户和消费者的环境保护意识日益增强，并开始青睐环保的产品。一些重要客户已经对供应商提出 EMS 认证的要求。因此 EMS 认证可提高客户对企业的信任程度
- EMS 体系认证可以帮助企业获得一系列的授权和许可。在开展 EMS 体系的企业中，企业与政府部门的关系多有改善。除此之外，EMS 体系的实施也可以证明企业的经营运作均遵从于环境立法，是合规行为。同时，EMS 体系减少了法律费用的支出和管理成本，也降低了法律责任和经营风险

---

① 国际金融公司，世界银行集团. 环境管理体系（EMS）在中小企业的实施手册（SMEs）. http：// www.ifc.org/ifcext/enviro.nsf/Content/EMS

- 实施 EMS 可以帮助企业减少原材料用量和降低能源消耗，而原材料、时间和能耗降低意味着生产效率的提高。因此，EMS 体系的实施亦可以实现降低经营成本、增加利润的目的。与此同时，企业的效率、环境和经营水平会大大提高，同时也满足相关法律法规的要求。
- 实施 EMS 体系的公司能够以更低的成本进行投保。因为 EMS 有助于企业降低责任事故的发生频率，而缺乏有效环境管理手段的企业，则无疑面临更高的金融和环境风险。
- 推行 EMS 体系认证有利于企业改进污染防治措施、减少浪费、降低运营成本、减少废物的运输、储存及处置所需的成本，为遵守废物处理法规而产生的系列费用也一并消除。同时，国家废弃物再利用方面的税收优惠政策和废旧资源的出售，亦可增加企业额外的收入。

然而，EMS 体系的推进及实施也可能带来一些额外的费用和挑战[①]。

> 与 EMS 相关的成本开支和挑战：
> - 需要内部资源支持，包括管理者和员工时间投入
> - 员工大多需要进行额外培训
> - 需要聘请专家顾问
> - 需要动用技术资源对环境的影响和改善方案进行分析
> - 环境目标和指标的实现技术上可能需要的支持
> - 需要高层管理人员的承诺，并提供资源支持
> - 通过 EMS 体系达到优化环境管理的目的需要长期的坚持
> - 员工可能会反对执行 EMS 体系所需要作出的改变
> - 员工可能认为 EMS 体系下的任务"不是我的工作"

12.1.2　环境管理体系的主要特征

多数 EMS 模式（包括 ISO 14001：2004 标准）都是从休氏和戴明所引进的"策划—实施—验证—改进"的循环管理模式发展而来，该模式是构建于持续改善的理念之上（图 12-1）。

- 策划（该步骤涵盖 ISO 14001 国际标准的 1～4 条所界定的内容）：策划包括制定企业的环境方针，识别企业的经营、产品和服务所带来的环境影响，跟踪并遵守相关法律法规要求，明确企业要实现的环境目标及指标，并根据目标实施改进方案。

图 12-1　环境管理体系模式

① 美国环境保护署（US EPA）. 环境管理体系引言 . http：//www. epa. gov/epaoswer/ems/ems-101/ems101_textonly. htm

- 实施或"执行"（该步骤涵盖 ISO 140001 国际标准的 5~11 条所界定的内容）：体系的实施包括提供必要的资源、明确职责和分工，制订操作规程和书面环境管理方案，并确保执行者能够胜该项工作，建立内部和外部沟通交流的程序，制定文件记录管理办法、为防止执行过程中产生的偏移或背离，需要进行过程控制，并制订预防及应对突发环境事件的应急方案
- 检查及改进（该步骤涵盖 ISO 140001 国际标准的 12~16 条所界定的内容）：对关键环境参数以及 EMS 目标进行监测及测量，开展环境绩效评价，纠正违规做法，采取措施降低环境影响，对 EMS 体系的执行进行内部审核，确保符合体系的要求
- 审查（该步骤涵盖 ISO 140001 国际标准的第 17 条所界定的内容）：高层管理人员对管理工作进行审查，确保 EMS 体系按照既定路线运行，并达到企业既定的环境目标。审查结果对确保企业管理的持续改进、方向修正、资源配置以及战略计划的制订都起着至关重要的作用

12.2　环境管理体系的要素

你也许会发现公司管理在引入 EMS 体系后的情况与现有的公司经营状况相比并没有发生多么惊人的变化。事实上，在大多数企业原有的运作体系中已经或多或少的存在着 EMS 体系的影子。如果一个企业的环境管理已经不错，那么借助 EMS 体系的章法，企业可以做得更好。ISO 14001：2004 标准下所确立的 EMS 体系一般由 17 个要素构成[①]。

（1）企业环境政策

企业环境政策声明是企业高层管理者在环境保护方面作出的承诺，是实施 EMS 体系的基础。企业内部的所有人员都必须熟悉和理解方针。在确立 EMS 体系的管理目标及指标时，必须考虑到企业环境政策的内容，并需要企业内部人员理解 EMS 体系的贯彻运行，使政策的具体内容得到真正落实。因此，企业环境政策声明是企业表达其保护环境意愿的一种具体方式，并界定了 EMS 体系的覆盖范围。环境政策声明应与企业的发展紧密关联，必须作出对持续改进、预防污染以及遵守环境法律法规和其他要求的承诺。环境政策声明应该体现出管理决策的内容和方向，并经过企业最高层的管理人员签发而正式生效。

环境政策举例

　　我们确保我们所开展的任何活动都遵循对环境友好的实践经验的要求。

　　我们保证通过以下办法实现以上承诺：

- 适度使用生产材料，使自然资源及能源消耗最小化
- 通过改进操作方法以及回收可再利用材料的方式减少废弃物的产生

---

① EMS 手册样册．http://www.sustainability.army.mil/tools/docs_ems/EMS% 20Web% 20Page% 20Items/Sample_EMS_Manual.doc

> - 确保所有固体废物及废水都进行安全和有效的处理和处置
> - 购买和使用环境友好的新产品及生产工艺
> - 遵守相关环境保护法律法规
>
> X 公司将在其业务范围内，增强本公司员工、供应商、客户、股东、当地社区等在其各自经营活动中对环境问题的理解，我们的共同目标是保证在全球活动范围内不断降低经营活动对环境的影响。借此声明，X 公司认可我们对环境保护所应承担的责任，并承诺企业管理人员和雇员将在生产运行中减少环境污染。

（2）环境行为

企业与环境之间的互动产生了企业的环境行为，其中包括废弃物的排放、原材料及能源的使用、废弃物回收、噪音、灰尘以及视觉污染等。EMS 工作小组通过综合考察企业内部所有的经营活动、产品和服务，识别出潜在的环境影响，并对可能造成的环境影响进行评价。二者之间成因果关系：环境影响是指对环境行为未能进行妥善管理或控制而造成的污染。非常重要的是，必须认识到这些环境行为对于环境所产生的影响可能是正面的，也可能是负面的。企业需要制定目标，加强正面影响而消除负面影响。针对对环境或者对企业发展有重大影响的环境行为，企业可采取措施，加强管理。

（3）法律法规和其他要求

由于法律或其他的制约因素，某些环境行为对企业的运作至关重要。这些制约因素可以是地方或国家的法律要求，亦可以是行业标准。企业必须采取一系列的措施来满足这些约束条件的要求。出于谨慎起见，多数情况下法律法规涉及的环境行为均应得到高度重视。

（4）目标、指标和方案

策划环境管理体系认证的一个重要任务是制定适当的环境目标和指标（表 12-1）。环境目标首先需要符合企业环境政策声明的总体内容，同时其内容必须与企业的最重要环境行为挂钩。

> 目标及指标
>
> ISO 14001 国际标准对环境目标定义如下：
>
> "企业的总体环境目标根据其环境政策而制定，应尽可能予以量化。"
>
> 环境指标定义如下：
>
> "直接来自环境目标，或为实现环境目标所需满足的具体要求。环境指标可适用于整个企业或其局部，如可能应予以量化。"

表 12-1　目标、指标范例[①]

目标	指标
减少挥发性有机化合物的排放量	2008 年全年减少总排放量的 10%
降低能源消耗	2008 年全年降低电力能源消耗的 15%
	2008 年全年降低天然气能源消耗的 20%

---

① 环境管理体系（EMS）在中小企业的实施手册（SMEs），国际金融合作组织，世界银行集团。http://www.ifc.org/ifcext/enviro.nsf/Content/EMS-Ch1

目标	指标
回收废弃纸板	2009 年全年回收废弃纸板的比率达到 50%
改善废水排放超标的情况	至 2009 年底实现废水达标排放
促进环保行为	通过在支付凭证上宣传环保的方式促进环保活动
降低生产环节中的能源消耗	实现能源消耗同比降低 10%
回收塑料瓶	回收塑料，2008 年塑料瓶回收率达到 50%，2009 年达到 100%

（5）环境管理方案（EMPs）

制定环境管理方案（EMPs）的意义是帮助企业实现其环境目标和指标。所以方案应与目标和指标直接相对应。在环境管理方案（EMPs）中应对资源（如财政、人力和技术等）以及达到目标和指标的时间计划等内容进行详细说明。同时还应描述目标和指标达成的方法及策略、绩效指标、经营控制、工作中的角色及职责、工作人员的岗位胜任能力等。

（6）资源、作用、职责和权限

管理者的职责是分配保障 EMS 体系实施所必需的资源。负责 EMS 各项工作的员工的职责和任务必须明确，这些职责和任务可大部分体现在环境管理方案中。虽然开展 EMS 在很大程度上依赖企业内部人员的自愿参与承诺，但某些工作仍然需要明确岗位职责和期望达到的目标值。例如，高层管理者必须指派一名管理者负责 EMS 的认证、实施及建设工作。企业不同级别、不同部门的员工也将分摊与重要环境行为有关的任务。

（7）能力、培训和意识

要开展 EMS 体系认证需要对企业员工进行两类培训：意识的培养和岗位能力的培训。意识的培养侧重于企业环境政策的重要性、员工在企业中的角色，以及不良环境管理可能带来的环境影响等方面。岗位能力培训主要针对的是与重要环境行为相关的岗位的员工，培训内容也是主要针对这些环境行为可能对环境造成的重要影响、员工的作用和职责、与这些行为相关的环境目标和指标以及预防性措施。EMPs 和过程控制方案对能力培训这一块都有详细的描述。EMS 的负责人需确保两项培训按要求开展。

（8）信息交流

有效的信息交流是实现综合环境管理成功的保障，既能协调机构内部员工之间的关系，又能与外部相关方进行更有效的沟通。让员工了解 EMS 的活动、了解他们的职责和任务、激励他们的工作热忱均离不开有效的信息交流。同时，信息交流也是一个双向的过程；作为信息传递的载体，有效地进行信息交流使得员工能够向公司的管理者提出建设性的意见，从而使公司的管理体系得到改善。

EMS 体系的要求之一就是要将各方面的意见纳入 EMS 体系范围内考虑，也就是说 EMS 需要建立有效的外部各方与企业之间的双向信息交流机制。外部的相关方能够向机构提出己方的观点，而企业也能对此予以回应。在这种情况下，如果企业与外部相关方就其环境行为进行沟通，那么这种沟通就需要一套完备的信息沟通体系。

（9）文件

为了让其他人员了解企业环境管理体系的设计以及执行情况，企业需要保留一些相关信息。这些信息对需要了解企业 EMS 体系的员工、外部客户、监督人员、注册管理人员或者其他人员都有着非常重要的意义。多数情况下，EMS 手册即可满足记录和保存信息的需求。然而，也有某些信息记录在手册之外的文件中，在此情况下，手册将起到导向的作用，引导查询者找到所需文件。

（10）文件管理

鉴于 EMS 体系下的文件种类复杂、名目繁多，需要采用一种正式的方法对其进行有效的组织和管理，确保所有使用的文件都是最新的版本，防止失效版本流通。

（11）过程控制

对容易偏离企业环境政策或带来重要影响的活动、产品或服务进行过程控制非常重要。因此设计和实施控制措施皆以满足 EMS 的目标和指标为出发点。过程控制可能是为了减少某个活动的潜在风险采取的一项具体工程措施，也可能是一个行政手段。过程控制方案具体在 EMPs 中细化。当某个过程控制的文件资料太庞杂，我们可以把它从 EMPs 中剥离出来，但需要在 EMP 中的某个位置上进行说明。

（12）应急准备和响应

EMS 体系提供了一套系统的对机构运行中的已知和可预见风险因素的管理方法。然而，尽管机构已尽全力去管理这些风险因素，不可预见的意外或紧急情况依旧无法避免。其中的可预见风险可以通过 EMS 体系下 EMP 和运行控制中所提供的方法进行规避，机构的应急响应预案则用来预防那些无法预见的紧急状况。从 EMS 体系完整性的角度来讲，预案中需要包含一系列的措施，以处理紧急情况发生时所引发的环境问题，以期有效控制并减轻可能带来的环境问题。

（13）监测

监测是 EMS 体系运行的基础，严格开展监测可以确保管理计划、控制和培训的有效实施。此外，通过监测企业也可明确迈向目标和指标的进展，探求成败的原因。没有有效的监测，就不可能达到持续改进的目的，所以，它是 EMS 体系运行的基础。企业运行中需要定期对绩效、过程控制以及与 EMS 目标和指标的整体一致性进行监控。

（14）合规性评价

作为 EMS 体系的一部分，企业需要制定和实施相应的程序，对自身遵守法律法规与其他要求的情况定期开展评估，并记录和保存评估结果。除对适用的法律法规进行评估之外，该程序还应对企业应当遵守的其他要求的符合性进行评价。

（15）不符合、纠正和预防措施

EMS 体系中不可能不存在任何瑕疵。通过审核、监测或其他措施（尤其在初期）可以发现企业环境管理体系中存在的一些问题。同时，随着企业的发展和变化，EMS 体系也需要随之改变。为了弥补系统的缺陷，企业需要一套措施确保及时发现和调查问题（包括不符合性），查找根源，制定和实施纠正与预防措施，并对所采取的措施进行追踪，审查措施的有效性。

此外，还应就 EMS 的不符合性进行分析，从中发现问题存在的模式及趋势。了解问题发展的趋势有助于企业做出判断并采取预防措施。因为预防问题发生的成本要远低于发生之后（或反复发生之后）再去解决的成本，所以本环节主要着眼于问题的预防。

（16）记录管理

有效贯彻执行 EMS 体系的各项要求固然至关重要，然而拿出证据说明企业已经按照要求开展工作和已取得的成果（如企业的环境目标和指标）。这里所谓的证据就是各种活动的实施记录以及 EMS 培训、审计，或审查活动的结果。为了便于查找和提取，必须对上述记录进行系统管理，而且企业需要具体规定这些记录所需保存的期限。

（17）内部审计

审计是 EMS 体系的另一个重要程序。EMS 审计的目的是考核企业所实施开展的环境管理是否达到 EMS 标准（或经认证的 ISO 14001 标准）的要求，以及 EMS 是否持续得到有效实施。审计方案必须包括：①EMS 审计的范围；②审计的频次和时间；③审核方法；④与执行审计和向企业反馈审核结果相关的责任和要求。EMS 审计必须重点关注相关活动和操作工序的环境风险等级和之前的审计结果。

（18）审查

环境管理实际上是一个包含识别、改进和检查的循环过程。开展周期性审查使高层管理者有机会通过审查来调整企业内部的 EMS 体系，并在必要的情况下予以修正。他们需要考虑的问题可能有：EMS 体系是否在既定轨道上运行，哪里需要增拨额外的资源，环境方针是否适当或需要改进，企业目标及指标是否可以按计划实现等。

12.3 EMS 与清洁生产的相互关系

如果公司内部已经开展了清洁生产（CP），那么实施 EMS 体系所需要的大半工作就已经完成。EMS 体系是延续清洁生产的后续步骤（表 12-2）。在准备满足 EMS 标准需要的文件的过程中，企业也可借此机会找到可重复的环境改进机会。

同时，公司也借助 EMS 具备了将清洁生产融入公司战略、管理和日常经营的决策体系和行动方案。

> EMS 展示了一套使得整个公司参与其中，并达到持续改进目标的方法，而清洁生产则提供了环境影响分析的方法，并从中寻求可能的改进措施。

EMS 体系和清洁生产一体化实施的时候，一方面，EMS 必须满足所有的 ISO14001：2004 标准的要求，也就是说，不仅仅限于清洁生产项目的要求；另一方面，清洁生产项目也使有关方面可以从另外一个完全不同的角度审视 EMS 的作用。

对建立于清洁生产之上的环境管理体系的分析表明：清洁生产为管理人员和工作人员提供了一套降低环境影响的系统工具，同时克服了材料和能源使用效率低的问题，节约了成本。另外，也在全企业范围内达到提升意识、刺激生产的目的[①]。

---

① http：//www. centric. at/active/content. php？idparent＝1&idcat＝46

表 12-2　EMS 与 CP 项目的联系①

环境管理体系	清洁生产
• 管理层明确声明支持环境审计考核	• 管理层对清洁生产项目的承诺
• 确定可用的人力和资源	• 确定人力资源和资金支持
• 与环境小组召开启动研讨会/简要介绍主题	• 组建环境小组
• 公司的生产经营对环境影响的整体分析	• 决定前 20 种最重要的原料投入
• 环境政策的制定、批准和发表声明	• 制定环境政策，该环境政策可能会成为清洁生产审计证书的一部分（如果有审计证书的话）
• 环境审计（材料、技术、机构）	• 可以通过废物减量化、物流和能源分析，危险材料的处理得到部分解决
• 掌握法律法规的要求	• 改进建议的收集及整理，填写 CP 手册的工作表
• 回顾和准备环境和法律的关注重点	• 部分包含于废物减量化（尤其材料方面），废物减量化是审计证书的一部分
• 制定环境实施方案	• 确定环境制度，并将其纳入审计证书文件中
• 实施方案中的具体措施（技术或机构）	• 环境措施是企业所实施的措施之一，并被纳入审计证书
• 建立相应的组织机构	• 通过环境小组的整合可以部分实现
• 编写包括档案化的程序和操作规程的环境管理手册	未涉及
• 审核人员培训	未涉及
• 相关人员培训，提高对该问题的认识	通过 CP 咨询公司对生产部门相关人员所进行的培训实现
• 环境审计的实施（环境政策、法律法规及其他要求的执行情况）	在证书颁发之前，咨询专家的清单可满足需要
• 管理层召开会议对环境审计工作和环境工作方案的修订和持续实施进行审查	管理层就奖励文件的提交签署意见
• 起草或审查环境政策声明	未涉及

12.4　ISO 14001 认证

　　企业可以申请注册或认证 ISO 国际标准下的 EMS 体系。该认证并非强制性的——但 ISO 14001 标准禁止任何机构自行宣布满足所有的 ISO 标准要求。然而，对于已完成 EMS 体系外部认证的企业来说，可以享有诸多益处，包括②：

　　• 因 EMS 满足公认的标准及要求而信心倍增

---

　　① 本表参考中欧亚洲投资计划——奥地利环境培训与国际咨询中心编写的《清洁生产在中华人民共和国铸造业中的应用》教材第 4 部分——清洁生产在公司中的体现

　　② 参考英国环境管理与评估协会 John Bradly 编校的《机构内部的环境管理：IEMA 指南》，地球瞭望出版社

- 维持增长动力，保持 EMS 体系活力，并不断推动持续改进的进程
- 以崭新的视觉审视 EMS 体系及其发挥作用的方式
- 赢得第三方，如客户和环境监督者的认可

本认证包括由认证机构对认证对象进行审核和定期监督审核。认证机构需审核企业的环境管理体系是否与 ISO 14001 环境管理体系标准相符，如果认证机构开展的不是符合性审核而是 EMS 审核，则需作出明示。如果企业的环境管理体系符合 ISO 14001 标准的要求，认证机构将批准企业的认证注册，并颁发认证证书。

某企业获得了认证证书并不意味着其活动、产品、服务就更加环保，该证书仅能证明该企业拥有一套规章制度化了的 EMS 体系，并且得到全部实施，严格遵守。

至 2005 年年底，在过去的 11 年中 ISO 140001 认证标准迅速被众多的机构采用，全球 138 个国家共计颁发 ISO 14001 认证证书 110 000 余份[1]。

第 13 章

环境会计

13.1 经济评估

13.1.1 引言

按照一般惯例，环境项目在做财务评估时，如果声称资金供应不足，则经常可能导致罚款、处罚甚至引起法律诉讼。令人感到遗憾的是，这种方法不仅显得目光短浅、欠缺说服力，而且还可能造成决策失误。现如今，随着大家对环保决策丰厚回报的广泛了解，这种态度也发生了转变。例如，由于紧凑型荧光灯（CFL）灯泡的经济效益显而易见，其销售已经不再需要补助了。然而，在考虑环境方面的投资时，项目的经济可行性必须要有足够的说服力。

当环境投资与其他投资进行同等竞争时，从财务收益来看环境投资并没有什么竞争优势。因此，为了提高环境投资的竞争力，说服管理者，清洁生产的支持者们必须首先对其财务体制进行更为清晰的了解。除此之外，还需同时对环境投资所能够带来的经济效益进行广泛宣传。

环境管理会计可以通过计算总成本的方法来说明环境投资的重要性。要解释污染防治的必要性，需将所有成本及收益以尽可能具体的方式清楚列出，并且这些成本及收益需要涵盖项目的整个生命周期。项目的管理循环见图 13-1。

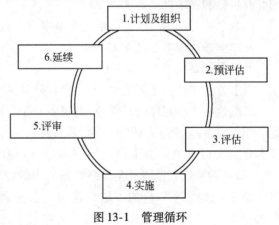

图 13-1 管理循环

请思考如下案例

某小公司年营业额 5 百万欧元，税前营业利润可达 10%。其原材料成本、公用设施费用以及废物处理成本占总营业成本的 30%。

若要使该公司税前营业利润增加 5 万欧元，则需公司增加 50 万欧元的销售额。然而，环境改良方案的实施，可以使公司的资源生产力至少提高一个百分点，并增加 5 万欧元的利润产出。这样税前利润就可达到 11%，任何销售的增加，则将进一步提高这个比例。采用环境管理会计，可以将这个潜在的收益信息更好地传达给管理者！

13.1.2　环境管理会计（EMA）

EMA 并不是一种特殊的环境管理方法。在分析与环境决策相关的财政支出的合理性时，该方法除了采用基本的财务评价方法外，还为决策者提供有关材料和能源的具体信息和成本数据。EMA 可采用的计算方法有完全成本法、总成本评价法、成本审计法、物料衡算法、生命周期评估法、生命周期成本法以及作业基准成本法等①。

对于已经制订了成本节约目标（尤其是节约环境成本的目标或降低环境影响方面的目标）的公司来说，EMA 可为这些目标的实现提供重要信息。

需注意的关键点：

- EMA 仅致力于降低公司内在的成本开销，并不包括公司法律责任义务规定之外的对于个人、社会或环境等各方面的成本支出（外部开支）
- EMA 着重强调环境成本的核算
- EMA 对材料和能源的流向和最终的处置进行详述
- EMA 所包含的信息可用于组织内部多种管理活动或决策的制定过程，但对于推动积极的企业环境管理活动尤其具有意义
- 环境会计几乎适用于各商业和工业行业以及各种规模的公司企业。环境会计的规模可大可小，可系统性地开展，也可根据需要实施。具体的实施形式通常根据企业的商业目标和需求而定。

本章节将对环境管理会计的几个基本方法进行探讨。它们分别是：

- 作业基准成本法（ABC）
- 生命周期成本法（LCC）

以上方法均适用于环境会计，并为将环境信息融入企业决策提供了有利平台。

虽然这些审计程序的具体应用范围有明显不同，但也不难发现其中的很多相似之处。作业成本基准法（ABC）主要是直接针对生产流程或工作场所中具体生产作业的成本分配进行审核。而生命周期成本法（LCC）则是针对某投资项目整个生命周期（如从最初的购进到使用直至最终处理）内的各种相关成本进行评估。该方法在具体应用中经常会使用到 ABC 的方法，且实质上为公司生产流程中的一种内在成本的审核方法。

13.2　项目财务评价

这里将对一些基本的财务评估办法进行探讨——静态回收期和净现值。理解这些基本的审计技术是对污染防控方案进行财务评估的首要步骤。这里将对每种方法的合理用途、优点和局限性进行简要的说明。

---

① 更多的信息请见环境会计的国际官方网站（www.emawebsite.org）

13.2.1 静态回收期

投资回收期，是指一项投资取得足够的净现金流量（现金流入量减去同年的现金流出量）来补偿初期资本支出所需要的时间。某项投资的现金流量是指投资过程中公司收入的资金（现金流入），或公司向外给付的资金（现金流出）。

这种形式的财务分析是通过计算补偿初期资本支出所需要的时长，来对项目的价值进行评估，也就是说，收取回报的速度越快，投资就越具吸引力。

根据现金流的性质不同，投资回收期可采用如下的方法进行计算。

$$F = P \ (1 + i)^N$$

式中：F，货币的未来价值；P，货币的现值；i，利率；N，项目年限。对公式进行整理，我们得到：

$$P = F \ (1 + i)^{-N}$$

如果每年的现金流量是恒定的，则用初期资本支出总额除以年度现金流量。例如，初期的资本支出为 1000 欧元，投资产生的年度净现金流量为 500 欧元，则投资投资回收期为 1000/500 = 2 年。表 13-1 是使用本方法对两个不同的投资项目进行比较的结果。

表 13-1　回收期的计算

项目	项目 A	项目 B
a. 资本投入	1 000 欧元	1 000 欧元
b. 年度结余	500 欧元	400 欧元
c. 投资回收期（a/b）	2 年	2.5 年

如果现金流量变化，则需要将第一年的现金流量与接下来年度的现金流量进行累加，直至加和后的总结果等于初期资本支出总额。表 13-2 主要是对这种情况进行了阐述。

表 13-2　年度现金流量变化情况下的投资回收期的计算

项目	项目 A	项目 B
a. 资本投入	1 000 欧元	1 000 欧元
b. 第一年年度结余	600 欧元	500 欧元
c. 第二年年度结余	450 欧元	350 欧元
d. 第三年年度结余	325 欧元	250 欧元
投资回收期	不足 2 年	2.6 年

本分析形式虽然提供了一种根据投资效益对成本进行评估的简易方法，但具有若干局限性：

- 未对投资回收期之后的结余情况进行考虑

- 未对货币时间价值进行考虑
- 未对资产残值进行考虑

因此，在表 13-1 和表 13-2 中的例子中，如果项目 A 的周期时间为 3 年，而项目 B 的周期为 10 年，那么通过这种回报期计算方法计算得出项目 A 具有更高的投资效益则是错误的。这种方法在使用时，必须考虑到这些局限因素。但与此同时，这种财务评价办法也有很多优点：

- 计算方法简便
- 表达方式简单明了（按年计算）
- 无需对项目的时间安排、项目周期、银行利率等因素进行假设

13.2.2 净现值（NPV）

NPV 分析是一种将货币时间价值纳入考虑的财务分析方法，是对整个项目周期进行收益性评估的最有效方法。货币时间价值的观点认为：因为今天的 1 欧元可以用来投资赚取回报，所以今天收到的 1 欧元价值与在将来的某个时间收到的 1 欧元价值是不相等同的。净现值就综合考虑了如下的因素：

> 净现值是通过用现在（预期的项目延续时间）的钱，来计算项目在抵扣成本支出之后所赚得的收益。

现在的钱比将来的钱更具价值，原因是
- 现在的钱可以用来投资（机会）
- 现在的钱是确定得到的（风险）
- 将来的钱失去了部分购买力（通货膨胀）

货币时间价值是通过借助"贴现率"来衡量不同时间点的钱的价值。贴现率是利率的一种，用于将来的钱的价值与其当前价值之间的换算。用将来一笔款项的总额乘以本比率，即可将其将来的价值减少（贴现）至等同的现行价值。本贴现率应该能够反映本笔资金在相同的风险水平下，以最优的使用选择为前提，可以产生的回报。但须注意的是，虽然贴现率和通货膨胀率都考虑到预测的通货膨胀，但贴现率并不等同于通货膨胀率。

以下是标准的"复利"公式，贴现率即是基于以下关系进行计算的。

如果银行利率是 10%，那么，一年之后收到的 1 欧元等同于现在的 $1/(1+0.1)^1$（$=0.909$ 欧元）。同样地，两年之后收到的 1 欧元等同于现在的 $1/(1+0.1)^2$（$=0.826$ 欧元），并以此类推（见图 13-2 下端的 10% 指示线）。

图 13-2 中描述了不同的银行利率对于货币时间价值的影响。

这样的话，依然举与前面类似的例子，将贴现率考虑在 15%，且项目 A 和项目 B 的周期时间同样为 3 年和 10 年，那么修正后的 NPV 算法具体如表 13-3 和表 13-4 所示。

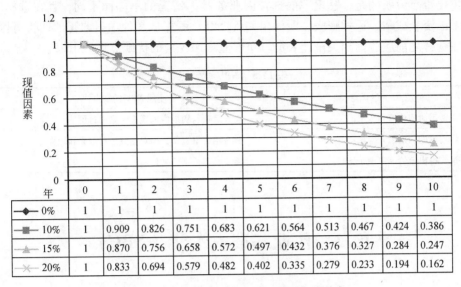

图 13-2　银行利率对于货币时间价值的影响

年	0	1	2	3	4	5	6	7	8	9	10
◆ 0%	1	1	1	1	1	1	1	1	1	1	1
■ 10%	1	0.909	0.826	0.751	0.683	0.621	0.564	0.513	0.467	0.424	0.386
▲ 15%	1	0.870	0.756	0.658	0.572	0.497	0.432	0.376	0.327	0.284	0.247
✕ 20%	1	0.833	0.694	0.579	0.482	0.402	0.335	0.279	0.233	0.194	0.162

表 13-3　与表 13-2 中类似例子的 NPV 的计算

年度	项目 A 的资本支出	结余	贴现因素（15% 的贴现率）	现值
0	-1 000 欧元	—	1	-1 000 欧元
1		500 欧元	0.870	435 欧元
2		500 欧元	0.756	378 欧元
3		500 欧元	0.658	329 欧元
项目 A 的净现值				142 欧元

表 13-4　计算 10 年周期的 NPV（PV 逐年减小）

年度	项目 B 的资本支出	结余	贴现因素（15% 的贴现率）	现值 *
0	-1 000 欧元	—	1	-1 000 欧元
1		400 欧元	0.870	348 欧元
2		400 欧元	0.756	302 欧元
3		400 欧元	0.658	263 欧元
4		400 欧元	0.572	229 欧元
5		400 欧元	0.497	199 欧元
6		400 欧元	0.432	173 欧元
7		400 欧元	0.376	150 欧元
8		400 欧元	0.327	131 欧元
9		400 欧元	0.284	114 欧元
10		400 欧元	0.247	99 欧元
项目 B 的净现值				1 008 欧元

*结余主要发生在前面几年

　　对于周期不等长的项目，还有一些更为复杂的计算方法（如重复项目方法、研究周期方法等），但在此不作赘述。内部收益率（IRR）以及等年值比较法（EAW）是计算净现值的相关方法，在此也不作探讨。

需要重点说明的是，贴现率的选择因业务具体情况的不同而不同，且在选择时应综合考虑资金成本、通货膨胀、项目相关风险以及可能从其他项目取得的回报等因素。通常在选择之前应咨询相关审计人员。净现值（NPV）的优缺点见表13-5。

表 13-5　NPV 优缺点

使用 NPV 的优点	使用 NPV 的缺点
将货币时间价值纳入考虑	需要对项目周期内的现金流量进行预估
将项目的周期纳入考虑	需占用大量资源，即对信息进行搜集和计算
最终得出定值，可便于比较	需要确定适当的贴现率

13.3　作业基准成本法（ABC）

环境会计的一个重要作用就是可以将发生的环境成本具体到每一项经营活动。在现有的审计程序中，多种环境成本合并列在同一科目中，通常统一记作间接成本，因此，环境会计中需对其进行重新调整。将环境成本分摊到产生各项成本的产品或生产工序，这是探求能够降低成本并提高收益率的创新性清洁生产方案的重要步骤之一。

> 作业基准成本法是直接将组织成本与导致该项成本发生的产品或服务相联系的计算方法。

作业基准成本法（ABC）是一种将资源及间接成本的支出具体到产生该项成本的产品及服务的审计方法。ABC 虽然不能改变或消除成本发生的事实，但却可以提供成本实际发生所在环节的数据资料。而传统的成本管理方法则很少能够反映非直接或间接成本与个体生产程序、产品或服务之间的因果关系。

> 现以一门业制造商的例子，对传统的成本算法与作业基准成本法之间的差异进行说明。
>
> **传统成本算法与作业基准成本法对比表**
>
> | 传统/欧元 | | ABC/欧元 | |
> |---|---|---|---|
> | 薪水 | 100 | 门体清洁 | 85 |
> | 物资 | 80 | 门体喷漆 | 65 |
> | 设备 | 20 | 门体检查 | 40 |
> | 间接成本 | 45 | 送货及安装 | 55 |
> | 总计 | 245 | 总计 | 245 |

在本案例中，依据传统的成本算法所提供的数据，如要降低成本，只能考虑降低工人薪水或物资消耗，但无法提供足够的数据依据来调查成本的增加具体出现在什么环节。反之，如果使用 ABC 所提供的数据，则可清晰地判断出门体清洁的实际成本要比喷漆成本高。

13.3.1 作业基准成本法（ABC）在环境背景下的应用

ABC 法适用于与效率低下、生产浪费或其他类型的损耗相关的成本支出的识别和优先排序。一旦明确生产过程中多个活动以及各活动产生的废弃物的真实成本，就可考虑对其中的主要部分进行改进。

通过以下的例子可发现精确计算成本的重要性。如图 13-3 所示，按照 A 产品和 B 产品在生产过程中所耗费的材料及劳动力的比例，将间接成本在二者之间进行了分配。

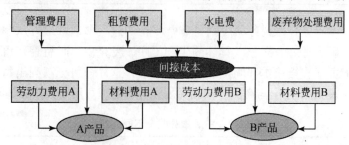

图 13-3　采用传统审计视角分析生产程序及其间接成本的分配

然而，通过对环境成本的仔细审查发现所有的有害废物处理所耗费的成本均源自 B 产品的生产。这就导致间接成本计算错误，并同时导致了 A 产品的生产数据不准确。图 13-4 则就此提供了正确的成本分配方法。

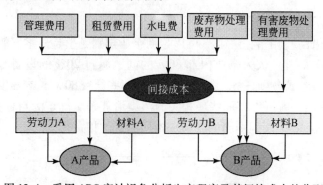

图 13-4　采用 ABC 审计视角分析生产程序及其间接成本的分配

通过将主要的环境成本从间接成本中分离出来（即有害废物处理成本），并直接计入使其产生的产品下，就更清晰地得到了 A 产品和 B 产品生产的真正成本。这种通过具体的生产工序（作业）对成本进行分配是 ABC 审计方法的基础。

13.3.2 制造成本的分配

对直接成本和间接（环境）成本加以区分对 ABC 审计方法来说非常重要。根据定义，减少间接成本可以提高过程效率，并减少废物的产生。直接成本包括人工成本以及生产过程中所需的材料成本。通常情况下废物管理的费用和满足法律法规要求所产生的成本均被列入间接成本。其具体内容见表 13-6。

表 13-6 不同成本的分类

成本	描述
直接人工成本	直接在生产过程中所进行的工作
直接材料成本	结合到最终产品中的原材料
间接成本	废弃物管理、能源成本以及满足法律法规产生的成本
非直接人工成本	为生产线上主体工作提供支持的工作（如维修、监控、机器维护等）
非直接材料成本	生产过程中所必需的，但不成为最终产品组成部分的材料（如手套、清洁溶剂等）
生产成本	供电、供水、供暖、租赁及外勤维修
一般成本	管理、市场营销及销售

将发生的成本具体分摊到各项废物是非常复杂的过程。通常最好从制作详细的生产流程图开始，而后针对每个部分（具体的生产工序、废弃物、产品等）再画出包括该部分的各种相关成本（直接成本和间接成本）的图表，这样即可分项列出每一项构成成本的因素。例如，表 13-7 给出与产品生产相关的废弃物处理费用的具体分解明细。

表 13-7 将成本分配至不同的产品

类别	产品 A/欧元	产品 B/欧元
溶剂处理	—	1 040 000
溶剂回收	—	640 000
固体废物	203 000	203 000
回收	107 000	107 000
合计	310 000	1 990 000

在本阶段，借助"帕雷托法则"可以帮助企业辨别哪里是最重要的部分。"帕雷托法则"（即 80/20 原则）认为企业内部 80% 的问题源自 20% 的设备/操作/原材料等。一旦将成本具体分摊到各项任务，就很容易发现那些导致 80% 成本发生的 20% 的设备/操作/原材料。继而，就可以将那些最相关的污染治理领域确定为目标并进行调查。图 13-5 展示了根据表 13-7 所识别出的各项成本所制成的拍雷托图。

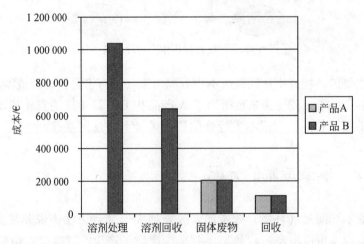

图 13-5 产品 A 与产品 B 环境成本分配的帕雷托样图

从这个简单的例子可以清晰地看出，溶剂的回收及处理的成本构成了本产品生产过程中的主要环境成本。因此，应对使用溶剂的环节进行检查，努力减少或避免溶剂的使用。

13.3.3　ABC 的步骤

ABC 主要包括四个主要步骤：
- 确定主要作业内容
- 将资源成本具体分配至各项作业
- 确定与这些作业相关的产品产量
- 将作业成本具体分配至每项产出

接下来，将借助产品生产的例子，将这些步骤具体展开说明。

步骤一：确定主要作业内容

之前已就产品生产过程中的主要作业内容作了大体描述。A 产品和 B 产品的最终产品销售价格分别为 72 欧元和 81 欧元。每年两种产品的产量相同，总产量为 200 000 件。

步骤二：将资源成本具体分配至各项作业

每种产品的生产成本都包含原材料成本、直接人工成本和间接成本。每件 A 产品和每件 B 产品的原材料成本分别为 12 欧元和 14 欧元；直接人工成本分别为 16 欧元和 20 欧元；共同年度间接成本为 8 百万欧元，分解明细详见表 13-8。

表 13-8　生产两种产品所耗费的间接成本　（单位：欧元）

类别	间接成本
管理费用	2 800 000
租赁费用	800 000
水电费	2 100 000
废弃物处理费用	2 300 000
合计	8 000 000

部分间接成本来源于废弃物的处理，其分解明细已经在表 13-6 中作过详述。

步骤三：确定与这些作业相关的产品的产量

从以上信息中不难发现除了废弃物处理的费用，其他所有间接费用都是由 A 产品和 B 产品平均分摊。而废弃物处理的费用则主要归因于 B 产品的生产。

在计算具体的作业基准成本时，成本的分配非常重要。根据传统的计算方法，间接成本往往是按照直接人工成本进行分配。也就是说间接成本是基于生产某项产品所耗费的人工成本进行分配的。

在这种情况下，间接成本就是 8 百万欧元 − 2.3 百万欧元 = 5.7 百万欧元，直接人工成本就是 $16 \times 100\ 000$ 欧元 $+ 20 \times 100\ 000$ 欧元 = 3 600 000 欧元。通过间接成本与直接人工成本的比值，就可以计算出生产每个单件产品所耗费的相关间接成本。

在其他情况下，间接成本也可能是按照产品的产量进行分配。废弃物处理所产生的间接成本，不在每项生产之间进行均摊，而是按照导致其发生的生产线上的产品生产总量进行分配。步骤四中将就此进行进一步阐述。

步骤四：将作业成本具体分配至每项产出

根据成本动因率，将作业成本按照产品产量进行分配。ABC 中还经常使用到下述的一些常用术语。分别是：
- 作业成本：进行某项具体作业所产生的成本。在这里即为间接成本
- 作业量：与作业成本相关的人工成本付出。在这里即为与间接成本相关的直接人工成本
- 成本动因率：作业成本与作业量之间的比率

表 13-9 即是利用作业基准成本法对间接成本（不包括环境方面间接成本）进行的计算。

表 13-9 利用作业基准成本法进行的间接成本（不包括环境方面）计算

类别	间接成本
a. 间接成本（作业成本）	€5 700 000
b. 直接人工成本（作业量）	€3 600 000
c. 比率（a/b）（成本动因率）	1.58
d. 人工成本／A产品	€16
e. 间接成本／A产品（c×d）	€25.33
f. 人工成本／B产品	€20
g. 间接成本／B产品（c×f）	€31.67

现在需要对间接成本中余下的部分（废弃物处理费用 230 万欧元）按照表 13-7 中所提供的明细进行分配。这部分间接成本包括一般性间接成本，这部分间接成本对于两个生产工序是没有任何区别的（即城市废物处理及回收费用 = 62 万欧元）。另外，还包括有害废物处理的费用（168 万欧元），这项间接成本仅发生在产品 B 的生产过程。表 13-10 和表 13-11 分别就这两种间接成本的计算（以作业量作为成本动因）进行了阐述。

表 13-10 一般废弃物处理成本在产品间的分配

类别	成本分配
a. 一般间接成本	€620 000
b. 总生产量	200 000 件
c. 比率（a/b）	3.10
d. 数量／A产品	1
e. 间接成本／A产品（c×d）	€3.10
f. 数量／B产品	1
g. 间接成本／B产品（c×f）	€3.10

表 13-11 仅产生于一种产品生产过程的有害废物处理成本的分配

类别	成本分配
a. 特殊间接成本	€1 680 000
b. B产品的总产量	100 000 件
c. 比率（a/b）	16.80
d. 数量／B产品	1
e. 间接成本／B产品（c×d）	€16.80

表 13-12 就 ABC 审计方法所得出的结果与传统的审计方法所得出的结果进行了比较。

表 13-12　可得出不同结论的不同审计方法之间的比较

项目	传统审计		ABC	
	A 产品	B 产品	A 产品	B 产品
原材料/单位产品	€12	€14	€12	€14
人工成本/单位产品	€16	€20	€16	€20
间接成本/单位产品*	€40	€40	—	—
ABC 间接成本	—	—	€25.33	€31.67
ABC 一般间接成本	—	—	€3.10	€3.10
ABC 有害废物处理成本	—	—	—	€16.80
合计	€68	€74	€56	€86

*所表示的这些数字可通过传统的审计程序，即间接成本直接除以生产产品的数量（€8 000 000 / 200 000）来进行计算

表 13-12 的合计显示，虽然经过两种审计程序计算都能说明 A 产品的制造相对来说比较便宜，但使用 ABC 方法所得出的实际成本之间的差异则意义重大得多。如果将这些数字再与 A 产品与 B 产品的销售价格（72 欧元与 81 欧元）进行对比，就会清楚地发现 B 产品的生产过程中存在着很大的浪费。

13.3.4　ABC 审计方法的优势、驱动因素及障碍

ABC 审计方法的优势、驱动因素及障碍如表 13-13 所示。

表 13-13　ABC 审计方法的优势、驱动因素及障碍

优势	驱动因素	障碍
可将间接成本直接分配至产生该费用的生产过程或产品中，从而实现内部审计的精算化； 不同于传统的审计程序，ABC 审计程序可以反映某项成本的实际发生情况； ABC 审计方法可提供更精确的产品成本信息，从而能够优化管理决策的制定； 可以帮助管理者辨识生产过程或工厂范围内的重大环境影响因素； 所需信息皆已经获得，因此 ABC 系统的设计成本较低； 由于间接成本的发生可直接追溯到导致成本产生的具体作业活动，从而增强了对间接成本的控制	改善体系的精确测量，使每项发生的事件能够精确记录； 通过 ABC 方法可提高效率，减少废物产生，增加底线效益等； 增加成本的透明度，利于产品之间成本的分配	缺乏对 ABC 审计方法的认识； 实施 ABC 审计方法可产生的效益不确定； 担心建立 ABC 体系需要投入大量资源； 员工拒绝改变； 依赖现有的审计程序，懒于转变

13.4　生命周期成本法（LCC）

生命周期分析（LCA）是一种由可持续发展理念发展而来的一种主要的环境管理工具。本工具是一种评估产品从其原材料提取到生产制造，再到最终处理的整个生产过程中所造成的环境影响的方法。LCA 既可用于新产品的设计，也可用于对现有产品的评价，但其主要目标都是对产品（或生产过程）的环境信息进行评估。与 LCA 相对

应的经济方法是生命周期成本法（LCC）。生命周期成本法是一种协助对环境项目进行经济合理性评估的财务工具。同时，也是对周期较长的投资项目进行成本投入结果追踪的一个有价值的方法。

> 生命周期成本法是计算一项投资在其生命周期内所耗费的所有成本的方法。例如，从产品的购买、使用、直至寿命终结的整个过程。

生命周期成本法的主要作用有三个[①]：

- 可在产品生命周期中的设计、采购及所有其他环节中有效运用的一个工程工具
- 可用于开展成本核算及管理
- 可用作环境相关项目的设计和工程工具

虽然这些用途的出发点各有不同，但是都秉承一个共同的特点，那就是 LCC 方法洞悉未来成本的动态。该方法是在二战后由日本人为了提高其生产效率首次采用的，随之在 70 年代又被美国军方所采用，但直到最近才被用作环境管理中的有效工具。现今，由于建筑行业对长周期的能源消耗有上限限制，该方法得以广泛应用于该行业。

> LCC 在不同情况下应用于建筑节能的具体方法举例
>
> 对于新建建筑，LCC 技术运用在设计、场地及材料等方案的评估（排序），最终达到建筑节能的目的。
>
> 对于已有建筑，本方法可：
>
> - 帮助在多种节能参数中做出最佳选择
> - 确定一项节能措施所需要的资金投入
> - 寻找最合适的节能参数组合

在悉尼奥运会场馆建设期间，持久性作为最重要的因素得到考虑。该奥林匹克主体育场是首个在其建设过程中采用生命周期研究成果的公共建筑。图 13-6 显示了该研究的部分成果，并比较了用该方法和传统方法分别修建一个更持久的体育馆所对应的年能源消耗和温室气体排放。这些成果为场馆建设阶段的高投入的财务合理性给出了充分的理由。

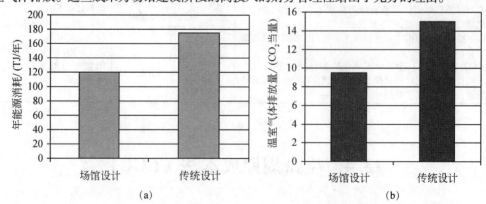

图 13-6　悉尼奥林匹克主体育场的生命周期研究成果

注：参见 http://bnild/ca.rmit.edu.au/casestud/Stadium/Stadium.html#location-3

---

① Emblemsvag J. 2003. 生命周期成本：用作业基准成本法以及蒙特卡罗法管理预测成本及风险. 威利出版社

LCC 方法最主要的应用是设备的采购，前提是总成本发生于产品生命周期之内。图 13-7 举了一个用电设备生命周期之内所发生的有代表性的成本的例子。

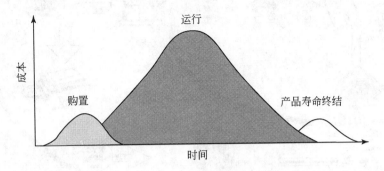

图 13-7　产品生命周期内所发生的成本[①]

在某些情况下，如果待处理产品尚具有转售价值，则该清理成本可为负值，但这只是例外情况。在正常情况下，这些产品的处理、销毁或更换的成本是相当昂贵的，因此需要在计划阶段就予以考虑。

13.4.1　生命周期成本法与传统的审计方法对比

按照传统的审计程序所做的投资决策，一般不考虑产品使用及清理阶段可能发生的长期成本，而将这些运行或生命周期成本纳入考虑的好处是可以以更低的投资价格进行投资决策。如图 13-7 所示，产品的使用及最终的清理费用在很大程度上是与购置价格相关的。因此，正如 ABC 方法，清楚地将成本分配至产生该费用的每项作业或活动，是对一项产品或投资真正的生命周期成本进行估算的重要因素。LCC 的原则方法，不仅可以应用至复杂的问题，对于最简单的问题也同样有效。

> 举例：水银恒温器开关可能是所需购买的替换件中最便宜的一件，但如果将其相关的清理成本也考虑在内，固态开关就成为更有利的选择。

虽然这可能仅是一个微不足道的小例子，但是强调了 LCC 方法是可以应用于任何性质的采购的。LCC 起源于生命周期管理（LCM），该管理方法的宗旨在于不断地思考在产品/生产程序或服务的整个生命周期内，如何减少对于环境的负担。图 13-8 就展示了一个典型的生命周期过程。

> 生命周期成本是产品在其整个生命周期内，由于对环境造成的影响而引发的成本消耗。该项成本是总成本的构成之一。对于总成本，将通过总成本评价法进行估算。

---

①英国商务部，成功送达工具包——生命周期成本法，http：//www.ogc.gov.uk/sdtoolkit/reference/deliverylife-cycle/lifecyclecosting.html

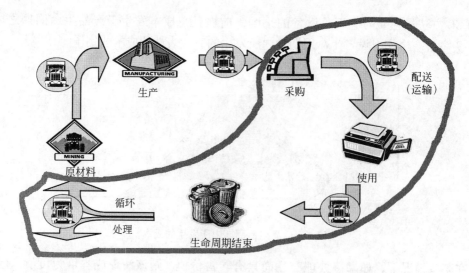

图 13-8　典型的产品生命周期示意图（LCC 部分以粗线圈出）

LCA 考虑的是产品整体的生命周期。LCC 则因为采购、使用、清理阶段是对消费者影响最为显著的部分而重点关注这些阶段。

13.4.2　LCC 方法

使用 LCC 方法的前提是对所有可行的投资方案有足够充分的了解，这样才能保证所做的决策具有实际意义，而且任何决策可能带来的重要资源消耗也要掌握。使用 LCC 方法时，对于任何一项选择，从其初期投资到最终清理的相关成本都必须进行细致的分析。

环保投资所产生的成本可以是一次性的，也可以是重复性的。理解二者之间的区别非常重要。一次性成本在投资完成后，即消失不再出现；而重复性成本则按照一定的时间频率在产品或服务的整个生命周期内持续不断地重复发生（随着时间的延续，维护成本、水电成本等逐渐增加，其发生频率也可能逐渐增加）。表 13-14 就这些不同的成本进行举例说明。

表 13-14　LCC 方法所考虑的不同种类的成本

初期一次性成本	重复性/长期成本
购买	运行成本（原材料、水电费等）
配送及运输	维修成本（人力及零部件）
安装及文件制作	维护及修理
初期培训	由于改变所带来的成本
由于投资所带来的业务流程/程序的改变	合同及供应商管理成本 停机时间/不可用情况损失成本
生命周期终结	修复及/或清理成本

LCC 方法的运用可简单可复杂，根据具体情况而定。以下是一个较简单的生命周期成本法计算的经验法则。

> 生命周期成本 = 初期成本＋运行及维修成本 ＋ 能源（水）消耗成本

进行详细的 LCC 分析包括以下四个主要步骤，作用是汇集不同成本并评估。

- 成本分解结构
- 成本估算
- 贴现
- 考虑通货膨胀

步骤一：成本分解结构（CBS）。

成本分解结构（CBS）是生命周期成本法（LCC）的核心内容（类似于工艺流程图，只不过是针对投资过程制作的）。它将投资所包括的成本进行分解，并分配至相关的分项成本。根据投资性质的不同，这一步骤实施的难度也有所不同。然而，经过仔细的研究即可发现任何的 CBS 都需包括以下要素：

- 所有与投资相关的成本
- 每项成本的定义及分配必须清晰
- 成本的分解方式应满足分析的需要（例如，如果需要审核备选方案中备件的成本，则在成本结构图中应明确列出该成本）
- CBS 的结构应与统计成本所使用的管理会计体系兼容
- CBS 应包含多种成本类别，不同类别下有不同层次的数据（例如，管理者可能希望仅通过维修人员一项就详细了解操作所需要的各项人力成本。CBS 的设计应足够灵活才能满足这样的需求）

图 13-9 举例说明了复印机的成本分解结构。

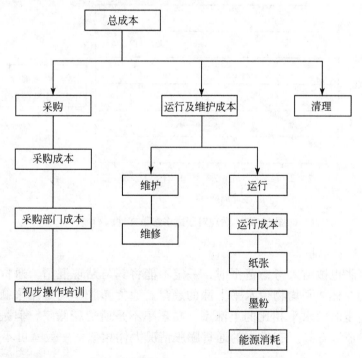

图 13-9　复印机成本分解结构举例[1]

① 本例来自 Treasury H M. Public Competition and Purchasing Unit Guidance NO. 35，life cycle Costing

步骤二：成本估算。

成本估算是在 CBS 的基础上将成本分摊到产生该费用的各相关因素。这些成本的分配可以通过以下方法中的一种来实现。

已知因子或费率：这里是指已经能够确定价值的投入。例如，如果能源的成本及所采用设备的耗电水平已知，那么就可以估算出年度的能源消耗。

成本估算关系（CER）：来源于历史数据或经验数据。例如，如果已知复印机的年维修成本为购买成本的 3%，那么就可以利用这些数据进行成本估算。

专家意见：虽然这仅是一个非常抽象的信息来源，但是很多情况下，却是对某些成本进行量化的唯一依据。当具体使用时，应注明该数字为假设，并说明推理假设的过程。

步骤三：贴现。

贴现是将货币时间价值纳入考虑的方法，也就是说，如前文所述，今天的 1 欧元和明年这个时候的 1 欧元价值是不相等同的。

贴现在 LCC 分析中的作用详见图 13-10。当对不同的投资选择进行比较时，需要一个相同的基准线来保证公平性。将所有的未来成本都调整至现时值（或现金等价物）进行计算，能够真实地反映将来结余的作用。贴现的过程即是通过采用选定的贴现率，将未来的成本调整至现值——决策制定之时的价值的过程。当对多种分析进行比较时，确保使用同样的贴现率是很重要的。

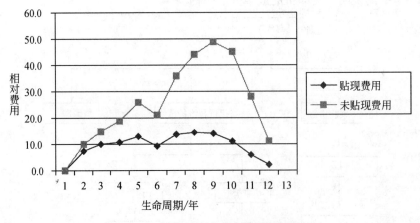

图 13-10　贴现对于成本参数文件的影响

步骤四：通货膨胀。

当通货膨胀也被纳入考虑范围时，一定不能将其与贴现混淆。通货膨胀是指某经济体系中的总体或平均物价水平上涨的趋势。通货膨胀率则是用来衡量总体物价水平与某一指定时间水平相比的上涨率。贴现率不是通货膨胀率，但是其投资溢价要高于通货膨胀。如果所有成本的通货膨胀情况大体相似，一般就可不考虑 LCC 分析的结果。

13.4.3 LCC 审计方法的优势、驱动因素和障碍

LCC 审计方法的优势、驱动因素和障碍如表 13-15 所示。

表 13-15　LCC 审计方法的优势、驱动因素和障碍

优势	驱动因素	障碍
利于识别投资所带来的全部效益； LCC 鼓励对不同投资方案进行比较； 确定长期投资效益； 预算更精确； 减少资源消耗	提高投资利润回报； 确定投资的全部成本； 将所有生命周期成本融入单一的评估程序； 符合商品采购政策以及持续管理的要求； 便于识别潜在的废弃物处理问题	评估程序复杂，较难获得准确的数据； 时间及资源有限； 如果研究结果不能准确地表达，则说服力不强； 惰性以及对新方法缺乏兴趣

13.4.4 LCC 使用实例

越峰电子材料股份有限公司厂区内有抽水机若干——包括主抽水机一台和四台较小的备用抽水机。主抽水机出现问题，公司正考虑对其进行替换。其可选方案包括：

- 替换问题抽水机，但不对现有系统进行任何改动
- 用变频（VSD）抽水机替代现有的抽水机，并将小抽水机中的两个拆除

变速传动抽水机的价格是 20 000 欧元，在其生命周期内（10 年）以 85% 的有效功率运转，总功率消耗为 11.60kW。而传统的抽水机价格为 13 000 欧元，使命周期亦为 10 年，但有效功率仅为 60%（相当于 16.34kW 功率）。如果拆除两台小抽水机，则每台可收回 1 500 欧元。VSD 及常规驱动的抽水机在生命周期终结时的清理成本分别为 1 250 欧元和 945 欧元。如考虑到停机时间损失的因素，则 VSD 抽水机的维修成本经粗略估计仅为常规抽水机的一半。

该厂工程师无法决定何种方案为最佳选择，因此，决定对两方案进行简单的 LCC 分析，以帮助其做出判断（表 13-16）。

表 13-16　厂内更换抽水机的两种备选方案之间的比较

项目	VSD 抽水机	常规抽水机
抽水机的生命周期为 10 年	有效率 85%	有效率 60%
耗电量/kW	11.6	16.34
购买价格/欧元	20 000	13 000
安装及培训费用/欧元	1 200	1 200
单位电价/欧元	0.120 9	0.120 9
每年运转小时数/小时	4 000	4 000
每年能源消耗*/欧元	5 610	7 902

项目	VSD 抽水机	常规抽水机
年度维护费用(密封件、轴承、润滑剂等)/欧元	500	1 200
停机时间成本/欧元	240	480
年度人工成本/欧元	200	400
清理成本/欧元	1 250	945
旧抽水机修复（贷款）/欧元	3 000	—
总 LCC 价格/欧元	84 948	114 965

* 能源成本是按照每年平均工作 4000 小时，且电价为每千瓦 12.09 分计算

　　这个简单的 LCC 分析显示，投资采购 VSD 抽水机的初期成本支出比仅以相似的抽水机简单替代现有的抽水机更具合理性。本例中未考虑贴现因素的影响。

第 14 章

职业健康安全

14.1 引　　言

职业健康安全管理体系标准（OHSAS 18001）是一套国际体系规范，就职业健康安全管理体系（SMS）的一整套要求做出了明确规定，该规范适用于任何类型和任何规模的企业。目前，各国国家标准机构均已制定了相关标准，有些国家抑或采用 OHSAS 18001作为国家标准，但尚无任何 ISO 标准对安全管理体系的具体要求作出规定。OHSAS 18001 是由相关方面组成委员会联合制定，其中包括国家标准机构、认证机构、学术团体以及行业代表等。OHSAS 18001 所采用的基本工作方法依旧是我们所熟知的"策划—实施—检查—改进"模式。基于这个模式，具体的工作步骤为：

- 根据自身的运营状况制订适宜的职业健康安全政策
- 辨识需要管理的职业健康安全危害及风险
- 辨识相关的法律法规及其他相关要求
- 制订目标
- 制订方案

针对以下问题或要求，企业需要制定和实施相应的管理方法和措施：

- 组织结构和职责
- 培训、意识和能力
- 信息交流
- 文件记录
- 文件管理
- 过程控制
- 应急准备及响应

对控制及改进的成效进行检查并评估：

- 绩效评估和度量
- 事故、事件、不符合性、纠正及预防措施
- 记录
- 职业健康安全管理体系审核
- 审查

OHSAS 标准所包含的主要内容在此书中均有说明。

"本标准提出了职业健康安全管理体系的要求，使机构能够控制其职业健康安全风险并改进其职业健康安全绩效。标准并未规定具体的职业健康安全绩效评价标准，也

不对管理体系的设计提出详细的要求。"

这明确表明了 OHSAS 18001 的宗旨。有效的 SMS 不仅可以提高还可以扩大企业当前的管理水平，并促进职业健康安全管理体系的建立和持续改进。

不少国家的法律均对企业建立及实施职业健康安全管理体系提出了要求，然而大多数情况下他们都没有对体系的结构提出明确的要求。因此，按照 OHSAS 18001 中的规定，本手册在此给企业提供了一个模板，使企业能够更清晰地解读并遵循法律的意图。

在缺乏一套正规的管理体系的情况下，往往是在问题发生之后才想办法应对。同样，如果对企业的活动仅做简单调查，找出存在的健康及安全问题，然后对发现的问题进行简单处理，那今后同样的问题还会重复发生。然而，如果制定了一套正规的职业健康安全管理体系，切实实施并定期审核，那么企业能够切实达到持续改进的目的。

政策声明：健康及安全政策是将健康及安全问题的管理方法细化的一套方案。

通过制定该政策，企业对风险管理及其法律义务做出承诺，并借此告知企业员工的职责以及履行这些职责所需要采取的工作步骤。

企业必须制定相关安全政策，如果员工人数在 5 人以上，则必须以书面形式确定下来。该政策无论为书面形式或非书面形式，其内容原则同样有效。该健康及安全政策根据每项经营内容的不同而不同。

最高管理者应聘请一个能够胜任此工作的人负责管理健康及安全。此人应该了解企业面临的法律责任，并能够指出企业行为是否能满足这些法律法规要求。

此人也可以是企业内部的工作人员。英国健康安全局（HSE）或地方环境健康官员可以对其他需要改进的地方提出建议。

如果某企业是行业协会的成员，行业协会也可以在政策制定或实施的过程中提供帮助及支持。

职业健康安全政策的内容应包括什么？

多数企业将其健康安全政策分为三个部分：

- 在声明的意图部分，企业就健康及安全的有效管理做出承诺，并明确期望达成的目标
- 组织机构部分明确每个人员的责任分工
- 实施安排部分详细说明为实现前面所制定的目标所要采取的各种措施

因为只有在风险评估工作结束后才可能对预计的工作负荷进行恰当的预估，所以健康及安全政策应该在风险评估之后制定。如果该政策已经存在，则可在管理周期中任何时候对该政策进行修订。

14.2 策　　划

14.2.1 危险源辨识

危险源辨识与风险评估构成了安全管理体系（SMS）的核心内容，是企业管理水平提高以及持续改进的驱动力。理解"危险"与"风险"二词含义上的区别在本阶段

很重要，这两个词在日常交流中作用等同、经常互换。OHSAS 18001 将危险源定义为有潜在、可能造成危害的事物；风险则与危害发生的可能性有关。现以建筑物内的电力供应作简要举例说明。电的本身代表危险源，但公司的日常工作需要供电维持，所以危险源是存在的。但是，在正常情况下，会采用物理屏障进行隔离，防止与电源的直接接触，因此，触电的风险就极其微小。

（1）重点要求

本项要点如下：

- 需要一个辨识企业存在的职业风险、评估这些风险的后果，并权衡其重要性的工作程序
  - 划定企业可承受的最低风险等级
  - 以此等级为基础制定改进目标
  - 确保风险评估以及所有改进目标及计划不断得到更新

（2）危险源辨识程序

危险源的辨识和控制并不是一件简单的事情，随着工艺技术应用的深入，对危险的辨识及控制已经变得越来越困难。物理性的危害不会停留在表面，仅凭简单的检查是难以发现的。至今也还没有制定出任何理想的危险源辨识及控制系统。较理想的控制系统根据产业的类型以及所涉及的加工程序不同而有差异，事实上我们往往需要组合多种方法。

危险源辨识是后续所有步骤的基础，所以我们在本手册中提供了一套简单的危险源辨识程序以供参考。正确理解危险源辨识以及风险评估非常重要。

通过特定区域检查程序进行危险源辨识，步骤如下。

第一步。

公司的职业健康安全代表负责组建评估小组。小组中的评估组长负责制订评估计划和评估表格的发放。

第二步。

1）找一张最新的、精确的工作场地平面图

2）找一张生产流程图，如没有就画一张

3）将工作场地分成若干区域，并编号。划分的方式可依据生产流程的特征或工作场地的实体布局进行（包括评估文件中的编号）。

第三步。

在对某工作区进行风险评估之前，最好花些时间了解公司的运作以及当前的生产规模。因为公司员工最了解日常操作，我们建议让员工同时参与评估。任何整改建议都有可能激励员工的创造力，并且员工全过程参与有利于迅速和彻底地实施整改措施。

1）按生产活动分区对于大多数的工作场所来讲不失为严谨的做法。例如：

- 工作区域（办公区、储藏区、场地区域等）
- 生产过程阶段（加工阶段、组装阶段、调度阶段等）
- 不同的工种（脚手架工作、挖掘工作、驾驶工作等）

2）要求所有区域的工作人员列出他们认为所处工作区域内存在的潜在危险，并给出原因。类似工厂这种类型的静态工作场所，特别适合采用这种分区方式逐一调查场地的不同区域并进行识别危险源辨识的方法。此外，还需要求工作人员将他们在日常

工作中所使用的化学药品或物质名称一并列出。

3）利用类似"危险源辨识工作表"（见附录1）的表格收集数据。使用该表格时，必须在每张表格后附上"危险源基本信息表"（见附录2），让填表人了解对应的危险源的种类。

4）列出有害物质清单（见附录3）。

5）利用现有的资源，如法规条例、行业标准、参考手册、厂商信息、核查/咨询报告、投诉信息、环境监察报告，特别是公司内部以及相关行业的"事件、事故、疾病及未遂事故报告表"（见附录4），确保所有的危险源都被辨识出来。

6）收集整理信息。样表"风险评估表"（见附录5）展示了信息整理的办法。只有把危险源具体到某个特定区域或特定活动时，它对风险控制才具有意义。

14.2.2 风险评估

辨识出所有企业内部员工所面临的危险源后，接下来的任务就是判断：

- 该危险源是否为重大危险源，如果是，需要采取特定的优先控制措施
- 对于非重大危险源，是否已经采取减少或消除这些危险源可能带来的伤害的控制措施

（1）主要步骤

针对辨识出的每个危险源都需采取相应的处理措施。在做决策时需要考虑的是：

- 该危险源是否会造成伤害或疾病
- 如果答案是肯定的，应采用何种措施降低风险

这是一个决策的过程，必须采用系统的方式进行。同时，还需要一套衡量每一危险源风险大小（与其他危险源相比而言）的"风险计算"办法。其风险分值并不是用来判断该危险源产生的风险是否需要进行控制，而是反映采取补救措施的优先顺序。

（2）优先次序

在适当的条件下识别的危险源所带来的可预见风险可被及时消除。若该风险无法消除，则需遵循以下的优先次序对其进行控制。

- 更换较安全的厂房、材料及/或生产工艺
- 采取隔离措施降低风险
- 通过工程措施降低风险
- 通过管理措施降低风险
- 通过使用个人防护装备降低风险

在证实现有的风险评估办法不再奏效、造成伤害或疾病、出台新的有关危险源的相关规定、作业场地、作业习惯或作业程序出现重大变更、引进新的厂房、设备或化学物质的情况下，至少每隔3年应对风险评估办法以及所采用的风险控制办法进行审核。

（3）对风险进行评估

对风险进行评估也就是预测危险源有可能造成的相关后果——危险源可能造成怎样的后果？人员的伤害还是经济的损失？这样的后果是如何发生的？例如，危险源有可能破坏人行路面。如果有人从受损部分经过（"如何发生"），就有可能受到伤害

（"怎样的后果"）。因此，接下来主要就是就每一项危险源描述可能发生的风险，以及风险发生的原因。

（4）预测后果

即便在工作或工作步骤中已经采取了风险控制措施，但事件依然可能发生。下一步就是对事件的潜在后果进行预测。后果的预测请参见如下表格（表14-1和表14-2）。鉴于每项危险源可能造成几种不同的后果，需在其中选择一种作为"造成的后果"以及"发生的原因"。在我们的案例中，伤害的程度可从膝盖擦伤（轻度）到手臂骨折（中度）不等，或更加严重。

（5）可能性判定

接下来，需要对此类后果发生的可能性进行判定。其中包括两个步骤：确定接触频次及事件发生的可能性，以及对照下表（表14-1和表14-2）查找造成后果的可能性。

（6）评定风险等级

在已经确定可能造成的后果种类以及后果发生的可能性之后，即可对照下表（表14-1和表14-2）对风险等级进行评定。风险等级是通过交叉参照左列的后果发生的可能性等级以及表格顶端所发生的后果程度等级进行评定。

依照本程序，所有与任务、工作、工作小组或工作场地相关的危险源都可以得到辨识，并作风险等级评定。

表14-1　风险等级评定图表

可能性等级	后果程度等级				
	低等	中等	高等	严重	灾难
几乎必然	中	中	高	非常高	非常高
很可能	中	中	高	非常高	非常高
可能	低	中	中	高	非常高
不大可能	低	低	中	中	高
罕见	低	低	低	低	中

表14-2　风险等级评定图表中的颜色说明

风险等级	可接受程度
非常高	不可容忍
高	持续检查情况下可以容忍
中	定期检查情况下可以容忍
低	定期检查情况下可以接受

不可容忍

如果经评定的风险等级为"非常高"，须停止该活动，并采用其他更安全的替代工作方法，抑或采取额外的控制手段降低后果发生的可能性及/或减少后果可能造成的影响。

持续检查情况下可以容忍

如果经评定的风险等级为"高"，须依照控制的优先次序检查现有的风险控制措施，并增加额外的控制措施以降低风险等级。需要建立一套完备的工作体系，其中应包括标准作业流程、培训、监测及监督管理等内容。只在特殊情况下才可考虑风险等级高的活动，并且需要由企业高层管理人员做出决定。

定期检查情况下可以容忍

如果风险评价适中，并降至尽可能低（ALARP）的水平，那么在定期对其进行检查以确保风险不再增加的情况下，可以继续进行该活动。控制的措施需选择能够长期不断降低风险的措施为宜。

定期检查情况下可以接受

可以正常进行，但须定期进行检查以确保风险不再增加。

（7）制定职业健康安全政策

通过职业健康安全体系建立过程中首次开展的危险源及风险评估，职业健康安全负责人及其团队可从中了解并收集公司制定 OHSAS 政策所必需的知识及资料。因为该政策的制定是在第一次评估期间完成，所以该政策应该能够反映公司的健康及安全问题。这就更好地确保 OHSAS 目标与公司政策的一致性。

（8）简易方法

通过危险源和风险的评估可以掌握公司的健康安全状况。某些生产过程中的明显缺陷、不足或是与职业健康安全相关的其他问题通过采取简单措施（简易方法）就可解决，不需要对其进一步开展评估，也不需要通过实施职业健康安全方案来解决。通常情况下，采取这些措施所需的投入极小，甚至可以是零投入。如需投入较大，则需在可行性研究中对其另行评估。

例如，在地下步行道中发现裸露的电缆，随即通知维修人员进行维修，问题就此解决。但是此类事件的发生原因可能是源于公司维护系统的缺陷——这样的问题就需要再进行深入评估，并作为管理目标提出。

14.2.3 法规及其他要求

企业应了解其经营活动受到哪些或可能受到哪些法律法规的约束或影响，并将这些信息传达给相关的员工。企业应对相关的法规或要求进行研究，并找到恰当的获取有关信息的途径。同时还需掌握这些法律法规或其他要求的适用范围，明确企业内部哪些人员需要掌握何种信息。

企业有责任定期（每年一次）对企业内部履行法律法规或其他要求的情况作一个评估，以便掌握企业当前的状况，这也是 SMS 所起的一个作用。一旦有事件发生或出现违法的情况，企业应当依据对应的法律法规进行检查。企业是否遵章守法是通过多种数据和资料来说明的，其中包括现场调查、事件调查报告等。

14.2.4　目标及指标

企业在风险评估阶段对危险源进行了统计，并在风险等级栏中标注了危险源的重要性。管理体系的目标就是要消除或至少控制这些危险源。根据这些目标，企业要制定一套完整的用来完善公司内部管理的健康及安全管理计划。针对所有的目标，需要明确具体的指标，并制定可评估与控制的管理方案和改进措施。

- 应该让有关的工作人员参与到目标和指标的制定中，因为他们对目标和指标的制定、计划以及目标和指标的实现最有发言权。同时这也有助于提高他们对这些目标和指标的认同感
- 争取企业高层管理人员对待实施目标的支持。这是保障必要资源的需要，也是确保该目标更好地与其他的企业目标相契合的需要
- 在向公司员工传达管理目标的时候，尽量将管理目标与实际工作中所寻求的职业健康改进相联系，这有助于为员工指明具体的工作方向
- 该目标应与企业政策所规定的总体任务、计划以及重要承诺相一致（改善健康及安全条件、促进持续改进、加强守法性），并且为衡量目标是否实现所设定的指标应足够具体
- 目标的确定应有一定的灵活性。首先确定期望达成的结果，然后让相关责任人员来确定具体的达成办法
- 向企业内部人员传达并沟通目标及指标达成的进展。可考虑在员工会议上定期介绍进展
- 为征集各方意见，可考虑举办针对界内人士的招待会议或建立主题讨论组。组织类似的活动可为企业带来其他方面的回报
- 所制定的目标和指标必须切实可行，还要规定对进展和成效进行监测评估的方法
- 如果危险源不属重大危险源，则无需对其设定控制目标

14.2.5　职业健康安全管理方案

职业健康安全管理方案是职业健康安全管理体系规划阶段的主要成果，明确了企业为达成职业健康安全政策目标所要开展的工作。职业健康安全管理体系其他阶段的任务则是确保该方案是以系统的、有文字资料支持的、可复制的方式来实施的，并且开展接受评估和更新，确保企业的职业健康安全状况得到持续改进。

该管理方案是企业消除或控制重大危险源的任务书。对于每一项危险源，企业都已经制定了控制目标及指标，根据方案的要求，即可找出消除或控制每项危险源的具体方法及措施。

本方案应包含如下几个方面的内容：
- 法律法规规定了行业所接受的最低标准。然而，任何一个工作场所都有别于其

他，随着工作场所的不同，防范事故的方法也不尽相同。因此本健康安全方案需要针对工作场所量体裁衣，为某一工作场所制定的方案可能就不适应其他工作场所的要求

- 为保证职业健康安全管理方案的实施行之有效，需要争取高层管理人员的积极支持与配合，确保该方案无一例外地得到贯彻执行

- 职业健康安全管理方案的制定需要企业员工的参与，还必须咨询职业健康委员会。而且，所有的机构员工必须参与到健康安全管理方案的实施中

- 为了确保健康及安全管理方案的成功实施，每个责任人必须履行自己的职责。企业高层管理人员对方案的制定及实施负责，管理人员及员工个人则对具体方案目标的执行负责。同其他方面一样，职业健康及安全也应纳入企业的评估体系

- 该方案的所有内容都须以书面形式明确下来，而且必须有依可循（指明对应的相关法律法规等）。如果方案中的某些内容依据的是其他单独的程序和政策，那么必须在方案中援引

- 该方案同样适用于对于分包商及其员工的健康安全管理

- 向所有企业员工有效传达本管理方案，并将它提供给职业健康委员会、企业员工或职业健康医生（如有要求）参考及援引

- 制订一套方案并不仅仅是简单的创建文件。健康安全管理方案是有生命的，需要不断地改进、评估、完善，以满足工作场所持续健康化、安全化的需求。实施的效率和监控对该方案的成效至关重要

14.3　实　　施

14.3.1　责任

实施职业健康安全管理体系的根本责任在于企业的最高管理人员。企业应在最高管理人员中指派一名（例如企业内部的董事会或执委会成员）具体负责，以确保职业健康安全管理体系在企业所有岗位和运作范围的正确实施。管理者具体负责健康安全管理体系的实施、控制及提供完善所必需的资源。同时，还应成立一个职责分明的"安全小组"。

14.3.2　培训及意识

对于工作场所中对职业健康和安全有影响的相关工作，其操作人员必须有能力胜任其工作。这里的有能力是指受过适当的教育及培训，及/或取得相关的经验。企业应建立相应的机制，以确保各岗位及各级别的工作人员都能对相关的危险及风险有清楚的意识，并明确各自的风险管理及控制职责。

14.3.3　信息交流

企业应建立相应的机制确保职业健康和安全的相关信息在企业员工以及其他相关方之间流通。如有活动涉及员工参与或协商，最终应形成记录文件，并向有关方面通报。

14.3.4　文件记录

企业应以适合的媒介方式（如纸质或电子文本），对信息进行管理。信息主要用来：

- 描述管理系统的主要结构以及其相互作用
- 为相关文件材料提供方向指导

注：文件材料需以能够达到效率及效果的最低要求进行保存。

职业健康和安全文件材料的组成内容包括但不限于以下内容：

- 职业健康和安全政策
- 企业组织机构及主要职责
- 对企业如何满足职业健康和安全要求的方法进行说明及总结（例如，"怎样辨识危险?"，"怎样制定安全方案?"，"怎样对文件进行管理?"，"怎样遵守法律要求?"等）
- 系统层面的程序规范（如纠正措施的程序规范）
- 针对某措施或步骤的程序规范/操作规范
- 其他职业健康安全相关文件（如应急响应预案、培训计划等）

14.3.5　过程控制

针对潜在风险所对应的操作和活动，企业需要制定控制计划（包括维修），使这些操作或活动在规定的条件下开展。

书面程序：为确保企业实现职业健康安全政策所做的承诺，对某些操作和活动必须予以控制。如果操作或活动程序复杂，甚至还有不可接受的风险，那么控制措施还应包括书面的控制程序。这些程序有助于企业管理危险源，保障其守法性，达到职业健康安全目标。该程序对员工培训也具有同等重要的意义。当程序的缺失有可能导致与职业健康安全政策、目标或指标相悖的情况时，需要制定书面程序。明确控制程序应该包括哪些操作，以及就这些操作应该采用什么控制方法，是建立高效的健康安全管理体系中至关重要的一步。无论是否已经设立相关目标及指标，控制操作或活动都是用管理危险源或满足法律法规要求的一个可行办法。

14.3.6　应急准备

即便企业做出最大努力，也依然存在事故及其他紧急情况发生的可能性。有效的应急准备及响应可以降低、预防伤害，或将遭受损失的可能性降至最小，保护员工及邻近人员，减少资产损失，缩短停机时间，并降低对环境的影响。

特别在事件或紧急情况发生之后，企业应对其应急准备及响应预案以及相关程序进行检查。此外，企业还应定期对该程序的运行进行演练。

14.4 检 查

14.4.1 绩效评估

需要制定一套程序对职业健康安全运行的绩效定期进行监测和评估。该程序既要具有前瞻性又要及时响应，最好同时包括定量和定性的考核。企业需要按照风险等级确定监控的目标以及频次（需对现有的法律要求加以考虑）。如需使用仪器进行监测，则需制定监测计划。监测计划还应包括规定仪器的校准和维护，以及结果的记录要求。其中，前瞻性的监控可能是核查安全检查的频次，而响应性的监控则可用来调查安全系统出现的故障，包括既发的事故和未遂事故。某一特定阶段内事故的数量可以作为衡量控制有效性的一个提示性指标。在制定安全管理方案的时候就应该把这些监测指标考虑进去。

14.4.2 符合性评估

随着职业健康安全管理逐渐通过立法得到加强，了解相关法律法规对企业的要求就显得至关重要，企业需要建立相应的机制，随时掌握法律上的要求和动态更新。根据企业的规模，可以指定某人或一个小组负责这个业务，确保企业的职业健康安全规定与有关规定或者某些机构建议的规范保持同步（包括行业协会和学会或者设备制造厂家推荐的操作方式）。这样企业的职业健康安全管理体系既能满足所有强制性的要求，也能满足非强制性的要求。

14.4.3 事故调查、违规行为、预防及纠正措施

针对发生的事故、事件以及违规行为，需在职业健康安全体系中规定相应的关于汇报、评估/调查以及采取降低影响的措施的程序。制定这样的程序的首要目的是找出事件发生的原因，从根源消除将来事件重发的可能性。

该程序必须包括风险评估程序中所包含的预防及纠正措施。完善的事故上报机制（不仅汇报事故，还要汇报未遂事故）是实现持续改进目标的重要工具。该机制还应规定调查及记录细节的方法，以及预防及纠正措施的实施办法。为使结果具有可比性，事故频率和严重等级应参照普遍认可的行业的惯例计算。分析的结论应在高层管理人员间传阅。见"事件、事故、疾病及未遂事故报告表"（附录4）。

14.4.4　记录管理

能够证明职业健康安全体系有效运作，以及企业一直在安全的状态开展生产经营的记录需要保存。OHSAS 18001 对于记录管理的要求与 ISO 9001 的要求相当接近。然而，当质量管理体系已覆盖 OHSAS 记录管理时，通常并非所有记录都能轻而易举地获得。除 OHSAS 的要求以外，企业还需要考虑文件存取的权限，甚至有时可能还要考虑是否存在机密性的问题，对电子记录尤其如此。

14.4.5　内部审计

执行内部审计的目的是检查 SMS 是否符合之前认可的要求，即安全政策、安全目标及指标、特殊要求以及法律的要求。制订审计计划时需要综合考虑接受审计的生产经营环节及地点的状况和重要性，以及之前的审核结果。审计标准、范围、频率以及方法应事先予以确定。审核员的挑选应客观公正。

1）审计的特征

本审计的目的是证实本体系有能力：

- 实施既定的政策
- 协助企业达成既定的目标
- 帮助企业满足特定的产品要求/法规及其他要求

2）审计的范围与计划

审计的范围是根据企业有问题或可能有问题的活动的情况和重要性而定的。审核的频率至少为：

- 守法性审计（使用的法规及标准）＝每年一次
- 生产经营环节审计（所有生产经营环节）＝每年一次
- 项目审计（新开发项目）＝两年一次

为确保审计方案的全面性，采用矩阵方法对如下内容进行说明：

- 待审核的区域或环节
- 审计小组负责人
- 审计小组成员
- 开展审计的时间

审计计划必须事先得到审计员的认可。如果被审计方对审计计划存有任何异议，则需立即通知审计小组的负责人，分歧需在审计开始之前由审计小组负责人与被审计方协商解决。

审计方应在开展审计之前适当的时间内通知被审计方审计的范围和具体日期。

除了审计人员不能对自己的工作进行审计外，其他任何有能力胜任的人员都可被选定为审计员。

某特定区域或职能部门的审计工作由哪个审计员具体负责需事先同被指派的审计员协商。

14.5 审 查

企业高级管理团队需要对职业健康安全管理体系的运行状况进行审查，不仅检查该管理体系是否得到了有效实施，针对企业的 OH&S 政策及目标，还要斟酌尚未完成过的活动是否仍然适宜。

管理层的审查与内部审计相比更具战略意义。内部审计主要着眼于质量管理体系是否正常运作，安全政策及其目标是否持续得到满足，而管理层的审查侧重的是决策的内部或外部的考虑。

审查应涵盖如下领域：

- 当前的职业健康安全政策是否合适
- 怎样确保持续改进
- 我们现有的风险评估及控制过程是否能够满足要求
- 我们的资源是否充足
- 我们的检查及上报制度是否有效
- 我们的事故数据能否再予以改进
- 我们是否有充足的准备应对紧急情况
- 哪方面的改进对于职业健康安全体系最为重要
- 从以前所发生的事件中我们能得出什么结论
- 我们是否需要考虑就法规条例或现有技术做出可预见的变更

作为职业健康安全管理体系的一部分，所有有文字记录的材料都要接受审查，其中包括调查结果、绩效评估、法律法规的变更以及有关方面的投诉、意见及建议。

本 章 附 录

附录1 危险源辨识工作表

风险评估编号：

地点：　　　　　　　　风险评估员姓名：　　　　　　　　评估日期：

参考号	设施/生产过程	操作/任务/工作	是否存在潜在危险，可能造成什么后果	如不确定，请说明

附录 2 危险源基本信息表

危险源	描述
化学性危害	化学品可直接通过接触损伤皮肤，在空气受到化学品及其蒸汽、烟雾、粉尘污染的情况下，亦可通过肺部或消化系统吸入人体，即接触的人体既可能立刻受到损伤，也可能受到慢性损伤。也就是说，根据累计吸入或接触化学品或化学物质的多少，接触人员可受到中期或长期的影响
噪声危害	过度噪音可分散注意力，妨碍交流，并造成听力损伤。高冲击力的噪音的破坏性作用尤其显著。同时，噪音还有可能屏蔽信号，影响沟通
辐射危害	分析化学中使用放射性计量装置或放射性微量元素时，设备会产生电离辐射。非电离辐射则包括红外线辐射（放热的生产过程）、激光、紫外辐射（焊接过程、阳光照射），以及微波辐射（高频焊机、冷冻干燥）
电击危险	包括所有的可能由电力能源造成伤害的风险
光线不足危害	照明不足亦是潜在的安全危险源之一。问题往往是发生在视觉从较明亮的区域突然转移至黑暗环境所需要的反应时间内——例如，叉车司机从阳光明媚的室外开入室内的一瞬间，视觉上经常会经历短暂的光线不足
振动危害	包括全身振动——例如，卡车司机、站在振动台上工作的人员，或移动设备的操作员及由手动工具、链锯、汽锤等带动的部分身体震动
高低温危害	极低或极高的温度可能根据个人的身体状况的不同，造成疲劳或劳动能力降低等后果
生物危害	常见的生物危害包括昆虫、细菌、真菌、植物、蠕虫、动物以及细菌所造成的危害——例如，畜禽养殖场工人需经常接触禽类的羽毛及粪便，如该工作人员对其过敏，则可能影响健康状况
人因危害	包括由人工操作、不正确的工作场地设计、声音及视觉警报以及颜色编码控制机制所导致的可能造成伤害的风险
物理性危害	本项中所包含的可能造成伤害的风险多种多样——包括被机器挂伤或卷入、被掩埋在沟渠中、被倒塌的机器砸伤等，同时还包括在狭小空间作业中被飞行物体击中、爆炸受伤、高处坠落以及被障碍物绊倒等风险
杂项危害	本项包括由于紧张、疲劳、倒班以及人身攻击等原因所导致的风险

附录3 有害物质清单

场地/设备:				日期:		
页数:				审核日期:		

产品名称	存置数量	供货商	危险品等级 （如适用）	是否提供安全 技术说明书	是否进行 风险评估	有害物质 存放位置
				是 / 否	是 / 否	
				是 / 否	是 / 否	
				是 / 否	是 / 否	
				是 / 否	是 / 否	
				是 / 否	是 / 否	
				是 / 否	是 / 否	
				是 / 否	是 / 否	
				是 / 否	是 / 否	
				是 / 否	是 / 否	
				是 / 否	是 / 否	
				是 / 否	是 / 否	
				是 / 否	是 / 否	

附录4 事件、事故、疾病及未遂事故报告表

员工姓名:		年龄:		
职业:		受雇时间:		
受雇员工	实习员工	劳务人员	承包商 / 来访者	其他（请具体说明）

事故详情

日期:		时间:	
呈报给:		日期:	
事故发生地点:			
目击者:			
事故详情:			
推荐预防措施:			

	是	否
是否检查过相关的风险评估?		
事故是否由于违反法规规定造成?		
是否已经通知保险机构?		
是否已经通知执法机构（如有需要）?		

事故调查者：	职务：	日期：	签名：

附录 5   风险评估表

评估日期：　　　　　地点：

参考号	危险源	可能造成的后果及发生原因	潜在后果	发现的难易程度	现行控制办法描述	风险等级	简易处理办法

参 考 文 献

Albani R. 1996. Fundamentals of implementing a water conservation program. Water Wiser: 3-5.

Anderson B, Per-Gaute P. 1996. The Benchmarking Handbook. London: Chapman & Hall.

Aquacraft, Inc. 1997. Evaluation of Costs, Reliability, and Effectiveness of Soil Moisture Sensors in Extended Field Use. Boulder: Aquacraft, Inc.

Banezai A, Chesnutt T W. 1994. Public Facilities Toilet Retrofits. Encinitas: A & N Technical Services, Inc.

Bogan E, Michael J. 1994. Benchmarking for Best Practices. New York: McGraw-Hill.

Bogner J M, et al. 2008. Waste management. In: Intergovernmental Panel on Climate Change. Climate Change 2007: Mitigation of Climate Change. Cambridge: Cambridge University Press.

Bradly J. 2009. Environmental Management in Organizations, The IEMA Handbook. Institute of Environmental Management & Assessment. London: Earthscan.

Brenner E, Brenne T, Scholl M. 1993. Saving water and energy in bleaching tubular knits. American Dyestuff Reporter: 73-76.

Burger R. 1995. Maintenance, Upgrading, and Rebuilding. 3rd Edition. USA: Fairmont Press.

CAENZ. 1996. Energy Efficiency: A Guide to Current and Emerging Technologies. New Zealand: CAENZ.

California Department of Water Resources, Metropolitan Water District of Southern California. 1989. Industrial Water Conservation References of Industrial Laundries. USA: California Department of Water Resources, Metropolitan Water District of Southern California.

California Department of Water Resources. 1994. Government/Utility/Private Industry Partnership Program Evaluations and Recommendations. USA: California Department of Water Resources.

California Department of Water Resources. 1994. Water Efficiency Guide for Business Managers and Facility Engineers. USA: California Department of Water Resources.

California Department of Water Resources. 1995. Facts about Water Efficient Plumbing Standards. Sacramento: California Department of Water Resources.

California Urban Water Conservation Council. 1997. The CII ULFT Savings Study: Final Report. USA: California Urban Water Conservation Council.

Capehart B, Turner W C, Kennedy W J. 2008. Guide to Energy Management. 6th Edition. USA: Fairmont Press.

Carawan R E, Chambers V, Zall R R, et al. 1979. Water and Waste Management in Poultry Processing. Extension Special Report No. AM-18E. Raleigh: NCSU.

Carowin E, Waynick B. 1991. Reducing Water Use and Wastewater in Food Processing Plants. USA: North Carolina Cooperative Extension Service. 9/91-3M-TAH-210487.

Cushnie G C. 1994. Pollution Prevention and Control Technology for Plating Operations. Ann Arbor: NCMS.

DeOreo W, Dinatiale K. 1997. The Incorporation of End Use Water Data in Municipal Water Planning. USA: American Water Works Association Annual Conference.

Directorate-general JRC, Joint Research Centre, Institute for Prospective Technological Studies, Sustainability in Industry, Energy and Transport, European IPPC Bureau. 2006. Integrated Pollution Prevention and Control, Draft Reference Document on Energy Efficiency Techniques. Seville: Directorate-general JRC, Joint Research Centre, Institute for Prospective Technological Studies, Sustainability in Industry, Energy and Transport, European IPPC Bureau.

Disy T, Powell M. 1994. How to Plan and Design a Wise-Water-Use Landscape. USA: North Carolina Cooperative Extension Service.

Environment Protection Service. 1979. Economic and Technical Review Report. EPS 3-WP-29-3. Ottawa: Environment Protection Service.

Evans B A. 1982. Potential Water and Energy Savings in Textile Bleaching. WRRI Bulletin 46 (May). Alabama: Water Resources Research Institute, Auburn University.

Hasle P. 2000. Health and Safety in Small Enterprises in Denmark and the Role of Intermediaries. Copenhagen: Center for Alternativ Samfundsanalyse.

ISO (International Organization for Standardization). 2006. The ISO Survey of Certification 2005. Geneva: ISO.

Kusher K. 1976. Water and Waste Control for the Plating Shop. Cincinnati: Gardener Publications, Inc.

Massachusetts Water Resource Authority. 1992. How to Save Millions of Gallons and Thousands of Dollars. Industrial Water Conservation, Public Works: 83-84.

Massachusetts Water Resources Authority. 1989. Reducing Commercial and Institutional Use Will Save Million of Gallons of Water Each Day. USA: Massachusetts Water Resources Authority.

Mayer W, et al. 1997. North American Residential End Use Study: Progress Report. USA: American Water Works Association Annual Conference.

Meltzer M. 1998. Reducing Environmental Risk: Source Reduction for the Electroplating Industry. Model Landscape Ordinance. USA: California Department of Water Resources.

Mulkyk P A, Lamb A. 2006. Inventory of the Fruit and Vegetable Processing Industry in Canada - A Report for the Environment Canada, Environment Protection Service. Ottawa: Environment Protection Service.

NC Office of Waste Reduction, NC Department of Environment and Natural Resources. 1993 ~ 1995. Case Studies. Raleigh: NC Department of Environment and Natural Resources.

N. C. Division of Water Resources. 1993. Guidelines for Minimum Requirements of a Local Water Supply Plan. Raleigh: N. C. Division of Water Resources.

Petrey JE Q. 1974. The Role of Cooling Towers in Achieving Zero Discharge. Albuquerque: Industrial Water Engineering.

Ploser J H, Pike C, Kobrick J D. 1992. Nonresidential Water Conservation: A Good Investment. Denver: American Water Works Association.

Scott N. 2009. Reduce, Reuse, Recycle. 2Rev Ed edition. UK: Green Books.

Smith B. 1982. Pollutant source reduction: part 4 - audit procedures. American Dyestuff Reporter: 28-34.

Stone R L. 1979. A Conservative Approach to Dyeing Cotton. Raleigh: Monograph. Cotton, Inc.

Sweeten J G, Chaput B. 1997. Identifying the Conservation Opportunities in the Commercial, Industrial and Institutional Sector. USA: American Water Works Association Annual Conference.

Turner W C. 2001. Energy Management Handbook. 4th Edition. USA: Fairmont Press.

UNEP (Division of Technology, Industry and Economics). 2004. Cleaner Production-Energy Efficiency (CP-EE) Manual. Guidelines for the Integration of Cleaner Production and Energy Efficiency. ISBN: 92-807-2444-4. Nairobi: UNEP.

U. S. EPA. 1995. Cleaner Water Through Conservation. EPA 841-B-95-002. Washington D. C. : U. S. EPA.

U. S. EPA. 1996. Best Management Practices for Pollution Prevention in the Textile Industry. EPA/625/R-96/004. Washington D. C. : U. S. EPA.

U. S. Geological Survey. 1997. Estimating Water Use in North Carolina. Reston, VA: U. S. Geological Survey. Fact Sheet FS-087-97.

参考文献

Vaughn J. 2008. Waste Management: A Reference Handbook (Contemporary World Issues). Santa Barbara: ABC-CLIO.

Viraraghavan T, Coca A A. 1977. Fermentation of poultry manure for poultry diets. Brit. Pollution Science, 18: 257-264.

Wagner S. 1993. Improvements in Products and Processing to Diminish Environmental Impact. Raleigh: COT-TECH Conference.

Walker D, Tai R. 2004. Health and safety management in small enterprises: an effective low cost approach. Safety Science, 42: 69-83.

Weissel W, Reautschnig T. 2007. UNIDO OHSAS Toolkit, Branch Cleaner Production. Vienna: UNIDO.

Wiley J, Sons W, Turner W C. 2009. Energy Management Handbook. 7th Edition. USA: Fairmont Press.

参考网页及数据库:

A Guide to Energy Saving with Compressed Air, Control Techniques Ldt. www. emersonct. com/download_usa/literature/Esaving_ air. pdf.

An Energy Efficiency Guide for Industrial Plant Managers in Ukraine, Advanced International Studies Unit, Pacific Northwest National Laboratory. www. energymanagertraining. com/.../energymanagerguide. pdf.

Cleaner production in the foundry industry of the People's Republic of China, Textbook Part 4 Embodiment of Cleaner Production in the company, Asia Invest, Centric Austria International. www. centric. at/CPfoundry.

Cleaner Production-Energy Efficiency Manual for GERIAP, UNEP, Bangkok prepared by National Productivity Council. www. unep. org/eou/.../52/.../I_ GERIAP_ ExecSummary. html.

EPA. Guide for Industrial Waste Management. http://www. epa. gov/epawaste/nonhaz/industrial/guide/index. htm.

http://www. centric. at/active/content. php? idparent =1&idcat =46.

http://www. epa. gov/epaoswer/ems/ems-101/ems101_ textonly. htm.

http://www. ifc. org/ifcext/enviro. nsf/Content/EMS.

http://www. sustainability. army. mil/tools/docs_ ems/EMS% 20Web% 20Page% 20Items/Sample_ EMS_ Manual. doc.

http://www. teriin. org.

Industrial Energy Management in Action. http://www. oit. doe. gov/bestpractices/pdfs/plantprofiles. pdf.

International Finance Corporation, World Bank Group. Manual for Implementing Environmental Management Systems (EMS) in Small and Medium Enterprises (SMEs). http://www. ifc. org/ifcext/enviro. nsf/content/EMS.

Metropolitan Water District of Southern California. 1997. Evaluation of the MWD CII Survey Database.

Office of Industrial Technologies Energy Efficiency and Renewable Energy U. S. Department of Energy. Improving Steam System Performance: A Sourcebook for Industry. http://www1. eere. energy. gov/industry/.

The City of Edmonton's Environmental Management System Handbook (2005). www. edmonton. ca/environmental/.../Handbook_ V6. 1. pdf.

The Compressed Air Challenge. http://www. knowpressure. org/.

UNEP. Waste Management Guideline, Waste Management Planning An Environmentally Sound Approach for Sustainable Urban Waste Management. ISBN92- 807- 2490- 8. http://www. unep. or. jp/ietc/announce-ments/waste- management- guideline/index. asp.

UNEP. Waste Management Publications, UNEP Resource Kit. http://www. unep. org/tools/default. asp? ct

= waste.

U. S. EPA. Introduction to Environmental Management Systems. http：//www. epa. gov/osw/inforesources/ems/
  index. htm.

Waste Management Resources. http：//www. wrfound. org. uk/.

WEEA Best Practices. http：//www. weea. org/best/.

World Energy Efficiency Association. http：//www. weea. org/.

参
考
文
献